牡丹亭

湯顯祖　撰
邵海清　校注

三民書局

牡丹亭 總目

引言

邵海清

湯顯祖是明代嘉靖以後傳奇戲曲處於鼎盛時期的代表作家，他的牡丹亭則是標誌著明代傳奇創作的最高成就。

湯顯祖（一五五〇—一六一六），字義仍，號若士，又號海若，別署清遠道人，江西臨川人。他出身於書香門第，十四歲進學，二十一歲中舉。他早年就有文名，二十六歲時即刊行了第一本詩文集紅泉逸草。在後來的三、四年裏，又刊行了詩文集雍藻（今佚）、問棘郵草，創作了第一本傳奇紫簫記（未完稿）。由於他剛正不阿的性格，使他在科舉及仕進的道路上備歷坎坷。在應進士試的過程中，他曾因一再婉拒宰相張居正的延攬而落第；直到張居正死後第二年，即他三十四歲時才考中進士。又因為拒絕當時執政申時行、張四維的拉攏，甘願失去考選庶吉士進而升任閣僚的機會，到南京做一名太常博士的閑官。三年後，改任南京詹事府主簿。其間，他把未完稿紫簫記改寫成紫釵記。四十歲時，升任南京禮部祠祭司主事。

明代自嘉靖、萬曆以來，封建統治階級日趨腐朽，皇帝昏庸，宰輔專權，朝政日非，貪官污吏橫行不法，人民不堪其苦，從而大大激化了社會矛盾。湯顯祖作為一個低層官員，不滿於黑暗的政治，對社會現實也有較為清醒的認識。他與早期東林黨人顧憲成、高攀龍、鄒元標等交往密切，對時政亦持有共同的批評態度。其時，他目睹江南連年發生的大災荒，而救災的使臣在乘機大肆中飽私囊之後不僅沒有受到懲處，卻反而得到提升。萬曆十九年（一五九一），他終於拍案而起，上了一道論輔臣科臣疏，激烈地批評朝政，並指名抨擊了先後任首輔大臣的張居正和申時行專權誤國，語侵最高統治者，以此被貶到廣東雷州半島的徐聞縣做典史。兩年後，調任浙江遂昌知縣。在任五年間，他力圖有所作為，採取了一些有利於人民的開明措施，如抑制豪強，驅除虎害，建立相圃書院和尊經閣，除夕放囚犯回家過節、出獄看花燈等，而為人民所稱道，但卻受地方封建勢力的反對和上司的挑剔。出於與統治階級的深刻分歧和對黑暗現實的強烈不滿，萬曆二十六年（一五九八）春天，他拂袖而去，棄官回到家鄉臨川。同年秋天，完成了他的不朽傑作牡丹亭。過了三年，終以「浮躁」的罪名被正式免職。此後，他絕意仕進，家居玉茗堂，從事讀書、寫作和戲劇活動。就在他被免職的這一年和上一年，他又相繼完成了南柯記和邯鄲記。它們和紫釵記、牡丹亭一起，被合稱為臨川四夢或玉茗堂四夢。五年後，他的玉茗堂文集在南京出版。

湯顯祖少年時期曾從羅汝芳受業。羅汝芳是泰州學派創始人王艮的三傳弟子。這個學派抨擊程朱理學和傳統封建教條，反對束縛個性，發揚了王守仁哲學思想中積極的一面，又被稱為左派王學。湯顯祖傾心佩服左派王學的激進思想家李贄，在南京為官時，曾殷殷訪求其新著焚書；離遂昌任以後，還可能和李贄在臨川見過面。他還和當時負有盛名的以禪宗來批判程朱理學的達觀禪師（紫柏）有深厚的交誼。他曾在答鄒賓川書中說：「弟一生疏脫。然幼得於明德師（羅汝芳），壯得於可上人（達觀禪師）。」在答管東溟書中，又頌揚達觀和李贄是一「雄」一「傑」，認為「尋其吐屬，如獲美劍」。李贄和達觀先後在獄中被迫害至死，他分別寫詩表示哀悼。他們的思想影響在相當程度上構成了湯顯祖創作中所表現的揭露腐敗政治、蔑視封建禮教、反對程朱理學、追求個性解放的思想基礎。

湯顯祖的世界觀是複雜而矛盾的，他同時又深受佛道思想的影響，於佛學用力尤多。後來由於政治上的失意，加之愛子夭折等原因，原本潛伏在他內心的出世思想滋長了。他自稱「偏州浪士，盛世遺民」（答張夢澤），又以「繭翁」自號，正表明他長期疏離政治鬥爭之後對現實的失望。這種消極出世思想在他晚期所創作的戲曲和詩文中都有所表露。

在文學思想上，湯顯祖對當時占據文壇統治地位、聲望日隆的後七子領袖人物王世貞持批評態度。前、後七子標舉「文必秦漢，詩必盛唐」，在創作中亦步亦趨，以摹仿剽竊為能事。湯顯祖在答王澹生書中，尖銳地指摘李夢陽、李攀龍、王世貞等人「增減漢史唐詩字面處」，即以摹擬來代替創作，而認為「漢宋文章，各極其趣」。在合奇序中，他進而指出文章之妙，在於「自然靈氣」，而不在步趨形似之間。這種觀點，與稍後以袁宏道為代表的公安派強調「性靈」的理論是一致的。在公安派反擬古思潮的運動中，湯顯祖和李贄、徐渭等人都起了先驅作用。

湯顯祖的詩文詞賦也曾名重當時，但是後來為他在戲曲成就方面的盛名所掩。在中國文學史上，他主要是作為一名戲劇大師而名垂後世的。在戲曲創作理論方面，他和以沈璟為代表的吳江派有過長時間的爭論。吳江派作家重視音律的作用，有其合理性，但沈璟認為「寧律協而詞不工，讀之不成句，而謳之始叶，是曲中之工巧」（見呂天成曲品），則又未免強調得過分了。湯顯祖則反對格律中心的主張，他在答呂姜山書中說：「凡文以意趣神色為主，四者到時，或有麗詞俊音可用，爾時能一一顧九宮四聲否？

如必按字摸聲，即有窒滯迸拽之苦，恐不能成句矣。」在答孫俟居書中，更是針鋒相對地提出：「弟在此自謂知曲意者，筆韻懶落，時時有之，正不妨拗折天下人嗓子。」可見他並不是像某些曲論家所說：「奈不諳曲譜，用韻多任意處。」（見沈德符顧曲雜言）他只是不願削足適履，他要打破曲譜音律的束縛，還我一片創作自由的天地。由此，他對狂放不羈的徐渭及其戲曲創作特別激賞。他曾經對人說：「四聲猿乃詞場飛將，輒為之唱演數通。安得生致文長，自拔其舌！」（見王思任玉茗堂還魂記序）

牡丹亭又名還魂記，全稱牡丹亭還魂記，是湯顯祖的代表作。他自己也曾說過：「一生四夢，得意處唯在牡丹。」牡丹亭自問世之日起，即不脛而走，並受到高度評價。沈德符顧曲雜言中說：「湯義仍牡丹亭夢一出，家傳戶誦，幾令西廂減價。」王應奎柳南隨筆中也說：「王實甫西廂，湯若士還魂，詞曲之最工者也。」人們一致認為牡丹亭是可以和西廂記媲美爭勝的又一部中國古典名劇。紅樓夢第二十三回西廂記妙詞通戲語，牡丹亭豔曲警芳心寫林黛玉先是看了西廂記，「但覺詞句警人，餘香滿口」，接著寫她又聽到牡丹亭驚夢中的曲文而「心動神搖」，「如醉如癡」，感嘆「原來戲裏也有好文章」。曹雪芹在同一回裏寫到這位蕙心蘭質、鑑賞力極高的林黛玉對西廂記和牡丹亭同時給予擊節讚賞看來也並不是偶然的。

牡丹亭取材於明代話本小說杜麗娘慕色還魂，而又予以創造性的改編。比起話本小說來，牡丹亭不僅人物形象更加鮮明，故事情節更加曲折，描寫更加細緻生動，主題思想也極大地得到深化和提高。劇本通過貴族少女杜麗娘和青年書生柳夢梅離奇夢幻、生死遇合的愛情故事，反映了那一時代青年男女，特別是青年女性青春的覺醒，對自由幸福的愛情生活的執著追求以及要求個性解放、反抗封建禮教的精神，這一主題有其鮮明的時代特色。

明代是理學盛行的時代，統治者以表彰節烈等手段，對婦女進行思想上的禁錮、精神上的凌虐和肉體上的戕害。據明史列女傳序載，當時婦女殉節而死的「著於實錄及郡邑志者，不下萬餘人」，婦女受壓迫的深重由此可見一斑。湯顯祖強烈地反對維護禮教的虛偽道學，他直言不諱地答覆勸他講學的人說：「諸公所講者性，僕所言者情也。」（見朱彝尊靜志居詩話）在牡丹亭還魂記題辭中，他進而寫道：

如麗娘者，乃可謂之有情人耳。情不知所起，一往而深。生者可以死，死可以生。生而不可與死，死而不可復生者，皆非情之至也。夢中之情，何必非真？天下豈少夢中之人耶！……第云理之所必無，安知情之所必有邪！

劇中著力描寫男女主人公夢幻死生的愛情歷程，熱情謳歌愛情的神奇力量，以及它對封建道德觀念的衝擊，這種「情」與「理」的衝突貫串全劇。它構成湯顯祖牡丹亭創作的思想基礎，並與明中葉以後反對程朱理學以擺脫封建禮教束縛的進步時代思潮一脈相承。

牡丹亭成功地塑造了繼西廂記中的崔鶯鶯之後又一個動人的女性形象杜麗娘，細緻地描寫了她從一個柔順的深閨少女成長為一個封建禮教的叛逆者、反抗者的心路歷程。杜麗娘是南安郡太守杜寶和甄氏夫人嬌貴的獨生女兒，然而又受到按照封建規範要求的嚴格的管束和調教。她在南安府衙住了三年，甚至都不知道府衙後面還有一座大花園，更不用說去遊玩了。詩書女工是父母給她規定的日常功課，在延師就學以前，男女四書她已都成誦了。雖說平時養尊處優，卻防範極嚴：偶而白天打一個盹兒，就招來父親的一頓訓斥；連裙衩上繡著成雙成對的花鳥，也使她母親耽心引動女兒的情思而大驚小怪起來。杜寶為女兒延請家庭教師——南安府學生員陳最良，一個迂腐的老學究，一方面是為了進一步拘束女兒的身心，另一方面也是為了她「他日嫁一書生，不枉了談吐相稱」，「他日到人家，知書知禮，父母光輝」（訓女）。這就是他們為女兒安排就的生活道路。

生長在這樣一個令人窒息的家庭生活環境中，對一個花季少女來說，不能不感到寂寞、壓抑和苦悶。開學第一課，陳最良為她講解「開首便是后妃之德」的詩經第一章，她不滿足於師父的「依註解書」，而是別有會心，吐露出自己對自由生活的憧憬：「關了的雎鳩，尚然有洲渚之興，可以人而不如鳥乎？」（肅苑）當她從丫鬟春香口裏得知後花園的美好景色時，情不自禁地流露出心中的嚮往之情：「原來有這等一箇所在。」（閨塾）出於愛美、愛自由的天性，誠如她自己所說：「可知我常一生兒愛好是天然」（驚夢），也由於詩經的優美詩章「講動」了「情腸」，她終於克服了作為一個大家閨秀思想上的軟弱和動搖，甘於冒觸犯封建禮教的禁例，把母親「凡少年女子，最不宜豔妝戲遊空冷無人之處」、「女孩兒只合香閨坐」（慈戒）之類的告誡置之腦後，步出閨門，邁出了勇敢的第一步！

遊園驚夢是杜麗娘生活道路上的轉折點，打破了她原來一潭死水般的平靜生活。一到花園，那滿園的花花草草，鶯鶯燕燕，使她不覺發出一聲驚嘆：「不到園林，怎知春色如許！」並忍不住怨怪起自己的父母來：「恁般景致，我老爺和奶奶再不提起。」繚亂的春光使初涉園林的她目不暇給，感到無比的歡愉和新奇，同時也引發了她滿懷的抑鬱和惆悵：

〔皂羅袍〕原來姹紫嫣紅開遍，似這般都付與斷井頹垣。良辰美景奈何天，賞心樂事誰家院？朝飛暮卷，雲霞翠軒；雨絲風片，煙波畫船，錦屏人忒看的這韶光賤！

她感慨於古代女子的「因春感情，遇秋成恨」，欣慕張生和崔氏那樣的才子佳人，「前以密約偷期，後皆得成秦晉。」她的蟄伏著的青春被喚醒了。她感嘆韶光易逝，青春不再，埋怨父母不關心自己的婚姻，以致耽誤了自己的青春：「吾生於宦族，長在名門。年已及笄，不得早成佳配，誠為虛度青春，光陰如過隙耳。（淚介）可惜妾身顏色如花，豈料命如一葉乎！」（以上引文均出自驚夢）

由遊園而傷春，因懷春而感夢，這對平時沒有機會接觸任何一個青年男子的杜麗娘來說，雖事出偶然，但同時又符合於生活的邏輯和她思想性格的發展。在夢境中，她遂了自己的心願，和夢中情人柳夢梅在牡丹亭幽會，她十分珍惜這一在現實環境中得不到的愛情，懷戀這個幸福的夢境。如果說，在驚夢中，她似乎還是有點被動地接受了柳夢梅的愛；那麼在尋夢中，她則是主動地，並且是執拗地去追尋那失落的夢境，從她心靈深處發出了「這般花花草草由人戀，生生死死隨人願，便酸酸楚楚無人怨」的撼人心魄的呼喊，表達了杜麗娘對自由的憧憬和對理想的追求。這意思是說，只要愛戀由人，命運可由自己掌握，即便為此受盡酸楚，也無怨無悔。杜麗娘在青春覺醒以後萌發的對愛情的渴求，以及她無視封建禮法的叛逆思想和行動在此得到了進一步的發展。

然而，「只圖舊夢重來」，畢竟只是一個良好的願望，它還是像美麗的肥皂泡一般地幻滅了。夢境在現實當中既杳不可尋，她轉而傷心自憐，並為此纏綿枕榻，最終鬱鬱而亡。杜麗娘之死，不是死於愛情的被破壞，而是死於對愛情的無望，即所謂「慕色而亡」，是與世隔絕的環境、森嚴的禮教拘禁、折磨、摧殘的結果。但她不甘心就這樣默默地死去，寫真、診祟、鬧殤等齣，強烈地表現了她對生命的留戀和對幸福婚姻的嚮往。她寫真留記，要春香把她的春容藏在花園裏太湖石底，等待那夢中情人前來尋見。她要求母親葬她於素心所愛的梅樹之下，在「小墳邊立斷腸碑一統」，期待有朝一日「月落重生燈再紅」（鬧殤）。一靈未滅，爭鬥正未有窮期。經過冥府胡判官的審理、允准，她的遊魂得以「隨風遊戲」，繼續她艱難的尋覓。在擺脫掉現實世界的種種羈絆之後，她終於在梅花觀和在此養病、拾得她的畫像的嶺南秀才柳夢梅遇合，再度幽會，在愛情生活上表現得更為大膽、勇敢和執著。「前日為柳郎而死，今日為柳郎而生」（冥誓），她央求柳夢梅發掘她的墳塋，終於還魂復活，爾後「拜告天地」，自己作主和柳夢梅締結了良緣。

但是衝突並未到此結束。當杜麗娘復活、回到現實生活中以後，便再次受到「父母之命，媒妁之言」之類傳統教條的束縛，他們的婚姻關係還必須取得她父母的承認。這番不可避免的衝突，在最後圓駕一齣中表現得最為尖銳突出。在那陰森可怖的金殿上，她敢於在最高統治者面前為「自媒自婚」的姻緣辯解；她的父親不肯承認重生的女兒，立逼著她：「離異了柳夢梅，回去認你。」她的態度是明朗堅決的：「叫俺回杜家，赸了柳衙。便作你杜鵑花，也叫不轉子規紅淚灑。」最後是由皇帝降旨，才調和了矛盾，得到圓滿的結局。

杜麗娘為了追求個性自由和維護愛情理想經歷了漫長而艱苦的奮鬥。比之西廂記中的崔鶯鶯，她的處境更為難堪，經受了更多的磨難和曲折，衝突也更為緊張激烈。但她矢志不移，出生入死，並最終戰勝了死亡，贏得了最後的勝利。杜麗娘在全劇結尾時唱道：「則普天下做鬼的有情誰似咱！」這和西廂記結束時所歌唱的「願普天下有情的都成了眷屬」，可謂異曲而同工。

杜麗娘的夢中情人柳夢梅，原是一個「寄食園公」潦倒的窮書生，但卻有著強烈的追求功名富貴的欲望。他一上場，就抒發他自己登科發跡的懷抱。多寶寺祭賽寶物，他感嘆那些「寶物蠢爾無知，三萬里之外，尚然無足而至」，而自己「滿胸奇異，到長安三千里之近，倒無人購取，有腳不能飛」（謁遇），他為自己這個「真正獻世寶」懷才不遇而鳴冤叫屈。後來因為應試錯過了試期，他又痛哭流涕地去「告遺才」，甚至不惜以死相求，表示「無路可投，願觸金階而死」（耽試）。他也吃過不少苦。北上赴試途中，他孤身一人，在漫天風雪之中，凍倒於荒郊野外，幸虧碰到外出求館的陳最良，把他送到梅花觀裏救治。直到後來考中了狀元，還被杜寶當作劫墳賊高高吊起打了「幾百箇桃條」。在愛情上，他則是真誠如一。他看到杜麗娘的畫像和題詩，不僅為她的美豔所吸引，也為她在詩、書、畫上所表現出來的才華而傾倒，並為之魂牽夢縈。他信守諾言，冒著生命的危險，義無反顧地掘墳開棺，救活杜麗娘；也曾受杜麗娘之託，不避艱險，奔赴戰火紛飛的淮揚前線，探聽她父母的消息。特別是金殿對質，他敢於當面譏嘲和頂撞位高權重的岳父，堅決維護自己和杜麗娘的婚姻。當杜寶瞭解了事情的真相後仍然氣勢洶洶地斥責他們「這等胡為」時，他理直氣壯地予以反駁說：「這是陰陽配合正理。」陳最良做和事佬，勸他認了丈人翁，他憤憤地說：「則認的十地閻君為岳丈。」（圓駕）在反抗封建婚姻制度方面，他和杜麗娘同樣是堅強不屈的。因此，這是一個被一些論者認為軟弱、平庸但仍不乏光彩的形象。

牡丹亭也寫了封建家長對女兒個性自由的束縛和自主婚姻的阻撓。杜寶是有著濃厚正統思想的官僚，是封建勢力的代表。他平時極看重門風和家教，要求女兒嚴格地按封建閨範行事，容不得有一絲一毫的疏漏。女兒白天小睡了一會兒，又是當面訓斥女兒：「你白日眠睡，是何道理？」又是責備夫人：「縱容女孩兒閑眠，是何家教？」（訓女）女兒遊了一回花園，他再次指責夫人：「你為母親的，到縱他閑遊。」（詰病）這還不夠，他又特地請了陳最良幫著自己一起來拘束女兒的身心。試想生長在這樣一個家庭環境中，哪還有一絲兒自由可言？在婚姻問題上，他堅持門第觀念，以致耽擱了女兒的青春。杜麗娘早就對此表示過強烈的不滿：「則為俺生小嬋娟，揀名門一例、一例裏神仙眷。甚良緣，把青春拋的遠！」（驚夢）他一點也不懂得處於青春期的女孩兒的心理，直到女兒病入膏肓，連夫人也看出來：「若早有了人家，敢沒這病。」他卻說：「女兒點點年紀，知道箇甚麼哩！」還在那裏高唱：「一箇哇兒甚七情？」（詰病）後來得悉女兒和柳夢梅的生死情緣，卻抵死不認，這固然因為他們的婚姻不由父母作主，敗壞了杜氏家風，同時也因為寒酸的女壻配不上自家的門第。柳夢梅數落他「嫌貧逐壻」，正說中了他的心病。即便後來明知柳夢梅就是新科狀元，他還對女兒說：「怕沒門當戶對？看上柳夢梅甚麼來！」（圓駕）甚至要挾女兒離異了柳夢梅才肯父女相認。

然而另一方面，杜寶又堪稱為封建社會的清官能臣，他廉潔正直，勤政愛民，南安府在他的管轄之下，「弊絕風清」（勸農）；作為一名儒將，他愛國忘家，運籌帷幄，抗擊金兵入侵，說降李全，屢建戰功。所以這並不是一個簡單化、概念化的人物形象，只不過他從太守到安撫使再到平章軍國大事，隨著地位的節節攀升，他的頭腦變得更加頑固不化罷了。

杜麗娘的母親甄氏夫人是恪守封建禮教的舊時代賢妻良母的典型。杜寶其實是錯怪了她，她並未疏於對女兒的防範和管束，憑著女性的敏感，她甚至觀察得更加細微深入，連女兒衣裙上繡的花樣都注意到了。三從四德的封建倫理道德吞噬了她的青春，如今她又要如法炮製，讓女兒重複自己走過的老路，用同一套東西來埋葬女兒的青春。她並不理解她所奉行的封建條規在折磨和摧殘著女兒的身心，卻以為是在真心實意地關愛自己的女兒，這就是這個人物的悲劇性之所在。

陳最良是一個思想僵化的腐儒，除了詩書教條，別無所知，幾乎每說一句話，都要引經據典地掉書袋。他所奉行的信條，就是孟夫子所說的「收其放心」，並以此來教誨和管束學生。當他聽說杜麗娘要遊園傷春，竟然大惑不解地對春香說：「你師父靠天也六十來歲，從不曉得傷箇春，從不曾遊箇花院。」真是可悲亦復可嘆！難怪春香背後要譏諷他：「年光到處皆堪賞，說與癡翁總不知。」（〈肅苑〉）從他的身上，可以看出科舉制度對一個讀書人心靈的戕害是何等深重。他從十二歲進學，三年一考，考了十五次，到老來還是一個窮秀才。所謂「儒變醫，菜變虀」，貧病交加，處境是夠悽慘的。杜麗娘夭亡，使他再次失館，他心境的悲涼可以想見，以致顧不得自己的顏面，為收取祭田糧食的事，竟然當著杜寶和夫人的面，和石道姑爭得不可開交。對於這個卑微的小人物，作者也寄以一定的同情，當然，主要還是諷刺和批判。劇中寫他或涉及他的幾個片段，都相當生動而幽默。

杜麗娘的貼身丫鬟春香，在劇本的前半部是個十分活躍的人物。春香鬧學中，未受過多少封建禮教薰染的天真爛漫的小春香和承受著過重精神壓力的老成持重的杜麗娘形成了鮮明的對照。對於迂腐可笑的陳最良，杜麗娘只是含蓄地流露出一絲不滿，而春香就敢於當面頂撞，尖銳潑辣，無所顧忌。進館稍遲，陳最良批評她們：「女學生以讀書為事，須要早起。」春香針鋒相對地加以嘲弄：「知道了。今夜不睡，三更時分請先生上書。」陳最良解釋「君子好逑」：「是幽閑女子，有那等君子好好的來求他。」春香就故意追問：「為甚好好的求他？」這個伶牙俐齒的小丫鬟，把只會「依註解書」的老學究噎得張口結舌，無言以對，只得責罵一句：「多嘴哩！」（以上引文均出自閨塾）。

談到春香，我們自然會聯想到西廂記中的紅娘。她們都衷心希望自己的女主人能成就美滿的姻緣；在幫助女主人實現愛情理想方面，紅娘所起的作用更大。但我們也不要忘記：是春香最早發現府衙後面的大花園並告訴了杜麗娘；是她透露杜寶下鄉勸農的消息，使杜麗娘得以從容遊園；雖然尋夢時，杜麗娘是背著春香的，但後來還是把自己心中的祕密洩露給她：「咱不瞞你，花園遊玩之時，咱也有箇人兒。」（寫真）畢竟杜麗娘可以對之傾訴一腔心事的，也只有春香。所以當柳夢梅第一次見到春香時問：「這丫頭那裏見俺來？」春香就調侃他說：「你和小姐牡丹亭做夢時，有俺在。」（圓駕）如果說，紅娘是崔、張愛情的促成者，那麼，春香則可說是杜、柳愛情的見證人。

牡丹亭塑造了一系列個性鮮明的人物形象，尤其在它的女主角杜麗娘身上，概括了封建社會千千萬萬有著相似經歷的青年婦女的共同命運和心聲。杜麗娘不屈不撓的鬥志使她們受到激勵和鼓舞，杜麗娘「生生死死為情多」（魂遊）的一片癡情和不幸遭遇更引起她們強烈的共鳴。也因此，牡丹亭尤其受到青年女性的青睞，並演成許多悽豔絕倫的故事。揚州女子馮小青因婚姻生活上的不幸，夜讀牡丹亭，感而賦詩云：「冷雨幽窗不可聽，挑燈閑看牡丹亭。人間亦有癡於我，豈獨傷心是小青。」年十八，抑鬱而終。婁江女子俞二娘酷愛牡丹亭，曾細加批注，最終斷腸而死，年僅十七。湯顯祖曾作詩悼之云：「畫燭搖金閣，真珠泣繡窗。如何傷此曲，偏只在婁江！」（哭婁江女子二首之一）杭州女伶商小玲在愛情上受到壓抑，演尋夢唱至「待打并香魂一片，陰雨梅天，守的箇梅根相見」，感同身受，隨聲倒地身亡。這類真實的或傳聞的故事，足以說明杜麗娘悲劇的普遍意義及其巨大的藝術感染力。

牡丹亭是一部浪漫主義的傑作，從作者的創作思想到作品中的人物塑造、情節發展，都貫穿著這種積極的浪漫主義精神。「夢中之情，何必非真？」夢是全劇的核心，作者以瑰麗的想像，虛幻的方式，敘寫了一個貴族少女從驚夢到尋夢到追夢的曲折離奇的過程，反映了那一特定時代裏理想和現實的矛盾。杜麗娘所追求的個性自由和愛情理想在她所處的現實環境中是難以實現的，於是出現了驚夢中夢中相愛這種特殊的形式。然而夢醒人杳，面對的依然是冷酷的世界；為使夢境變成現實，於是而有尋夢。待尋夢不得，終於傷痛難禁，感病身亡。死亡本是生命的終結，但是作者的描寫並沒有到此止步，他所熱情謳歌的「生者可以死，死可以生」的天下之「至情」，從杜麗娘由生到死，又由死到生對夢的苦苦追尋中體現出來了。不僅她的遊魂找到了夢中情人，實現了人和鬼之間奇妙的結合；而且最終還魂復活，和柳夢梅一起過上真正的人間生活，實現了幸福的夢，從而把浪漫主義的幻想推向了頂峰。

當然，像幽冥世界、鬼魂、人死還魂復生等，在現實生活中是不存在的，純屬虛構。作者正藉此以表達自己的美好理想，它也與大眾的願望相通，為人們所樂於接受。何況民間原有這類傳說，在杜麗娘慕色還魂話本中，已有杜麗娘遊園驚夢、尋夢、寫像、拾畫、幽媾、發冢還魂成親等情節，只不過在牡丹亭中，作了更精細、更合理、更生動形象的描繪，使它猶如一塊粗糙的璞玉，經過精心雕琢而成為晶瑩奪目的美玉。同時，這類奇思妙想也沒有完全脫離開現實生活基礎，杜麗娘的鬼魂與她生前一樣美麗而多情，同樣具有人的性格特性，仍然保持著她不斷追求理想和幸福的堅強的個性。而那個陰森悽慘的陰曹地府實則是陽世衙門的折射和投影，作為陰間統治者的胡判官，和陽世的統治者一樣的枉法循情，維護封建禮教。作者還有意識地以陰間和陽世作對比。杜麗娘曾經十分清醒地對柳夢梅說道：「前夕鬼也，今日人也。鬼可虛情，人須實禮。」（婚走）只有在幽冥世界裏，她才擁有充分的自由，才能夠真正掙脫精神的鎖鏈。在杜麗娘眼裏，那金碧輝煌的金鑾殿比之鬼哭神號的閻羅殿更使她膽戰心驚：

〔黃鍾北醉花陰〕平鋪著金殿琉璃翠鴛瓦，響鳴稍半天兒刮剌。（淨、丑喝介）甚的婦人衝上御階？拿了！（旦驚介）似這般猙獰漢叫喳喳，在閻浮殿見了些青面獠牙，也不似今番怕。（圓駕）

從中不難看出作者對封建朝廷的憤激和批判的銳利鋒芒。浪漫主義想像和現實主義描寫的結合，幻想世界和現實世界的交織，構成了牡丹亭藝術創作最鮮明的特色。

牡丹亭全劇五十五齣，從結構上來說，不無劇情紛繁、冗長枝蔓之病。但它的主線緊緊圍繞著杜麗娘的夢幻死生，卻是十分突出的。這一點長生殿的作者洪昇就已經指出過：「肯綮在死生之際，記中驚夢、尋夢、診祟、寫真、悼殤五折，自生而之死；魂遊、幽媾、歡撓、冥誓、回生五折，自死而之生。」（三婦合評本洪之則跋）杜麗娘驚夢、尋夢、追夢的三部曲，主要也在這前後對稱的十來齣中展開。即就全劇的核心「夢」而言，第二齣言懷，寫柳夢梅先做下一夢：「夢到一園，梅花樹下，立著箇美人，不長不短，如送如迎。」這既為了說明他改名夢梅的原由，也為第十齣驚夢伏筆，使柳夢梅在杜麗娘的夢中出現不顯得突兀。到第二十六齣玩真，柳夢梅觀賞杜麗娘的畫像，便自然地唱出：「成驚愕，似曾相識，向俺心頭摸。」再到第二十八齣幽媾的生旦對答：（旦）「秀才呵，你也曾隨蝶夢迷花下。（生想介）是當初曾夢來。（旦）俺因此上弄鶯簧赴柳衙。若問俺妝臺何處也，不遠哩，剛則在宋玉東鄰第幾家。（生作想介）是了，曾後花園轉西，夕陽時節，見小娘子走動哩。（旦）便是了。」前後呼應，順理成章，可以見出作者在情節結構安排上的藝術匠心。

牡丹亭的曲文一向以精巧典麗著稱，驚夢、尋夢中的一些曲子歷來受人稱頌，它以富於詩意的語言，揭示了女主人公複雜而又微妙的內心世界。如驚夢寫杜麗娘準備前去遊園，唱步步嬌：

裊晴絲吹來閑庭院，搖漾春如線。停半晌，整花鈿。沒揣菱花，偷人半面，迤逗的彩雲偏。（行介）步香閨怎便把全身現！

庭院上空飄過一縷晴日的游絲，洩漏出些許春的消息，著一「閑」字，透露了這位懷春的少女深閨獨處的寂寞苦悶和對誘人春色的心馳神往。「停半晌」，說明了她在整理花鈿以前，曾有過片刻的猶疑，然而她終於還是鼓起了勇氣。在對鏡梳妝的剎那間，彷彿感覺是菱花鏡偷窺了她嬌豔的容顏，致使她意亂心慌，連美麗的髮捲也給弄歪了。從而逼出了下一句：「步香閨怎便把全身現！」在那「論娘行，出入人觀望，步起須屏障」（肅苑）的年代裏，即便置身於春日的園林裏，也會使人產生一種拋頭露面的犯罪感。寥寥幾句，寫盡了這位生長在封建禮教陰影裏的貴族小姐將要步出閨門時靦腆羞澀的心理和情態，手法新穎而獨特。再如尋夢，寫杜麗娘再次來到花園，看到的是殘紅滿地，接唱懶畫眉：

最撩人春色是今年！少甚麼低就高來粉畫垣，元來春心無處不飛懸。（絆介）哎，睡荼蘼抓住裙衩線，恰便是花似人心好處牽。

春色撩人，年年如是。可這是在杜麗娘有了夢中和柳夢梅相愛的經歷之後，故而有「最撩人春色是今年」的感嘆。放眼望去，周圍被重重疊疊的粉牆畫垣圍繞著。「春心無處不飛懸」，既是寫關不住的滿園春色，也是杜麗娘初次獲得愛情歡樂的歡悅心情的寫照。因為她正抬眼四望，不小心腳下被甚麼東西絆了一下，原來是裙衩被橫亙著的荼蘼花枝上的刺鉤住了，「恰便是花似人心好處牽」，語帶雙關，她竟然把荼蘼花枝想像成夢中情人柔情蜜意的手牽拉著她到牡丹亭上去哩！它傳神地寫出了一個情竇初開的少女對於愛情的強烈渴望而又無損於她的身分。景中有情，情中有景，寫景和抒情猶如水乳交融。這類優美典雅的曲文，多屬南曲，用來敘寫出身於官宦人家的小姐的情態，是最合適不過了。

當然，從全劇來看，它的曲文也不純是典麗，如寫金戈鐵馬的戰爭場面，間用北曲，就比較粗獷，寫田夫、牧童、採桑婦、採茶女、郭駝、花郎等下層人物的唱詞，則較為通俗，符合他們各自的身分。在說白方面，作者也改變了早期劇作中雕章琢句與崇尚駢儷的風氣，而顯得精練通俗。如寫陳最良的幾大段說白就很生動，酸腐之氣逼人；等到後來當上了黃門官，言談舉止則又變得圓滑世故，善於隨風轉舵，顯示出了他性格的另一面。但有時作者為追求特殊的藝術效果，或矜才炫博，或使用冷僻的典故，因而也有一些地方顯得晦澀難懂或予人以生硬造作之感。道覡中石道姑連綴千字文原句表白她的身世，冥判中胡判官與鬼卒對答描述地府景象，連篇累牘，都是筆墨遊戲而近於失控。此外如對於生理有缺陷者插科打諢式的嘲弄，以及涉及男女情事時的庸俗描寫等，都不免是白璧之瑕。

關於本書的校注工作，略作一些說明。

版本和校勘方面，以臺北國家圖書館藏善本明萬曆四十五年刊本牡丹亭還魂記（簡稱原本、萬曆本）作為底本。此書刊於湯顯祖去世後的第二年，是我們現在所能見到的存世最早的版本。據以校勘的有以下一些版本：

一、原杭州大學圖書館線裝書庫藏善本明懷德堂刊本重鐫繡像牡丹亭還魂記（簡稱懷德本）。

二、古本戲曲叢刊初集影印明朱墨刊本牡丹亭（簡稱朱墨本）。

三、明毛晉汲古閣刊六十種曲本繡刻還魂記定本（簡稱毛定本）。

四、清康熙三十三年金閶逸士鈕少雅格正還魂記詞調（簡稱格正本）。

五、清康熙三十四年吳吳山三婦（陳同、談則、錢宜）合評牡丹亭還魂記（簡稱三婦本）。

六、清光緒十二年同文書局印本牡丹亭還魂記（簡稱同文本）。

七、清光緒三十四年暖紅室刊王思任評校本玉茗堂還魂記（簡稱暖紅本）。另有一種暖紅室覆刻冰絲館重刻還魂記，因避諱而有較多的刪節改動，本書不列入校本，只有個別疑難之處曾用以參校（簡稱冰絲館本）。

本書為普及性讀物，並無必要一一列舉各本異同。列入校注條目的大致有以下幾種情況：原本不誤，別本有異文而又有參考價值可資比較的；原本有誤或原本雖可通但別本文意明顯優於原本而又採用了別本的；原本有疏漏衍誤可以按別本增刪改正的，以上均分別注明所據版本。異體字一般不作校改，個別明顯的刊誤，則逕行改正，不另出校。

注釋方面，從有利於讀者閱讀、理解原著著眼，對疑難詞句、戲曲術語、典故成語等逐條作了解釋（難字並加注音），力求簡明、準確，並盡可能地注明它的出處，或節引原文，或引用一些有關的詩文詞曲的例句，以利於比勘印證。重見的注釋條目，一般不再加注；少數較為重要的，為便於閱讀計，仍標明見第一次出現時的齣數、數碼。這項工作的難度和工作量很大，雖斷斷續續用了兩年的時間，仍覺不盡如人意，不當之處，敬祈讀者和方家不吝賜教。

在筆者尋覓牡丹亭的版本和校注過程中，三民書局為我提供了萬曆刊本的全部複印件，原杭州大學圖書館線裝書庫提供了懷德堂刊本、暖紅室刊本和暖紅室覆刻冰絲館本、格正詞調本，浙江圖書館古籍部提供了影印明朱墨刊本、三婦合評本，原杭州大學中文系資料室提供了同文書局印本，原杭州大學古籍研究所資料室提供了六十種曲本。在此書行將付梓之際，謹向上述提供幫助的有關單位和人士表示我的深深的謝意！

一九九九年仲秋校定於浙江大學西溪校區

牡丹亭考證

邵海清

關於牡丹亭創作和刊行的年代

明萬曆四十五年丁巳石林居士序本牡丹亭還魂記題辭作者自署：「萬曆戊戌秋清遠道人題」。萬曆二十六年戊戌春，湯顯祖向吏部告長假，棄官歸里。三月，回到臨川。七月二十日，自文昌門外故居移家沙井巷，宅在湯氏家塾旁，此處原有小築，此時更買廢宅以擴建之，玉茗堂自此始具規模。堂後有清遠樓，清遠道人即由此得名。易漸：「鴻漸于陸，其羽可用為儀。」王弼註：「進處高潔，不累於位，無物可以屈其心而亂其志，峨峨清遠，儀可貴也。」牡丹亭作於辭官歸來之後，故而以此署名。

牡丹亭第一齣標目有云：「忙處拋人閑處住。百計思量，沒箇為歡處……玉茗堂前朝復暮。紅燭迎人，俊得江山助。」「忙處」，指紛擾的官場；「閑處」，指罷官家居，意思是清楚的。這幾句恰到好處地表明了作者剛離開忙碌的官場而閑處家鄉時的落寞心境以及居玉茗堂中寄情於詩文戲曲的創作心態。因而，牡丹亭完成於萬曆二十六年秋，應無可疑。明刊本除萬曆四十五年刊本外，懷德堂刊朱元鎮校本，古本戲曲叢刊影印朱墨本所署皆同。唯清刊本中吳吳山三婦合評本、暖紅室刊王思任評校本均作「萬曆戊子秋」，未詳所據。按，戊子為萬曆十六年，此時湯顯祖尚在南京為官，顯然與上述情況不合，此必有誤。

但是，作者寫題辭後的兩年，萬曆二十八年答張夢澤書云：「謹以玉茗編紫釵記操縵以前。餘若牡丹魂、南柯夢，繕寫而上。問黃粱其未熟，寫盧生於正眠。蓋唯貧病交迫，故亦嘯歌難續。」張夢澤，時任江西新喻縣令，上一年曾致書與湯顯祖訂交，並屢有所贐。湯顯祖贈以自己所創作的戲曲，為投桃之報。除紫釵記外，當時南柯記已完成，邯鄲記正在寫作之中；而牡丹亭、南柯記都還未付梓，故須「繕寫而上」。

萬曆三十年，當時任江西進賢縣令的黃汝亨讀到了牡丹亭並予以極高評價。黃氏寓林集卷二五復湯若士書云：「政雀鼠喧闐時，得牡丹亭記。披之，情魂俱絕。三昧遊戲，遂爾千秋乎？妒殺，妒殺！」黃汝亨預見到它將是一部傳誦千秋的名作，可謂獨具慧眼，但不知其所看到的是鈔本抑或是刊本。

在湯顯祖的詩文中，最早提到四夢刻本的是與錢簡棲書：「貞父內徵過家，兄須一詣西子湖頭，便取四夢善本，歌以麗人，如醉玉茗堂中也。」貞父就是上文提到的黃汝亨，錢塘人。萬曆二十六年進士，授江西進賢令。湯顯祖東館別黃貞父詩序云：「乙巳夏小暑，貞父赴徵儀曹，過建武辭謁。予送之郡南東館。」萬曆三十三年乙巳夏，黃汝亨內調為京官，先回其故里杭州。「貞父內徵過家」，指此。這時不僅四夢俱全，而且有了「善本」。黃汝亨不僅把四夢的善本帶給了錢簡棲，還把牡丹亭贈送給沈德符。萬曆野獲編卷二五有云：「頃黃貞甫汝亨以進賢令內召還，貽湯義仍新作牡丹亭記，真是一種奇文。」湯顯祖最後一個劇本邯鄲記完成於萬曆二十九年秋，古本戲曲叢刊影印明天啟元年刊本與臧懋循改本卷首題詞皆自署辛丑中秋前一日。則四夢之刻印當在萬曆二十九年下半年至萬曆三十三年上半年間，可惜這個「善本」已不可得見。現在我們所能見到的存世最早的牡丹亭還魂記刊本，是藏於臺北國家圖書館的萬曆四十五年丁巳石林居士序本，那已是湯顯祖身後之事了。

關於四夢（牡丹亭）的傳唱和演出活動

在湯顯祖的詩文中曾多次提到「宜伶」，即江西宜黃一帶演唱海鹽腔——或稱為宜黃腔的藝人。據湯氏宜黃縣戲神清源師廟記載，海鹽腔是由約四十年前任浙江布政使司右參政的譚綸從任所帶回家鄉宜黃的：「以浙人歸教其鄉子弟，能為海鹽聲。」到湯顯祖寫廟記時，譚綸死已二十餘年，而「食其技者殆千餘人」，已形成一支龐大的戲曲演員隊伍。湯顯祖與宜伶的關係至為密切，詩文中還多處涉及宜伶演唱四夢的活動。如寄生腳張羅二恨吳迎旦口號二首，記述宜伶吳迎飾旦角「病裝」演唱紫釵記，極富藝術感染力，致使「客有掩淚者」。復甘義麓書中談到「弟之愛宜伶學二夢」，「伶因錢學夢」事。唱二夢詩則具體記述了宜伶學唱南柯記、邯鄲記的情景，「一夜紅氍四百錢」，說明所費無多。正唱南柯忽聞從龍悼內楊傷之二首之二詩中，有「可憐解得南柯曲，不及淳郎睡醒時」之句。

湯顯祖於萬曆二十六年秋完成牡丹亭的創作後，第二年春天，就在玉茗堂中親自輔導宜伶演練。萬曆二十七年春，作詩寄嘉興馬、樂二丈兼懷陸五臺太宰，其中有句云：「沙井闌頭初卜居，穿池散花引紅魚。春風入門好楊柳，夜月出水新芙蕖。往往摧花臨節鼓，自踏新詞教歌舞。」在七夕醉答君東二首之二詩中，更明確地指出這「新詞」就是牡丹亭：「玉茗堂開孔雀屏，新詞傳唱牡丹亭。傷心拍遍無人會，自掐檀痕教小伶。」帥從升兄弟園上作四首之三詩中記宜伶在同里好友帥機之子從升、從龍兄弟園中演出：「小園須著小宜伶，唱到玲瓏入犯聽。曲度盡傳春夢景，不教人恨太惺惺。」揆其詩意，當是演唱牡丹亭中的驚夢、尋夢等齣。又有聽于采唱牡丹詩，從詩中「來時動唱盈盈曲，年少那堪數死生」的句意看，于采也是宜伶之擅演牡丹亭中的杜麗娘者。滕王閣看王有信演牡丹亭二首則是記述了在南昌滕王閣中演出牡丹亭時的情景：

韻若笙簫氣若絲，牡丹魂夢去來時。
河移客散江波起，不解消魂不遣知。

樺燭煙銷泣絳紗，清微苦調脆殘霞。
愁來一座更衣起，江樹沉沉天漢斜。

看來這次演出相當成功，演員的聲腔宛轉悠揚，表演細膩傳神，而觀眾也沉浸其中，深深地受到了感動。

萬曆三十二年八月，錢希言（即上文所提到的錢簡棲）訪問臨川，借住湯顯祖文昌門外舊居。錢氏松樞十九山二簫編記事云：「余以甲辰之六月下浣訪臨川令。令設供張甚盛……而余所借湯氏郊居，青林冠城，盱江之流東之，與夕靄朝霏亂采，徘徊寫目，亦佳憇矣。留連兩度重陽，日逐歌裙舞扇，費湯先生與帥氏兄弟兩家酒如泉也。」這一年為閏九月，故云「留連兩度重陽」。同書討桂篇卷上有詩今夕篇——湯義仍膳部席與帥氏從升從龍郎君尊宿叔寧觀演二夢傳奇作詩中記述湯顯祖在招待錢希言的酒筵上，正式演出了南柯記和邯鄲記。尊宿、叔寧為湯顯祖的二子大耆和開遠。

除請宜伶在玉茗堂中或同里友人家中演出外，湯顯祖有時還派遣宜伶去外地作祝賀演出，如遣宜伶汝寧為前宛平令李襲美郎中壽，時襲美過視令子侍御江東還內鄉四首、九日遣宜伶赴甘參知永新等。前一首詩中有「宜伶尊酒寄新詞」之句，「新詞」當亦是指新創作的戲曲。萬曆四十二年，還專程派赴安徽宣城為摯友梅鼎祚的從母祝壽。梅氏鹿裘石室文集卷一五封太安人十從母孟太君八十序云：「余友湯義仍祠部適以樂部來余所……以介太君壽。」又，鹿裘石室尺牘卷一三答湯義仍書云：「宜伶來，三戶之邑，三家之村，無可愛助。然吳越樂部往至者，未有如若曹之盛行。要以牡丹、邯鄲傳重耳，而皆不能演什三……敝鄉吉禮多在冬底，極作戲劇，而宜伶忽遄歸。潦略附訊，尚冀嗣音。」說明宜伶這次宣城之行，除祝壽外，還在當地上演牡丹亭、邯鄲記，雖沒有趕上演劇的好季節，但仍然受到歡迎，超過了吳越戲班的演出效果。而宜伶還充當了湯顯祖和梅鼎祚之間的信使。

關於牡丹亭的改編及其演出

自牡丹亭問世之後，聲譽鵲起。除在湯顯祖家鄉一帶用宜黃腔演唱外，一些曲家還紛紛以當時流行的崑山腔加以改編和演出。湯顯祖的友人潘之恒鸞嘯小品卷三曾記述牡丹亭剛行世時由崑腔戲班演出時的情景。他在贈吳亦史詩中云：「風流情事盡堪傳，況是才人第一編。剛及秋宵宵漸永，出門猶恨未明天。」詩後附記：「湯臨川所撰牡丹亭還魂記初行，丹陽人吳太乙攜一生來留都，名曰亦史，年方十三。邀至曲中，同（吳）允兆、（臧）晉叔諸人坐佳色亭觀演此劇。惟亦史甚得柳夢梅恃才恃聳，沾沾得意，不肯屈服景狀。後之生色，皆不能及，酷令人思之。」它寫吳亦史扮生角飾柳夢梅，從其表演「恃才恃聳，沾沾得意，不肯屈服景狀」看，顯係指牡丹亭結尾處的鬧宴、硬拷、圓駕等齣。

潘之恒是牡丹亭的熱愛者和崇拜者。十年之後，他在南京吳越石家，抱病連續五次觀看牡丹亭的演出，並為此寫了一篇專論情癡——觀演牡丹亭還魂記書贈二孺（亙史卷四雜篇），略謂：

> 古稱優孟、優施能寫人之貌，尚能動主，而況以情寫情，有不合文人之思致哉？
>
> 余友臨川湯若士嘗作牡丹亭還魂記，是能生死、死生，而別通一竇於靈明之境，以遊戲於翰墨之場。同社吳越石家有歌兒，令演是記，能飄飄忽忽另番一局於縹緲之餘，以悽愴於聲調之外，一字不遺，無微不極。既感杜、柳情深，復服湯公為良史。
>
> 吳君有逸興，然非二孺莫能寫其形容，非冰生莫能賞其玄暢。乃今而後，知牡丹亭記之有關於性情，可為驚心動魄者矣。
>
> 蓋余十年前，見此記，輒口傳之。有情人無不歔欷欲絕，恍然自失。又見丹陽吳太乙生家童子演柳生者，宛有癡態，賞其為解；而最難得者，解杜麗娘之情人也。

文中極口稱賞分別扮演杜麗娘和柳夢梅的蘇州崑曲藝人江孺和昌孺「珠喉宛轉如串，美度綽約如仙」。他說自己「不慧抱恙一冬，五觀牡丹亭記，覺有起色」，牡丹亭成了他療疾的良藥。而他的「以情寫情」論，與湯顯祖的「情至」說若合符契。潘之恒不愧為牡丹亭最早的知音。

湯顯祖哭婁江女子二首詩序云：「因憶周明行中丞言，向婁江王相國家勸駕，出家樂演此。相國曰：『吾老年人，近頗為此曲惆悵！』」萬曆三十五年六月，朝廷加致仕在家的原相國王錫爵少保銜，召其還朝，王辭不赴。當時任應天巡撫的周孔教（字明行，臨川人）前往勸駕，王錫爵以家樂演出牡丹亭來招待他。而他之所以為此曲感到惆悵，當是由於劇中杜麗娘的遭遇而聯想起自己的女兒。他的次女壽貞，號曇陽子，幼時許配徐景韶，未嫁而夫死。平時信奉觀音大士，相傳她是得道仙去。曾盛傳一時，並引起過一場頗大的風波。王氏家樂是蘇州一帶有名的戲班子，它演出的牡丹亭必具有可觀的規模。

在牡丹亭行世之初，對劇本進行改編的當推呂玉繩。呂名胤昌，又字麟趾，號姜山，是湯顯祖的同年進士，兩人有深厚的友誼。梅鼎祚鹿裘石室尺牘卷一一答湯義仍書云：「仁兄未爍西河之淚，罷歸南山之廬……玉茗紫釵，欲序未皇，亦是荊璧，使刻楮葉，良工尚不無束手耳。呂玉繩近致還魂，麗事奇文，相望蔚起，當為兄弁數語，以報章臺之役。」首句指湯顯祖長子士蘧去年病死，次句指湯顯祖今年大計罷官，事在萬曆二十九年。這時他得到呂玉繩送去的牡丹亭，贊之為「麗事奇文，相望蔚起」，並想為它寫一篇序言，作為對湯顯祖為他玉合記題詞的報答（玉合記演「章臺柳」的故事）。

但是，當湯顯祖也得到這個被呂玉繩改竄了的牡丹亭時，卻大為不滿。他在答凌初成書中說：「不佞牡丹亭記，大受呂玉繩改竄，云便吳歌。不佞啞然笑曰：昔有人嫌摩詰之冬景芭蕉，割蕉加梅。冬則冬矣，然非王摩詰冬景也。其中駘蕩淫夷，轉在筆墨之外耳。」他還寫了一首見改竄牡丹詞者失笑詩：「醉漢瓊筵風味殊，通仙鐵笛海雲孤。總饒割就時人景，卻愧王維舊雪圖。」又在與宜伶羅章二書中特地叮囑：「牡丹亭記要依我原本，其呂家改的，切不可從。雖是增減一二字以便俗唱，卻與我原做的意趣大不同了。」看來當時宜伶手中也已有了呂改本。呂玉繩改竄牡丹亭，主要是為了「以便俗唱」，「云便吳歌」，也就是改成適合於崑腔演唱的腳本，這本無可厚非。但它「割蕉加梅」，與原作的「意趣」大相逕庭，這就不是湯顯祖所能原諒的了。

王驥德曲律卷四雜論第三十九說沈璟「曾為臨川改易還魂字句之不協者，呂吏部玉繩以致臨川不懌，復書吏部曰：『彼惡知曲意哉！余意所至，不妨拗折天下人嗓子。』其志趣不同如此。」以致引發了一樁戲曲史上由誰改竄牡丹亭的爭論。有人據此認定呂玉繩改本即沈璟改本。按，據王驥德曲律自序，他的雜論第三十九是在他晚年抱病「左持藥碗，右驅管城」的情況下倉卒而成，因而有些可能只是根據傳聞，未加深究細校。如上述引文中張冠李戴，把湯顯祖的答孫俟居書中說過的話說成是「復書吏部」；又把呂玉繩的改本按在了沈璟頭上。友人周育德教授所贈湯顯祖論稿（北京文化藝術出版社，一九九一年六月出版）一書中對此辯之甚詳。三婦合評本陳同序中談牡丹亭刊本，還提到有「呂、臧、沈、馮改本四冊」。可惜的是呂玉繩改本今已不存，自然無法論其短長。沈璟的改本同夢記又名串本牡丹亭，當時並未刊刻，只是一部「未刻稿」。湯顯祖與沈璟從未謀面，也未有過書信往還，更不可能看到這個稿本。沈璟改本也已佚失，從僅存的兩支曲子，即沈自晉據沈璟南九宮十三調曲譜擴充修訂而成的南詞新譜卷一六所收沈璟改本蠻山憶集曲一支和卷二二所收沈璟改本真珠簾一支的情況看，其改動是很大的，決非只是「增減一二字以便俗唱」的問題。湯顯祖一再強調「大受呂玉繩改竄」，「呂家改的」，憑他與梅鼎祚、呂玉繩的深厚交誼，是不可能把沈璟改本錯當成呂玉繩改本而無端加以指責的，我們還是應該尊重湯顯祖本人的意見。

此後，同時代的曲家，對牡丹亭進行改編的，還有臧懋循的玉茗堂四種傳奇本，馮夢龍的墨憨齋重定三會親風流夢，徐日曦的碩園刪定牡丹亭（六十種曲本）等。改編之中難免有得有失，但是從便於在舞臺上演出和擴大牡丹亭的影響以廣流傳方面看，他們又都稱得上是有功之臣。

牡丹亭還魂記卷上

明臨川湯顯祖若士編

第壹齣 標目

【蝶戀花】末上 忙處拋人閑處住百計思量沒箇爲歡處白日消磨腸斷句世間只有情難訴 玉茗堂前朝復暮紅燭迎人俊得江山助但是相思莫相負牡丹亭上三生路

【漢宮春】杜寶黃堂生麗娘小姐愛踏春陽感夢書生折柳竟爲情傷寫眞留記葬梅花道院淒涼三年上有夢梅柳子於此赴高唐 果爾回生定配赴臨安取試寇起淮揚正把杜公圍困小姐驚惶教柳郎行探返遭疑激惱平章風流況施行正苦報中狀元郎

杜麗娘夢寫丹青記 陳教授說下梨花槍

還魂記 卷上

萬曆本書影

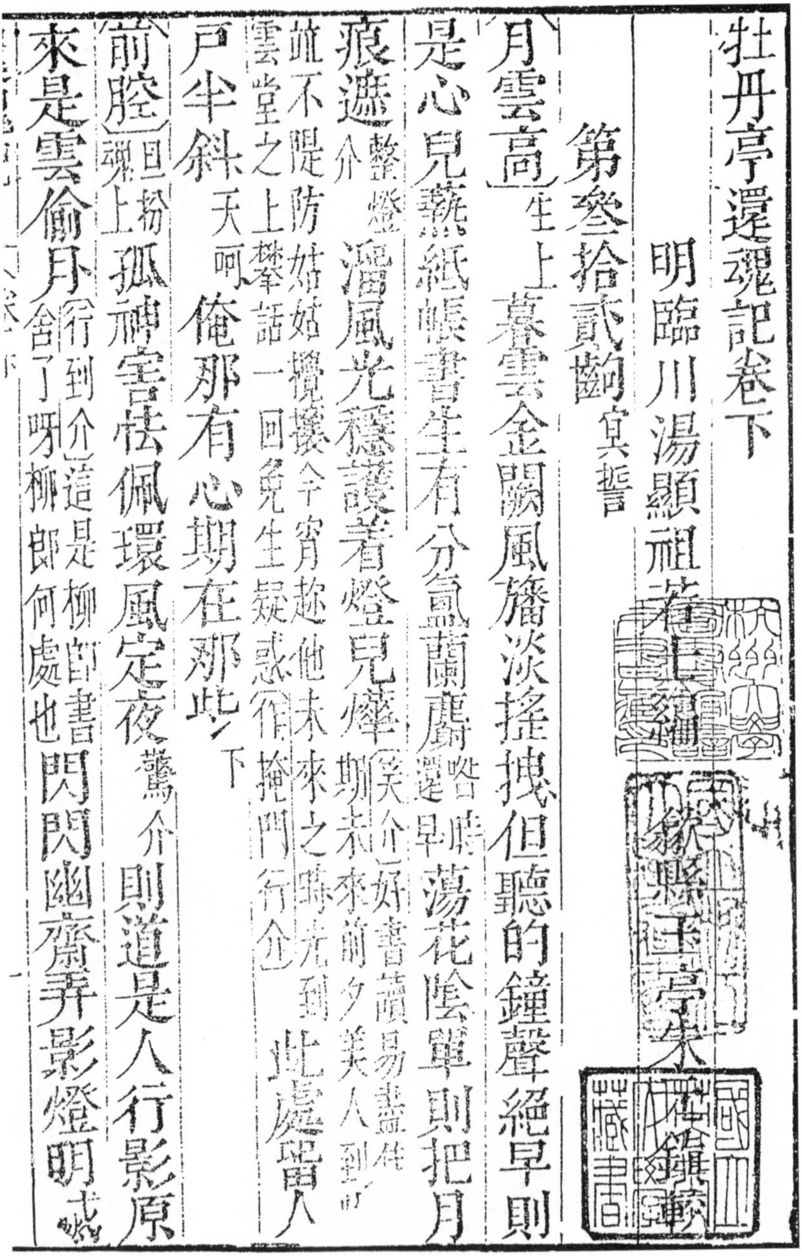

牡丹亭還魂記卷下

明臨川湯顯祖著

第參拾貳齣 冥誓

【月雲高】（生上）暮雲金闕風旛淡搖拽但聽的鐘聲絕早則是心兒熱紙帳書生有分氤氳蘭麝（咱時還早）蕩花陰單則把月痕遮（介）驚燈溜風光穩護着燈兒擲（笑介）好書讀易盡佳期未來前夕美人到此竝不隄防姑姑攪攘今宵趁他未來之時先到雲堂之上攀話一回免生疑惑（作掩門行介）此處留人戶半斜（天呵）俺那有心期在那些（下）

【前腔】（旦扮魂上）孤神害怯佩環風定夜（驚介）則道是人行影原來是雲偷月（行到介）這是柳郎書舍了呀柳郎何處也閃閃幽齋弄影燈明滅

牡丹亭記 卷下 一

萬曆本書影

牡丹亭題詞

天下女子有情、寧有如杜麗娘者乎、夢其人、卽病、病卽彌連、至手畫形容傳於世而後死、死三年矣、復能溟莫中求得其所夢者而生、如麗娘者、乃可謂之有情人耳、情不知所起、一往而深、生者可以死、死可以生、生而不

牡丹亭記 一 題

朱墨本書影

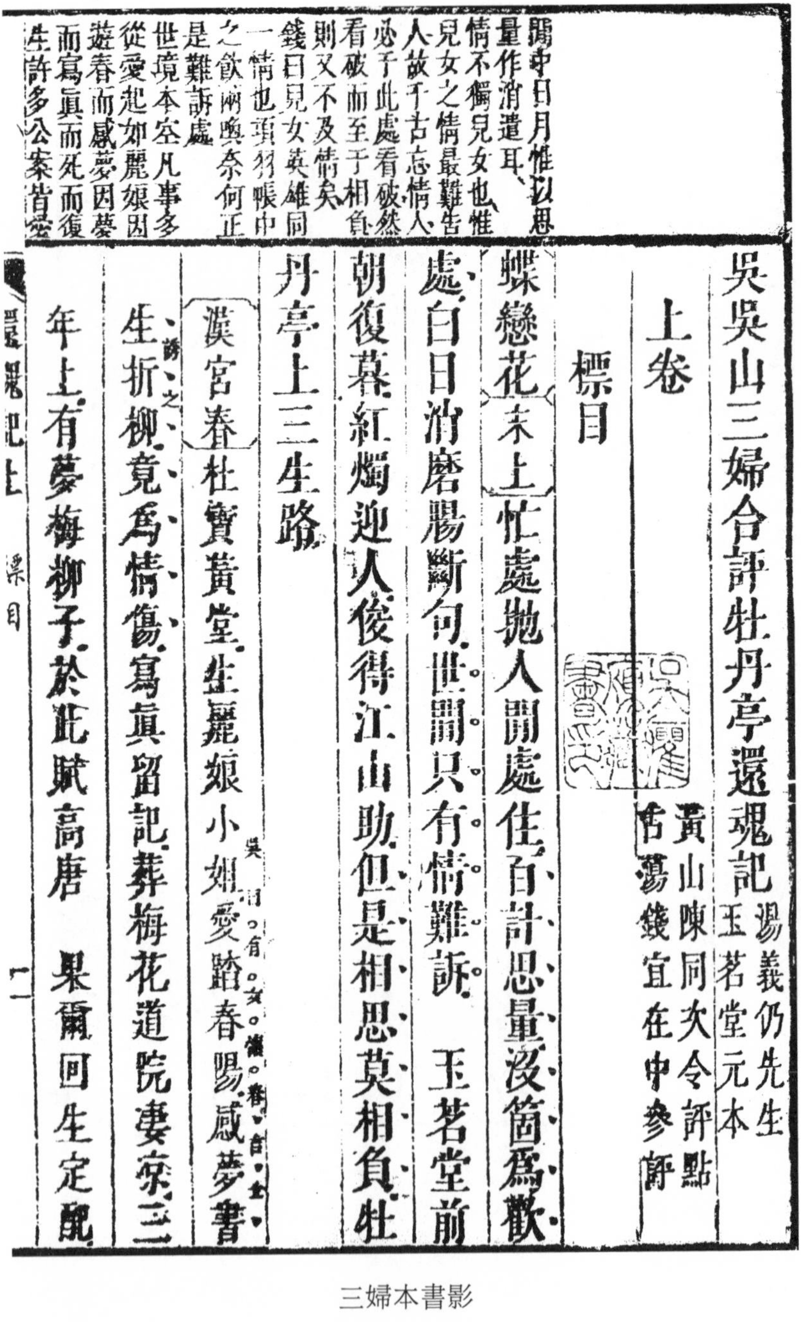
閒中日月，惟以思量作消遣耳。情不獨兒女也，惟兒女之情最難告人，故千古忘情人必于此處看破，然看破而至于相負，則又不及情矣。錢曰：兒女英雄同一情也，項羽帳中之飲，兩與奈何，正是難訴處。世境本空，凡事多從愛起，如麗娘因遊春而感夢，因夢而寫真，而死而復生，許多公案皆從

吳吳山三婦合評牡丹亭還魂記

湯義仍先生 玉茗堂元本

黃山陳同次令評點

古蕩錢宜在中參評

上卷

標目

蝶戀花（末上）忙處拋人閒處住，百計思量，沒箇為歡處。白日消磨腸斷句，世間只有情難訴。玉茗堂前朝復暮，紅燭迎人，俊得江山助。但是相思莫相負，牡丹亭上三生路。

漢宮春 杜寶黃堂，生麗娘小姐，愛踏春陽，感夢書生折柳，竟為情傷。寫真留記，葬梅花道院淒涼。三年上，有夢梅柳子，於此賦高唐。果爾回生定配

吳曰：有女懷春，吉士誘之。

還魂記上 標目 一

三婦本書影

回目

卷　下

牡丹亭還魂記題辭

天下女子有情，寧有如杜麗娘者乎！夢其人即病，病即彌連❶，至手畫形容❷，傳於世而後死。死三年矣，復能溟莫❸中求得其所夢者而生。如麗娘者，乃可謂之有情人耳。情不知所起，一往而深❹。生者可以死，死可以生。生而不可與死，死而不可復生者，皆非情之至也。夢中之情，何必非真？天下豈少夢中之人耶！必因薦枕❺而成親，待掛冠❻而為密者，皆形骸之論❼也。傳杜太守事者，彷彿晉武都守李仲文、廣州守馮孝將兒女事❽。予稍為更而演之。至於杜守收拷柳生，亦如漢睢陽王收考談生❾

❶ 彌連：久遠，連續。

❷ 形容：形貌，指畫像。

❸ 溟莫：幽晦廣遠，指陰曹地府。莫，通「漠」。三婦本正作「漠」。

❹ 一往而深：通常作「一往深情」，指對人或事傾注深厚的感情。語出世說新語任誕：「桓子野每聞清歌，輒喚奈何！謝公聞之曰：『子野可謂一往有深情。』」

❺ 薦枕：或作「薦枕席」。進獻枕席，借指侍寢。

❻ 掛冠：離任，棄官。

❼ 形骸之論：猶「皮相之論」。只從表面上看問題的淺薄論調。形骸，本指人的軀體。

❽ 晉武都守句：晉武都太守李仲文長女，卒後葬郡城北。繼任郡守張世之之子，字子長，在廨中夜夢一女，自

也。嗟夫！人世之事，非人世所可盡。自非通人⑩，恒以理相格⑪耳！第云⑫理之所必無，安知情之所必有耶！

萬曆戊戌⑬秋清遠道人⑭題

言：「前府君女，不幸早亡，會今當更生。心相愛樂，故來相就。」如此五六夜。忽然晝見，衣服薰香殊絕，遂為夫妻。又，廣州太守馮孝將兒名馬子，夜獨臥廄中，夢見一女子，言：「我是前太守北海徐玄方女，不幸蚤亡……案生錄，當八十餘，聽我更生，要當有依馬子乃得生活，又應為君妻。」後果掘棺出女，聘為夫婦。事見搜神後記卷四徐玄方女、李仲文女條。

⑨ 漢睢陽王收考談生：漢時談生無婦，夜半有女子來就生為夫婦。後生隨女入一華堂室宇，女贈以珠袍，並裂取生衣裾留之。生持袍詣市，為睢陽王買得，識為女袍，疑生發冢，乃收拷之。生具以實對，王「乃視女冢，冢完如故。發視之，棺蓋下果得衣裾。呼其兒視，正類王女。王乃信之。」事見搜神記卷一六。考，同「拷」。

⑩ 通人：學識淵博、貫通古今的人。漢王充論衡超奇：「博覽古今者為通人。」

⑪ 格：限制，阻隔。

⑫ 第云：只是說。

⑬ 萬曆戊戌：萬曆二十六年（一五九八）。戊戌，萬曆本、懷德本、朱墨本、同文本皆同，三婦本、暖紅本作「戊子」。按，湯顯祖牡丹亭作於萬曆戊戌（二十六年），戊子則為萬曆十六年。三婦本、暖紅本誤。

⑭ 清遠道人：湯顯祖的別號，以家後有清遠樓得名。三婦本此四字作「臨川清遠道人湯顯祖」。

卷上

第一齣　標目❶

【蝶戀花】（末❷上）忙處抛人閑處住❸。百計思量，沒箇為歡處。白日消磨腸斷句，世間只有情難訴❹。玉茗堂❺前朝復暮。紅燭迎人，俊得江山助❻。但是❼相思莫相負，牡

❶ 標目：古代戲曲的開場白和引子，用以說明創作緣起，介紹全劇梗概。傳奇的第一齣通常叫「家門引子」，這裏的「標目」和「家門引子」的作用相同。格正本本齣題作「家門」。

❷ 末：戲曲角色名，一般扮演中年男子。傳奇第一齣例由副末開場，這裏以末代之。

❸ 忙處抛人閑處住：這句指抛開紛擾的官場而閑處家鄉。湯顯祖於萬曆二十六年（一五九八）棄官回臨川。

❹ 世間只有情難訴：句出唐顧況送李侍御往吳興詩：「世間只有情難說。」

❺ 玉茗堂：湯顯祖的書齋名。玉茗，白山茶花。宋陸游眉山郡燕大醉中間道馳出城宿石佛院詩：「釵頭玉茗妙天下，瓊花一樹真虛名。」自注：「坐上見白山茶，格韻高絕。」

❻ 俊得江山助：俊，美。這句是說文章之美，得到江山的助益。語出文心雕龍物色：「然屈平所以能洞監風騷之情者，抑亦江山之助乎！」

丹亭上三生路❽。

〔漢宮春〕杜寶黃堂❾，生麗娘小姐，愛踏春陽❿。感夢書生折柳，竟為情傷。寫真⓫留記，葬梅花道院淒涼。三年上，有夢梅柳子，於此赴高唐⓬。果爾回生定配，赴臨安⓭取試，寇起淮揚。正把杜公圍困，小姐驚惶。教柳郎行探，反遭疑激惱平章⓮。風流況⓯，施行⓰正苦，報中狀元郎。

❼ 但是：只要是。

❽ 牡丹亭上三生路：指杜麗娘死而復生與柳夢梅再續前緣。唐人傳奇故事：傳說唐代李源同惠林寺僧圓觀友善，曾同遊三峽，見有婦人汲水，圓觀指說：「是某託身之所。」相約十二年後，在杭州天竺寺外相會。後李源赴約，聽到牧童歌竹枝詞道：「三生石上舊精魂，賞月吟風不要論。慚愧情人遠相訪，此身雖異性長存。」牧童即圓觀後身。見唐袁郊甘澤謠圓觀。今杭州天竺寺後有三生石，相傳即李源和圓觀相會處。

❾ 黃堂：古代太守衙中的正堂，借以指太守。

❿ 踏春陽：踏青，遊春。唐人傳奇故事：邢鳳在一豪宅晝寢，夢一美人，授以詩卷，其首篇題為春陽曲：「長安少女踏春陽，何處春陽不斷腸。舞袖弓彎渾忘卻，羅衣空換九秋霜。」見唐沈亞之異夢錄。

⓫ 寫真：畫肖像。

⓬ 赴高唐：相傳楚懷王遊高唐，晝寢，夢與巫山之女交歡，臨去時她告辭說：「妾在巫山之陽，高丘之阻，旦為朝雲，暮為行雨，朝朝暮暮，陽臺之下。」王因為之立廟，名曰朝雲。見戰國楚宋玉高唐賦序。後來，和這一傳說有關的像高唐、巫山、雲雨、陽臺、巫雲楚雨等，都用來指男女歡合或幽會的場所。三婦本「赴」作「賦」。

⓭ 臨安：宋高宗南渡後置行宮於杭州，升州為臨安府。

⓮ 平章：官名，與宰相等。宋代有平章軍國重事，金、元有平章政事，皆簡稱平章。這裏指杜寶。

杜麗娘夢寫丹青記⑰。
陳教授說下梨花鎗⑱。
柳秀才偷載回生女。
杜平章刁打狀元郎。

⑮ 風流況：風流事。況，情事，景況。

⑯ 施行：處置。朱墨本「行」作「刑」，則是用刑的意思，亦通。

⑰ 杜麗娘夢寫丹青記：以下四句相當於下場詩，較之漢宮春，對劇情作了更簡要的概括。丹青，本是繪畫的兩種顏料，常用以指代繪畫或畫像。

⑱ 陳教授說下梨花鎗：指陳最良受杜寶指派，說李全來降，先說動李全之妻。教授，學官名。宋代各路州、縣學均置教授，明代府學亦置教授。這裏是對生員陳最良的尊稱。梨花鎗，指李全妻，她善使一柄梨花鎗，曾云：「二十年梨花鎗，天下無敵手。」見宋史叛臣傳李全。

第二齣 言懷

【真珠簾】(生❶上)河東舊族❷,柳氏名門最。論星宿,連張帶鬼❸。幾葉❹到寒儒,受雨打風吹❺。謾說書中能富貴,顏如玉,和黃金那裏❻。貧薄把人灰,且養就這浩然之氣❼。

〔鷓鴣天〕❽「刮盡鯨鰲背上霜❾,寒儒偏喜住炎方❿。憑依造化⓫三分福,紹接詩書一脈香。能鑿

❶ 生:戲曲角色名,傳奇中的男主角。扮演男角的,還有外、末、淨、丑等。

❷ 河東舊族:河東郡的大姓望族,指柳姓。

❸ 論星宿二句:中國古代天文家把周天黃道的恒星分成二十八星座,並以列宿與地域對應。張、鬼各為二十八宿之一,其所主地域即包括河東一帶。這句是以星宿表明河東的方位。宿,音ㄒㄧㄡˋ。

❹ 幾葉:幾代。葉,世代。

❺ 受雨打風吹:喻屢經變故,家道衰微。

❻ 謾說書中能富貴三句:謾說,休說。這幾句語出宋真宗勸學文:「富家不用買良田,書中自有千鍾粟;安居不用架高堂,書中自有黃金屋;出門莫恨無人隨,書中車馬多如簇;娶妻莫恨無良媒,書中有女顏如玉。男兒欲遂平生志,六經勤向窗前讀。」

❼ 且養就這浩然之氣:孟子公孫丑上:「我善養吾浩然之氣。」浩然之氣,正大剛直之氣,指儒士的情操修養。

❽ 鷓鴣天:這是生角的上場詩。上場詩或由作者自撰,或引用現成的詩詞(有時也略作改動)。

壁⑫，會懸梁⑬，偷天妙手⑭繡文章。必須砍得蟾宮桂⑮，始信人間玉斧長。」小生姓柳名夢梅，表字春卿。原係唐朝柳州司馬柳宗元⑯之後，留家嶺南。父親朝散⑰之職，母親縣君⑱之封。（嘆介）所恨俺自小孤單，生事微渺⑲。喜的是今日成人長大，二十過頭，志慧聰明，三場得手⑳。只恨未遭時勢，不免饑寒。賴有始祖柳州公帶下郭橐駝㉑，柳州衙舍，栽接花果。橐駝遺下一箇駝孫，也跟隨俺

---

⑨ 刮盡鯨鰲背上霜：鯨鰲，偏指鰲。科舉時代稱中狀元為獨占鰲頭。霜，閃著寒光的鱗甲。這句比喻刻苦攻讀，耗盡心力，依然未能占得鰲頭。

⑩ 炎方：南方炎熱地區。

⑪ 造化：造物主，上天。

⑫ 鑿壁：即「鑿壁偷光」。漢代匡衡勤學，家貧無燭，於是鑿穿牆壁，借鄰居的燭光映書而讀。見西京雜記卷二。

⑬ 懸梁：漢代孫敬好學，夜晚讀倦，以繩繫頭髻，懸於屋梁，以防瞌睡。見太平御覽卷三六三引漢書。能鑿壁，會懸梁，是說自己效法古人，勤奮苦讀。

⑭ 偷天妙手：極言文才高超。宋陸游文章詩：「文章本天成，妙手偶得之。」

⑮ 砍得蟾宮桂：蟾宮，月宮。傳說月宮中有蟾蜍、丹桂。舊時以科舉及第為「蟾宮折桂」。

⑯ 唐朝柳州司馬柳宗元：柳宗元，唐代文學家，字子厚。曾被貶為永州司馬，後遷柳州刺史，人稱「柳柳州」。此處作柳州司馬，不確。司馬，州郡掌管軍事的長官。

⑰ 朝散：朝散大夫的省稱，從五品散職文官。

⑱ 縣君：唐代五品官妻與母的封號。

⑲ 生事微渺：生計艱難。微渺，渺茫沒有著落。

⑳ 三場得手：科舉時代考試須經三次，即初場、二場、三場，總稱三場。這裏指經本省各級考試進入府、州、縣學，已取得生員即秀才的資格。得手，得心應手，順利通過。

廣州種樹，相依過活。雖然如此，不是男兒結果之場。每日情思昏昏，忽然半月之前，做下一夢。夢到一園，梅花樹下，立著箇美人，不長不短，如送如迎。說道：「柳生，柳生，遇俺方有姻緣之分，發跡之期。」因此改名夢梅，春卿為字。正是：「夢短夢長俱是夢，年來年去是何年！」

【九迴腸】〔解三酲〕**雖則俺改名換字，俏魂兒㉒未卜先知？定佳期盼煞蟾宮桂，柳夢梅不賣查梨㉓。還則怕嫦娥妬色花頹氣㉔，等的俺梅子酸心柳皺眉㉕，渾如醉。**〔三學士〕**無螢鑿遍了鄰家壁㉖，甚東牆不許人窺㉗！有一日春光暗度黃金柳，雪意沖開了白玉梅。**

㉑ 郭橐駝：柳宗元寫過一篇種樹郭橐駝傳。橐駝即駱駝，因為他是駝背，所以鄉人稱他橐駝。但文中並沒有說柳宗元雇用他在柳州衙舍種樹。橐，音ㄊㄨㄛˊ。

㉒ 俏魂兒：俏麗的夢中美人。俏，原本作「悄」，據懷德本、朱墨本、格正本、暖紅本、同文本改。

㉓ 不賣查梨：並不誇口說嘴。賣查梨原指賣糖食雜貨小販的高聲叫賣，因兜攬生意時常陪笑臉或誇大其詞，故轉而指笑臉奉承或誇口說嘴。元關漢卿救風塵劇第一折：「俺不是賣查梨，他可也逞刀錐。」

㉔ 嫦娥妬色花頹氣：嫦娥嫉妒美色而使花凋零。花，借指夢裏梅花樹下的美人。頹氣，倒霉。

㉕ 梅子酸心柳皺眉：形容等待時的焦慮心情。柳、梅，則與劇中人物的姓名相關。明朱有燉曲江池劇第一折：「空教我梅子酸心柳皺眉。」

㉖ 無螢鑿遍了鄰家壁：晉代車胤力學不倦，家貧無油，夏日用練囊盛數十螢火蟲照書而讀。見晉書車胤傳。無螢，所以要遍鑿鄰家壁，這裏又用了匡衡鑿壁偷光的故事。

㉗ 甚東牆不許人窺：承上句「鄰家壁」而來，義含雙關。孟子告子下：「踰東家牆而摟其處子。」戰國楚宋玉登徒子好色賦：「天下之佳人，莫若楚國；楚國之麗者，莫若臣里；臣里之美者，莫若臣東家之子。……然此女登牆窺臣三年，至今未許也。」

鳴岐
言懷
一
暖紅室

〔急三鎗〕那時節走馬在章臺內㉘，絲兒翠㉙，籠定箇百花魁㉚。雖然這般說，有箇朋友韓子才，是韓昌黎㉛之後，寄居趙佗王臺㉜。他雖是香火秀才㉝，卻有些談吐，不免隨喜㉞一會。

門前梅柳爛春暉㉟， 張窈窕
夢見君王覺後疑。 王昌齡

㉘ 走馬在章臺內：這句是說到時候高中鼎甲，春風得意，在京城的御街上跨馬遊街。章臺，漢代長安的一條街道名。走馬章臺，借用張敞的故事。見漢書張敞傳。

㉙ 絲兒翠：翠絲兒的倒文，指絲鞭。西湖老人繁勝錄：得中狀元、榜眼、探花者，「各有黃旗百面相從，戴羞帽，執絲鞭，騎馬遊街。」又，古代男方接受女方遞與的絲鞭，是訂婚的一種儀式。元無名氏連環計劇第一折：「呀！你說甚麼再遞絲鞭，重整良緣！」這裏也有雙關的意思。

㉚ 百花魁：指夢中美人。

㉛ 韓昌黎：唐代文學家韓愈，字退之，自謂郡望昌黎，世稱韓昌黎。

㉜ 趙佗王臺：即越王臺，為漢時南越王趙佗所築。故址在今廣州市北越秀山上。

㉝ 香火秀才：即奉祀生。因為是先賢後代，不經科舉考試，賜予秀才功名，以管理先祖祠廟的祭祀。所以第六齣韓子才有「官府念是先賢之後，表請敕封小生為昌黎祠香火秀才」等語。

㉞ 隨喜：佛家語，原取見他人行善而生歡喜心之意。這裏指遊謁寺院。

㉟ 門前梅柳爛春暉：從本齣起，結尾的下場詩都是集唐詩而成。朱墨本前面均有「集唐」二字。三婦本每句下均注明原詩作者，以後各本因之。其中有的詩句與原詩小有出入，當是作者的有意改動，一般不予校改。

心似百花開未得，
托身須上萬年枝。

曹松
韓偓

第三齣 訓女

【滿庭芳】（外扮杜太守上）西蜀名儒，南安❶太守，幾番廊廟江湖❷。紫袍金帶❸，功業未全無。華髮❹不堪回首，意抽簪萬里橋西❺，還只怕君恩未許，五馬欲踟躕❻。

「一生名宦守南安，莫作尋常太守看。到來只飲官中水❼，歸去惟看屋外山。」自家南安太守杜寶，表字子充，乃唐朝杜子美❽之後。流落巴蜀，年過五旬。想廿歲登科❾，三年出守，清名惠政，播在

---

❶ 南安：宋代置南安軍，明初改為府，治所在大庾（今江西省大余縣）。

❷ 幾番廊廟江湖：幾度出仕和隱退。廊廟，朝廷，指在朝。江湖，隱士的居處，指在野。

❸ 紫袍金帶：高官的朝服。元鄭光祖㑳梅香劇第四折：「你穿的是朝君王紫袍金帶。」

❹ 華髮：花白的頭髮，謂年老。

❺ 意抽簪萬里橋西：要想歸隱故鄉。古時做官的人須束髮整冠，用簪連冠於髮，所以稱棄官隱退為抽簪。萬里橋，在四川省成都市南，橋西有杜甫浣花草堂。唐杜甫狂夫詩：「萬里橋西一草堂，百花潭水即滄浪。」杜寶自稱是杜甫的後代，所以這樣說。

❻ 五馬欲踟躕：去留難以確定。五馬，漢時太守乘坐五匹馬駕的車，因以指代太守。語出漢樂府陌上桑：「使君從南來，五馬立踟躕。」踟躕，猶豫，遲疑。

❼ 到來只飲官中水：是說為官的清廉。典出晉書鄧攸傳：攸為吳郡太守，「載米之郡，俸祿無所受，唯飲吳水而已。」句本唐方干獻浙東王大夫詩：「到來唯飲長溪水，歸去應將一個錢。」

❽ 杜子美：唐代詩人杜甫，字子美。

人間。內有夫人甄氏，乃魏朝甄皇后⑩嫡派。此家峨嵋山⑪，見世⑫出賢德夫人。單生小女，才貌端妍，喚名麗娘，未議婚配。看起自來淑女，無不知書。今日政有餘閑，不免請出夫人，商議此事。正是：「中郎學富單傳女⑬，伯道官貧更少兒⑭。」

【遶地遊】（老旦⑮上）甄妃洛浦⑯，嫡派來西蜀，封大郡南安杜母⑰。

（見介）（外）「老拜名邦無甚德，（老旦）妾沾封誥⑱有何功？（外）春來閨閣閑多少，（老旦）也長向

⑨ 登科：科舉時代稱考中進士為「登科」或「登第」。五代王仁裕開元天寶遺事泥金帖子：「新進士才及第，以泥金書帖子，附家書中，用報登科之喜。」

⑩ 魏朝甄皇后：指魏文帝曹丕的皇后甄氏。

⑪ 峨嵋山：在四川省峨眉縣西南，有山峰相對如蛾眉，故稱。為中國四大佛教名山之一。

⑫ 見世：現時，當今。見，「現」的古字。

⑬ 中郎學富單傳女：中郎，指蔡邕，東漢文學家，曾官左中郎將。他只有一女蔡琰，字文姬，是漢末著名女詩人。見後漢書的蔡邕傳和董祀妻傳。

⑭ 伯道官貧更少兒：即本齣❼提到的鄧攸，字伯道。他做河東太守時，逢石勒兵亂，攜妻兒及侄出逃。在計難兩全的情況下，他縛自己的兒子於樹而棄之，以保全侄兒。當時人說：「天道無知，使鄧伯道無兒。」

⑮ 老旦：戲曲角色名，扮演老年婦女。傳奇中的女主角由旦扮演。貼（貼旦）多扮演丫鬟一類角色。女角有時也可由淨、丑來飾演。

⑯ 甄妃洛浦：甄妃，即上文所說的甄皇后。洛浦，洛水之濱，傳說為洛神出沒處，借以指洛水女神宓妃。三國魏曹植作洛神賦，文選李善注引舊說以為係感念甄后而作，實為附會。

⑰ 封大郡南安杜母：唐代封四品官之妻為郡君。杜寶妻後來封為淮陰郡夫人（第五十五齣）。

花陰課女工⑲。」（外）女工一事，想女兒精巧過人。看來古今賢淑，多曉詩書。他日嫁一書生，不枉了談吐相稱。你意下如何？（老旦）但憑尊意。

【前腔】⑳（貼持酒臺㉑，隨旦上）**嬌鶯欲語，眼見春如許。寸草心，怎報的春光一二㉒？**

（見介）爹娘萬福㉓。（外）孩兒，後面捧著酒肴，是何主意？（旦跪介）今日春光明媚，爹娘寬坐後堂，女孩兒敢進三爵之觴㉔，少效千春之祝㉕。（外笑介）生受㉖你。

【玉山頹】（旦進酒介）**爹娘萬福，女孩兒無限歡娛。坐黃堂百歲春光，進美酒一家天祿㉗。祝萱花椿樹㉘，雖則是子生遲暮，守得見這蟠桃熟㉙。**（合）**且提壺，花間竹下，長引著**

---

⑱ 封誥：朝廷授予五品以上官員及其父母、妻室的封典誥命。

⑲ 女工：一作「女紅」。指女子所作的紡織、刺繡、縫紉等事。

⑳ 前腔：指這個曲調同於前一個曲調。此處即指仍用遶地遊曲。朱墨本「前腔」作「又」，下同此例，不另出校。

㉑ 酒臺：放酒器的承盤。懷德本、毛定本、同文本、暖紅本「臺」作「壺」。

㉒ 寸草心怎報的春光一二：比喻子女報答不盡父母的養育之恩。語本唐孟郊遊子吟：「誰言寸草心，報得三春暉！」

㉓ 萬福：古代婦女行的敬禮，多口稱「萬福」。

㉔ 三爵之觴：三杯酒。爵，雀形酒杯。觴，盛滿酒的杯。

㉕ 千春之祝：祝壽之詞。千春，壽辰。

㉖ 生受：道謝語。有辛苦、難為、有勞的意思。

㉗ 天祿：酒的代稱。漢書食貨志下：「酒者，天之美祿。」

鳳凰雛㉚。

（外）春香，酌小姐一杯。

【前腔】吾家杜甫，為漂零老愧妻孥㉛。（淚介）夫人，我比子美公更可憐也！他還有念老夫詩句男兒㉜，俺則有學母氏畫眉嬌女㉝。（老旦）相公休焦，儻然招得好女壻，與兒子一般。（外笑介）可一般呢！（老旦）「做門楣」古語㉞，為甚的這叨叨絮絮，纔到中年路。（合前）㉟

㉘ 萱花椿樹：代稱父母。萱花，即萱草，指母親。椿樹，指父親。唐牟融送徐誥詩：「知君此去情偏切，堂上椿萱雪滿頭。」

㉙ 蟠桃熟：比喻晚年生子。蟠桃，神話中的仙桃，傳說三千年結實生子。見漢武內傳。

㉚ 長引著鳳凰雛：祝願之詞，比喻兒女繞膝。鳳凰，傳說中的瑞鳥，雄的叫鳳，雌的叫凰。

㉛ 為漂零老愧妻孥：句本唐杜甫自閬州領妻子卻赴蜀山行：「飄飄愧老妻。」妻孥，妻子和兒女。格正本、暖紅本「漂」作「飄」。

㉜ 念老夫詩句男兒：本唐杜甫遣興詩意：「驥子好男兒，前年學語時。問知人客姓，誦得老夫詩。」驥子為杜甫幼子宗武小名。

㉝ 學母氏畫眉嬌女：本唐杜甫北征詩意：「瘦妻面復光，癡女頭自櫛。學母無不為，曉妝隨手抹。移時施朱鉛，狼藉畫眉闊。」

㉞ 做門楣古語：資治通鑑唐玄宗天寶五年：「楊貴妃方有寵……民間歌之曰：『生男勿喜女勿悲，君今看女作門楣。』」胡省三注：「言楊家因生女而宗門崇顯也。或曰：門以楣而撐拄，言生女能撐拄門戶也。」意謂女兒也能撐門面，光大娘家的門第。楣，門戶上端的橫木。

㉟ 合前：指此處重複前一曲調的末幾句，即「且提壺，花間竹下，長引著鳳凰雛」。

（外）女孩兒，把臺盞收去。（旦下介）（外）叫春香，俺問你小姐終日繡房，有何生活？（貼）繡房中則是繡。（外）繡的許多？（貼）繡了打緜㊱。（外）甚麼緜？（貼）睡眠。（外）好哩，好哩！夫人，你纔說「長向花陰課女工」，卻縱容女孩兒閑眠，是何家教？叫女孩兒。（旦上）爹爹有何分付？（外）適問春香，道㊲你白日眠睡，是何道理？假如刺繡餘閑，有架上圖書可以寓目。他日到人家，知書知禮，父母光輝。這都是你娘親失教也！

【玉胞肚】宦囊㊳清苦，也不曾詩書誤儒。你好些時做客為兒㊴，有一日把家當戶。是為爹的疏散不兒拘㊵，道的箇為娘是女模㊶。

【前腔】（老旦）眼前兒女，俺為娘心蘇體劬㊷。嬌養他掌上明珠，出落的人中美玉。兒呵，爹三分說話你自心模㊸，難道八字梳頭做目呼㊹。

㊱ 打緜：紡棉紗。這裏用作「打眠」的諧音。

㊲ 道：原本無「道」字，據朱墨本補。

㊳ 宦囊：指做官所得的錢財。

㊴ 做客為兒：女兒在母家猶如做客。明呂坤閨範卷二：「世俗女子在室，自處以客，而母亦客之。」

㊵ 不兒拘：「不拘兒」的倒裝句，不加約束之意。格正本正作「不拘兒」。

㊶ 女模：女兒的榜樣。

㊷ 心蘇體劬：身體雖勞累，心裏卻舒坦。蘇，通「疏」。放鬆。三婦本「蘇」作「勞」，則是身心並俱勞累的意思。

㊸ 模：揣摩，體會。

㊹ 八字梳頭做目呼：謂做小姐的竟連字也不識。八字梳頭，即八字牙梳，用象牙或玳瑁製作的八字形梳子。明

【前腔】（旦）黃堂父母，倚嬌癡慣習如愚，剛打㊺的鞦韆畫圖，閑搨㊻著鴛鴦繡譜。從今後茶餘飯飽破工夫，玉鏡臺㊼前插架書。

（老旦）雖然如此，要箇女先生講解才好。（外）不能勾。

【前腔】後堂公所㊽，請先生則是黌門㊾腐儒。（老旦）女兒呵，怎念遍的孔子詩書？但略識周公禮數㊿。（合）不枉了銀娘玉姐，只做箇紡磚兒，謝女班姬女校書51。

瞿佑剪燈新話聯芳樓記：「一綰鳳髻綠於雲，八字牙梳白似銀。」這裏代指小姐。做目呼，四字認做目字，識人不識字。明朱有燉豹子和尚劇第四折：「你罵我目呼，你笑我是蠢物不識字，目呼做四也。」

㊺ 打：鉤畫。

㊻ 搨：影摹。用紙覆蓋在書畫上面依樣描摹。原本作「榻」，據格正本、暖紅本改。

㊼ 玉鏡臺：玉製的鏡臺，梳妝用。群音類選京兆記：「青鸞何事飛難至？卻教我玉鏡臺前懶畫眉。」

㊽ 後堂公所：官府、衙門的後院，官員的住所。

㊾ 黌門：學宮之門。借指學宮、學校。原本「黌」作「鴻」，據格正本、三婦本、同文本、暖紅本改。

㊿ 周公禮數：周公，周武王之弟姬旦，相傳周禮是他所作。禮數，禮節。

51 不枉了銀娘玉姐三句：意思是堂堂千金小姐，不能只滿足做個普通女孩兒，應該做謝女、班姬那樣的才女，這才不枉了。銀娘玉姐，猶如說千金小姐。紡磚兒，詩小雅斯干：「載弄之瓦。」孔穎達疏：「瓦，紡塼，婦人所用。」後因以「紡磚」作為女孩的代稱。謝女，晉代女詩人謝道韞，以「未若柳絮因風起」詠雪而馳名。見世說新語言語。班姬，東漢女史學家班昭，班固之妹，曾續完她哥哥班固撰寫的漢書。其夫曹世叔，因又稱「曹大姑」。見後漢書曹世叔妻傳。女校書，校書本為古代掌校理典籍的官員，後來就稱有才華能詩文的婦女為女校書。唐胡曾贈薛濤詩：「萬里橋邊女校書，枇杷花下閉門居。」

（外）請先生不難，則要好生館待。

【尾聲】說與你夫人愛女休禽犢52，館明師茶飯須清楚。你看俺治國齊家，也則是數卷書。

往年何事乞西賓53？　柳宗元

主領春風54只在君。　王　建

伯道暮年無嗣子，　苗　發

女中誰是衛夫人55？　劉禹錫

52 禽犢：鳥獸疼愛幼仔，比喻父母溺愛子女。

53 西賓：古人席次尚右，座位居西朝東，所以尊稱受業之師或幕友為西賓或西席。這裏指塾師。

54 春風：多作「春風化雨」。比喻受益、教誨。

55 衛夫人：東晉女書法家衛鑠，字茂漪，汝陰太守李矩之妻，世稱衛夫人或李夫人。精於書法，王羲之、王獻之曾從其學書。這裏泛指有才華的女子。

第四齣 腐歎

【雙勸酒】（末扮老儒上）燈窗苦吟，寒酸撒吞❶；科場苦禁❷，蹉跎直恁❸！可憐辜負看書心，吼兒病年來迸侵❹。

「咳嗽病多疏酒盞，村童俸薄減廚煙。爭知天上無人住，弔下春愁鶴髮仙❺。」自家南安府儒學生員❻陳最良，表字伯粹。祖父行醫。小子自幼習儒，十二歲進學，超增補廩❼，觀場一十五次❽。不幸前

---

❶ 撒吞：元陸登善一枝花悔悟套曲：「如今腆著臉百事兒妝憨，低著頭凡事兒撒吞。」「妝憨」與「撒吞」互文，賣傻裝呆的意思。

❷ 科場苦禁：科舉考試屢屢失利，指考不取舉人。禁，受阻，遏制。

❸ 直恁：竟然如此。

❹ 吼兒病年來迸侵：吼兒病，哮喘病。迸侵，連連侵襲。

❺ 爭知天上無人住二句：本唐陸龜蒙自遣詩：「爭知天上無人住，亦有春愁鶴髮翁。」爭，猶怎。鶴髮仙，白髮仙人，指老者。這裏是陳最良自指。

❻ 儒學生員：儒學，是各府、州、縣設立的供生員修業的學校。儒生經本省各級考試取入府、州、縣學學習的叫進學，已進學的儒生就是生員，通稱秀才。

❼ 超增補廩：生員有一定名額，並由公家供給膳食的，稱廩膳生員。正額之外，增加名額，稱為增廣生員。增廣生在例行的甄別性考試中，位居優等前列的，可以遞補為廩膳生，這就是超增補廩；如果考居劣等的，遞降一等，停止膳食供給，這就叫停廩。

任宗師❾，考居劣等停廩。兼且兩年失館，衣食單薄，這些後生都順口叫我「陳絕糧」❿。因我醫卜地理，所事皆知，又改我表字伯粹做「百雜碎」。明年是第六箇旬頭⓫，也不想甚的了。有箇祖父藥店，依然開張在此。儒變醫，菜變虀⓬，這都不在話下。昨日聽見本府杜太守，有箇小姐，要請先生。好些奔競的鑽去，他可為甚的？鄉邦好說話，一也；通關節⓭，二也；撞太歲⓮，三也；穿他門子管家⓯，改竄文卷，四也；別處吹噓進身，五也；下頭官兒怕他，六也；家裏騙人，七也。為此七事，沒了頭⓰要去。他們都不知官衙可是好踏的！況且女學生一發難教，輕不得，重不得。儻然間體面有些不臻⓱，啼不得，哭⓲不得。似我老人家罷了。正是有書遮老眼，不妨無藥散閑愁。（丑扮府學門子上）「天下秀才窮到底，學中門子老成精。」（見介）陳齋長⓳報喜。（末）何喜？（丑）杜太爺要請箇先生教小姐，

❽ 觀場一十五次：觀場，指赴鄉試。鄉試每三年一次，觀場十五次，即四十五年。
❾ 宗師：科舉時代對主持一省考試的學道或學使的尊稱。
❿ 陳絕糧：論語衛靈公記孔子「在陳絕糧」。糧與良諧音，所以後生們順口用這個綽號來嘲笑陳最良。
⓫ 第六箇旬頭：年屆六十。十歲為一旬。
⓬ 儒變醫二句：比喻情況愈來愈不妙。虀，音ㄐㄧ。腌菜。
⓭ 通關節：暗中託請勾通有權勢者，從中收受好處。
⓮ 撞太歲：勾結官府，訛人錢財。明陸容菽園雜記卷一四：「京都有勾結官府，訛詐人財物者，名撞太歲。」
⓯ 穿他門子管家：穿，串通。門子，官府的貼身僕役。
⓰ 沒了頭：拚死拚活，拚命。
⓱ 不臻：不周全。毛定本「臻」作「尊」。
⓲ 哭：懷德本、暖紅本作「笑」。

掌教老爹⑳開了十數名去，都不中，說要老成的。我去掌教老爹處稟上了你，太爺有請帖在此。（末）「人之患在好為人師。」㉑（丑）是人之飯，有得你喫哩！（末）這等便行。（行介）

【洞仙歌】（末）咱頭巾破了修，靴頭綻了兜㉒。（丑）你坐老齋頭，衫襟沒了後頭。（合）硯水漱淨口，去承官飯溲㉓，剔牙杖敢黃虀臭㉔。

【前腔】（丑）咱門兒尋事頭㉕，你齋長干罷休？（末）要我謝酬，知那裏留不留？（合）不論端陽九㉖，但逢出府遊，則捻著衫兒袖㉗。

（丑）望見府門了。

（丑）世間榮落本逡巡㉘， 李商隱

---

⑲ 齋長：明代稱國子監的班長為齋長，沿用為對塾師的敬稱。

⑳ 掌教老爹：明代稱府、縣學的教官為掌教，掌管學校課試等事。這裏指府學教授。

㉑ 人之患在好為人師：見孟子離婁上。

㉒ 綻了兜：破裂了加以修補。

㉓ 溲：借用為「餿」，飯菜變質發酸。

㉔ 剔牙杖敢黃虀臭：牙籤上只怕還殘留著過去慣吃的腌菜的酸臭味。

㉕ 咱門兒尋事頭：我做門子的找到了差使（事頭）。

㉖ 端陽九：端陽（五月初五）和重陽（九月初九）兩個節日。

㉗ 則捻著衫兒袖：意思是逢年過節，衣袖裏捎帶點東家宴請、饋贈的東西出來，也好沾點光。捻，捏。

㉘ 世間榮落本逡巡：人世間的興衰、窮達本就來去不定。逡巡，徘徊不進。

（末）誰採髭鬚白似銀？　　曹唐
（丑）風流太守容閑坐，　　朱慶餘
（合）便有無邊求福人。　　韓愈

第五齣　延　師

【浣沙溪】（外引貼扮門子、丑扮皁隸❶同上）山色好，訟庭稀❷。朝看飛鳥暮飛回❸，印牀花落簾垂地❹。

「杜母❺高風不可攀，甘棠❻遊憩在南安。雖然為政多陰德❼，尚少階前玉樹蘭❽。」我杜寶出守此間，只有夫人一女，尋箇老儒教訓他。昨日府學開送一名廪生陳最良，年可六旬，從來飽學。一來可

❶ 皁隸：差役。原本無「隸」字，據朱墨本、毛定本、三婦本、暖紅本補。

❷ 訟庭稀：打官司的稀少。訟庭，即訟堂，衙門裏審理訴訟案件的場所。

❸ 朝看飛鳥暮飛回：句本唐李頎寄韓鵬詩：「朝看飛鳥暮飛還。」

❹ 印牀花落簾垂地：花落印牀，簾幙垂地，形容衙門白晝清閑無事。印牀，放置印章的文具。

❺ 杜母：指東漢的杜詩，他和西漢的召信臣都做過南陽太守，並有善政。當地人說：「前有召父，後有杜母。」見後漢書杜詩傳。

❻ 甘棠：周代的召伯巡行南方，曾經在甘棠樹下決獄斷案，後來人們就相約不要砍伐這樹，並作了甘棠這首詩來追懷他。見詩召南甘棠及史記燕召公世家。後因用來稱美好官及其政績。這裏是杜寶自比。

❼ 陰德：暗中做有德於人的事。淮南子人間訓：「有陰德者必有陽報，有陰行者必有昭名。」迷信的說法，積了「陰德」，就會有好報。

❽ 階前玉樹蘭：玉樹芝蘭，比喻佳美的子弟。典出世說新語言語：晉代謝安問他的子侄：「子弟亦何預人事，而正欲使其佳？」侄兒謝玄回答說：「譬如芝蘭玉樹，欲使其生於階庭耳。」

以教授小女，二來可以陪伴老夫。今日放了衙參⑨，分付安排禮酒，叫門子伺候。（眾應介）

【前腔】（末儒巾藍衫⑩上）**須抖擻，要權奇⑪。衣冠欠整老而衰。養浩然分庭還抗禮⑫。**（丑稟介）陳齋長到門。（外）就請衙內相見。（丑唱門⑬介）南安府學生員進。（下）（末跪，起揖，又跪介）生員陳最良稟拜。（拜介）（末）「廣學開書院⑭，（外）崇儒引席珍⑮。（末）獻酬樽俎列⑯，（外）賓主位班陳。」叫左右，陳齋長在此清敘，著門役散回，家丁伺候。（眾應下）（淨扮家童上）（外）久聞先生飽學，敢問尊年有幾？祖上可也習儒？（末）容稟。

【瑣南枝】將耳順⑰，望古稀⑱，儒冠誤人⑲霜鬢絲。（外）近來？（末）**君子要知醫，懸壺⑳**

---

⑨ 放了衙參：屬吏免於參見，猶放假。衙參，舊時官吏到上司衙門排班參見稟事。

⑩ 藍衫：明代生員的服裝，用藍絹製成，鑲以青邊。也作「襴衫」或「襤衫」。

⑪ 權奇：此據三婦本，他本均作「拳奇」。漢書禮樂志：「志俶儻，精權奇。」王先謙補注：「權奇者，奇譎非常之意。」原形容良馬的神態非凡，後也用來形容人的智謀出眾。

⑫ 分庭還抗禮：分處庭中，相對行禮，謂以平等的禮節相見。

⑬ 唱門：在門口高聲通報來客。

⑭ 廣學開書院：以下四句見唐明皇集賢書院成送張說上集賢學士賜宴得珍字詩。

⑮ 席珍：也作「席上珍」。坐席上的珍寶。禮記儒行：「儒有席上之珍以待聘。」比喻儒生懷有美才，待人賞識。

⑯ 獻酬樽俎列：獻酬，主客互相敬酒。樽俎，盛酒食的器皿，樽以盛酒，俎以盛肉。

⑰ 耳順：論語為政：「六十而耳順。」何晏集解引鄭玄曰：「耳順，聞其言而知其微旨也。」後來就以「耳順」代指六十歲。

⑱ 古稀：七十歲。唐杜甫曲江詩：「酒債尋常行處有，人生七十古來稀。」

舊家世。（外）原來世醫。還有他長？（末）凡雜作，可試為；但諸家，略通的。

（外）這等一發有用。

【前腔】聞名久，識面初，果然大邦生大儒。（末）不敢。（外）有女頗知書，先生長訓詁㉑。（末）當得㉒。則怕做不得小姐之師。（外）那女學士，你做的班大姑㉓。今日選良辰，叫他拜師傅。

（外）院子，敲雲板㉔，請小姐出來。

【前腔】（旦引貼上）添眉翠㉕，搖佩珠，繡屏中生成士女圖㉖。蓮步鯉庭趨㉗，儒門舊家

⑲儒冠誤人：語出唐杜甫奉贈韋左丞丈二十二韻：「紈袴不餓死，儒冠多誤身。」儒冠，儒生戴的帽子，借指儒生。

⑳懸壺：行醫賣藥。典出後漢書費長房傳：「市中有老翁賣藥，懸一壺於肆頭，及市罷，輒跳入壺中。」後費長房從其遊，「遂能醫療眾病」。

㉑訓詁：原指解釋古書中詞句的意義，這裏是教訓、教育的意思。

㉒當得：理當如此、應該效勞之意。

㉓班大姑：即班昭。漢和帝時，常出入宮廷，擔任皇后、妃嬪的教師，被稱為大家（ㄍㄨ）。見後漢書曹世叔妻傳。

㉔雲板：一種兩端作雲頭形的鐵質或木質響器。官署、富貴人家、寺院用來報事集眾。

㉕翠：這裏用如「黛」。古代女子用青黛（一種青黑色的顏料）畫眉，稱黛眉或翠眉。

㉖繡屏中生成士女圖：宛如繡屏中一幅天生的美女圖。

㉗鯉庭趨：論語季氏載，孔鯉遇見其父孔子，「趨而過庭」。趨，快步走過去。

數㉘。（貼）先生來了，怎好？（旦）少不得去。丫頭，**那賢達女，都是些古鏡模**㉙。**你便略知書，也做好奴僕。**

（淨報介）小姐到。（見介）（外）我兒過來。「玉不琢，不成器；人不學，不知道。」㉚今日吉辰，來拜了先生。（內鼓吹介）（旦拜）學生自愧蒲柳之姿㉛，敢煩桃李之教㉜。（末）愚老恭承捧珠之愛㉝，謬加琢玉之功。（外）春香丫頭，向陳師父叩頭。著他伴讀。（貼叩頭介）（末）敢問小姐所讀何書？（外）男女四書㉞他都成誦了，則看些經旨罷。易經以道陰陽㉟，義理深奧；書以道政事㊱，與婦女沒相干；春秋、禮記，又是孤經㊲；則詩經開首便是后妃之德㊳，四箇字兒順口，且是學生家傳㊴，習詩罷。

㉘家數：家規，家風。

㉙鏡模：效法的榜樣。

㉚玉不琢四句：見禮記學記。

㉛蒲柳之姿：蒲柳，即水楊，一種入秋就凋零的樹木。晉代顧悅和簡文帝同年而髮早白，問其故，對曰：「蒲柳之姿，望秋而落；松柏之質，凌霜彌茂。」見世說新語言語。原比喻體質的衰弱，這裏只是用作自謙之詞。

㉜桃李之教：韓詩外傳卷七：「夫春樹桃李，夏得陰其下，秋得食其實。」後以桃李喻所教的學生。

㉝捧珠之愛：原以掌上明珠比喻極受鍾愛的人。唐王宏從軍行：「兒生三日掌上珠。」後多偏指愛女。

㉞男女四書：男四書，即四書，南宋朱熹摘取禮記中的大學、中庸，合論語、孟子，稱為四書。女四書，指女誡、內訓、女論語、女範四種書。

㉟易經以道陰陽：語出莊子天下：「易以道陰陽。」

㊱書以道政事：語出莊子天下：「書以道事。」

㊲孤經：沒有別的例子可以比附的經文。

其餘書史儘有，則可惜他是箇女兒。

【前腔】我年過半㊵，性喜書，牙籤插架三萬餘㊶。（嘆介）**我伯道恐無兒，中郎有誰付㊷？先生，他要看的書儘看。有不臻的所在，打丫頭。**（貼）**哎喲！**（外）**冠兒下，他做箇女祕書㊸，小梅香㊹，要防護。**

（末）謹領。（外）春香，伴小姐進衙，我陪先生酒去。（旦拜介）「酒是先生饌㊺，女為君子儒㊻。」

㊳ 后妃之德：詩周南關雎序：「關雎，后妃之德也。」詩經首篇關雎本是一首愛情詩，舊說以為是頌揚后妃之德，實是一種附會。

㊴ 學生家傳：學生，明代讀書人和官場中自稱的謙詞。唐代詩人杜甫的祖父杜審言亦為詩人。杜甫在宗武生日詩中說：「詩是吾家事。」杜寶以杜甫的後代自居，故而有此說。

㊵ 年過半：過了五十歲。半，半百的省語。他本「過半」均作「將半」，惟三婦本作「過半」，錢宜評曰：「杜詩『年過半百不稱意』，此剪裁用之。坊刻作將半，便不成語，且與前年過五旬不合。」錢評是，今據改。

㊶ 牙籤插架三萬餘：形容藏書的豐富。牙籤，繫於書卷上作標誌、便翻檢的牙製籤牌。唐韓愈送諸葛覺往隨州讀書詩：「鄴侯家多書，插架三萬軸。一一懸牙籤，新若手未觸。」

㊷ 我伯道恐無兒二句：參看第三齣⑬、⑭。

㊸ 冠兒下二句：冠，禮記曲禮上：「男子二十冠而字。」表示成年。祕書，官名，掌管圖書之官。全句的意思是：杜麗娘成人長大，又讀了書，將可掌管家傳的藏書。

㊹ 梅香：婢女的代稱。

㊺ 酒是先生饌：酒是先生吃的。論語為政：「有酒食，先生饌。」先生，原意指父兄。

㊻ 女為君子儒：女兒可以學做有德行的儒者。論語雍也：「子謂子夏曰：『女為君子儒，無為小人儒。』」原文

（下）（外）請先生後花園飲酒。

（外）門館㊼無私白日閑，　　薛　能

（末）百年麄糲腐儒餐。　　杜　甫

（外）左家弄玉惟嬌女㊽，　　柳宗元

（合）花裏尋師到杏壇㊾。　　錢　起

女，同「汝」。以上兩句是借論語打諢。

㊼門館：這裏指學塾。

㊽左家弄玉惟嬌女：弄玉，義同弄璋，指生男孩。詩小雅斯干：「乃生男子……載弄之璋。」晉左思嬌女詩：「吾家有嬌女，皎皎頗白皙。」全句比喻杜家沒有男孩，只有以女孩當男孩。諸本「左」均作「在」，唯冰絲館本作「左」。按，柳宗元三疊前詩原句作「左」，今據改。

㊾杏壇：相傳為孔子講學處。莊子漁父：「孔子遊乎緇帷之林，休坐乎杏壇之上。弟子讀書，孔子絃歌鼓琴。」後人附會謂在今山東曲阜孔廟大成殿前。這裏指授徒的場所。

第六齣　悵眺

【番卜算】（丑扮韓秀才上）家世大唐年，寄籍潮陽縣。越王臺❶上海連天，可是鵬程❷便。「榕樹梢頭訪❸古臺，下看甲子海門❹開。越王歌舞今何在？時有鷓鴣飛去來❺。」自家韓子才。俺公公唐朝韓退之，為上了破佛骨表❻，貶落潮州。一出門，藍關雪阻，馬不能前❼。先祖心裏暗暗道：第一程采頭罷了❽。正苦中間，忽然有箇湘子侄兒，乃下八洞神仙❾，藍縷相見。俺退之公公一發心

❶越王臺：即趙佗王臺。參看第二齣㉜。

❷鵬程：莊子逍遙遊：「鵬之徙於南冥也，水擊三千里，搏扶搖而上者九萬里。」後因以「鵬程萬里」或「鵬程」比喻前程遠大。

❸訪：原本作「放」，據朱墨本、毛定本、三婦本改。

❹甲子海門：今廣東省陸豐縣東南有甲子門海口，瀕臨甲子港。

❺越王歌舞今何在二句：越王，指南越王趙佗，詳下。這兩句是借用唐李白越中覽古詩意：「越王句踐破吳歸，義士還家盡錦衣。宮女如花滿春殿，只今惟有鷓鴣飛。」

❻破佛骨表：即諫佛骨表。唐元和十四年（八一九），憲宗遣使到鳳翔迎佛骨入宮，韓愈上表切諫，被貶為潮州刺史。

❼藍關雪阻二句：唐韓愈左遷藍關示侄孫湘詩：「一封朝奏九重天，夕貶潮陽路八千。欲為聖朝除弊事，肯將衰朽惜殘年！雲橫秦嶺家何在？雪擁藍關馬不前。知汝遠來應有意，好收吾骨瘴江邊。」藍關，即藍田關，在今陝西省藍田縣東南。湘，為韓愈的侄孫（劇中作侄兒）。後被附會為八仙之一的韓湘子。

裏不快，呵融凍筆，題一首詩在藍關草驛之上。末二句單指著湘子，說道：「知汝遠來應有意，好收吾骨瘴江邊。」湘子袖了這詩，長笑一聲，騰空而去。果然後來退之公潮州瘴死⑩，舉目無親。那湘子恰在雲端看見，想起前詩，按下雲頭，收其骨殖⑪。到得衙中，四顧無人，單單則有湘子原妻一箇在衙。四目相視，把湘子一點凡心頓起。當時生下一支，留在水潮，傳了宗祀。小生乃其嫡派苗裔也。因亂流來廣城⑫，官府念是先賢之後，表請敕封小生為昌黎祠香火秀才，寄居趙佗王臺子之上。正是：「雖然乞相⑬寒儒，卻是仙風道骨。」呀，早一位朋友上來，誰也？

【前腔】（生上）**經史腹便便⑭，晝夢人還倦。欲尋高聳看雲煙，海色光平面。**

---

⑧ 采頭罷了：意即兆頭不佳。罷了，算了。

⑨ 下八洞神仙：道家謂神仙所居住的洞府，有上八洞、中八洞、下八洞之分。八洞神仙之名，在元以前尚未固定，自明吳元泰八仙出處東遊記傳始，民間相沿以漢鍾離、張果老、鐵拐李、韓湘子、曹國舅、呂洞賓、藍采和、何仙姑八人為八洞神仙。

⑩ 退之公潮州瘴死：瘴死，謂感染南方濕熱蒸鬱致人疾病之氣而死。這裏所說並不符合韓愈的生平，當是根據劇情的需要而編造的。

⑪ 骨殖：屍骨。

⑫ 廣城：指廣州。

⑬ 乞相：乞兒相，寒酸相。

⑭ 經史腹便便：猶云滿腹詩書。東漢邊韶，字孝先，以文學知名。曾在白天和衣打盹，弟子們嘲笑他說：「邊孝先，腹便便，懶讀書，但欲眠。」他應聲而答道：「邊為姓，孝為字。腹便便，五經笥。但欲眠，思經事。寐與周公通夢，靜與孔子同意。師而可嘲，出何典記？」見後漢書邊韶傳。腹便便，形容肚子肥滿。

（相見介）（丑）是柳春卿，甚風兒吹的老兄來？（生）偶而孤遊上此臺。（丑）這臺上風光儘可矣。（生）則無奈登臨不快哉！（丑）小弟此間受用也。（生）小弟想起來，到是不讀書的人受用。（丑）誰？（生）趙佗王⑮便是。

【鎖寒窗】祖龍飛、鹿走中原⑯，尉佗呵，他倚定著摩崖半壁天⑰。稱孤道寡⑱，是他英雄本然⑲。白占了江山，猛起些宮殿。似吾儕⑳讀盡萬卷書，可有半塊土麼？**那半部㉑上山河不見。**（合）**由天，那攀今弔古也徒然，荒臺古樹寒煙。**

---

⑮ 趙佗王：南越國王趙佗，秦時曾為南海尉，故又稱尉佗。秦末自立為南越武王。漢高祖十一年（前一九六），派遣陸賈封他為南越王。後又自稱南越武帝。孝文帝時，再次派遣陸賈去責備他，趙佗終於上書稱臣。見史記南越列傳。

⑯ 祖龍飛鹿走中原：祖龍，指秦始皇。史記秦始皇本紀：「今年祖龍死。」裴駰集解引蘇林曰：「祖，始也；龍，人君象。謂始皇也。」飛，死。鹿走中原，猶「逐鹿中原」，謂群雄並起，爭奪天下。史記淮陰侯列傳：「秦失其鹿，天下共逐之。」裴駰集解引張晏曰：「以鹿喻帝位也。」

⑰ 摩崖半壁天：摩崖，山崖，這裏指形勢險要。半壁天，猶言半壁江山，割據一方。元鄭光祖王粲登樓劇第二折：「區區借得荊襄地，撐住西南半壁天。」

⑱ 稱孤道寡：稱王稱帝，謂以帝王自居。

⑲ 本然：本來面目。

⑳ 吾儕：我輩。

㉑ 半部：指半部論語。宋初宰相趙普，人言所讀只論語一部。宋太宗趙光義問起他，他說：「臣平生所知，誠不出此。昔以其半輔太祖（趙匡胤）定天下，今欲以其半輔陛下致太平。」見宋羅大經鶴林玉露卷七。

悵眺
二

（丑）小弟看兄氣象㉒言談，似有無聊之嘆。先祖昌黎公有云：「不患有司之不明，只患文章之不精；不患有司之不公，只患經書之不通。」㉓老兄還則怕工夫有不到處。（生）這話休提。比如我公公柳宗元，與你公公韓退之，他都是飽學才子，卻也時運不濟。你公公錯題了佛骨表，貶職潮陽。我公公則為在朝陽殿與王叔文丞相下碁子，驚了聖駕，直貶做柳州司馬㉔。都是邊海煙瘴地方。那時兩公一路而來，旅舍之中，兩箇挑燈細論。你公公說道：「宗元，宗元，我和你兩人文章，三六九比勢㉕：我有王泥水傳，你便有梓人傳㉖；我有毛中書傳，你便有郭駝子傳；我有祭鱷魚文，你便有捕蛇者說。這也罷了。則我進平淮西碑，取奉㉗取奉朝廷，你卻又進箇平淮西的雅。一篇一篇，你都放俺不過。恰如今貶竄煙方㉘，也合著一處。豈非時乎，運乎，命乎！」韓兄，這長遠的事休提了。假如俺和你

㉒ 氣象：氣度，神色。下文「好不氣象」的氣象，則是氣派、神氣的意思。

㉓ 不患有司之不明四句：唐韓愈進學解：「諸生業患不能精，無患有司之不明；行患不能成，無患有司之不公。」這裏稍作改動，以描摹書生口吻。

㉔ 我公公則為在朝陽殿與王叔文丞相下碁子三句：這裏所說的情節和下文「兩公一路而來，旅舍之中，兩箇挑燈細論」云云，都是出於編造。唐德宗貞元末年，柳宗元參預王叔文集團革新政治，失敗後被貶為永州司馬，十年後改任柳州刺史。見新唐書柳宗元傳。又新唐書王叔文傳說王叔文早年「以棋待詔」（以棋藝供奉內廷），所以「下碁子」的說法，也是事出有因。

㉕ 比勢：原意是比試武藝，這裏有雙方對擂、勢均力敵的意思。

㉖ 我有王泥水傳二句：此句以及下面幾句所提到的幾篇作品，並見韓愈和柳宗元的文集。王泥水傳，即圬者王承福傳；毛中書傳，即毛穎傳；郭駝子傳，即種樹郭橐駝傳；平淮西的雅，即平淮夷雅。

㉗ 取奉：趨奉，迎合奉承。

論如常，難道便應這等寒落？因何俺公公造下一篇乞巧文，到俺二十八代玄孫，再不曾乞得一些巧來？便是你公公立意做下送窮文，到老兄二十幾輩了，還不曾送的箇窮去？算來都則為時運二字所虧。(丑)是也。春卿兄，

【前腔】你費家資置買書田㉙**，怎知他賣向明時**㉚**不直錢。**雖然如此，你看趙佗王當時，也有箇秀才陸賈㉛，拜為奉使中大夫到此，趙佗王多少尊重他。**他歸朝燕，黃金累千。**那時漢高皇厭見讀書之人㉜，但有箇帶儒巾的，都拿來溺尿。這陸賈秀才，端然帶了四方巾，深衣㉝大擺，去見漢高皇。那高皇望見，這又是箇掉尿鱉子㉞的來了，便迎著陸賈罵道：「你老子用馬上得天下，何用詩書？」那陸生有趣，不多應他，只回他一句：「陛下馬上取天下，能以馬上治之乎？」漢高皇聽了，呀然一笑，說道：「便依你說，不管甚麼文字，念了與寡人聽之。」陸大夫不慌不忙，袖裏出一卷文字，恰是平日燈窗下纂集的新語一十三篇㉟，高聲奏上。那高皇纔聽了一篇，龍顏大喜。後來一篇一篇，都喝采稱善。

㉘ 煙方：濕熱多霧的煙瘴地面。

㉙ 置買書田：以買田比喻買書讀，意思是將來都可以得到收益。

㉚ 明時：政治清明之時。

㉛ 陸賈：漢初政論家，有辯才。據史記酈生陸賈列傳載，他曾兩次被派往南越，說服趙佗稱臣奉漢。高祖拜他為太中大夫，趙佗也「賜陸生橐中裝直千金，他送亦千金。」下文「黃金累千」指此。

㉜ 那時漢高皇厭見讀書之人：以下情節主要依據史記酈生陸賈列傳，但有所改動增益。

㉝ 深衣：古代上衣下裳相連綴、士大夫家居常穿的衣服。

㉞ 尿鱉子：尿壺。

立封他做箇關內侯。那一日好不氣象！休道漢高皇，便是那兩班文武見者，皆呼萬歲。**一言擲地，萬歲諠天。**（生嘆介）**則俺連篇累牘無人見！**（合前）

（丑）再問春卿，在家何以為生？（生）寄食園公。（丑）依小弟說，不如干謁㊱些須，可圖前進。（生）你不知今人少趣哩。（丑）老兄可知有箇欽差識寶中郎苗老先生？到是箇知趣人。今秋任滿，例於香山嶴㊲多寶寺中賽寶，那時一往何如？（生）領教。

應念愁中恨索居㊳，　段成式
青雲器業俺全疏㊴。　李商隱
越王自指高臺笑，　皮日休
劉項㊵原來不讀書。　章碣

㉟ 新語一十三篇：據史記酈生陸賈列傳，應為一十二篇。

㊱ 干謁：對有權勢的人有所求而請見。

㊲ 香山嶴：澳門的別稱，舊屬香山縣。是古時對外貿易的港口。見明沈德符野獲編外國香山嶴。嶴，原本作「奧」，此據同文本、暖紅本。

㊳ 索居：孤獨地生活。

㊴ 青雲器業俺全疏：青雲，比喻仕途顯達，如青雲直上。青雲器業，指謀取高位的才具。按，唐李商隱和劉評事永樂閒居見寄原詩作「青雲器業我全疏」，三婦本「俺」正作「我」。

㊵ 劉項：指漢高祖劉邦和西楚霸王項羽。

第七齣　閨　塾

（末上）「吟餘改抹前春句，飯後尋思午晌茶。蟻上案頭沿硯水，蜂穿窗眼咂瓶花。」我陳最良杜衙設帳❶，杜小姐家傳毛詩❷。極承老夫人管待。今日早膳已過，我且把毛詩潛玩一遍。（念介）「關關雎鳩，在河之洲。窈窕淑女，君子好逑。」❸好者好也，逑者求❹也。（看介）這早晚❺了，還不見女學生進館，卻也嬌養的凶。待我敲三聲雲板。（敲雲板介）春香，請小姐上書。

【遶地遊】（旦引貼捧書上）素裝纔罷，款步書堂下，對淨几明窗瀟❻灑。（貼）昔氏賢文❼，把人禁殺，恁時節則好教鸚哥喚茶❽。

❶ 設帳：後漢書馬融傳記馬融「常坐高堂，施絳紗帳，前授生徒。」後即以「設帳」指坐館教書。

❷ 毛詩：即今本詩經，相傳為西漢初毛亨和毛萇所傳。漢書藝文志著錄毛詩二十九卷、毛詩故訓傳三十卷，故稱。

❸ 關關雎鳩四句：這是詩經第一首詩關雎的頭四句。全詩寫男子對河邊一個採荇菜姑娘的戀慕。

❹ 求：原本作「逑」，此據懷德本、暖紅本。

❺ 早晚：時候。

❻ 瀟：原本作「消」，據朱墨本、毛定本、格正本、暖紅本改。

❼ 昔氏賢文：一種匯萃格言諺語、廣為流行的蒙學讀物。

❽ 恁時節則好教鸚哥喚茶：恁時節，這時候。鸚哥，原本作「鸚歌」，據朱墨本、毛定本、格正本、三婦本、暖

（見介）（旦）先生萬福。（貼）先生少怪。（末）凡為女子，雞初鳴，咸盥漱櫛笄，問安於父母❾。日出之後，各供其事。如今女學生以讀書為事，須要早起。（旦）以後不敢了。（貼）知道了。今夜不睡，三更時分請先生上書。（末）昨日上的毛詩，可溫習？（旦）溫習了，則待講解。（末）你念來。（旦念書介）「關關雎鳩，在河之洲。窈窕淑女，君子好逑。」（末）聽講。「關關雎鳩」，雎鳩是箇鳥，關關，鳥聲也。（貼）怎樣聲兒？（末作鳩聲）（貼學鳩聲諢❿介）（末）此鳥性喜幽靜，在河之洲。（貼）是了。不是昨日是前日，不是今年是去年，俺衙內關著箇班鳩兒，被小姐放去，一去去在何知州⓫家。（末）胡說，這是興⓬。（貼）興箇甚的那？（末）興者，起也。起那下頭「窈窕淑女」，是幽閑女子，有那等君子好好的來求⓭他。（貼）為甚好好的求他？（末）多嘴哩！（旦）師父，依註解⓮書，學生自會。但把詩經大意，敷演⓯一番。

紅本改。

❾ 雞初鳴三句：見禮記內則，它成為封建時代女子所遵循的生活守則。盥，洗手。漱，漱口。櫛，梳理頭髮。笄，束髮插笄。

❿ 諢：打諢。戲謔，開玩笑。它往往由演員即興發揮，或伴以動作，說笑逗樂。

⓫ 何知州：與「河之洲」諧音。知州，官名，州一級的地方行政長官。

⓬ 興：詩周南關雎序：「故詩有六義焉：一曰風，二曰賦，三曰比，四曰興，五曰雅，六曰頌。」興是詩的六義之一，朱熹集傳謂：「先言他物，以引起所詠之辭。」是即景生情、借物起興的一種表現手法。

⓭ 求：原本作「逑」，此據懷德本、暖紅本。

⓮ 解：原本作「上」，此據朱墨本、毛定本、三婦本、同文本。

【掉角兒】（末）論六經，詩經最葩⑯。閨門內許多風雅。有指證，姜嫄產哇⑰；不嫉妒，后妃賢達⑱。更有那詠雞鳴⑲，傷燕羽⑳，泣江皐㉑，思漢廣㉒，洗盡鉛華㉓。有風有化㉔，宜室宜家㉕。（旦）這經文偌多？（末）詩三百，一言以蔽之㉖，沒多些，只「無邪」兩字，付

---

⑮ 敷演：講解發揮。原本「敷」作「教」，據懷德本、朱墨本、暖紅本改。

⑯ 論六經二句：六經，指詩、書、禮、樂、易、春秋六部儒家經典。唐韓愈進學解：「詩正而葩。」葩，音ㄆㄚ。花。這裏指華美而有文采。這句說，論起六經來，詩經是最富有文采了。

⑰ 姜嫄產哇：姜嫄，傳說中遠古帝王高辛氏（帝嚳）的妃子，她踐踏了天帝的大腳趾印有孕而生下了后稷，這就是周的始祖。見詩大雅生民。哇，通「娃」。

⑱ 不嫉妒二句：詩周南中的樛木和螽斯，本為古代愛情詩，朱熹集傳中卻分別說它們是「后妃能逮下而無嫉妒之心」、「后妃不妒忌而子孫眾多」。原本「嫉」作「疾」，據朱墨本、毛定本、格正本、三婦本、暖紅本改。

⑲ 詠雞鳴：指詩齊風雞鳴，是一首妻子勸丈夫早起的詩。

⑳ 傷燕羽：指詩邶風燕燕，是一首送別的詩。

㉑ 泣江皐：指詩召南江有汜，是一首懷念過去戀情的詩。

㉒ 思漢廣：指詩周南漢廣，是一首男子思女不得的詩。以上四首詩舊說以為都是寫女子美德的。

㉓ 鉛華：古代婦女化妝用的鉛粉。比喻粉飾浮華。

㉔ 有風有化：風化，猶風教。詩大序：「風以動之，教以化之。」有風有化，是說有益於風俗教化。

㉕ 宜室宜家：意思是調理得全家和睦。詩周南桃夭：「之子于歸，宜其室家。」朱熹集傳：「宜者，和順之意。室，謂夫婦所居；家，謂一門之內。」因以「宜室」稱夫婦和睦，以「宜家」稱家庭和睦。

㉖ 詩三百二句：語本論語為政：「詩三百，一言以蔽之，曰：思無邪。」詩經有三百零五篇，三百是取其約數。

與兒家。

書講了。春香，取文房四寶來模字㉗。（貼下，取上）紙筆墨硯在此。（末）這甚麼墨？（旦）丫頭錯拿了，這是螺子黛㉘，畫眉的。（末）這甚麼筆？（旦作笑介）這便是畫眉細筆。（末）俺從不曾見。拿去，拿去！這是甚麼紙？（旦）薛濤箋㉙。（末）拿去，拿去。只拿那蔡倫㉚造的來。這是甚麼硯？是一箇是兩箇？（旦）鴛鴦硯。（末）許多眼㉛？（旦）淚眼㉜。（末）哭甚麼子？一發換了來。（貼背介）好箇標老兒㉝！待換去。（下，換上）這可好？（末看介）著。（旦）學生自會臨書，春香還勞把筆㉞。（末）看你臨。（旦寫字介）（末看驚介）我從不曾見這樣好字！這甚麼格？（旦）是衛夫人傳下美女簪花之格㉟。

㉗ 取文房四寶來模字：文房四寶，指紙、墨、筆、硯。模字，就是臨帖。模，臨摹。

㉘ 螺子黛：也叫螺黛，古代婦女畫眉用的青黑色礦物顏料。

㉙ 薛濤箋：唐代名妓薛濤自製深紅小彩箋寫詩，時人謂之「薛濤箋」。見元費著蜀牋譜。這裏指女子用的彩色箋紙。

㉚ 蔡倫：東漢時人，曾被封為龍亭侯。他發明了造紙術，時有「蔡侯紙」之稱。見後漢書蔡倫傳。

㉛ 眼：指硯石上圓暈如眼的天然斑痕。宋蘇易簡硯譜：「端石有眼者最貴，謂之鸜鵒眼。」端石，指廣東省高要縣端溪生產的端硯。

㉜ 淚眼：端硯上的眼有活眼死眼之分。其有白赤黃暈紋的叫活眼，內外皆白無光彩的叫死眼。介於兩者之間、斑痕不很清朗的叫淚眼。見宋李之彥硯譜死眼活眼和棟亭本硯箋。

㉝ 標老兒：猶言倔老頭兒。至今仍有稱倔強的脾氣為「標勁」的。

㉞ 把筆：初學寫字，由人把著手幫助練習運筆。

㉟ 美女簪花之格：美女簪花，形容書法的娟秀多姿。金石萃編楊震碑跋：「昔人謂褚善登（遂良）書如美女簪花，或謂其出於漢隸。」格，模式，範本。

（貼）待俺寫箇奴婢學夫人㊱。（旦）還早哩。（貼）先生，學生領出恭牌㊲。（下）（旦）敢問師母尊年？（末）目下平頭六十㊳。（旦）學生待繡對鞋兒上壽，請箇樣兒。（末）生受了。依孟子上樣兒，做箇「不知足而為屨」㊴罷了。（旦）還不見春香來。（末）要喚他麼？（末叫三度介）（貼上）害淋的㊵。（旦作惱介）劣丫頭，那裏來？（貼笑介）溺尿去來。原來有座大花園，花明柳綠，好耍子哩！（末）哎也，不攻書，花園去。待俺取荊條來。（貼）荊條做甚麼？

【前腔】女郎行㊶，那裏應文科判衙㊷？止不過識字兒書塗嫩鴉㊸。（起介）（末）古人讀書，有囊螢的，趁月亮㊹的。（貼）**待映月，耀蟾蜍眼花；待囊螢，把蟲蟻兒活支煞㊺。**（末）懸梁、

㊱ 奴婢學夫人：謂刻意模仿而終於不像。佩文齋書畫譜卷八引袁昂古今書評：「羊欣書如大家婢為夫人，雖處其位，而舉止羞澀，終不似真。」

㊲ 領出恭牌：是說請假上廁所。科舉考場為防止士子擅離座位，設有出恭入敬牌，士子入廁須先領此牌。

㊳ 平頭六十：整六十歲。凡計數逢十，稱齊頭或平頭。元菾公楠摸魚兒詞：「又浮生平頭六十，登樓悵望荊楚。」

㊴ 不知足而為屨：語出孟子告子上。屨，鞋子。這裏用來諷刺陳最良掉書袋的書獃子氣。

㊵ 害淋的：罵人的話。淋，小便淋瀝而伴有濕痛之症。

㊶ 行：們，輩。用在人稱詞之後，表示複詞。

㊷ 應文科判衙：應考中式坐堂判案。文科，科舉時代以經學考選文士之科，別於武舉而言。句意是說這並非女孩子家所追求之事。

㊸ 書塗嫩鴉：隨手亂塗。唐盧仝示添丁詩：「忽來案上翻墨汁，塗抹詩書如老鴉。」後來就以「塗鴉」比喻字寫得稚拙或胡亂寫作。

㊹ 趁月亮：南齊江泌年少時貧困好學，晚上手握書卷到房頂上趁著月光讀書。見南齊書江泌傳。

刺股㊻哩？（貼）比似你懸了梁，損頭髮；刺了股，添疤納㊼。有甚光華！（內叫賣花介）（貼）小姐，你聽一聲聲賣花，把讀書聲差㊽。（末）又引逗小姐哩。待俺當真打一下。（末做打介）（貼閃介）你待打、打這哇哇，桃李門牆㊾，嶮把負荊人㊿諕煞。

（貼搶荊條投地介）（旦）死丫頭，唐突(51)了師父，快跪下！（貼跪介）（旦）看他初犯，容學生責認(52)一遭兒。

【前腔】手不許把鞦韆索拿，腳不許把花園路踏。（貼）則瞧罷。（旦）還嘴！這招風嘴(53)，把香頭來綽疤(54)；招花眼(55)，把繡針兒簽(56)瞎。（貼）瞎了中甚用？（旦）則要你守硯臺，跟書

㊺ 把蟲蟻兒活支煞：蟲蟻兒，小蟲。這裏指螢火蟲。活支煞，活活地弄殺。

㊻ 刺股：戰國時蘇秦發憤讀書，倦而欲睡，就用錐自刺其股。見戰國策秦策。

㊼ 疤納：疤痕。懷德本、同文本、暖紅本「納」作「痆」。

㊽ 差：同「岔」。攪亂的意思。

㊾ 門牆：論語子張：「夫子之牆數仞，不得其門而入。」因稱師門為「門牆」。

㊿ 嶮把負荊人：嶮，同「險」。負荊人，指犯有過錯的人。負荊，背負荊條，向人賠罪，表示願受杖責。典出史記廉頗藺相如列傳。

(51) 唐突：衝撞，冒犯。

(52) 責認：責備春香，代為認罪。

(53) 招風嘴：招惹是非的嘴。意思是多嘴多舌，引出事端。

(54) 綽疤：灼一個疤。綽，通「焯」。燒灼。

案，伴「詩云」，陪「子曰」，沒的爭差[57]。（貼）爭差些罷。（旦撏[58]貼髮介）則問你幾絲兒頭髮，幾條背花[59]？敢也怕些些，夫人堂上那些家法？

（貼）再不敢了。（旦）可知道？（末）也罷，鬆這一遭兒，起來。（貼起介）

【尾聲】（末）**女弟子則爭箇不求聞達[60]，和男學生一般兒教法。**你們工課完了，方可回衙。咱和公相陪話去。（合）**怎辜負的這一弄[61]明窗新絳紗。**

（末下）（貼作從背後指末罵介）村[62]老牛，癡老狗，一些趣也不知！（旦作扯介）死丫頭，「一日為師，終身為父」[63]，他打不的你？俺且問你，那花園在那裏？（貼做不說）（旦做笑問介）（貼指介）兀那[64]不是！（旦）可有甚麼景致？（貼）景致麼，有亭臺六七座，鞦韆一兩架。遶的流觴曲水[65]，面著太湖

---

[55] 招花眼：招惹是非的眼。這裏有到處轉悠、愛瞧熱鬧的意思。

[56] 簽：刺。

[57] 沒的爭差：不容許出差錯。爭差，差錯，意外。

[58] 撏：音ㄘㄢˊ。扯，拔。

[59] 背花：背上被鞭打的杖痕。

[60] 聞達：出名，顯達。三國蜀諸葛亮前出師表：「苟全性命於亂世，不求聞達於諸侯。」

[61] 一弄：一帶，一派。

[62] 村：愚蠢，粗俗。

[63] 一日為師二句：古諺，極言師徒情深。

[64] 兀那：就是那，那個。兀，詞的前綴，用以加強語氣。

山石66。名花異草，委實華麗。（旦）原來有這等一箇所在，且回衙去。

（旦）也曾飛絮謝家庭67， 李山甫

（貼）欲化西園蝶未成68。 張泌

（旦）無限春愁莫相問， 趙嘏

（合）綠陰終借暫時行。 張祐

65 流觴曲水：晉王羲之蘭亭集序：「又有清流激湍，映帶左右，引以為流觴曲水。」古代習俗，在農曆三月上旬的巳日，在水邊聚會修禊，把酒杯放在水的上流，任其順流而下，於水曲處停住，即取而飲之，稱為「流觴曲水」。這裏指可供遊宴的環曲水渠。

66 太湖山石：用太湖出產的石頭疊造的假山，用以點綴庭院。朱墨本「山石」作「石山」。

67 也曾飛絮謝家庭：這是以用飛絮擬雪的謝道韞自比。參看第三齣51。

68 欲化西園蝶未成：這句暗示下文遊園驚夢的情節。化蝶，莊子夢化為蝴蝶的故事，借以指睡夢。

第八齣　勸　農❶

【夜遊朝】（外引淨扮皁隸、貼扮門子同上）何處行春❷開五馬？采邠風物候穠華❸。竹宇❹聞鳩，朱轓引鹿❺，且留憩甘棠之下。

〔古調笑〕「時節時節，過了春三二月。乍晴膏雨❻煙濃，太守春深勸農。農重農重，緩理征徭詞訟。」

俺南安府在江廣之間，春事頗早。想俺為太守的，深居府堂，那遠鄉僻塢，有抛荒❼遊懶的，何由得

❶ 勸農：古代地方官員於春夏農忙季節，巡行鄉間，鼓勵耕作。

❷ 行春：官員春日出行勸農。後漢書鄭弘傳：「弘少為鄉嗇夫，太守第五倫行春，見而深奇之。」李賢注：「太守常以春行所主縣，勸人農桑，振救乏絕。」

❸ 采邠風物候穠華：邠，音ㄅㄧㄣ。同「豳」。豳風，詩經十五國風之一，多農事之歌。采豳風，即采錄有關農事的民歌。物候，時令。穠華，盛開的花朵。全句說，在花豔葉茂的時節下鄉巡行，瞭解民情。原本「穠」作「濃」，據格正本、暖紅本改。

❹ 竹宇：竹蔭。

❺ 朱轓引鹿：東漢鄭弘做淮陽太守時，外出勸農，有白鹿跟隨在車的兩側擔任護衛。主簿說：「聞三公車轓畫作鹿，明府必為宰相。」見後漢書鄭弘傳李賢注引謝承書語。朱轓，車乘兩旁的紅色車障，指顯官的車乘。

❻ 膏雨：滋潤作物的及時雨。

❼ 抛荒：田地不及時耕作而任其荒蕪。原本「抛」作「執」，據懷德本、朱墨本、三婦本、同文本、暖紅本改。

知？昨已分付該縣置買花酒，待本府親自勸農，想已齊備。（丑扮縣吏上）「承行無令史❽，帶辦有農民。」稟爺爺，勸農花酒俱已齊備。（外）分付起行。近鄉之處，不許多人囉唣。（眾應，喝道❾起行介）（外）正是：「為乘陽氣行春令，不是閑遊玩物華。」❿（下）

【前腔】（生、末扮父老上）**白髮年來公事寡，聽兒童笑語諠譁。太守巡遊，春風滿馬。敢借著這務農宣化⓫。**

俺等乃是南安府清樂鄉中父老。恭喜本府杜太爺管治三年，慈祥端正，弊絕風清。凡各村鄉約保甲⓬，義倉社學⓭，無不舉行，極是地方有福。現今親自各鄉勸農，不免官亭⓮伺候。那祗候⓯們扛抬花酒到來也。

❽ 承行無令史：縣吏自誇獨立承辦差事。承行，秉承上級意旨辦公事。令史，府、縣管理文書的吏員。

❾ 喝道：官員出行，吏役前導呼喝，使行人迴避。

❿ 為乘陽氣行春令二句：句本唐王維奉和聖製從蓬萊向興慶閣道中留春雨中春望之作應制詩：「為乘陽氣行時令，不是宸遊玩物華。」陽氣，暖氣，生長之氣。管子形勢解：「春者，陽氣始上，故萬物生。」物華，自然景物。

⓫ 宣化：傳布政令，教化百姓。

⓬ 鄉約保甲：鄉約，適用於本鄉本地的鄉規民約。保甲，舊時鄉村基層組織。

⓭ 義倉社學：義倉，各地為備荒而設置的糧倉。社學，古代地方辦的學校。

⓮ 官亭：迎送官員的亭子。

⓯ 祗候：元明時稱衙役、勢豪家的僕從頭目為祗候。

【普賢歌】（丑、老旦扮公人扛酒提花上）俺天生的快手賊無過，衙舍裏消消沒的睃⑯，扛酒去前坡。（做跌介）幾乎破了哥⑰，摔破了花花⑱你賴不得我。

（生、末）列位祇候哥到來。（老旦、丑）便是這酒埕子⑲漏了，則怕酒少，煩老官兒遮蓋些。（生、末）不妨。且抬過一邊，村務裏嗑酒去⑳。（老旦、丑下）（生、末）地方㉑，端正坐椅，太爺到來。（虛下）㉒

【排歌】（外引眾上）紅杏深花，菖蒲淺芽，春疇漸暖年華。竹籬茅舍，酒旗兒叉，雨過炊煙一縷斜。（生、末接介）（合）提壺㉓叫，布穀㉔喳。行看幾日免排衙㉕。休頭踏㉖，省諠

---

⑯ 俺天生的快手賊無過二句：公人們自誇是天生的快手，連竊賊也不及他們的手腳靈便。轉眼之間，衙門裏就不見了他們的蹤影。快手，本是衙署中專管緝捕的差役。這裏有雙關的意思。睃，音ㄐㄩㄣˋ。看。

⑰ 哥：語氣詞，相當於「啊」、「呵」。

⑱ 花花：指酒罈摔破開了花。

⑲ 酒埕子：酒罈子。埕，音ㄔㄥˊ。

⑳ 村務裏嗑酒去：村務，鄉村酒店。元康進之李逵負荊劇第一折：「老漢姓王名林，在這杏花莊居住，開著一個小酒務兒，做些生意。」嗑，用同「喝」。

㉑ 地方：舊時的里甲長、地保。

㉒ 虛下：戲曲用語。演員在舞臺上做下場的動作，閃過一邊，在觀眾的感覺中他已下場。

㉓ 提壺：即鵜鶘，一種生長在熱帶或亞熱帶的水鳥。其鳴聲如「提壺」。唐劉禹錫和蘇郎中尋豐安里舊居寄主客張郎中詩：「鳥聽提壺憶獻酬。」

㉔ 布穀：鳥名，鳴聲有如「布穀」。牠在播種時鳴叫，所以相傳為勸耕之鳥。

㉕ 排衙：主官坐堂，陳設儀仗，僚屬排班參謁，叫做排衙。

諱，怕驚他林外野人家。

（皁隸介）稟爺，到官亭。（生、末見介）（外）眾父老，此為何鄉何都㉗？（生、末）南安縣第一都清樂鄉。（外）待我一觀。（望介）（外）美哉此鄉！真箇清而可樂也。〔長相思〕「你看山也清，水也清，人在山陰道上行㉘。春雲處處生。（生、末）正是官也清，吏也清，村民無事到公庭。農歌三兩聲。」

（外）父老知我春遊之意乎？

【八聲甘州】平原麥灑，翠波搖剪剪，綠疇如畫。如酥嫩雨，遶塍春色藞苴㉙。趁江南土疏田脈佳，怕人戶們拋荒力不加。還怕有那無頭官事，誤了你好生涯。

（生、末）㉚以前晝有公差，夜有盜警。老爺到後呵，

【前腔】千村轉歲華。愚父老香盆㉛，兒童竹馬㉜。陽春有腳㉝，經過百姓人家。月明無

㉖ 頭踏：官員出行時前導的儀仗隊。

㉗ 都：宋元以來縣級以下的行政區劃。宋史袁燮傳：「合保為都，合都為鄉，合鄉為縣。」

㉘ 人在山陰道上行：世說新語言語：「王子敬云：『從山陰道上行，山川自相映發，使人應接不暇。』」後即以「山陰道上」指景物的美不勝收。山陰，舊縣名，在今浙江省紹興市。

㉙ 藞苴：藞，音ㄌㄚˇ。同「䕷」。苴，音ㄔㄚˊ。藞苴，猶闌珊。宋楊萬里野薔薇詩：「藞苴餘春還子細，燕脂濃抹野薔薇。」

㉚ 生末：此據暖紅本。他本均作「父老」。

㉛ 香盆：焚香之盆。舊時百姓頭頂香盆，跪地迎送心目中的好官。

㉜ 兒童竹馬：後漢書郭伋傳載：郭伋為并州牧，「始至行部，到西河美稷，有童兒數百，各騎竹馬，於道次迎拜。」

犬吠杏花，雨過有人耕綠野㉞。真箇村村雨露桑麻。

（內歌「泥滑喇㉟」介）（外）前村田歌可聽。

【孝白歌】（淨扮田夫上）泥滑喇，腳支沙㊱，短耙長犁滑律的拿。夜雨撒菰㊲麻，天晴出糞渣，香風餣鮓㊳。（外）歌的好。「夜雨撒菰麻，天晴出糞渣，香風餣鮓」，是說那糞臭。父老呵，他卻不知這糞是香的。有詩為證：「焚香列鼎㊴奉君王，饌玉炊金飽即妨㊵。直到饑時聞飯過，龍涎㊶

後來就用為歌頌地方官之典。

㉝ 陽春有腳：稱美賢明的官員。五代王仁裕開元天寶遺事有腳陽春：「宋璟愛民恤物，朝野歸美，時人咸謂璟為有腳陽春，言所至之處，如陽春煦物也。」

㉞ 月明無犬吠杏花二句：這兩句在元雜劇中，為知府出場時所常用。元石君寶曲江池劇第一折鄭府尹上場詩：「雨後有人耕綠野，月明無犬吠黃昏。」元王實甫麗春堂劇第三折濟南府尹上場詩亦有此四句，只不過易「黃昏」為「荒村」。「杏」，從萬曆本、格正本、三婦本。懷德本、毛定本、同文本、暖紅本作「黃」；朱墨本作「桃」。

㉟ 滑喇：滑溜，光滑。下文「滑律」，義同。

㊱ 腳支沙：形容腳步不穩，行走困難。

㊲ 菰：多年生草本植物，地下嫩莖白色，即茭白，秋後結實叫菰米，均可食用。

㊳ 餣鮓：或謂當作「醃鮓」。鮓，醃製的魚。此言糞臭如發臭的鹹魚味。原本「餣」作「鴿」，此據朱墨本、毛定本、格正本、三婦本。

㊴ 列鼎：陳列盛有佳肴的鼎器。鼎，古代炊煮和盛熟肉的器皿。

㊵ 饌玉炊金飽即妨：這句是說儘管飲食精美，但飽食即易對身體造成損害。饌玉炊金，比喻食品極為珍貴。唐

不及糞渣香。」與他插花賞酒（淨插花飲酒，笑介）好老爺，好酒！（合）官裏醉流霞㊷，風前笑插花，把農夫們俊煞㊸。（下）

（門子稟介）一箇小廝唱的來也。

【前腔】（丑扮牧童拿笛上）春鞭打，笛兒吵㊹，倒牛背斜陽閃暮鴉。（笛指門子介）他一樣小腰掇㊺，一般雙髻鬗㊻，能騎大馬。（外）歌的好。怎生指著門子唱「一樣小腰掇，一般雙髻鬗，能騎大馬」？父老他怎知騎牛的到穩。有詩為證：「常羨人間萬戶侯㊼，只知騎馬勝騎牛。今朝馬上看山色，爭似騎牛得自由。」賞他酒，插花去。（丑插花、飲酒介）（合）官裏醉流霞，風前笑插花，村童們俊煞。（下）

駱賓王帝京篇：「平臺戚里帶崇墉，炊玉饌金待鳴鐘。」妨，傷害，損害。

㊶ 龍涎：抹香鯨病胃的分泌物。以得於海上，因稱龍涎。香氣濃烈持久，是一種極珍貴的香料。

㊷ 流霞：傳說中的仙酒。漢王充論衡道虛：「口饑欲食，仙人輒飲我以流霞一杯，每飲一杯，數月不饑。」這裏泛指美酒。

㊸ 俊煞：猶如說美煞，美死了。

㊹ 吵：吹，吹奏。

㊺ 腰掇：腰身。

㊻ 髻鬗：一種將髮環曲束於頭頂的髮式。

㊼ 萬戶侯：食邑萬戶之侯。這裏泛指高官。

勸農

（門子稟介）一對婦人歌的來也。

【前腔】（旦、老旦採桑上）**那桑陰下，柳筐兒搓**[48]**，順手腰身翦一丫**[49]。呀，甚麼官員在此？**俺羅敷自有家，便秋胡怎認他**[50]**，提金下馬？**（外）歌的好。說與他，不是魯國秋胡，不是秦家使君，是本府太爺勸農，見此勤渠[51]採桑，可敬也！有詩為證：「一般桃李聽笙歌，此地桑陰十畝多。不比世間閑草木，絲絲葉葉是綾羅。」領酒、插花去。（二旦背插花、飲酒介）（合）**官裏醉流霞，風前笑插花，採桑人俊煞。**（下）

（門子稟介）又一對婦人唱的來也。

【前腔】（淨[52]、丑持筐採茶上）**乘穀雨**[53]**，採新茶，一旗半槍金縷芽**[54]。呀，甚麼官員在此？學

---

[48] 搓：歪斜的樣子。

[49] 丫：樹椏，丫杈。這裏指桑樹枝。

[50] 俺羅敷自有家二句：羅敷姓秦，是一位美麗的少婦。她在陌上採桑，使君（太守）經過，要用車載她同去，她回答說：「使君自有婦，羅敷自有夫」，加以拒絕。見樂府詩陌上桑。秋胡，是魯國人，婚後五日，就外出做官。數年後回家，見路旁有美婦採桑，贈金以戲之，婦不納。事後方知他調戲的美婦原本是他的妻子。事見漢劉向列女傳魯秋潔婦。唐代變文秋胡故事、元代雜劇秋胡戲妻都是敘這一故事。這是採桑女借羅敷、秋胡的故事表明自己貞靜自守。

[51] 勤渠：殷勤，勤奮。

[52] 淨：此據三婦本。他本均作「老旦」。

[53] 穀雨：二十四節氣之一，在陽曆四月二十日前後。穀雨前採製的新茶叫雨前茶。

士雪炊他55**，書生困想他，竹煙新瓦**56**。**（外）歌的好。說與他，不是郵亭學士57，不是陽羨書生58，是本府太爺勸農。看你婦女們採桑、採茶，勝如採花。有詩為證：「只因天上少茶星，地下先開百草精59。閑煞女郎貪鬥草60，風光不似鬥茶61清。」領了酒，插花去。（淨、丑插花、飲酒介）（合）**官裏醉流霞，風前笑插花，採茶人俊煞。**（下）

（生、末跪介）稟老爺，眾父老茶飯伺候。（外）不消。餘花餘酒，父老們領去，給散小鄉村，也見官府勸農之意。叫祇候們起馬。（生、末做扳留不許介）（起叫介）村中男婦領了花、賞了酒的，都來送太爺。

---

54 一旗半槍金縷芽：旗槍，指茶葉的嫩芽，芽尖如槍，葉展如旗。金縷芽，猶黃金芽，色澤金黃的新芽。唐盧仝謝孟諫議寄新茶詩：「仁風暗結珠琲瓃（蓓蕾），先春抽出黃金芽。」

55 學士雪炊他：宋代翰林學士陶穀得到黨太尉家姬，讓她用雪水來烹茶。陶問：「黨家有此樂否？」姬答：「彼安能識此！但能於銷金帳下飲羊羔美酒爾。」見事文類聚。

56 瓦：陶器。這裏指烹茶的陶壺。

57 郵亭學士：即是指陶穀。他曾出使南唐，在郵亭遇妓女秦弱蘭並愛上了她。見宋人軼事彙編卷四。

58 陽羨書生：陽羨許彥路遇一書生，云腳痛，求寄鵝籠中同行，後於口中吐出一女子同飲。見南朝梁吳均續齊諧記。陽羨，今江蘇省宜興市，古時以產茶聞名。

59 百草精：百草的精靈，指茶。唐釋齊己詠茶十二韻：「百草讓為靈，功先百草成。」

60 鬥草：也叫「鬥百草」，一種競採花草比試的遊戲，常於端午行之。見南朝梁宗懍荊楚歲時記。原本「鬥」作「百」，此改從朱墨本、毛定本、三婦本、同文本。

61 鬥茶：比賽茶的優劣。宋江休復江鄰幾雜志：「蘇才翁嘗與蔡君謨鬥茶，蔡茶精，用惠山泉。蘇茶劣，改用竹瀝水煎，遂能取勝。」

【清江引】（前各眾插花上）黃堂春遊韻瀟灑，身騎五花馬❻❷。村務裏有光華，花酒藏風雅。

男女們請了，你德政碑隨路打❻❸。（下）

閭閻❻❹繚繞接山巔，　杜甫

春草青青萬頃田。　張繼

日暮不辭停五馬，　羊士諤

桃花紅近竹林邊。　薛能

---

❻❷ 五花馬：毛色斑駁的馬。唐李白將進酒詩：「五花馬，千金裘，呼兒將出換美酒，與爾同銷萬古愁。」王琦注：「五花馬，謂馬之毛色作五花文者。」

❻❸ 你德政碑隨路打：意謂太守施行的德政遍及各地，處處受人歌頌。德政碑，為頌揚官吏政績而立的碑石。

❻❹ 閭閻：里巷內外的門，借指里巷。

第九齣　肅　苑❶

【一江風】（貼上）小春香，一種在人奴上❷，畫閣裏從嬌養。侍娘行，弄粉調朱，貼翠❸拈花，慣向妝臺傍。陪他理繡牀，陪他燒夜香，小苗條❹喫的是夫人杖。

「花面丫頭十三四，春來綽約省人事。終須等著箇助情花，處處相隨步步覷。」❺俺春香日夜跟隨小姐。看他名❻為國色，實守家聲。嫩❼臉嬌羞，老成尊重。只因老爺延師教授，讀到毛詩第一章：「窈窕淑女，君子好逑。」悄然廢書而嘆曰：「聖人之情，盡見於此矣。今古同懷，豈不然乎？」春香因

---

❶ 肅苑：肅，整肅，這裏是清掃的意思。苑，園林。

❷ 一種在人奴上：意思是和一般的家奴沒啥兩樣。一種，一樣，同樣。人奴，家奴，奴僕。

❸ 貼翠：用翡翠珠玉鑲嵌的首飾裝飾頭面。元王實甫西廂記劇第一本第一折：「我見他宜嗔宜喜春風面，偏宜貼翠花鈿。」

❹ 小苗條：春香自指。苗條，細長婀娜的身材。

❺ 花面丫頭十三四句：據唐劉禹錫寄贈小樊詩：「花面丫頭十三四，春來綽約向人時。終須買取名春草，處處將行步步隨」，而略加變動。花面，美麗如花的臉面。助情花，據傳是安祿山獻給唐明皇的一種大小如粳米而色紅的春藥。見五代王仁裕開元天寶遺事卷上。這裏與本義無關，似是指心上人、使人動情的人。

❻ 名：原本作「明」，據懷德本、朱墨本、毛定本、三婦本、暖紅本改。

❼ 嫩：原本作「嬌」，據朱墨本、毛定本、三婦本、同文本改。

而進言：「小姐讀書困悶，怎生消遣則箇❽？」小姐一會沉吟，逡巡❾而起，便問道：「春香，你教我怎生消遣那❿？」俺便應道：「小姐，也沒箇甚法兒，後花園走走罷。」小姐說：「死丫頭，老爺聞知怎好？」春香應說：「老爺下鄉有幾日了。」小姐低回⓫不語者久之，方纔取過曆書選看，說：「明日不佳，後日欠好，除大後日是箇小遊神吉期⓬。預喚花郎，掃清花徑。」我一時應了，則怕老夫人知道，卻也由他。且自叫那小花郎分付去。呀，迴廊那廂，陳師父來了。正是：「年光到處皆堪賞⓭，說與癡翁總不知。」

【前腔】（末上）**老書堂，暫借扶風帳⓮，日暖鉤簾蕩。呀，那迴廊，小立雙鬟⓯，似語無**

---

❽ 則箇：語氣助詞，用法略同「著」或「者」，表示叮囑、商量或加重語氣。

❾ 逡巡：遲疑，猶豫。

❿ 那：語助詞，同「哪」。表示疑問。

⓫ 低回：徘徊。

⓬ 小遊神吉期：小遊神當值的吉利日子，意謂宜於出遊。小遊神，傳說中的吉利神道。宋葉夢得石林燕語卷二：「太平興國中，司天言太一式有五福、大遊、小遊、四神、天一、地一、真符、君綦、臣綦、民綦凡十種，皆天之貴神。」

⓭ 年光到處皆堪賞：年光，春光。句出明周履靖錦箋記遊杭：「水綠沙平一帶春，雪晴風暖不生塵。年光到處皆堪賞，能解閑行有幾人？」

⓮ 扶風帳：指學塾。用東漢馬融設帳授徒的故事；因馬融是扶風茂陵人，故稱。參看第七齣❶。

⓯ 雙鬟：古代少女的兩個環形髮髻，也用以指代丫鬟，這裏指春香。

言，近看如何相⑯？是春香，問你恩官在那廂？夫人在那廂？女書生怎不把書來上？（貼）原來是陳師父。俺小姐這幾日沒工夫上書。（末）為甚？（貼）聽呵，

【前腔】甚年光！忒煞通明相⑰，所事關情況。（末）有甚麼情況？（貼）老師父還不知，老爺怪你哩！（末）何事？（貼）說你講毛詩，毛的忒精⑱了。小姐呵，為詩章，講動情腸。（末）則講了箇「關關雎鳩」。（貼）故此了。小姐說：「關了的雎鳩，尚然有洲渚之興，可以人而不如鳥乎？」書要埋頭，那景致則抬頭望。如今分付，明後日遊後花園。（末）為甚去遊？（貼）他平白地為春傷，因春去的忙，後花園要把春愁漾⑲。（末）一發不該了。

【前腔】論娘行，出入人觀望，步起須屏障⑳。春香，你師父靠天也六十來歲，從不曉得傷箇春，從不曾遊箇花院。（貼）為甚？（末）你不知，孟夫子說得好，聖人千言萬語，則要人收其放心㉑。但如

---

⑯ 如何相：何等模樣，是誰。

⑰ 忒煞通明相：太通曉明瞭的樣兒。忒煞，太，過分。

⑱ 忒精：猶言過於精，精過頭了，諷刺語。

⑲ 漾：發散，排遣。

⑳ 出入人觀望二句：封建閨範，女子不能拋頭露面，外出必須遮住自己的臉面或用步障來遮擋別人的視線。禮記內則：「女子出門，必擁蔽其面。」又列女傳王凝之妻謝氏：謝道韞「乃施青綾步鄣（障）自蔽，申獻之前議，客不能屈。」

㉑ 聖人千言萬語二句：這是強調約束身心的重要。孟子告子上：「學問之道無他，求其放心而已矣。」朱熹集

常，著甚春傷？要甚春遊？你放春歸，怎把心兒放？小姐既不上書，我且告歸幾日。春香呵，你尋常到講堂，時常向瑣窗㉒，怕燕泥香點渦在琴書上㉓。我去了。「繡戶㉔女郎閑鬥草，下帷老子不窺園㉕。」（下）（貼弔場㉖）且喜陳師父去了。叫花郎在麼？（叫介）花郎！

【普賢歌】（丑扮小花郎醉上）一生花裏小隨衙㉗，偷去街頭學賣花。令史們將我揸㉘，祗候們將我搭㉙，狠燒刀㉚、險把我嫩盤腸生灌殺。

注引程子曰：「聖賢千言萬語，只是欲人將已放之心約之，使反復入身來。」

㉒ 瑣窗：鏤刻有連環圖案的窗櫺。這裏借以指精緻的書房。

㉓ 怕燕泥香點渦在琴書上：唐杜甫詩漫興九首之一：「江上燕子故來頻，銜泥點涴琴書內。」三婦本「渦」作「涴」。涴、渦並作點污、沾染解。

㉔ 繡戶：雕繪華美的門戶，指閨房。

㉕ 下帷老子不窺園：漢代學者董仲舒「下帷講誦……或莫見其面，蓋三年不窺園，其精如此。」見漢書董仲舒傳。這裏陳最良用以自比。窺園，觀賞園景。

㉖ 弔場：戲曲用語，一齣戲的結尾，其他角色都已下場，留下一、二個角色念下場詩；或一個場面結束，由某一角色調換話頭，轉向另一個場面。這裏屬於後一種情況。

㉗ 隨衙：隨班，引申指跟隨、侍候。

㉘ 揸：抓取，捕捉。

㉙ 搭：擊，打。

㉚ 燒刀：也叫「燒刀子」，燒酒。

玉茗堂還魂記
圖 肅苑
三
暖紅室

（見介）春姐在此。（貼）好打！私出衙前騙酒，這幾日菜也不送。（丑）有菜夫。（貼）水也不擔。（丑）有水夫。（貼）花也不送。（丑）每早送花，夫人一分，小姐一分。（貼）還有一分哩？（丑）這該打！（貼）你叫甚麼名字？（丑）花郎。（貼）你把花郎的意思，搊㉛箇曲兒俺聽；搊的好，饒打。（丑）使得。

【梨花兒】小花郎看盡了花成浪，則春姐花沁的水洸浪。和你這日高頭偷眼眼，嗏，好花枝乾鱉了作麼朗㉜！

（貼）待俺還你也哥㉝。

【前腔】小花郎做盡花兒浪，小郎當夾細的大當郎。（丑）哎喲！（貼）俺待到老爺回時說一浪㉞，（採丑髮介）嗏，敢幾箇小榔頭把你分的朗㉟！

（丑倒介）罷了，姐姐為甚事光降小園？（貼）小姐大後日來瞧花園，好些掃除花徑。（丑）知道了。

（貼）東郊風物正薰馨，　崔日用

㉛ 搊：通「謅」。編造。

㉜ 小花郎看盡了花成浪四句：這幾句和下一支曲子「小花郎做盡花兒浪，小郎當夾細的大當郎」等句，是花郎和春香互相嘲謔、帶有雙關意味的穢褻語。洸浪，形容水之多。偷眼眼，指偷情。

㉝ 也哥：襯字，無義。原本「哥」作「歌」，他本均作「哥」。

㉞ 說一浪：猶言說一下、告一狀。

㉟ 分的朗：分成兩半。

（丑）應喜家山㊱接女星。　陳陶
（貼）莫遣兒童觸紅粉，　韋應物
（丑）便教鶯語太丁寧㊲。　杜甫

㊱家山：原指故鄉。這裏指家裏的園林。

㊲莫遣兒童觸紅粉二句：這裏的意思是：別讓小兒女觸及（過早地懂得）男女之事，否則他們就會喋喋不休地說些打情罵俏的話。據唐韋應物將往滁城戀新竹簡崔都水示端詩，「紅粉」原作「瓊粉」。

第十齣　驚　夢

【遶地遊】（旦上）夢回鶯囀，亂煞年光遍❶。人立小庭深院。（貼上）❷注盡沉煙❸，拋殘繡線，恁今春關情似去年❹？

〔烏夜啼〕「（旦）曉來望斷梅關❺，宿妝❻殘。（貼）你側著宜春髻子❼恰憑闌。（旦）剪不斷，理還亂❽，悶無端。（貼）已分付催花鶯燕借春看。」（旦）春香，可曾叫人掃除花徑？（貼）分付了。（旦）取鏡臺、衣服來。（貼取鏡臺、衣服上）「雲髻罷梳還對鏡，羅衣欲換更添香。」❾鏡臺、衣服在此。

---

❶ 亂煞年光遍：使人眼花繚亂的春光處處都是。

❷ 貼上：原本無「上」字，據朱墨本、三婦本補。

❸ 注盡沉煙：注，通「炷」。焚燒。三婦本、暖紅本正作「炷」。沉煙，沉香燃燒之煙。沉香，又名沉水香，是一種名貴的薰香料。

❹ 恁今春關情似去年：恁，怎樣，怎麼。似，用於比較，表示程度更深。這句的意思是，今年被繚亂的春光鉤起的春情怎麼比去年來得濃？

❺ 梅關：宋代在大庾嶺上設置的關名，在南安府之南。

❻ 宿妝：殘妝。

❼ 宜春髻子：古代婦女在立春日，剪綵為燕，上帖「宜春」二字作為飾物戴在髮髻上。見南朝梁宗懍荊楚歲時記。

❽ 剪不斷二句：南唐李煜烏夜啼詞中的句子。形容思緒的紛亂。

【步步嬌】（旦）裊晴絲⑩吹來閑庭院，搖漾春如線。停半晌，整花鈿⑪。沒揣菱花⑫，偷人半面，迤逗的彩雲偏⑬。（行介）步香閨怎便把全身現！

（貼）今日穿插的好！

【醉扶歸】（旦）你道翠生生出落的裙衫兒茜⑭，豔晶晶花簪八寶填⑮，可知我常一生兒愛好是天然⑯。恰三春好處⑰無人見。不隄防沉魚落雁鳥驚諠，則怕的羞花閉月花愁顫⑱。

（貼）早茶時了，請行。（行介）你看：「畫廊金粉半零星，池館蒼苔一片青。踏草怕泥新繡襪，惜花

---

⑨ 雲髻罷梳還對鏡二句：唐薛逢宮詞中的詩句。

⑩ 晴絲：在春日的晴空下飄蕩著的游絲。

⑪ 花鈿：用珠翠金寶鑲嵌紮製成的花形首飾。

⑫ 沒揣菱花：沒揣，不意，沒料到。菱花，鏡子的代稱。古代銅鏡背面多刻有菱花，稱菱花鏡。

⑬ 迤逗的彩雲偏：迤逗，引惹，誘使。彩雲，美麗的輕柔如雲的髮髻。迤，音ㄊㄨㄛˊ。

⑭ 翠生生出落的裙衫兒茜：翠生生，形容色彩的鮮麗。生生，助詞。出落的，顯露出。茜，音ㄑㄧㄢˋ。絳紅色。

⑮ 豔晶晶花簪八寶填：用各種珍寶鑲嵌的簪子光豔耀眼。豔晶晶，光彩閃爍的樣子。

⑯ 愛好是天然：愛好，愛美。漢王褒四子講德論：「故毛嬙、西施，善毀者不能蔽其好。」好，美也。天然，天性，本性。

⑰ 三春好處：比喻青春美貌。

⑱ 不隄防沉魚落雁鳥驚諠二句：形容女子容貌極美，戲曲、小說中所常用。宋無名氏錯立身戲文第二齣：「有沉魚落雁之容，閉月羞花之貌。」諠，同「喧」。喧嘩，吵嚷。

疼煞小金鈴⑲。」（旦）不到園林，怎知春色如許！

【皂羅袍】原來姹紫嫣紅⑳開遍，似這般都付與斷井頹垣。良辰美景奈何天，賞心樂事誰家院㉑？恁般景致，我老爺和奶奶再不提起。（合）朝飛暮卷㉒，雲霞翠軒；雨絲風片，煙波畫船，錦屏人忒看的這韶光賤㉓！

（貼）是花都放了，那牡丹還早。

【好姐姐】（旦）遍青山啼紅了杜鵑㉔，荼蘼㉕外煙絲醉軟。春香呵，牡丹雖好，他春歸怎占的光㉖？（貼）成對兒鶯燕呵，（合）閑凝眄㉗，生生燕語明如剪㉘，嚦嚦鶯歌溜的圓。

⑲ 惜花疼煞小金鈴：五代王仁裕開元天寶遺事卷上載：天寶初年，寧王「於後園中紉紅絲為繩，密綴金鈴，繫於花梢之上。每有鳥鵲翔集，則令園吏掣鈴索以驚之，蓋惜花之故也。」因惜花而頻掣鈴索以驅趕鳥雀，致使小金鈴也為之疼煞，是擬人化的誇張描寫。

⑳ 姹紫嫣紅：形容花盛開時的鮮豔美麗。姹，音ㄔㄚˋ。

㉑ 良辰美景奈何天二句：句本南朝宋謝靈運擬魏太子鄴中集詩序：「天下良辰、美景、賞心、樂事，四者難并。」誰家，哪一家。

㉒ 朝飛暮卷：唐王勃滕王閣詩：「畫棟朝飛南浦雲，朱簾暮捲西山雨。」此化用其意。

㉓ 錦屏人忒看的這韶光賤：錦屏人，幽居深閨中的人。忒，太。韶光，美好的時光，指春光。這句是說，幽處深閨，未免太辜負了這大好春光。

㉔ 啼紅了杜鵑：紅紅的杜鵑花遍地開放。啼紅，是以杜鵑鳥擬杜鵑花。相傳杜鵑晝夜悲啼，啼至血出乃止。

㉕ 荼蘼：即「酴醾」，一種春末夏初開放的花。宋蘇軾酴醾花菩薩泉詩：「酴醾不爭春，寂寞開最晚。」

（旦）去罷。（貼）這園子委是觀之不足也。（旦）提他怎的！（行介）

【隔尾】**觀之不足由他繾㉙，便賞遍了十二亭臺是枉㉚然。到不如興盡回家閑過遣。**

（作到介）（貼）「開我西閣門，展我東閣牀㉛。瓶插映山紫㉜，爐添沉水香。」小姐，你歇息片時，俺瞧老夫人去也。（下）（旦嘆介）「默地遊春轉，小試宜春面㉝。」春呵，得和你兩留連，春去如何遣？咳，恁般天氣，好困人也。春香那裏？（作左右瞧介）（又低首沉吟介）天呵，春色惱人，信有之乎！常觀詩詞樂府，古之女子，因春感情，遇秋成恨，誠不謬矣。吾今年已二八，未逢折桂之夫；忽慕春情，怎得蟾宮之客？昔日韓夫人得遇于郎㉞，張生偶逢崔氏㉟，曾有題紅記、崔徽傳二書㊱。此佳人才子，

㉖ 牡丹雖好二句：明朱有燉牡丹品劇第二折：「花索讓牡丹先。」這裏的意思是，牡丹雖好，但開放時春已歸去，怎能在春光中占先？句中隱含有對青春被耽誤的無奈。

㉗ 眄：原本作「盼」，據三婦本、暖紅本改。

㉘ 生生燕語明如剪：謂燕語明快爽脆如剪。生生，這裏有脆生生的意思。

㉙ 繾：牽纏縈繞。

㉚ 枉：原本作「惘」，此改從懷德本、同文本、暖紅本。

㉛ 開我西閣門二句：本北朝樂府民歌木蘭詩：「開我東閣門，坐我西閣牀。」

㉜ 映山紫：映山紅（杜鵑花的別名）的一種。

㉝ 宜春面：梳有宜春髻的臉面，指少女的青春容貌。

㉞ 韓夫人得遇于郎：唐人傳奇故事：僖宗時，宮女韓氏以紅葉題詩，自御溝流出，為于祐拾得；于祐也題一葉，投溝之上流，亦為韓氏所得。後放宮女，于祐適娶韓氏。各出紅葉相示，乃知紅葉是良媒。見宋劉斧青瑣高議流紅記。

前以密約偷期㊲，後皆得成秦晉㊳。（長嘆介）吾生於宦族，長在名門。年已及笄㊴，不得早成佳配，誠為虛度青春，光陰如過隙耳。（淚介）可惜妾身顏色如花，豈料命如一葉乎㊵！

【山坡羊】沒亂裏㊶春情難遣，驀地裏懷人幽怨。則為俺生小嬋娟㊷，揀名門一例、一例裏神仙眷㊸。甚良緣，把青春拋的遠！俺的睡情誰見？則索㊹因循靦腆。想幽夢㊺誰邊，

㉟張生偶逢崔氏：敘張生和崔鶯鶯的故事。見唐元稹鶯鶯傳。為後來西廂記所本。

㊱曾有題紅記崔徽傳二書：明代王驥德曾據于祐和韓氏的故事，寫成三十六齣的傳奇劇題紅記，見古本戲曲叢刊二集。崔徽傳寫妓女崔徽和裴敬中相愛，別後不能相見，託人帶肖像一幅，云「崔徽一旦不及卷中人，徽且為郎死矣！」見麗情集。這裏的崔徽傳或為鶯鶯傳與西廂記之誤。

㊲偷期：偷情，暗中與人戀愛。

㊳秦晉：春秋時秦、晉兩國世為婚姻，後因以指兩姓聯姻。

㊴及笄：禮記內則：「（女子）十有五而笄。」笄，音ㄐㄧ。固定頭髮的簪子。後就稱女子十五歲為「及笄」，表示已經成年，可以許嫁。

㊵可惜妾身顏色如花二句：參用金元好問鷓鴣天薄命妾詞：「顏色如花畫不成，命如葉薄可憐生。」

㊶沒亂裏：迷亂，形容心煩意亂的樣子。

㊷生小嬋娟：猶言生來就是個千金小姐。生小，從小，幼小。嬋娟，美女。

㊸揀名門一例一例裏神仙眷：指擇壻條件苛刻，不僅一律要出身名門，而且一概要風姿不凡、如神仙般的人物才能結成眷屬。一例，一律，一概。晉書王乂傳：「性純和，美姿容，有盛名於江左。王羲之見而目之曰：『膚若凝脂，眼如點漆，此神仙人也。』」眷，眷屬，夫妻。

㊹則索：只好，只得。

和春光暗流轉？遷延46，這衷懷那處言？淹煎47，潑殘生48，除問天！

身子困乏了，且自隱几49而眠。（睡介）（夢生介）（生持柳枝上）「鶯逢日暖歌聲滑50，人遇風情笑口開。一徑落花隨水入，今朝阮肇到天台51。」小生順路兒跟著杜小姐回來，怎生不見？（回看介）呀，小姐，小姐！（旦作驚起介）（相見介）52（生）小生那一處不尋訪小姐來，卻在這裏！（旦作斜視不語介）（生）恰好花園內折取垂柳半枝。姐姐，你既淹通書史，可作詩以賞此柳枝乎？（旦作驚喜，欲言又止介）（背想介）53這生素昧平生，何因到此？（生笑介）小姐，咱愛殺你哩！

【山桃紅】則為你如花美眷，似水流年。是答兒54閑尋遍，在幽閨自憐。小姐，和你那答兒

---

45 幽夢：隱約的夢境。

46 遷延：延宕，拖延。與上文的「因循」相仿，都有青春被延誤的意思。

47 淹煎：受煎熬，遭折磨。

48 潑殘生：猶言苦命。潑，原為詈詞，表示厭惡、鄙夷。

49 隱几：靠著几案，伏在几案上。

50 滑：鳴聲婉轉。唐白居易琵琶行：「間關鶯語花底滑。」

51 阮肇到天台：相傳東漢明帝時，劉晨和阮肇入天台山採藥迷路，遇二仙女，逗留半年始歸，子孫已過了七世。見南朝宋劉義慶幽明錄。句意謂如同阮肇見到仙女般的意中人。

52 相見介：原本「見」作「叫」，據毛定本、三婦本改。

53 背想介：原本無「介」字，據暖紅本補。毛定本、三婦本作「背云」。

54 是答兒：到處。答，用同「搭」，用在指示代詞後面，表示處所。下文「那答兒」，那邊。

驚夢

講話去。(旦作含笑不行，生作牽衣介)(旦低問介)那邊去？(生)轉過這芍藥欄前，緊靠著湖山石邊。(旦低問介)55秀才，去怎的？(生低答介)56**和你把領扣鬆，衣帶寬，袖稍兒搵著牙兒苫57也，則待你忍耐溫存一餉58眠。**(旦作羞，生前抱，旦推介)(合)**是那處曾相見，相看儼然59，早難道60這好處相逢無一言？**

(生強抱旦下)(末扮花神束髮冠、紅衣插花上)「催花御史惜花天61，檢點春工62又一年。蘸客傷心紅雨下，勾人懸夢綵雲邊63。」吾乃掌管南安府後花園花神是也。因杜知府小姐麗娘與柳夢梅秀才，後日

---

55 旦低問介：原本無「低問」二字，據暖紅本補。

56 生低答介：原本無「答」字，據暖紅本補。

57 搵著牙兒苫：搵，按住，貼著。苫，音ㄕㄢ。顫動。

58 一餉：片刻，一會兒。

59 儼然：宛然，彷彿。

60 早難道：難道說，怎麼能。

61 催花御史惜花天：唐南卓羯鼓錄載：唐明皇於春晨宿雨初晴，柳杏將吐之時，「臨軒縱擊一曲，曲名春光好，神思自得，及顧柳杏，皆已發拆。上指而笑謂嬪御曰：『此一事不喚我作天公可乎！』」後因有「催花鼓」之語。又，唐馮贄雲仙散錄引玉塵集：「穆宗每宮中花開，則以重頂帳蒙蔽欄檻，置惜春御史掌之，號曰括香。」此句或係牽合以上兩個典實而成。

62 春工：春天造化萬物之工。

63 蘸客傷心紅雨下二句：這是下文「杜小姐遊春感傷，致使柳秀才入夢」的詩化說法。蘸客，身上沾有落花之客。紅雨，指落花。唐李賀將進酒詩：「桃花亂落如紅雨。」

有姻緣之分。杜小姐遊春感傷，致使柳秀才入夢。咱花神專掌惜玉憐香，竟來保護他，要他雲雨十分歡幸也。

【鮑老催】單則是混陽烝變，看他似蟲兒般蠢動把風情搧，一般兒嬌凝翠綻魂兒顫64。這是景上緣，想內成，因中見65。呀，淫邪展污66了花臺殿。咱待拈片落花兒驚醒他。（向鬼門67丟花介）他夢酣春透了怎留連？拈花閃碎的紅如片。

秀才纔到的半夢兒；夢畢之時，好送杜小姐仍歸香閣。吾神去也。（下）

【山桃紅】（生、旦攜手上）（生）這一霎天留人便，草藉花眠。小姐可好？（旦低頭介）（生）則把雲鬟點，紅鬆翠偏。小姐休忘了呵，見了你緊相偎，慢廝連，恨不得肉兒般團成片也，逗的箇日下胭脂雨上鮮。（旦）秀才，你可去呵？（合前）

（生）姐姐，你身子乏了，將息，將息。（送旦依前作睡介）（輕拍旦介）姐姐，俺去了。（作回顧介）姐姐，你可十分將息，我再來瞧你那68。「行來春色三分雨，睡去巫山一片雲。」（下）（旦作驚醒，低叫

---

64 單則是混陽烝變三句：描摹幽會時的情景。

65 這是景上緣三句：景（影）上緣，想內成，喻指姻緣的空虛短暫，是由想像而成的夢幻。因中見（現），因，指因緣，佛家語。佛教認為一切事物的起滅、變化都是由因緣造合而成。

66 展污：沾污，弄髒。

67 鬼門：即「鬼門道」，舊時稱戲臺上演員的上下場門。明朱權太和正音譜引丹丘先生曲論：「构欄中戲房出入之所，謂之『鬼門道』。鬼者，言其所扮者，皆是已往昔人，故出入謂之『鬼門道』也。」

介）秀才，秀才，你去了也？（又作癡睡介）（老旦上）「夫壻坐黃堂，嬌娃立繡窗。怪他裙衩上，花鳥繡雙雙。」孩兒，孩兒，你為甚磕睡在此？（旦作醒，叫秀才介）咳也！（老旦）孩兒怎的來？（旦作驚起介）奶奶到此！（老旦）我兒何不做些針指，或觀玩書史，舒展情懷？因何晝寢於此？（旦）孩兒適花園中閑玩，忽值春暄[69]惱人，故此回房；無可消遣，不覺困倦少息。有失迎接，望母親恕兒之罪。（老旦）孩兒，這後花園中冷靜，少去閑行。（旦）領母親嚴命。（老旦）孩兒，書堂看書去。（旦）先生不在，且自消停[70]。（老旦嘆介）女孩兒長成，自有許多情態，且自由他。正是：「宛轉隨兒女，辛勤做老娘。」（下）（旦長嘆介）（看老旦下介）哎也，天那！今日杜麗娘有些僥倖也。偶到後花園中，百花開遍，覩景傷情；沒興而回，晝眠香閣。忽見一生年可弱冠[71]，豐姿俊妍。於園中折得柳絲一枝，笑對奴家說：「姐姐既淹通書史，何不將柳枝題賞一篇？」那時待要應他一聲，心中自忖：素昧平生，不知名姓，何得輕與交言？正如此想間，只見那生向前說了幾句傷心話兒，將奴摟抱去牡丹亭畔、芍藥闌邊，共成雲雨之歡。兩情和合，真箇是千般愛惜，萬種溫存。歡畢之時，又送我睡眠，幾聲「將息」。正待自送那生出門，忽值母親來到，喚醒將來。我一身冷汗，乃是南柯一夢[72]。忙身參禮母親，

---

[68] 我再來瞧你那：此句和下面「行來春色三分雨，睡去巫山一片雲」二句，原本無，據朱墨本、毛定本、三婦本補。

[69] 春暄：春暖。

[70] 消停：歇息。

[71] 弱冠：男子二十歲初加冠，表示成年。禮記曲禮上：「二十曰弱，冠。」孔穎達疏：「二十成人，初加冠，體猶未壯，故曰弱也。」

又被母親絮[73]了許多閑話。奴家口雖無言答應，心內思想夢中之事，何曾放懷？行坐不寧，自覺如有所失。娘呵，你叫我學堂看書去，知他看那一種書消悶也！（作掩淚介）

【綿搭絮】雨香雲片[74]，纔到夢兒邊。無奈高堂喚醒，紗窗睡不便。潑[75]新鮮冷汗粘煎，閃的俺心悠步嚲[76]，意軟鬟偏。不爭多[77]費盡神情，坐起誰忺[78]？則待去眠。

（貼上）「晚妝銷粉印，春潤費香篝[79]。」小姐，薰了被窩睡罷。

【尾聲】（旦）困春心，遊賞倦，也不索香薰繡被眠。天呵，有心情那夢兒還去不遠。

春望逍遙出畫堂， 張說
間梅遮柳不勝芳[80]。 羅隱

---

[72] 南柯一夢：唐人傳奇故事：淳于棼夢入一大槐安國，被招為駙馬，又出任南柯太守，歷盡人世間的榮華富貴與窮通得失。醒來後發現庭前槐樹下和槐樹南枝下各有一個蟻穴，原來這就是夢中的大槐安國和南柯郡。見唐李公佐南柯太守傳。這裏即指夢。

[73] 絮：話多使人膩煩。

[74] 雨香雲片：夢境中雲雨（幽會）時的斷續場景。

[75] 潑：副詞，表示程度，相當於「很」。

[76] 閃的俺心悠步嚲：撇下我，使得我心懷憂傷，步履不穩。閃，拋閃，拋撇。悠，憂思。嚲，音ㄉㄨㄛˇ。搖曳。

[77] 不爭多：差不多。

[78] 忺：音ㄒㄧㄢ。歡欣，愜意。原本作「懺」，字書無此字。他本均作「忺」。

[79] 香篝：焚香的薰籠。

可知劉阮逢人處？　許渾

回首東風一斷腸。　韋莊

---

⑧⓪ 間梅遮柳不勝芳：這裏指各種花木的芳香。間，間雜，夾雜。

第十一齣 慈戒

（老旦上）「昨日勝今日，今年老去年❶。可憐小兒女❷，長自繡窗前。」幾日不到女孩兒房中，午餉去瞧他，只見情思無聊，獨眠香閣。問知他在後花園回，身子困倦。他年幼不知，凡少年女子，最不宜豔妝戲遊空冷無人之處。這都是春香賤材逗引他！春香那裏？（貼上）「閨中圖一睡，堂上有千呼。」奶奶，怎夜分時節，還未安寢？（老旦）小姐在那裏？（貼）陪過夫人，到香閣中自言自語，淹淹❸春睡去了，敢在做夢也。（老旦）你這賤材，引逗小姐後花園去。儻有疏虞，怎生是了！（貼）以後再不敢了。（老旦）聽俺分付：

【征胡兵】女孩兒只合香閨坐，拈花剪朵❹。問繡窗鍼指如何？逗工夫一線多❺。更晝長閑不過，琴書外自有好騰那❻。去花園怎麼？

---

❶ 昨日勝今日二句：唐范攄雲溪友議卷九引劉採春唱詞。

❷ 可憐小兒女：唐杜甫月夜詩：「可憐小兒女，未解憶長安。」

❸ 淹淹：昏昏沉沉，沒精打采。

❹ 拈花剪朵：繡花、裁剪之類的女紅。

❺ 逗工夫一線多：意謂有寬裕的時間可以做些針線活來打發歲月。一線，刺繡縫紉時用完一根線的工夫。五代和凝宮詞百首之一：「纔經冬至陽生後，今日工夫一線多。」

❻ 騰那：指竄跳翻騰等耍弄拳腳的功夫。這裏是施展身手的意思。

（貼）花園好景。（老旦）丫頭，不說你不知。

【前腔】後花園窣靜❼無邊闊，亭臺半倒落。便我中年人要去時節，尚兀自裏打箇磨陀❽。女兒家甚做作？星辰高❾猶自可。（貼）不高怎的？（老旦）廝撞著有甚不著科❿，教娘怎麼？

小姐不曾晚餐。早飯要早，你說與他。

（老）風雨林中有鬼神，　蘇廣文

（貼）寂寥未是采花人。　鄭谷

（老）素娥⓫畢竟難防備，　段成式

（貼）似有微詞⓬動絳脣。　唐彥謙

❼ 窣靜：幽寂，寂靜。窣，音ㄙㄨ。

❽ 尚兀自裏打箇磨陀：尚且要遲疑不前地發楞。兀自，還，仍然。磨陀，猶豫，徘徊。

❾ 星辰高：運道好。星辰，猶言流年，命相家稱人一年的運氣。

❿ 廝撞著有甚不著科：廝撞，相撞，磕碰。不著科，料不著的事故，意外。

⓫ 素娥：嫦娥的別稱。文選謝莊月賦：「集素娥於后庭。」李周翰注：「常娥竊藥奔月，因以為名。月色白，故云素娥。」這裏借指杜麗娘。

⓬ 微詞：婉曲的批評。

第十二齣　尋夢

【夜遊宮】（貼上）膩臉朝雲❶罷盥，倒犀簪❷斜插雙鬟。侍香閨起早，睡意闌珊❸。衣桁❹前，妝閣畔，畫屏間。

伏侍千金小姐，丫鬟一位春香❺。請箇貓兒師父，不許老鼠放光。僥倖毛詩感動，小姐吉日時良。拖帶春香遣悶，後花園裏遊芳❻。誰知小姐磕睡，恰遇著夫人問當❼。絮了小姐一會，要與春香一場❽。春香無言知罪，以後勸止娘行。夫人還是不放，少不得發咒禁當❾。（內介）春香姐，發箇甚咒來？（貼）

---

❶ 膩臉朝雲：指未經梳洗的臉面和頭髮。

❷ 犀簪：用犀牛角製的髮簪，據說用之塵不著髮。唐吳融和韓致光侍郎無題三首十四韻之一：「珠佩元消暑，犀簪自辟塵。」

❸ 睡意闌珊：餘睡未消。闌珊，殘，將盡。

❹ 衣桁：衣架。桁，音ㄏㄤˋ。

❺ 伏侍千金小姐二句：原本作「丫鬟一位春香，伏侍千金小姐」，此改從懷德本、三婦本、暖紅本。

❻ 遊芳：遊玩賞花。原本「芳」作「方」，此據毛定本、三婦本。

❼ 問當：訊問。當，語助詞。金董解元西廂記諸宮調卷三：「沒留沒亂，不言不語，儘夫人問當。」

❽ 一場：猶今言幹一場。意謂非打即罵，不得干休。

❾ 禁當：擔當，承受。

敢再跟娘胡撞，教春香即世裏不見兒郎⑩。雖然一時抵對，烏鴉管的鳳凰？一夜小姐憔懆，起來促水朝妝。由他自言自語，日高花影紗窗。（內介）快請小姐早膳。（貼）報道官廚飯熟，且去傳遞茶湯。（下）

【月兒高】（旦上）幾曲屏山展，殘眉黛深淺。為甚衾兒裏不住的柔腸轉？這憔悴非關愛月眠遲倦，可為惜花，朝起庭院？

「忽忽花間起夢情，女兒心性未分明。無眠一夜燈明滅，分⑪煞梅香喚不醒。」昨日偶爾春遊，何人見夢？綢繆顧盼，如遇平生⑫。獨坐思量，情殊悵怳⑬。真箇可憐人也！（悶介）（貼捧茶食上）「香飯盛來鸚鵡粒⑭，清茶擎出鷓鴣斑⑮。」小姐，早膳哩。（旦）咱有甚心情也！

【前腔】梳洗了，纔勻面，照臺兒⑯未收展。睡起無滋味，茶飯怎生咽？（貼）夫人分付，早飯要早。（旦）你猛說夫人，則待把饑人勸。你說為人在世，怎生叫做喫飯？（貼）一日三餐。（旦）咳，甚甌兒氣力與擎拳⑰？生生的了前件⑱。

---

⑩ 即世裏不見兒郎：這輩子見不著青年小伙，即嫁不到丈夫之意。

⑪ 分：通「忿」。氣憤，怨恨。三婦本、同文本、暖紅本「分」作「怪」。

⑫ 平生：舊友故交，老交情。

⑬ 悵怳：恍惚。怳，音ㄏㄨㄤˇ。心神不定的樣子。

⑭ 香飯盛來鸚鵡粒：鸚鵡粒，就是句中的香飯。語出唐杜甫秋興詩：「香稻啄餘鸚鵡粒。」

⑮ 鷓鴣斑：飾有鷓鴣斑點花紋的茶盞。元白樸梧桐雨劇第二折：「酒注嫩鵝黃，茶點鷓鴣斑。」

⑯ 照臺兒：鏡臺。

你自拿去喫便了。（貼）「受用餘杯冷炙，勝如賸粉殘膏。」（下）（旦）春香已去。天呵，昨日所夢，池亭儼然。只圖舊夢重來，其奈新愁一段。尋思展轉，竟夜無眠。咱待乘此空閑，背卻春香，悄向花園尋看。（悲介）哎也，似咱這般，正是：「夢無綵鳳雙飛翼，心有靈犀一點通。」⑲（行介）一逕行來，喜的園門洞開，守花的都不在。則這殘紅滿地呵！

【懶畫眉】最撩人春色是今年！少甚麼低就高來粉畫垣⑳，元來春心無處不飛懸。（絆介）哎，睡荼蘼抓住裙衩線，恰便是花似人心好處牽。這一灣流水呵！

【前腔】為甚呵，玉真重遡武陵源㉑？也則為水點花飛在眼前。是天公不費買花錢，則咱人心上有題紅怨㉒。咳，辜負了春三二月天！

---

⑰ 甚甌兒氣力與擎拳：有甚麼力氣端起杯碗飲茶喫飯。擎拳，舉拳，謂一舉手之力。

⑱ 生生的了前件：意思說雖未曾下咽，硬算是用完了茶飯。了，了卻。前件，指前面說的飲茶喫飯之事。

⑲ 夢無綵鳳雙飛翼二句：唐李商隱無題詩之一中的兩句，原詩「夢」作「身」。靈犀，據說犀牛角中有白紋如線貫通兩頭，感應靈敏，因用以比喻兩心相通。

⑳ 少甚麼低就高來粉畫垣：指重重的粉牆圍繞。少甚麼，並不少，多的是。

㉑ 玉真重遡武陵源：玉真，指仙女。唐曹唐劉阮再到天台不復見仙子詩：「再到天台訪玉真，青苔白石已成塵。」元王子一誤入桃源雜劇寫劉晨、阮肇入天台山桃源洞遇仙，回到人間後，再次入天台山尋找仙女。參看第十齣㊿。武陵源，亦作「武陵溪」，指劉、阮入山遇仙之路。元無名氏貨郎旦劇第三折：「多管為殘花幾片，悞劉晨迷入武陵源。」這裏借指自己再次來花園裏尋夢。

㉒ 題紅怨：借用紅葉題詩的故事。參看第十齣㊱。元李文蔚有金水題紅怨雜劇。後人用為託物寄情之典。原本

（貼上）喫飯去，不見了小姐，則得一逕尋來。呀，小姐，你在這裏！

【不是路】何意嬋娟，小立在垂垂花樹㉓邊。纔朝膳，箇人無伴怎遊園？（旦）畫廊前，深深驀見啣泥燕，隨步名園是偶然。（貼）娘回轉，幽閨窣地㉔教人見，「那些兒閒串㉕，那些兒閒串？」

【前腔】（旦作惱介）唗㉖！偶爾來前，道的咱偷閒學少年㉗？（貼）咳，不偷閒，偷淡。（旦）欺奴善，把護春臺㉘都猜做謊桃源。（貼）敢胡言？這是夫人命，道春多刺繡宜添線，潤逼罏香好膩箋㉙。（旦）還說甚來？（貼）這荒園塹㉚，怕花妖木客㉛尋常見，去小庭深院，去

㉓ 垂垂花樹：指梅花枝朵低垂。唐杜甫和裴迪登蜀州東亭送客逢早梅相憶見寄詩：「江邊一樹垂垂發。」「題」作「啼」，此據懷德本、毛定本、暖紅本。

㉔ 窣地：突然。

㉕ 那些兒閒串：這是模仿杜麗娘母親的口吻。閒串，閒逛。原本「那些兒閒串」句不重。按，此曲末句應為重句，據懷德本、同文本、暖紅本補。

㉖ 唗：音ㄉㄡ。喝斥之詞。

㉗ 道的咱偷閒學少年：語出宋程顥春日偶成詩：「時人不識余心樂，將謂偷閒學少年。」

㉘ 護春臺：指花園。

㉙ 好膩箋：正好寫字學書。膩箋，使箋紙滑澤。唐羊士諤都城從事蕭員外寄海梨花詩盡綺麗至惠然遠及詩：「浣花春水膩魚箋。」

㉚ 塹：溝壕，比喻險惡處所。

小庭深院㉜。

（旦）知道了。你好生答應夫人去，俺隨後便來。（貼）「閑花傍砌如依主，嬌鳥嫌籠會罵人㉝。」（下）

（旦）丫頭去了，正好尋夢。

【忒忒令】那一答㉞可是湖山石邊？這一答似牡丹亭畔。嵌雕闌芍藥芽兒淺，一絲絲垂楊線，一丟丟榆莢錢㉟，線兒春甚金錢吊轉㊱？

呀，昨日那書生將柳枝要我題詠，強我歡會之時，好不話長！

【嘉慶子】是誰家少俊來近遠，敢迤逗這香閨去沁園㊲？話到其間靦腆。他捏這眼，奈煩也天㊳；咱噷這口，待酬言㊴。

㉛ 木客：傳說中的山林精怪。

㉜ 去小庭深院：重句據懷德本、同文本、暖紅本補，說見前。

㉝ 嬌鳥嫌籠會罵人：唐李山甫詩公子家二首之一：「鸚鵡嫌籠解罵人。」

㉞ 一答：一處，一帶。

㉟ 一丟丟榆莢錢：一丟丟，一串串。榆莢，榆樹的果實，聯綴成串，形似銅錢，俗稱榆錢。

㊱ 線兒春甚金錢吊轉：承榆錢而來，謂一線春光怎能用金錢拴住？用金董解元西廂記諸宮調卷一：「滿地榆錢，算來難買春光住」語意。

㊲ 迤逗這香閨去沁園：逗引我這香閨中人去遊園。沁園，東漢明帝女沁水公主的園林，這裏借指花園。

㊳ 他捏這眼二句：捏這眼，猶言瞇縫著眼。奈煩，耐煩，不厭倦。也，語助詞。這是回憶夢中的情景，描摹柳夢梅的溫柔體貼，細緻周到。

【尹令】那書生可意呵，咱不是前生愛眷，又素乏平生半面。則道來生出現，乍㊵便今生夢見？生就箇書生，恰恰生生㊶抱咱去眠。

那些好不動人春意也！

【品令】他倚太湖石，立著咱玉嬋娟。待把俺玉山推倒㊷，便日暖玉生煙㊸。捱過雕闌，轉過鞦韆，掯著裙花展㊹，敢席著地怕天瞧見。好一會分明，美滿幽香不可言。

夢到正好時節，甚花片兒弔下來也！

【豆葉黃】他興心兒㊺緊嘸嘸，嗚㊻著咱香肩。俺可也慢掂掂㊼做意兒周旋。又㊽。等閑

㊴ 咱噷這口二句：噷，動，開。酬言，猶言搭腔。

㊵ 乍：怎，怎麼。

㊶ 恰恰生生：怯怯生生，膽怯害羞的樣子。原本「恰恰」作「哈哈」，據懷德本、暖紅本改。

㊷ 玉山推倒：玉山，指身體。世說新語容止記嵇康「其醉也，傀俄若玉山之將崩。」唐李白襄陽歌：「玉山自倒非人推。」

㊸ 日暖玉生煙：這是承「玉山」而言，句出唐李商隱錦瑟詩：「藍田日暖玉生煙。」

㊹ 掯著裙花展：掯，揿，壓。裙花展，展開裙花，指以裙鋪地。

㊺ 興心兒：存心，著意。元馬致遠薦福碑劇第二折：「你是必興心兒再認下這搭沙和草，哥也；你可休不掛意指抹這把帶血刀。」下文「做意兒」，義同。

㊻ 嗚：親吻。

㊼ 慢掂掂：慢騰騰。

間把一箇照人兒昏善[49]，那般形現[50]，那般軟綿。忑一片撒花心的紅影兒弔將來半天[51]，敢是咱夢魂兒廝纏[52]？

咳，尋來尋去，都不見了。牡丹亭、芍藥闌，怎生這般悽涼冷落，杳無人跡？好不傷心也！

【玉交枝】（淚介）是這等荒涼地面，沒多半亭臺靠邊，好是咱瞇暎色眼[53]尋難見。明放著白日青天，猛教人抓不到魂夢前。霎時間有如活現，打方旋[54]再得俄延，呀，是這答兒壓黃金釧匾[55]。

要再見那書生呵，

---

[48] 又：表重句。朱墨本、暖紅本重「俺可也慢掂掂做意兒周旋」句。

[49] 等閑間把一箇照人兒昏善：輕易地把一個明明白白的人兒弄得這般昏昏沉沉、伏伏帖帖。照，照子，銅鏡。照人兒，鏡中的人兒。這裏是明白、清朗的意思。善，和善，好對付，引申為順從伏帖。

[50] 形現：活現，明白地顯現。

[51] 忑一片撒花心的紅影兒弔將來半天：他本「紅影」均作「紅葉」，唯三婦本作「紅影」，並有眉批云：「撒花紅影，掩映夢情，麗語也；俗本作紅葉，謬甚。」按，驚夢齣花神丟的本是「落花兒」，上文亦作「花片兒」，當從三婦本。忑，音ㄊㄜˋ。象花瓣下落聲。弔，掉，朱墨本正作「掉」。

[52] 廝纏：相糾纏，形容難捨難分。

[53] 好是咱瞇暎色眼：好是，恰是，正是。瞇暎，眼睛微合成縫。

[54] 打方旋：打轉，徘徊。

[55] 壓黃金釧匾：指幽會的處所。匾，同「扁」。

【月上海棠】（淚介）怎賺騙[56]？依稀想像人兒見。那來時荏苒[57]，去也遷延[58]。非遠，那雨跡雲蹤纔一轉，敢依花傍柳還重現？昨日今朝，眼下心前，陽臺一座登時變。

再消停一番。（望介）呀，無人之處，忽然大梅樹一株，梅子磊磊可愛。

【二犯么令】偏則他暗香[59]清遠，傘兒般蓋的周全。他趁這、他趁這春三月紅綻雨肥天[60]，葉兒青，偏迸著苦仁兒裏撒圓[61]。愛煞這晝陰便，再得到羅浮夢邊[62]。

罷了，這梅樹依依可人，我杜麗娘若死後得葬於此，幸矣。

【江兒水】偶然間心似繾，梅樹邊。這般花花草草由人戀，生生死死隨人願，便酸酸楚楚無人怨[63]。待打并[64]香魂一片，陰雨梅天，守的箇梅根相見。

---

56 怎賺騙：意思是怎樣把我騙取到手的呢？

57 荏苒：時間漸漸過去。

58 遷延：停留不前，拖延時間。

59 暗香：幽香。

60 紅綻雨肥天：指梅子成熟的時候。唐杜甫詩陪鄭廣文遊何將軍山林十首之一：「紅綻雨肥梅。」

61 偏迸著苦仁兒裏撒圓：仁，諧音「人」。撒，故意施展。句意謂梅樹偏偏在苦命的人兒面前結出圓圓的果實。這裏表達出杜麗娘孤單、幽怨之情。

62 再得到羅浮夢邊：盼望再能和柳夢梅夢中相見。羅浮夢，傳說隋代趙師雄在羅浮山遇一女郎，芳香襲人，語言清麗，遂相飲竟醉。等到醒來，發覺自己是在一株大梅樹下。見唐柳宗元龍城錄。

63 這般花花草草由人戀三句：是說愛戀由人，生死隨人心願，那麼人間就不會有悲哀怨尤了。酸酸楚楚，悲痛

（倦坐介）（貼上）「佳人拾翠[65]春亭遠，侍女添香午院清。」咳，小姐走乏了，梅樹下打盹。

【川撥棹】你遊花院，怎靠著梅樹偃[66]？（旦）一時間望、一時間望眼連天，忽忽地傷心自憐。（泣介）（合）知怎生情悵然，知怎生淚暗懸？

（貼）小姐甚意兒？

【前腔】（旦）春歸人面，整相看無一言。我待要折、我待要折的那柳枝兒問天，我如今悔、我如今悔不與題箋。（貼）這一句猜頭兒[67]是怎言？（合前）

（貼）去罷。（旦作行，又住介）

【前腔】為我慢歸休，款留連。（內鳥啼介）聽、聽這不如歸[68]春暮天。難道我再、難道我再到這亭園，則掙的箇長眠和短眠[69]？（合前）

淒楚。

[64] 打并：或作「打併」。收拾，清理。宋楊萬里曉起探梅詩：「打併人間名利心，萬山佳處一溪深。」

[65] 拾翠：拾取翠鳥的羽毛作飾物。三國魏曹植洛神賦：「或採明珠，或拾翠羽。」後多用來指婦女遊春。元趙善慶落梅春暮春曲：「尋芳宴，拾翠游，杏花寒禁煙時候。」

[66] 偃：躺臥。

[67] 猜頭兒：謎語。

[68] 不如歸：古人以為杜鵑鳥的啼聲如人言「不如歸去」，因用為催人歸家之詞；亦省作「不如歸」。宋范仲淹越上聞子規詩：「春山無限好，猶道不如歸。」

[69] 難道我再到這亭園二句：意思是說，難道只是在死後（長眠）和夢中（短眠），我才能再到這亭園？

鳴岐
玉茗堂還魂記
圖 尋夢 四
暖紅室

（貼）到了，和小姐瞧奶奶去。（旦）罷了。

【意不盡】軟咍咍⑩剛扶到畫闌偏，報堂上夫人穩便⑪。咱杜麗娘呵，少不得樓上花枝也則是照獨眠⑫。

（旦）武陵何處訪仙郎？　釋皎然

（貼）只怪遊人思易忘。　韋莊

（旦）從此時時春夢裏，　白居易

（貼）一生遺恨繫心腸。　張祜

⑩ 軟咍咍：軟綿綿。

⑪ 穩便：自便，意即不必前去問安。

⑫ 樓上花枝也則是照獨眠：唐劉長卿賦得詩：「樓上花枝笑獨眠。」

第十三齣　訣謁

【杏花天】（生上）雖然是飽學名儒，腹中饑崢嶸❶脹氣。夢魂中紫閣丹墀❷，猛抬頭破屋半間而已❸！

「蛟龍失水硯池枯，狡兔騰天❹筆勢孤。百事不成真畫虎❺，一枝難穩又驚烏❻。」我柳夢梅在廣州學裏，也是箇數一數二的秀才，捱了些數伏數九❼的日子。於今藏身荒圃，寄口髯奴❽。思之思之，

❶ 崢嶸：本指高峻的山峰，這裏比擬胸中壘塊。
❷ 紫閣丹墀：金碧輝煌的殿閣和紅色的臺階，指朝廷。
❸ 破屋半間而已：唐韓愈贈盧仝詩：「玉川先生洛城裏，破屋數間而已矣。」
❹ 狡兔騰天：是說缺少了製筆的兔毫。
❺ 畫虎：「畫虎類狗」的省語，比喻好高騖遠，一無所成，反貽笑柄。語出後漢書馬援傳：「効（杜）季良不得，陷為天下輕薄子，所謂畫虎不成反類狗者也。」
❻ 一枝難穩又驚烏：這句以無棲身之地的驚烏自比。三國魏曹操短歌行：「月明星稀，烏鵲南飛。繞樹三匝，何枝可依？」
❼ 數伏數九：指酷暑嚴寒。數伏，夏至後第三個庚日為初伏，第四個庚日為中伏，立秋後第一個庚日為末伏，合稱三伏。數九，從冬至起每九日為一個九，共有九個九，稱數九天。它們分別是一年中最熱和最冷的日子。
❽ 寄口髯奴：寄口，依靠別人生活。髯奴，多鬚的奴僕，指郭駝。漢代王褒僮約中曾寫到買下一個髯奴。

惶愧惶愧！想起韓友之談，不如外縣傍州，尋覓活計。正是：「家徒四壁求楊意⑨，樹少千頭愧木奴⑩。」老園公那裏？

【字字雙】（淨扮郭駝上）前山低窊後山堆⑪，駝背；牽弓射弩做人兒，把勢⑫；一連十箇偺⑬來回，漏地⑭；有時跌做繡球兒，滾氣。

自家種園的郭駝子是也。祖公公郭橐駝，從唐朝柳員外來柳州。我因兵亂，跟隨他二十八代玄孫柳夢梅秀才的父親，流轉到廣，又是若干年矣。賣果子回來，看秀才去。（見介）秀才，讀書辛苦。（生）園公，正待商量一事。我讀書過了廿歲，並無發跡之期。思想起來，前路多長，豈能鬱鬱居此？搬柴運水，多有勞累。園中果樹，都判與伊⑮。你可聽我道來：

⑨ 求楊意：指求人引薦。楊意，楊得意，是為漢武帝管理獵犬的官員。由於他的介紹，司馬相如才為漢武帝所知，並得到重用。見史記司馬相如列傳。

⑩ 樹少千頭愧木奴：是說果樹稀少，難以維持生計。三國吳丹陽太守李衡晚年曾派人種柑橘千株，臨死前對他的兒子說：「汝母惡吾治家，故窮如是。然吾州裏有千頭木奴，不責汝衣食，歲上一匹絹，亦可足用耳。」見三國志吳志孫休傳裴松之注引襄陽記。

⑪ 前山低窊後山堆：比喻胸腹凹陷，背部隆起。窊，音ㄨㄚ。下凹，低陷。原本「窊」作「坬」，據懷德本、暖紅本改。

⑫ 把勢：架式。

⑬ 偺：這麼，那麼。

⑭ 漏地：或作「漏蹄」。馬蹄中間潰爛漏膿之病。這裏是行走不便之意。

【桂花鎖南枝】俺有身如寄⑯，無人似你。俺喫盡了黃⑰淡酸甜，費你老人家澆培接植。你道俺像甚的來？鎮日裏似醉漢扶頭，甚日的和老駝伸背⑱？自株守⑲，教怨誰？讓荒園，你存濟⑳。

【前腔】（淨）俺橐駝風味，種園家世。（揖介）不能彀展腳伸腰㉑，也和你鞠躬盡力㉒。秀才，你貼了俺果園，那裏去？（生）坐食三餐，不如走空一棍。（淨）怎生叫做一棍？（生）混名打秋風㉓

---

⑮ 判與伊：判，分給。伊，你。

⑯ 如寄：好像暫時寄居，比喻時間短促。文選古詩十九首驅車上東門：「人生忽如寄，壽無金石固。」

⑰ 黃：指黃虀，醃菜。

⑱ 伸背：這裏用同「伸腰」，伸懶腰，休息的意思。因郭駝是駝背，即下文所說的「不能彀展腳伸腰」，故云「伸背」。

⑲ 株守：比喻死守家園，不知變通。典出韓非子五蠹：「宋人有耕田者，田中有株，兔走，觸柱折頸而死，因釋其耒而守株，冀復得兔。兔不可復得，而身為宋國笑。」

⑳ 存濟：過活，度日。

㉑ 不能彀展腳伸腰：展腳伸腰，下拜。元喬吉兩世姻緣劇第四折：「不索你插敘、下財、納采，有甚消不得你展腳伸腰兩拜。」又，俗稱人死為展腳伸腰。這句既關合上文的作揖，又雙關下文的「鞠躬盡力」。

㉒ 鞠躬盡力：語出三國蜀諸葛亮後出師表：「臣鞠躬盡力，死而後已。」鞠躬，本謂恭敬謹慎，也指彎腰行禮（作揖）。

㉓ 打秋風：謂利用各種關係和藉口向人索取財物。秋風，亦作「抽豐」。

鳴岐

哩。（淨）咳，**你費工夫去撞府穿州**㉔**，不如依本分登科及第**。（生）你說打秋風不好？「茂陵劉郎秋風客」㉕，到大來做了皇帝。（淨）秀才不要攀今弔古的，你待秋風誰㉖？**道你滕王閣，風順隨**㉗**；則怕魯顏碑，響雷碎**㉘。

（生）俺干謁之興甚濃，休的阻當。（淨）也整理些衣服去。

【尾聲】把破衫衿徹骨㉙**搥挑洗**。（生）**學干謁黌門**㉚**一布衣**。（淨）秀才，**則要你衣錦還鄉**，

㉔ 撞府穿州：到各地去奔跑活動。

㉕ 茂陵劉郎秋風客：語出唐李賀金銅仙人辭漢歌。茂陵是漢武帝的陵墓，茂陵劉郎指漢武帝劉徹。因他曾作秋風辭，所以稱為秋風客。這裏雙關打秋風。

㉖ 誰：原本作「他」，此改從懷德本、三婦本、同文本、暖紅本。

㉗ 滕王閣風順隨：是說時來運轉。滕王閣，在今江西省南昌市贛江畔。相傳唐代王勃乘船在馬當（位於江西省彭澤縣東北）遇神風相助，一夜歷七百里程抵達南昌，趕上了洪州牧閻伯嶼在滕王閣舉行的盛大宴會，即席作滕王閣序，名噪一時。醒世恒言有馬當神風送滕王閣話本。

㉘ 魯顏碑響雷碎：是說運氣不好。魯顏碑，唐代書法家顏真卿所寫的碑文。顏真卿曾封魯郡公，人稱顏魯公。宋代書生張鎬窮困潦倒，流落於饒州薦福寺，寺僧欲拓印顏魯公碑帖千份相贈，以便到京師出售，當晚雷擊碎其碑。見元馬致遠薦福碑雜劇。古今小說裴晉公義還原配：「運去雷轟薦福碑，時來風送滕王閣。」這是當時戲曲、小說中的習用語。

㉙ 徹骨：這裏是徹底的意思。

㉚ 黌門：學宮之門。原本「黌」作「黃」，據懷德本、朱墨本、同文本、暖紅本改。

俺還見的你。

（生）此身飄泊苦西東，　杜甫

（淨）笑指生涯樹樹紅。　陸龜蒙

（生）欲盡出遊那可得？　武元衡

（淨）秋風還不及春風㉛。　王建

㉛ 秋風還不及春風：這裏意思是說，打秋風還不如應考中進士。春風，指登科及第後的春風得意。唐孟郊〈登科後詩〉：「春風得意馬蹄疾，一日看盡長安花。」

第十四齣　寫　真

【破齊陣】（旦上）徑曲夢迴人杳，閨深珮冷魂銷。似霧濛花，如雲漏月，一點幽情動早。（貼上）怕待尋芳迷翠蝶，倦起臨妝聽伯勞❶。春歸紅袖招。

〔醉桃源〕（旦）「不經人事意相關，牡丹亭夢殘。（貼）斷腸春色在眉彎，倩誰臨遠山❷？（旦）排恨疊，怯衣單，花枝紅淚彈❸。（合）蜀妝晴雨畫來難，高唐雲影間❹。」（貼）小姐，你自花園遊後，寢食悠悠，敢為春傷，頓成消瘦？春香愚不諫賢，那花園以後再不可行走了。（旦）你怎知就裏？這是：「春夢暗隨三月景，曉寒瘦損一分花。」

【刷子序犯】（旦低唱）❺春歸恁寒峭❻，都來幾日意懶心喬❼，竟妝成熏香獨坐無聊。逍

---

❶ 伯勞：鳥名，善鳴。玉臺新詠東飛伯勞歌：「東飛伯勞西飛燕。」後來就借以指離別的親人或朋友。

❷ 臨遠山：畫眉。遠山，形容女子秀麗的眉毛。西京雜記卷二：「文君姣好，眉色如望遠山，臉際常若芙蓉。」

❸ 花枝紅淚彈：這是杜麗娘以花枝上滴下的露水來比擬自己的眼淚。

❹ 蜀妝晴雨畫來難二句：謂夢中幽會的情景難以描畫。蜀妝，指巫山（屬古蜀國）神女；杜麗娘是西蜀人，兼以自指。

❺ 旦低唱：原本無「唱」字，據三婦本補。

❻ 峭：原本作「悄」，據毛定本、暖紅本改。

❼ 心喬：心神不定。元張國賓羅李郎劇第二折：「把不定心喬意怯，立不定肉顫心搖。」

遙，怎剗盡助愁芳草❽？甚法兒點活心苗！真情強笑為誰嬌？淚花兒打迸著夢魂飄。

【朱奴兒犯】（貼）小姐，你熱性兒怎不冰著，冷淚兒幾曾乾燥？這兩度春遊忒分曉❾，是禁不得燕抄❿鶯鬧。你自窨約⓫，敢夫人見焦。再愁煩，十分容貌怕不上九分瞧。

（旦作驚介）咳，聽春香言語，俺麗娘瘦到九分九了。俺且鏡前一照，委是如何？（照介）（悲介）哎也，俺往日豔冶輕盈，奈何一瘦至此？若不趁此時自行描畫，流在人間，一旦無常⓬，誰知西蜀杜麗娘，有如此之美貌乎！春香，取素絹丹青，看我描畫。（貼下取絹、筆上）「三分春色描來易，一段傷心畫出難⓭。」絹幅、丹青，俱已齊備。（旦泣介）杜麗娘二八春容，怎生便是杜麗娘自手生描⓮也呵！

【普天樂】這些時把少年人如花貌，不多時憔悴了。不因他福分難銷，可甚的紅顏易老？論人間絕色偏不少，等把風光丟抹早⓯。打滅起離魂舍欲火三焦⓰，擺列著昭容閣⓱文

---

❽ 怎剗盡助愁芳草：本宋秦觀八六子詞意：「恨如春草萋萋，剗盡還生。」剗，鏟除。

❾ 分曉：明白，清楚。

❿ 抄：同「吵」。

⓫ 窨約：思忖，揣度。

⓬ 無常：人死的委婉說法。

⓭ 一段傷心畫出難：金元好問俳體雪香亭雜詠十五首之一：「一段傷心畫不成。」

⓮ 生描：寫生。

⓯ 等把風光丟抹早：等到早早把自己打扮得風光體面。丟抹，妝扮。明朱權荊釵記慶誕：「年華老大雙鬢皤，胭脂膩粉幸丟抹。」

房四寶，待畫出西子湖眉月雙高⑱。
【雁過聲】（照鏡嘆介）輕綃，把鏡兒擘掠⑲；筆花尖淡掃輕描。影兒呵，和你細評度⑳：你腮斗兒恁喜謔㉑，則待注櫻桃㉒，染柳條㉓，渲雲鬟煙靄飄蕭㉔；眉稍青未了，箇中人㉕全在秋波妙，可可的淡春山㉖鈿翠小。

---

⑯ 打滅起離魂舍欲火三焦：打消掉這軀體內滿腹的情欲之火。離魂舍，佛家語，指軀殼。欲火，亦為佛家語，調塵世間熾烈如火的欲念，一般指淫欲。三焦，中醫學名詞，指呼吸和消化系統的三個部位：上焦、中焦、下焦。元孟漢卿魔合羅劇第二折：「烘烘的燒五臟，火火的燎三焦。」

⑰ 昭容閣：代指貴族婦女的閨閣。昭容本為宮內女官名。

⑱ 西子湖眉月雙高：西子湖，喻美人。宋蘇軾飲湖上初晴後雨詩：「若把西湖比西子，淡妝濃抹總相宜。」眉月雙高，高高揚起的雙眉。眉月，如新月的眉毛。唐褚亮詠花燭詩：「靨星臨夜燭，眉月隱輕紗。」

⑲ 擘掠：指把輕綃從鏡面上撩開。

⑳ 評度：評說，評論。度，音ㄉㄨㄛˋ。

㉑ 腮斗兒恁喜謔：腮斗兒，即腮，兩頰。喜謔，形容春風滿面的樣子。

㉒ 注櫻桃：塗紅唇。

㉓ 染柳條：畫細眉。柳條，柳眉，形容女子細長的秀眉。

㉔ 渲雲鬟煙靄飄蕭：渲雲鬟，畫髮捲。渲，渲染，繪畫的一種技法。煙靄飄蕭，形容頭髮的輕柔飄逸。

㉕ 箇中人：此中人，這裏指畫中人。

㉖ 可可的淡春山：可可，恰好，恰巧。淡春山，淡掃蛾眉的意思。春日山色黛青，因以喻女子的眉毛。元吳昌齡端正好美妓套曲：「秋波兩點真，春山八字分。」

【傾杯序】（貼）宜笑，淡東風立細腰，又似被春愁著。（旦）謝半點江山，三分門戶㉗，一種人才，小小行樂㉘，撚青梅閑廝調㉙。倚湖山㉚夢曉，對垂楊風裊。忒苗條，斜添他幾葉翠芭蕉。

春香，⿰巾登㉛起來，可廝像也？

【玉芙蓉】（貼）丹青女易描，真色㉜人難學。似空花水月㉝，影兒相照。（旦喜介）畫的來可愛人也！咳，情知畫到中間好，再有似生成別樣嬌。（貼）只少箇姐夫在身傍。若是姻緣早，把風流壻招，少甚麼美夫妻圖畫在碧雲高。

（旦）春香，咱不瞞你，花園遊玩之時，咱也有箇人兒。（貼驚介）小姐，怎的有這等方便呵？（旦）夢哩！

㉗ 謝半點江山二句：是說摒棄遠處的風物作背景。謝，辭卻。

㉘ 行樂：行樂圖，肖像畫。

㉙ 撚青梅閑廝調：唐李白詩長干行之一：「妾髮初覆額，折花門前劇。郎騎竹馬來，遶牀弄青梅。」後因以「弄梅」喻小兒女間的親昵感情。宋陳亮柳梢青詞：「鬥草風流，弄梅情分，教人思憶。」劇中寫杜麗娘自畫手撚梅枝、閑弄青梅是借以寄託對夢中情人的思念。第十八齣中她說自己「弄梅心事」，正是此意。

㉚ 倚湖山：倚靠著太湖山石。

㉛ ⿰巾登：音ㄓㄥˋ。同「幀」。展開畫幅。

㉜ 真色：猶本色。

㉝ 空花水月：比喻難以捉摸。

鳴岐
寫真
五
暖紅室

【山桃犯】有一箇曾同笑，待想像生描著，再消詳邈入其中妙㉞。則女孩家怕漏泄風情稿。這春容呵，似孤秋片月離雲嶠㉟，甚蟾宮貴客傍的雲霄㊱？

春香，記起來了。那夢裏書生，曾折柳一枝贈我。此莫非他日所適之夫姓柳乎？故有此警報㊲耳。偶成一詩，暗藏春色，題於幀首之上何如？（貼）卻好。（旦題吟介）「近覩分明似儼然，遠觀自在若飛仙。他年得傍蟾宮客，不在梅邊在柳邊。」（放筆嘆介）春香，也有古今美女，早嫁了丈夫相愛，替他描模畫樣；也有美人自家寫照，寄與情人。似我杜麗娘，寄誰呵？

【尾犯序】心喜轉心焦。喜的明妝儼雅，仙珮飄颻。則怕呵，把俺年深色淺，當了箇金屋藏嬌㊳。虛勞，寄春容教誰淚落？做真真無人喚叫㊴。（淚介）堪愁夭，精神出現留與後

㉞ 再消詳邈入其中妙：消詳，拖延，這裏是緩慢的意思。邈入其中妙，把他的妙處（神情意態）描摹入畫。邈，描畫，摹寫。宋辛棄疾好事近西湖詞：「山色雖言如畫，想畫時難邈。」用法正同。

㉟ 嶠：同「喬」。高。

㊱ 甚蟾宮貴客傍的雲霄：甚樣的登科及第的貴人能與畫中的美人（孤秋片月）相依相並？蟾宮貴客，即第十齣中寫到的「折桂之夫」。

㊲ 警報：提醒人的消息，預兆。

㊳ 則怕呵三句：只怕這畫像藏得年深日久，顏色消褪，真應了個「金屋藏嬌」的古話。漢武帝幼時，姑母長公主問他要不要老婆，並指著自己的女兒說：「阿嬌好不？」他笑著回答說：「好！若得阿嬌作婦，當作金屋貯之也。」見漢武故事。

㊴ 做真真無人喚叫：唐杜荀鶴松窗雜記：「唐進士趙顏於畫工處得一軟障，圖一婦人甚麗，顏謂畫工曰：『世

人標㊵。

春香，悄悄喚那花郎分付他。（貼叫介）（丑扮花郎上）「秦宮一生花裏活㊶，崔徽不似卷中人㊷。」小姐有何分付？（旦）這一幅行樂圖，向行家㊸裱去，叫人家收拾好些。

【鮑老催】這本色人兒妙，助美的誰家裱？要練花綃㊹，簾兒㊺瑩，邊闌㊻小，教他有人問著休胡嘌㊼。日炙風吹懸襯的好，怕好物不堅牢㊽。把咱巧丹青休涴㊾了。

（丑）小姐，裱完了，安奉在那裏？

無其人也，如可令生，余願納為妻。』畫工曰：『余神畫也，此亦有名，曰真真，呼其名百日，晝夜不歇，即必應之，應則以百家彩灰酒灌之，必活。』顏如其言，遂呼之百日……果活，步下言笑如常。」太平廣記卷二八六引聞奇錄畫工所載略同。宋范成大戲題趙從善兩畫軸詩：「情知別有真真在，試與千呼萬喚看。」

㊵標：顯揚，稱揚。

㊶秦宮一生花裏活：句出唐李賀秦宮詩。秦宮是東漢大將軍梁冀的嬖奴，見後漢書梁冀傳。這裏花郎借以自指。

㊷崔徽不似卷中人：是說畫中人為相思而憔悴。參看第十齣㊱。

㊸行家：指精通業務的裱畫店。

㊹練花綃：精練過的有花紋的輕薄絲織物，裱畫用。原本「綃」作「銷」，據朱墨本、格正本、暖紅本改。

㊺簾兒：裱畫上端的空白處。

㊻邊闌：指畫幅的邊框。

㊼胡嘌：亂說。

㊽好物不堅牢：唐白居易詩簡簡吟：「大都好物不堅牢，彩雲易散琉璃脆。」

㊾涴：污染，弄髒。

【尾聲】（旦）儘香閨賞玩無人到，（貼）這形模則合掛巫山廟㊿。（合）又怕為雨為雲飛去了。

（貼）眼前珠翠與心違，　崔道融
（旦）卻向花前痛哭歸。　韋莊
（貼）好寫妖嬈與教看，　羅虬
（旦）令人評泊畫楊妃51。　韓偓

㊿ 則合掛巫山廟：只適合懸掛在巫山廟裏。巫山廟，楚懷王為巫山神女立的廟。參看第一齣⑫。

51 令人評泊畫楊妃：留與人評說這美如楊貴妃的畫中人。評泊，評說，評論。

第十五齣　虜諜

【一枝花】（淨扮番王引眾上）天心起滅了遼，世界平分了趙❶。靜鞭兒替了胡笳哨❷。擂鼓鳴鐘，看文武班齊到。骨碌碌南人❸笑，則箇鼻凹兒蹻❹，臉皮兒皺❺，毛梢兒鯡❻。

「萬里江山萬里塵，一朝天子一朝臣。俺北地怎禁❼沙日月？南人偏占錦乾坤。」自家大金皇帝完顏亮❽是也。身為夷虜，性愛風騷。俺祖公阿骨都❾，搶了南朝天下，趙康王❿走去杭州，今又三十餘

❶ 天心起滅了遼二句：指金滅了遼，接著又滅了北宋，南宋偏安江南，平分了原屬於趙宋的江山。天心，猶天意。

❷ 靜鞭兒替了胡笳哨：靜鞭，帝王儀仗之一，朝會時振之發聲，以示肅靜。也作「淨鞭」、「鳴鞭」。胡笳，古代北方民族使用的一種管樂器。這是指金朝進主中原，採用漢人朝儀，靜鞭替換了胡笳。

❸ 南人：金代對漢人的稱呼。

❹ 鼻凹兒蹻：指高鼻樑。蹻，用同「翹」。昂起。

❺ 臉皮兒皺：指臉上凹凸不平。皺，面瘡。原本無「兒」字，據三婦本、暖紅本補。

❻ 毛梢兒鯡：指辮梢結成椎形的髻。鯡，音ㄐㄧㄠ。這裏是為協韻，字當作「魋」，通「椎」。史記酈生陸賈列傳：「陸生至，尉他魋結箕踞見陸生。」司馬貞索隱：「謂為髻一撮似椎而結之，故字從結。」

❼ 禁：禁受，忍受。

❽ 完顏亮：即金廢帝，西元一一四九－一一六一年在位。曾率兵大舉攻宋，被廢後詔降為海陵郡王，復降為海陵庶人。見金史海陵本紀。

年⑪矣。聽得他妝點杭州，勝似汴梁⑫風景，一座西湖，朝歡暮樂。有箇曲兒⑬，說他「三秋桂子，十里荷花」⑭。便待起兵百萬，吞取何難？兵法虛虛實實，俺待用箇南人，為我鄉道。喜他淮陽賊漢李全⑮，有萬夫不當之勇，他心順溜於俺，俺先封他為溜金王之職。限他三年內招兵買馬，騷擾淮陽地方，相機而行，以開征進之路。哎喲，俺巴不到西湖上散悶兒也！

【北二犯江兒水】平分天道，雖則是平分天道，高頭偏俺照⑯。俺司天臺⑰，標著那南朝，

---

⑨ 阿骨都：原譯作「阿骨打」，即金太祖完顏旻，金王朝的建立者，西元一一一五—一一二三年在位。見金史太祖本紀。

⑩ 趙康王：即南宋高宗趙構，初封康王。西元一一二七—一一六二年在位。見宋史高宗本紀。

⑪ 三十餘年：原本「三十」作「二十」，此改從懷德本、同文本、暖紅本。參以後文第四十九齣有關年月，當以「三十餘年」為是。

⑫ 汴梁：北宋的首都汴京，即今河南省開封市。

⑬ 曲兒：即曲子，這裏指詞。

⑭ 三秋桂子二句：宋柳永描寫西湖美景的望海潮詞中的兩句。相傳金主完顏亮看了這首詞以後，頓起南侵的野心。見羅大經鶴林玉露卷一。

⑮ 李全：原為金末義軍首領，曾配合宋軍抗金，並歸順南宋，授京東副總管。後被蒙古軍所圍，復叛降元蒙，率兵騷擾江淮。攻揚州時，終被宋軍擊敗殺死。宋史叛臣傳中有傳。按，李全被殺事在南宋紹定四年（一二三一），距完顏亮之死已有八十年。劇中所敘，如李全被金封為溜金王，第四十七齣寫他兵敗出海等重要事件，均於史無據，出自虛構。

⑯ 高頭偏俺照：高頭，高處，上頭，這裏指上蒼、上天。照，關照。

標著他那答兒好。（眾）那答裏好？（淨笑介）你說西子怎嬌嬈，向西湖上笑倚著蘭橈⑱。（眾）西湖有俺這南海子、北海子⑲大麼？（淨）周圍三百里⑳。波上花搖，雲外香飄㉑。無明夜㉒，錦笙歌圍醉遶。（眾）萬歲爺，借他來耍耍。（淨）已潛遣畫工，偷將他全景來了。那湖上有吳山㉓第一峰，畫俺立馬其上。俺好不狠也！吳山最高，俺立馬在吳山最高。江南低小，也看見了江南低小。（舞介）俺怕不占場兒㉔，砌一箇錦西湖上馬嬌㉕。

---

⑰司天臺：掌管觀察天象、考定曆數的官署。唐初稱為太史局，至唐肅宗乾元元年改為司天臺。見舊唐書職官志二。

⑱蘭橈：用木蘭木做的船槳，借指美麗的遊船。

⑲南海子北海子：即今北京西城區的南海、北海。金朝滅北宋後，曾遷都中都（今北京市）。

⑳周圍三百里：這是誇張的說法。實際西湖周圍約十五公里，面積五・二平方公里。

㉑雲外香飄：唐宋之問靈隱寺詩：「桂子月中落，天香雲外飄。」

㉒無明夜：猶言無明無夜，不分晝夜。

㉓吳山：春秋時為吳之南界，又名胥山，俗稱城隍山，在今杭州東南。按，這裏所寫的情節，如潛遣畫工偷畫臨安湖山城廓，畫金主亮立馬於圖上，並有題詩：「萬里車書盍混同，江南豈有別疆封？提兵百萬西湖上，立馬吳山第一峰。」均見宋岳珂桯史逆亮辭怪條。

㉔占場兒：在花酒場中居於首位。原是行院用語，這裏用作調侃。元無名氏貨郎旦劇第四折：「那李秀才不離了花街柳陌，占場兒貪杯好色。」

㉕砌一箇錦西湖上馬嬌：演出一個走馬西湖的曲目。砌，串演，扮演。上馬嬌，原為曲牌名，以楊貴妃上馬嬌圖而得名。見元陶宗儀輟耕錄題跋。

鳴岐

（眾）奏萬歲爺，怕急不能彀到西湖，何方駐駕？

【北尾】（淨）呀，**急切要畫圖中匹馬把西湖哨㉖，且迤遞㉗的看花向洛陽道。**我呵，少不**的把趙康王剩水殘山都占了。**

線大長江扇大天， 鄭嵎

旌旗遙拂雁行偏。 司空曙

可勝㉘飲盡江南酒， 張祜

交割山川直到燕。 王建

㉖ 哨：巡邏，偵察。

㉗ 迤遞：形容緩慢地、迂迴曲折而行。

㉘ 可勝：怎堪忍受。

第十六齣　詰病

【三登樂】（老旦上）今生怎生？偏則是紅顏薄命，眼見的孤苦仃俜❶。（泣介）掌上珍，心頭肉，淚珠兒暗傾。天呵，偏人家七子團圓❷，一箇女孩兒廝病❸。

〔清平樂〕「如花嬌怯，合得天饒借。風雨於花生分劣，作意十分淩藉❹。止堪深閣重簾，誰教月榭風簷❺？我髮短❻迴腸寸斷，眼昏眵❼淚雙淹。」老身年將半百，單生一女麗娘。因何一病，起倒❽半年？看他舉止容談，不似風寒暑濕。中間緣故，春香必知，則問他便了。春香賤才那裏？（貼上）有哩。「我眼裏不逢乖小使❾，掌中擎著箇病多嬌。得知堂上夫人召，賸酒殘脂要咱消。」春香叩頭。（老

---

❶ 仃俜：猶仃伶、伶仃，孤獨，無依無靠。三婦本正作「伶仃」。

❷ 七子團圓：形容子女眾多。元石君寶秋胡戲妻劇第一折：「人家七子保團圓，偏是吾家只半邊。」

❸ 廝病：使之生病。

❹ 如花嬌怯四句：本宋劉克莊卜算子惜海棠詞意：「盡是手成持，合得天饒借。風雨於花有底讎？著意相淩藉。」饒借，寬待，容讓。生分劣，猶言作惡使壞。分，通「忿」。淩藉，侵害。

❺ 月榭風簷：月下風前的臺榭。這裏指遊賞園林。

❻ 髮短：頭髮短而稀疏。唐杜甫春望詩：「白頭搔更短，渾欲不勝簪。」

❼ 眵：音ㄔ。眼中分泌出的混濁液體。

❽ 起倒：時好時壞地折騰。

旦）小姐閑常好好的，纔著你賤才伏事他，不上半年，偏是病害。可惱，可惱！且問近日茶飯多少？

【駐馬聽】（貼）**他茶飯何曾，所事兒⑩休提，叫懶應。看他嬌啼隱忍，笑譫迷廝⑪，睡眼懵憕⑫。**（老旦）早早稟請太醫⑬了。（貼）**則除是八法針⑭、針斷軟綿情，怕九還丹、丹不的腌臢證⑮。**（老旦）是甚麼病？（貼）春香不知。**道他一枕秋清，卻怎生還害的是春前病？**（老旦哭介）怎生了！

【前腔】他一搦⑯身形，瘦的龐兒沒了四星⑰。都是小奴才逗他。**大古⑱是煙花惹事，鶯燕**

---

⑨ 乖小使：伶俐乖巧的小童。

⑩ 所事兒：凡事，事事。

⑪ 笑譫迷廝：譫，胡言亂語。迷廝，神情恍惚散亂。

⑫ 懵憕：集韻去嶝：「懵憕，神不爽。」這裏指睡眼朦朧的樣子。

⑬ 太醫：宮廷中掌管醫藥的官員。宋元以後用為對一般醫生的敬稱。

⑭ 八法針：針灸療法中按陰、陽、表、裏、寒、熱、虛、實八綱，採用不同穴位、不同針法，達到汗、吐、下、和、溫、清、補、消八種治療目的的針刺法。這裏意指高超的醫術針法。

⑮ 九還丹丹不的腌臢證：九還丹，又叫九轉丹，道教以為經過九次煉製、服之能成仙的丹藥。晉葛洪抱朴子金丹：「九轉之丹服之，三日得仙。」呂巖七言詩之二十四：「九轉九還功若就，定將衰老返長春。」丹不的，醫治不了的意思。腌臢證，惱人的病症，指相思病。金董解元西廂記諸宮調卷三：「自家這一場腌臢病，病得來蹺蹊。」證，病況，證候。

⑯ 一搦：一把，一握。搦，音ㄋㄨㄛˋ。

成招⑲，雲月知情。賤才還不跪？取家法來！（貼跪介）春香實不知道。（老旦）因何瘦壞了玉傳停⑳，你怎生觸損了他嬌情性？（貼）小姐好好的折花弄柳，不知因甚病了。（老旦惱打貼介）打你這牢承㉑，嘴骨稜的胡遮映㉒！

（貼）夫人休閃㉓了手，容春香訴來：便是那一日遊花園回來，夫人撞到時節，說箇秀才手裏折的柳枝兒，要小姐題詩。小姐說這秀才素昧平生，也不和他題了。（老旦）不題罷了，後來？（貼）後來那、那、那秀才就一拍手，把小姐端端正正抱在牡丹亭上去了。（老旦）去怎的？（貼）春香怎得知？小姐做夢哩！（老旦驚介）是夢麼？（貼）是夢。（老旦）這等著鬼了！快請老爺商議。（貼請介）老爺有請。

（外上）「附後印嫌金帶重㉔，掌中珠怕玉盤輕㉕。」夫人，女兒病體因何？（老旦泣介）老爺聽講：

---

⑰ 瘦的龐兒沒了四星：臉龐消瘦得不成樣子。秤尾端釘有四星，易於磨滅，因以「沒了四星」形容消瘦。

⑱ 大古：總之。

⑲ 鶯燕成招：鶯，與上文的「煙花」，下文的「雲月」，並指男女情愛之事。成招，招供畫押，指事情的確定不移。

⑳ 玉傳停：指姿容美好的女子。懷德本、格正本、三婦本、暖紅本「傳停」作「娉婷」。

㉑ 牢承：猶如說滑頭。

㉒ 嘴骨稜的胡遮映：嘴骨稜，猶嘴骨都，撅嘴鼓舌，多言多語。遮映，遮蓋，隱瞞。

㉓ 閃：扭傷筋絡。下文「閃了他去」的「閃」，則是招引的意思。

㉔ 附後印嫌金帶重：這句有年老力衰、倦於做官的意思。附後印，隨身攜帶的官印。古人常將官印佩帶在腰間，這就增加了金飾腰帶的分量。唐羅隱秋日有酬詩：「腰間印佩黃金重。」用意彷彿。

㉕ 掌中珠怕玉盤輕：唯恐玉盤太輕，難以承載掌中之珠，是怕女兒有甚麼三長兩短。

詰病
六
暖紅室

【前腔】說起心疼，這病知他是怎生！看他長眠短起，似笑如啼，有影無形㉖。原來女兒到後花園遊了，夢見一人，手執柳枝，閃了他去。（作嘆介）**怕腰身觸污了柳精靈，虛囂側犯了花神聖㉗。**老爺呵，**急與禳星㉘，怕流星趕月相刑迸㉙。**

（外）卻還來。我請陳齋長教書，要他拘束身心。你為母親的，到縱他閑遊。（笑介）則是些日炙風吹，傷寒流轉，便要禳解，不用師巫，則叫紫陽宮石道姑唧㉚些經卷可矣。古語云：「信巫不信醫㉛，一不治也。」我已請過陳齋長看他脈息去了。（老旦）看甚脈息？若早有了人家，敢沒這病。（外）咳，古者男子三十而娶，女子二十而嫁㉜。女兒點點年紀，知道箇甚麼哩！

【前腔】忒恁憨生㉝，一箇哇兒甚七情㉞？則不過往來潮熱㉟，大小傷寒，急慢風驚㊱。

㉖ 有影無形：是說病症的無從捉摸。

㉗ 虛囂側犯了花神聖：虛弱的身體冒犯了花神。虛囂，虛弱，虛浮。側犯，冒犯，觸犯。

㉘ 禳星：禳除凶星。禳，古代除邪消災的祭祀。下文「禳解」，即向神祈禱消除災禍。

㉙ 怕流星趕月相刑迸：是說怕碰到了不吉利的時辰和地方。流星趕月，星命家以「流星」稱人一年的運氣。這裏的意思是趕上不好的時運。相刑，逢刑相克。刑，指三刑，古代星相家將十二支與五行四方相配，根據其生克之理來推斷吉凶。子卯為一刑，寅巳申為二刑，丑戌未為三刑，凡逢三刑之地則凶。迸，湊集。

㉚ 唧：低聲念誦。三婦本作「誦」。

㉛ 信巫不信醫：史記扁鵲倉公列傳：「故病有六不治，……信巫不信醫，六不治也。」

㉜ 古者男子三十而娶二句：禮記內則：男子「三十而有室，始理男事」；女子「二十而嫁」。

㉝ 忒恁憨生：這樣也過於嬌憨了。生，語助詞。忒憨生，猶太憨生。唐虞世南應詔嘲司花女詩：「學畫鴉黃半

則是你為母的呵，真珠不放在掌中擎，因此嬌花不奈這心頭病。（泣介）（合）兩口仃零㊲，告天天，半邊兒㊳是咱全家命。

（丑扮院公上）「人來大庾嶺，船去鬱孤臺㊴。」稟老爺，有使客到。

【尾聲】（外）俺為官公事有期程。夫人，好看惜女兒身命，少不的人向秋風病骨輕㊵。

（外、丑下）㊶（老旦弔場介）「無官一身輕，有子萬事足。」我看老相公則為往來使客，把女兒病都不瞧，好傷懷也。（泣介）想起來一邊叫石道婆禳解，一邊教陳教授下藥，知他效驗如何？正是：「世間只有娘憐女，天下能無卜與醫！」（貼隨下）㊷

未成，垂肩嚲袖太憨生。」

㉞ 一箇哇兒甚七情：哇，娃。七情，禮記禮運：「何謂七情？喜、怒、哀、懼、愛、惡、欲，七者弗學而能。」這裏偏指男女之情。朱墨本「哇」作「娃」。

㉟ 潮熱：中醫謂發熱時起時伏，如潮水漲退有時之症。

㊱ 風驚：即驚風，中醫指癲癇之類的驚風抽搐的病症。

㊲ 仃零：零丁，孤獨無依。朱墨本、毛定本、三婦本「仃」作「丁」。

㊳ 半邊兒：女婿稱半子，這裏指女兒。

㊴ 鬱孤臺：在今江西省贛州市西南賀蘭山頂。

㊵ 人向秋風病骨輕：指入秋後病中人虛體弱。

㊶ 外丑下：原本無此三字，據三婦本補。

㊷ 貼隨下：原本作「下」，此據三婦本。

柳起東風惹病身，　李紳
舉家相對卻沾巾。　劉長卿
遍依仙法多求藥，　張籍
會見蓬山不死人❸。　項斯

---

❸ 柳起東風惹病身四句：原本無，據三婦本補。此集唐四句三婦本（冰絲館本同）原插於「少不的人向秋風病骨輕」句後，茲按全書體例，移置篇末。

第十七齣　道覡❶

【風入松】（淨扮老道姑上）人間嫁娶苦奔忙，只為有陰陽。問天天，從來不具人身相❷，只得來道扮男妝❸。屈指有四旬之上，當人生，夢一場。

（集唐）「紫府空歌碧落寒❹李群玉，竹石如山不敢安杜甫。長恨人心不如石劉禹錫，每逢佳處便開看韓愈。」貧道紫陽宮石道姑❺是也。俗家原不姓石，則因生為石女❻，為人所棄，故號石姑。思想起來：要還俗，百家姓❼上有俺一家；論出身，千字文❽中有俺數句。天呵，非是俺「求古尋論」，恰正是「史魚秉直」❾。俺因何住在這「樓觀飛驚❿」，打并的「勞謙謹敕」⓫？看修行似「福緣善慶」⓬，

---

❶ 道覡：指兼有巫者身分的女道姑。覡，音ㄒㄧˊ。男巫，也泛指巫師。

❷ 從來不具人身相：即下文所謂「則因生為石女」，故有此說。

❸ 道扮男妝：男道士妝扮。僧道的服裝，本無男女之別。

❹ 紫府空歌碧落寒：紫府，道教稱仙人所居。這裏指紫陽宮。碧落，道家語，指天。

❺ 道姑：原本作「仙姑」，此據懷德本、暖紅本。

❻ 石女：先天性陰道閉鎖、不通人道的女子。

❼ 百家姓：舊時集姓氏為四言韻語的蒙學讀本，北宋時所編，因以趙姓為首。

❽ 千字文：舊時集一千個字編為四言韻語的常識性啟蒙讀本，相傳為南朝梁周興嗣編撰。這一段說白中大量引用它的原文（加引號的句子），是一種遊戲筆墨。

論因果是「禍因惡積」。有甚麼「榮業所基」?幾輩兒「林皐幸即」⑬。生下俺「形端表正」,那些「性靜情逸」。大便孔似「園莽抽條」,小淨處也「渠荷滴瀝」⑭。只那些兒正好叉著口,「鉅野洞庭」⑮,偏和你滅了縫,「昆池碣石」⑯。雖則石路上可以「路俠槐卿」⑰,石田中怎生「我藝黍稷」⑱?難道嫁人家「空谷傳聲」⑲?則好守娘家「孝當竭力」⑳。可奈不由人「諸姑伯叔」,聒噪俺「入奉母儀」㉑。

---

⑨ 史魚秉直:史魚,春秋時衛國的大夫史鰌,字子魚,以正直敢諫著稱。論語衛靈公:「直哉史魚。」按,史魚死猶以尸諫衛靈公退彌子瑕而用蘧伯玉。見韓詩外傳卷七。秉直,持正。晉書李含傳:「實有史魚秉直之風。」

⑩ 飛驚:形容建築物高聳驚人。

⑪ 勞謙謹勅:勞謙,勤勞謙恭。易謙:「勞謙,君子有終,吉。」謹勅,謹慎地自我約束。

⑫ 福緣善慶:福分由善行而生。慶,福澤。易坤:「積善之家,必有餘慶。」

⑬ 林皐幸即:靠近山林,指依靠田園生活。

⑭ 渠荷滴瀝:渠荷,即荷蕖,荷花。滴瀝,或作「的歷」,形容花色的鮮明亮麗。唐王勃越州秋日宴山亭序:「的歷秋荷,月照芙蓉之水。」這裏以荷葉上水珠的下滴作某種類比。類似的別有所指處有的是插科打諢,有的則流於猥褻,以下不再逐一注明。

⑮ 鉅野洞庭:都是湖名。鉅野,在今山東省巨野縣北五里,現已乾涸。洞庭湖在湖北省北部、長江南岸。

⑯ 昆池碣石:昆池,即昆明池,漢武帝在長安西南郊所開鑿,宋以後湮沒。碣石,山名,在河北省昌黎縣北。秦始皇、漢武帝都曾東巡到此,刻石觀海。又,碣石山餘脈柱狀石亦稱碣石,該石漢末以後逐漸沉沒海中。

⑰ 路俠槐卿:俠,通「夾」。槐卿,指三公九卿。相傳周代朝廷種三槐九棘,公卿大夫分坐其下,以定三公九卿之位。見周禮秋官朝士。因又以三槐九棘喻指三公九卿之位。

⑱ 我藝黍稷:自己種植五穀。詩唐風鴇羽:「王事靡盬,不能藝稷黍。」

母親說你內才兒雖然「守真㉒志滿」，外像兒「毛施㉓淑姿」，是人家有箇「上和下睦」，偏你石二姐沒箇「夫唱婦隨」？便請了箇有口齒的媒人，「信使可復」，許了箇大鼻子㉔的女壻，「器欲難量」。則見不多時，那人家下定了，說道選擇了一年上「日月盈昃」㉕，配定了八字兒「辰宿列張」㉖。他過的禮「金生麗水」㉗，俺上了轎「玉出崑岡」㉘。遮臉的「紈扇圓潔」，引路的「銀燭煒煌」。那新郎好

⑲ 空谷傳聲：原指人在山谷裏發出聲音，即可聽到回聲。南朝梁武帝淨業賦：「若虛谷之應聲。」這裏是空有其名之意。

⑳ 則好守娘家孝當竭力：只好守著娘家不嫁人，竭力盡孝於父母。

㉑ 聒噪俺入奉母儀：聒噪，吵鬧煩人。入奉母儀，指嫁人做母親。母儀，本指作母親的儀範，為母之道。

㉒ 守真：保守真元，保持本性。

㉓ 毛施：指古代的美女毛嬙和西施。

㉔ 大鼻子：舊時謂大鼻者善淫。見唐柳宗元河間傳。

㉕ 選擇了一年上日月盈昃：指挑選吉日良辰。盈昃，日月圓滿或虧缺。昃，日西斜。原本「昃」作「戛」，據毛定本、三婦本、同文本、暖紅本改。

㉖ 配定了八字兒辰宿列張：推算男女雙方八字是否相配。星命家以人出生的年、月、日、時各配以天干地支，每項兩個字，合稱「八字」，來推算人的命運。又以為人的壽夭禍福，與天星的位置、運行有關。辰宿，星辰，星座。列張，排列散布。

㉗ 金生麗水：韓非子內儲說上：「麗水之中生金，人多竊采金。」麗水，古水名，即今雲南省金沙江。這裏指聘禮定金。

㉘ 玉出崑岡：崑岡，即崑崙山，以產玉著名。書胤征：「火炎崐岡，玉石俱焚。」這裏指出嫁上轎。

不打扮的頭頂上「高冠陪輦」㉙，咱新人一般排比了腰兒下「束帶矜莊」㉚。請了些「親戚故舊」，半路上「接杯舉觴」。請新人「升階納陛」㉛，叫女伴們「侍巾帷房㉜」。合巹㉝的「弦歌酒讌」，撒帳的「詩讚羔羊」㉞。把俺做新人嘴臉兒一寸寸「鑑貌辨色」，將俺那寶妝奩一件件都「寓目囊箱」。早是二更時分，新郎緊上來了。替㉟俺說：俺兩口兒活像「鳴鳳在竹」㊱，一時間就要「白駒食場」㊲。則見被窩兒「蓋此身髮」，燈影裏褪盡了這幾件「乃服衣裳」。天呵，瞧了他那「驢騾犢特㊳」，教俺好一會「悚懼恐惶」。那新郎見我害怕，說道：新人你年紀不小了，「閏餘成歲」㊴，俺可也不使狠，和

㉙ 高冠陪輦：戴高冠，居車左，表示受尊重。陪輦，陪乘，指有人在車右陪乘。

㉚ 束帶矜莊：束帶，整飭衣服。矜莊，矜持端莊。

㉛ 升階納陛：登堂入室的意思。納，內。陛，宮殿的臺階。納陛，本是古代對大臣的一種優遇。這裏義同升階。

㉜ 帷房：內室，閨房。

㉝ 合巹：古代婚禮中的一種儀式，剖一瓠為兩瓢，新婚夫婦各執一瓢，斟酒以飲。見禮記昏義。相當於現代的喝交杯酒。

㉞ 撒帳的詩讚羔羊：撒帳，宋孟元老東京夢華錄娶婦：「男女各爭先後對拜畢，就牀，女向左、男向右坐，婦女以金錢綵菓散擲，謂之撒帳。」撒帳時有讚禮者念誦祝詞。羔羊，詩周南篇名，原用以稱美士大夫的德行。這裏僅是指祝頌之詞，有別於詩的原義。

㉟ 替：對，跟。

㊱ 鳴鳳在竹：相傳鳳凰非竹實不食。鳳鳴喈喈，比喻夫婦和睦。

㊲ 白駒食場：語出詩小雅白駒：「皎皎白駒，食我場苗。」

㊳ 犢特：犢，小牛。特，三歲的獸。

你慢慢的「律呂調陽」㊵。俺聽了口不應，心兒裏笑著：新郎新郎，任你「矯㊶手頓足」，你可也「靡恃己長」㊷。三更、四更了，他則待陽臺上「雲騰致雨」，怎生巫峽內「露結為霜」？他一時摸不出路數兒，道是怎的？快取亮來！側著腦要「右通廣內㊸」，踣著眼在「籃筍象牀」㊹。那時節俺口不說，心下好不冷笑：新郎新郎，俺這件東西，則許你「徘徊瞻眺」，怎許你「適口充腸」？如此者幾度了，惱的他氣不分的嘴勞刀「俊乂密勿」㊺，累的他鑿不竅皮混沌的「天地玄黃」㊻。和他整夜價則是「寸陰是競」㊼，待講起醜煞那「屬耳垣牆」㊽。幾番待懸梁㊾、待投河，「免其指斥」㊿，若還用刀鑽、

㊴ 閏餘成歲：本謂「以閏月定四時成歲」，見書堯典。這裏是說年紀大。陰曆三年一閏，五年再閏，把三十二年的閏月加起來才滿一年。

㊵ 律呂調陽：律呂，古代校正樂律的器具。音又分陰陽，陽為律，陰為呂。漢書律曆志：「律十有二，陽六為律，陰六為呂。」

㊶ 矯：舉。

㊷ 靡恃己長：不要依靠自己的長處。

㊸ 廣內：漢代宮廷藏書之所。

㊹ 踣著眼在籃筍象牀：踣著眼，斜著眼。籃筍象牀，用象牙裝飾的竹牀。籃筍，竹牀，竹轎。

㊺ 氣不分的嘴勞刀俊乂密勿：氣不分，不服氣。分，同「忿」。勞刀，嘮叨。俊乂，才德出眾的人。密勿，勤勉努力。漢書劉向傳：「密勿從事，不敢告勞。」顏師古注：「密勿，猶黽勉從事也。」乂，音ㄧˋ。

㊻ 鑿不竅皮混沌的天地玄黃：混沌，古代傳說中的中央之帝，又稱渾沌，生無七竅，日鑿一竅，七日鑿成而渾沌死。見莊子應帝王。這裏反用其意，是說混沌一團，鑿不開一個孔竅。天地玄黃，傳說天地未開闢之前，元氣未分，混沌一片。玄黃，指天地的顏色。易坤：「夫玄黃者，天地之雜也，天玄而地黃。」

用線藥51，「豈敢毀傷」52？便拚做趄了交53「索居閑處」，甚法兒取他意「悅豫且康」54？有了有了，他沒奈何央及煞後庭花「背邙面洛」55，俺也則得且隨順乾荷葉和他「秋收冬藏」。哎喲！對面兒做的箇「女慕貞潔」，轉腰兒到做了「男效才良56」。雖則暫時間「釋紛利俗」，畢竟意情兒「四大五常」57。要留俺怕誤了他「嫡後嗣續」58，要嫁了俺怕人笑「饑厭糟糠」59。這時節俺也索勸他了：官人官人，

---

47 寸陰是競：愛惜短暫的光陰。語出淮南子原道訓：「聖人不貴尺之璧，而重寸之陰，時難得而易失也。」

48 屬耳垣牆：以耳附牆，謂有人竊聽。語出詩小雅小弁：「君子無易由言，耳屬于垣。」

49 懸梁：指自縊、上吊。

50 免其指斥：千字文原句是「勉其祗植」。

51 線藥：指以香屑製成細長如線之香，用以治療瘡癬。見明李時珍本草綱目線香。

52 豈敢毀傷：語出孝經開宗明義：「身體髮膚，受之父母，不敢毀傷，孝之始也。」

53 便拚做趄了交：即便豁出去斷了交。拚，音ㄆㄧㄣ。捨棄不顧，豁出去。趄，走開，引申為離散。

54 悅豫且康：喜悅安樂。

55 後庭花背邙面洛：後庭花，南朝陳後主所製曲名，本名玉樹後庭花。背邙面洛，背邙山，面洛水，是洛陽的形勢。

56 才良：才士賢人。

57 四大五常：四大，佛家以地、水、風、火為四大，四大和合，構成人身。五常，五種倫常道德，即父義、母慈、兄友、弟恭、子孝。這裏意思是關係到倫常大事。

58 嫡後嗣續：嫡系的後嗣、子孫。

59 饑厭糟糠：厭，滿足，引申為飽足，吃飽。糟糠，原指粗劣的食物，這裏指貧困時與之共食糟糠之妻。東漢光武帝要把姐湖陽公主嫁給宋弘，試探性地問：「諺言貴易交，富易妻，人情乎？」宋弘回答說：「臣聞貧

少不得請一房「妾御績紡」60，省你氣那「鳥官人皇」61。俺情願「推位讓國」，則要你「得莫能忘」。後來當真討一箇了。沒多時做小的「寵增抗極」62，反撚去俺為正的「率賓歸王」63。不怨他，只「省躬譏誡」64，出了家罷，俺則「垂拱平章」65。若論這道院裏，昔年也不甚「宮殿盤鬱」，到老身纔開闢了「宇宙洪荒」。畫真武「劍號巨闕」66，步北斗67「珠稱夜光」。奉香供「果珍李柰68」，把齋素也是「菜重芥薑」。世間味識得破「海鹹河淡」，人中網逃得出「鱗潛羽翔」69。俺這出了家呵，把那幾

賤之知不可忘，糟糠之妻不下堂。」見後漢書宋弘傳。

60 妾御績紡：本謂置妾以理紡績之事，這裏偏指妾。

61 鳥官人皇：鳥官，傳說遠古少昊氏以鳥名官，謂之鳥官、鳥師。見左傳昭公十七年。人皇，傳說中遠古部落的酋長，與天皇、地皇並稱三皇。見史記補三皇本紀。

62 寵增抗極：形容得寵以後氣勢很盛。抗極，亢極，熾盛。

63 反撚去俺為正的率賓歸王：撚，攆，驅逐。率賓歸王，語出詩小雅北山：「率土之濱，莫非王臣。」率，自。率土之濱，猶言四海之內。這裏指做小的（妾）大權獨攬，為正的（妻）反而沒了位置。

64 省躬譏誡：省躬，反躬自省，自我反省。譏誡，稽查警戒。

65 垂拱平章：垂拱，垂衣拱手，無為而治。這裏指清靜無事。平章，品評議論。

66 畫真武劍號巨闕：真武，即玄武，古代神話中的北方神名，其形為龜，或龜蛇合體。宋趙彥衛雲麓漫鈔卷九：「後興醴泉觀，得龜蛇，道士以為真武現，繪其像為北方之神，被髮黑衣，仗劍蹈龜蛇，從者執黑旗。」巨闕，古代名劍。

67 步北斗：道士禮拜星宿、召遣神靈。北斗，北斗星。

68 柰：柰子，一種水果，似李子而肉紅，味酸甜。

年前做新郎的臭粘涎「骸(70)垢想浴」，將俺即世(71)裏做老婆的乾柴火「執熱願涼」。則可惜做觀主「遊鵾獨運」(72)，也要知觀的「顧答審詳」(73)。赴會的都要「具膳餐飯」，行腳的(74)也要「老少異糧」。怎生觀中再沒箇人兒？也都則是「沉默寂寥」，全不會「牋牒簡要」(75)。俺老將來「年矢(76)每催」，鏡兒裏「晦魄環照」(77)。硬配不上仕女圖「馳譽丹青」，也要接的著仙真傳「堅持雅操」(78)。懶雲遊「東西二京」(79)，端一味「坐朝問道」(80)。女冠子有幾箇「同氣連枝」(81)，騷道士不與他「工顰妍笑」(82)。

---

(69) 鱗潛羽翔：像魚那樣潛藏，像鳥那樣高飛。

(70) 骸：指身體。

(71) 即世：今世，現世。

(72) 遊鵾獨運：比喻孤獨無助。鵾，音ㄎㄨㄣ。大鳥。運，運行，飛翔。

(73) 也要知觀的顧答審詳：知觀，主持道觀事務的女道士。顧答審詳，照顧應答做到審察周詳。

(74) 行腳的：行腳僧，遊食四方的僧人。這裏指雲遊的女道士。

(75) 牋牒簡要：這裏指以道姑的身分向人募化。牋牒，文書，指官府發給的度牒之類。

(76) 年矢：時光易逝如流矢。

(77) 晦魄環照：這裏指鏡中人面容慘淡。晦魄，夜月。

(78) 也要接的著仙真傳堅持雅操：也要能跟得上仙真傳裏的仙人，堅持高尚的情操。

(79) 東西二京：西漢建都長安，東漢遷都洛陽，因洛陽在故都長安之東，稱東京；而長安又在洛陽之西，稱西京。這裏泛指遙遠的地方。

(80) 坐朝問道：原指君主臨朝聽政，向臣下詢問為政之道。這裏是坐守道觀修道的意思。

(81) 同氣連枝：喻指同胞兄弟姐妹。這裏指志趣相同、氣質相類者。

怕了他暗地虎「布射遼丸」[83]，則守著寒水魚「釣巧任釣」[84]。使喚的只一箇「猶子比兒」[85]，叫做癩頭黿「愚蒙等誚」[86]。（內）[87]姑娘罵俺哩。俺是箇妙人兒。（淨）好不羞「殆辱近恥」，到誇獎你「並皆佳妙」。（內）杜太爺皂隸拿姑娘哩。（淨）為甚麼？（內）說你是箇賊道。（淨）咳，便道那府牌來「杜蕖鍾隸」[88]，把俺做女妖看「誅斬賊道」。俺可也「散慮逍遙」，不用你這般「虛輝朗耀」[89]。（丑扮府差上）「承差府堂上，提名仙觀中。」（見介）（淨）府牌哥，你為何而來？

【大迓鼓】（丑）**府主坐黃堂，夫人傳示，衙內敲梆[90]。知他小姐年多長，染一疾，半年**

---

[82] 工顰妍笑：以一顰一笑、賣弄美色來取悅於人。

[83] 布射遼丸：布射，東漢的呂布善射。見後漢書呂布傳。遼丸，春秋時楚國的勇士熊宜僚善於弄丸。見莊子徐无鬼。

[84] 則守著寒水魚釣巧任釣：這句比喻自己甘守清貧，不用智巧等手段。釣巧，三國時蜀漢馬鈞巧思絕世，嘗作指南車、翻車等。見三國志魏志杜夔傳注。任釣，古代傳說中的任公子，曾以大鉤巨綸在東海釣得大魚。見莊子外物。

[85] 猶子比兒：比兒就是猶子，都是指侄子。

[86] 愚蒙等誚：和愚昧無知的人一樣受人譏誚。

[87] 內：原本作「內介」，「介」字據朱墨本、毛定本、三婦本刪。

[88] 便道那府牌來杜蕖鍾隸：府牌，府衙的差役。牌，牌軍。杜蕖，東漢書法家杜操，以善章草知名。鍾隸，三國魏書法家鍾繇，尤精於隸書、楷書。杜蕖鍾隸，這裏借指牌票上的字跡。

[89] 虛輝朗耀：這裏有虛張聲勢的意思。

[90] 梆：梆子，用以巡更或作信號的竹木製的響器。

光。（淨）俺不是女科。㉑（丑）請你修齋，一會祈禳。

【前腔】（淨）俺仙家有禁方㉒。小小靈符，帶在身傍。教他刻下人無恙。（丑）有這等靈符，快行動些！（行介）（淨）叫童兒。（內應介）（淨）好看守，臥雲房㉓。殿上無人，仔細燈香。（內應）知道了。

（淨）紫微宮㉔女夜焚香，　王　建
（丑）古觀雲根㉕路已荒。　釋皎然
（淨）猶有真妃長命縷㉖，　司空圖
（丑）九天無事莫推忙㉗。　曹　唐

㉑ 女科：猶婦科。
㉒ 禁方：珍祕的藥方。
㉓ 臥雲房：臥雲，喻指隱居。雲房，僧道或隱者所居。這裏二者連用，指道姑所住的僻靜房屋。
㉔ 紫微宮：星官名，即紫微垣，為三垣之一。這裏借指石道姑所居的紫陽宮。
㉕ 雲根：深山雲起之處，也借指道院僧寺。唐司空圖上陌梯寺懷舊僧詩之一：「雲根禪客居，皆說舊吾廬。」
㉖ 真妃長命縷：真妃，楊貴妃曾為女道士，號太真，故稱真妃。長命縷，舊時端午時繫於臂上以辟邪除病的五彩絲絛。見南朝梁宗懍荊楚歲時記。這裏指靈符。
㉗ 九天無事莫推忙：這裏是說不要推托因道觀事忙而不去。九天，天之最高處，神仙所居。

第十八齣　診　祟

【一江風】（貼扶病旦上）病迷厮，為甚輕憔悴？打不破愁魂謎。夢初回，燕尾翻風，亂颯❶起湘簾翠。春去偌❷多時，（又）❸花容只顧衰。井梧聲❹刮的我心兒碎。

〔行香子〕春香呵，「我楚楚❺精神，葉葉❻腰身，能禁多病逡巡❼！（貼）你星星措與❽，種種生成，有許多嬌，許多韻，許多情。（旦）咳，咱弄梅心事❾，那折柳情人❿，夢淹漸暗老殘春。（貼）正好簟

❶ 颯：大風吹拂。
❷ 偌：這麼。原本「偌」作「若」，據懷德本、暖紅本改。
❸ 又：原本作「合」，毛定本作「又」。格正本、暖紅本重「春去偌多時」句。按，此曲應有重句，「又」即表重句。此改從毛定本。
❹ 井梧聲：風吹井邊梧桐發出的聲音。
❺ 楚楚：形容憂戚、淒楚。
❻ 葉葉：形容纖細。
❼ 逡巡：徘徊不去。這裏指久病不癒。
❽ 星星措與：星星，猶點點，件件。措與，舉措，指舉動、行為。原本「措」作「惜」，據懷德本、毛定本、三婦本、暖紅本改。
❾ 弄梅心事：指杜麗娘對夢中情人的思念。參看第十四齣㉙。
❿ 折柳情人：指柳夢梅，他曾在杜麗娘的夢中折柳一枝請她題詩。見第十齣。

罏⑪香午，枕扇風清。知為誰顰，為誰瘦，為誰疼？」（旦）春香，我自春遊一夢，臥病如今。不癢不疼，如癡如醉，知他怎生？（貼）小姐，夢兒裏事，想他則甚？（旦）你教我怎生不想！

【金落索】貪他半餉癡，賺了多情泥⑫。待不思量，怎不思量得？就裏暗銷肌，怕人知。嗽腔腔嗽喘微⑬。哎喲，我這慣淹煎的樣子誰憐惜？自噤窄⑭的春心怎的支？心兒悔，悔當初一覺留春睡。（貼）老夫人替小姐沖喜⑮。（旦）信他沖的箇甚喜！到的年時，敢犯殺花園內⑯？

【前腔】（貼）看他春歸何處歸，春睡何曾睡？氣絲兒怎度的長天日？把心兒捧湊眉，病西施⑰。小姐，夢去知他實實誰？病來只送的箇虛虛的你。做行雲先渴倒在巫陽會⑱。全

---

⑪ 篝罏：薰籠。

⑫ 賺了多情泥：賺，贏得，獲取。多情泥，謂沉迷於多情。泥，迷戀，留連。

⑬ 嗽腔腔嗽喘微：形容咳嗽和氣喘。腔腔，象聲詞，狀咳嗽聲。嗽喘微，毛定本、格正本、三婦本作「嫩喘微」。

⑭ 噤窄：悶在心裏，不敢泄露。

⑮ 沖喜：舊時迷信以辦喜事來驅邪避凶，以為能化凶為吉。

⑯ 到的年時二句：算來當時敢怕是沖犯了花園裏的神道？到的，算的。年時，當年。這裏是當時、當初的意思。

⑰ 把心兒捧湊眉二句：相傳春秋時越國美女西施，心痛時常捧心而顰（皺眉），人以為美。見莊子天運。湊，聚合。湊眉，就是皺眉。

⑱ 做行雲先渴倒在巫陽會：巫陽，巫山之陽（南），與上面行雲，都是用巫山神女的故事。參看第一齣⑫。

圖 診祟
七
暖紅室

無謂，把單相思害得忒明昧⑲。又不是困人天氣，中酒心期⑳，魆魆地㉑常如醉。

（末上）「日下曬書嫌鳥跡，月中搗藥要蟾酥㉒。」我陳最良承公相命，來診視小姐脈息。到此後堂，不免打叫一聲：春香賢弟有麼？（貼見介）是陳師父。小姐睡哩。（末）免驚動他，我自進去。（見介）小姐。（旦作驚介）誰？（貼）陳師父哩。（旦起扶介）（旦）師父，我學生患病久，失敬了。（末）學生，學生，古書有云：「學精於勤，荒於嬉。」㉓你因為後花園湯風冒日㉔，感下這疾，荒廢書工。我為師的在外，寢食不安。幸喜老公相請來看病，也不料你清減㉕至此。似這般樣，幾時能勾㉖起來讀書？早則端陽節哩。（貼）師父，端節有你的。（末）我說端陽，難道要你糉㉗子？小姐，望聞問切㉘，我且

---

⑲ 明昧：猶曖昧，不光明、不便公之於眾之事。

⑳ 中酒心期：中酒，病酒。心期，情緒，心境。

㉑ 魆魆地：悄悄地，暗暗地。魆，音ㄒㄩˋ。

㉒ 月中搗藥要蟾酥：古代神話傳說謂月中有白兔搗藥。晉傅咸擬天問：「月中何有？白兔搗藥。」蟾酥，蟾蜍耳後腺和皮膚腺分泌的白色黏液，乾後可供藥用。

㉓ 學精於勤荒於嬉：見唐韓愈文進學解。學，原作「業」。

㉔ 湯風冒日：日炙風吹，感受了風寒暑熱。湯風，頂風，迎風。

㉕ 清減：消瘦的委婉說法。

㉖ 能勾：原本無「能」字，據朱墨本、暖紅本補。

㉗ 糉：原本作「種」，據懷德本、三婦本、暖紅本改。

㉘ 望聞問切：中醫診斷疾病的四種方法：望氣色、聽聲息、問症狀、按脈象，合稱四診。見難經六十一難。

問你，病症因何？（貼）師父問甚麼！只因你講毛詩，這病便是「君子好逑」上來的。（末）是那一位君子？（貼）知他是那一位君子。（末）這般說，毛詩病用毛詩去醫，那頭一卷就有女科聖惠方㉙在裏。（貼）師父，可記的毛詩上方兒？（末）便依他處方。小姐害了「君子」的病，用的史君子㉚。毛詩：「既見君子，云胡不瘳？」㉛這病有了君子抽一抽，就抽好了。（旦羞介）哎也！（貼）還有甚藥？（末）酸梅十箇。詩云：「摽有梅，其實七兮。」㉜又說：「其實三兮。」三箇打七箇，是十箇。此方單醫男女過時思酸之病。（旦嘆介）（貼）還有哩？（末）天南星㉝三箇。（貼）可少？（末）再添些。詩云：「三星在天。」㉞專醫男女及時之病。（貼）還有哩？（末）俺看小姐一肚子火，你可抹淨一箇大馬桶，待我用梔子仁、當歸㉟，瀉下他火來。這也是依方：「之子于歸，言秣其馬。」㊱（貼）師父，這馬

㉙ 聖惠方：借指靈驗有效的藥方。宋代太平興國三年，官修藥方太平聖惠方百卷。

㉚ 史君子：當作「使君子」，中藥名。

㉛ 既見君子二句：見詩鄭風風雨。君子，指所愛的人。云，發語詞。胡，為何。瘳，音ㄔㄡ。病癒。詩寫熱戀中的少女見到她所思念的情人時的喜悅心情。

㉜ 摽有梅二句：見詩召南摽有梅。摽，墜落。有，語助詞。梅，梅子。其實七兮，梅樹上還留有十分之七的梅子。下文「其實三兮」，見同詩。詩以梅子的墜落比喻青春的流逝，希望求婚的男子及時而來。

㉝ 天南星：中藥名。

㉞ 三星在天：詩唐風綢繆：「綢繆束薪，三星在天。」孔傳：「三星，參也。在天，謂始見東方也。男女待禮而成，若薪芻待人事而後束也。三星在天，可以嫁娶矣。」後因以「三星在天」為男女婚期之典。所以下文說「專醫男女及時之病」。

㉟ 梔子仁當歸：並為中藥名。但與瀉藥無關。這是為了與下文「之子于歸」諧音。

不同那「其馬」。（末）一樣髀鍬窟洞下㊲。（旦）好箇傷風切藥㊳陳先生。（貼）做的按月通經陳媽媽。（旦）師父不可執方㊴，還是診脈為穩。（末看脈，錯按旦手背介）（貼）師父，討箇轉手。（末）女人反此背看之，正是王叔和脈訣㊵。也罷，順手看是。（診脈介）咳，小姐脈息，到這箇分際㊶了！

【金索掛梧桐】他人才忒整齊，脈息恁微細。小小香閨，為甚傷憔悴？（起介）春香呵，似**他這傷春怯夏肌，好扶持。病煩人容易傷秋意。**小姐，我去咀藥㊷來。（旦嘆介）師父，少不**得情栽了竅髓鍼難入㊸，病躲在煙花㊹你藥怎知？**（泣介）**承尊覷，何時何日來看這女顏**

㊱ 之子于歸二句：見詩周南漢廣。之子，那個女子。于歸，出嫁。言，語助詞。秣，餵馬。原意是設想餵馬駕車去迎取所求之女子。這裏是借「言秣其馬」中的「秣」和「馬」與上文「抹淨一箇大馬桶」中的「抹」和「馬」諧音。

㊲ 一樣髀鍬窟洞下：髀，股部，大腿。鍬，指動物的屁股之間。這句是說馬和馬桶一樣都是坐在人的屁股、大腿下面的。

㊳ 切藥：按脈下藥。

㊴ 執方：按照常規辦事，不知變通。

㊵ 王叔和脈訣：王叔和，晉代名醫，曾任太醫令，著有脈經、脈訣、脈賦，又曾編次漢代張仲景傷寒論。

㊶ 分際：程度，地步。

㊷ 咀藥：古代煎藥時先將藥材咀嚼成顆粒狀再煎。所以也稱煎藥為咀藥。

㊸ 情栽了竅髓鍼難入：墮入情網，病入骨髓，針刺不進，用針灸的方法難以奏效。竅，關鍵，要害的部位。

㊹ 煙花：猶風月，指男女情愛之事。

回㊺？（合）病中身怕的是驚疑。且將息，休煩絮。

（旦）師父且自在，送不得你了。可曾把俺八字推算麼？（末）算來要過中秋好。「當生止有八箇字㊻，起死曾無三世醫㊼。」（下）（貼）一箇道姑走來了。（淨上）「不聞弄玉吹簫㊽去，又見嫦娥竊藥㊾來。」自家紫陽宮石道姑便是。承杜老夫人呼喚，替小姐禳解。（見貼介）（貼）姑姑為何而來？（淨）吾乃紫陽宮石道姑，承夫人命，替小姐禳解。不知害的甚病？（貼）尷尬病㊿。（淨）為誰來？（貼）後花園耍來。（淨舉三指，貼搖頭介）（淨舉五指，貼又搖頭介）（淨）咳，你說是三是五，與他做主。（貼）你自問他去。（淨見旦介）小姐，小姐，道姑稽首那。（旦作驚介）那裏道姑？（淨）紫陽宮石道姑。老夫人有召，替小姐保禳。聞說小姐在後花園著魅[51]，我不信。

【前腔】你惺惺的怎著迷[52]？設設[53]的渾如魅。（旦作魘語[54]介）我的人那！（淨、貼背介）你聽

㊺ 女顏回：恐怕要活不長的女學生。顏回，孔子的得意弟子，以德行著稱，早卒。

㊻ 八箇字：指生辰八字。參看第十七齣㉖。

㊼ 三世醫：禮記曲禮下：「醫不三世，不服其藥。」三世，指精通代表三個時代的三部古醫書黃帝針灸、神農本草、素女脈訣。

㊽ 弄玉吹簫：相傳春秋時秦穆公之女弄玉，日就夫蕭史學吹簫作鳳鳴，後夫婦隨鳳凰飛去。事見漢劉向列仙傳。

㊾ 嫦娥竊藥：古代神話傳說，后羿向西王母求得不死之藥，被姮（嫦）娥竊得，服食後成仙，奔入月中。見淮南子覽冥訓。

㊿ 尷尬病：難言之病，指相思病。

[51] 著魅：著鬼，被鬼怪所迷惑。

他唸唸呢呢，作的風風勢[55]。是了，身邊帶有箇小符兒。（取旦釵掛小符，作咒介）「赫赫揚揚[56]，日出東方。此符屏卻惡夢，辟除不祥。急急如律令敕[57]！」（插釵介）這釵頭小篆符[58]，眠坐莫教離。把閑神野夢都迴避。（旦醒介）咳，這符敢不中[59]？我那人呵，須不是依花附木廉纖鬼[60]，咱做的弄影團風抹媚癡[61]。（淨）再癡時，請箇五雷[62]打他。（旦）些兒意，正待攜雲握雨，你卻用掌心雷[63]。（合前）

---

[52] 你惺惺的怎著迷：惺惺，聰明機靈。原本作「星星」，據懷德本、同文本、暖紅本改。迷，原本作「謎」，他本均作「迷」，今據改。

[53] 設設：癡迷的樣子。

[54] 魘語：夢魘時發出的含糊昏亂的話。

[55] 唸唸呢呢二句：唸唸呢呢，說話含混不清。風風勢，也作「風風勢勢」，形容瘋狂的情態和動作。

[56] 赫赫揚揚：光明盛大的樣子。

[57] 急急如律令敕：急急如律令，原為漢代公文結尾用語，意謂立即按照法律命令辦理。後多為道教用於符咒結尾，勒令鬼神按符令執行。敕，敕令，命令。

[58] 篆符：符籙，道教所傳祕密文書，字形屈曲如篆，相傳可以役鬼神，辟病邪。

[59] 不中：不行，不成。

[60] 廉纖鬼：小鬼。廉纖，細微，原多用以形容微雨。

[61] 弄影團風抹媚癡：弄影團風，猶捕風捉影，疑神疑鬼，形容心魂不定。抹媚，或謂即魔媚，狀著魅時的癡迷樣。

[62] 五雷：即五雷法，道教用以祈雨、辟邪、袪病、救人的方術。傳說雷公有兄弟五人，故稱五雷。見神仙感遇傳。

[63] 掌心雷：道教稱手掌中能發出巨響的法術。

（淨）還分明說與，起箇三丈高咒旛兒64。（旦）待說箇甚麼子好？

【尾聲】依稀則記的箇柳和梅。姑姑，你也不索打符椿掛竹枝65。則待我冷思量，一星星咒66向夢兒裏。（貼67扶旦下）

（貼）綠慘雙蛾68不自持，　步飛煙
（淨）道家妝束厭禳69時。　薛能
（旦）如今不在花紅處，　僧懷濟
（合）為報東風且莫吹。　李涉

64 咒旛兒：祈禳時用的狹長旗旛。
65 打符椿掛竹枝：把符咒懸掛在椿樹、竹枝之上。
66 咒：祈禱，祝告。
67 貼：原本無「貼」字，據朱墨本補。
68 綠慘雙蛾：緊皺雙眉。綠，綠蛾。蛾，蛾眉，都是指女子的眉毛。慘，皺眉。
69 厭禳：以巫術祈禱鬼神。原本「厭」作「壓」，據懷德本、朱墨本、三婦本、同文本、暖紅本改。

第十九齣　牝賊

【北點絳唇】（淨扮李全引眾上）世擾羶風❶，家傳雜種。刀兵動，這賊英雄，比不得穿牆洞❷。

「野馬千蹄合一群，眼看江海盡風塵。漢兒學得胡兒語，又替胡兒罵漢人❸。」自家李全是也。本貫楚州❹人氏，身有萬夫不當之勇。南朝不用，去而為盜，以五百人出沒江淮之間。正無歸著，所幸大金皇帝遙封俺為溜金王，央我騷擾淮陽，看機進取。奈我多勇少謀，所喜妻子楊氏娘娘，能使一條梨花鎗，萬人無敵。夫妻上陣，大有威風。則是娘娘有些喫酸，但是擄的婦人，都要送他帳下。便是軍士們，都只畏懼他。正是：「山妻獨霸蛇吞象❺，海賊封王魚變龍❻。」

❶ 世擾羶風：擾，馴養。羶風，羶腥的風氣。這與下文「家傳雜種」，都是舊時對北方少數民族帶有侮辱性的說法。
❷ 穿牆洞：挖牆洞的小偷。
❸ 漢兒學得胡兒語二句：語出唐司空圖河湟有感詩：「漢兒盡作胡兒語，卻向城頭罵漢人。」
❹ 楚州：今江蘇省淮安市。
❺ 蛇吞象：山海經海內南經：「巴蛇食象，三歲而出其骨。」後因以「蛇吞象」比喻人心不足、貪得無厭。
❻ 魚變龍：魚變化為龍，比喻地位發生根本變化。典出辛氏三秦記：「每莫春之際，有黃鯉魚逆流而上，得過（龍門）者便化為龍。」原本「魚」作「蛇」，據懷德本、暖紅本改。

【番卜算】（丑扮楊婆持鎗上）百戰惹雌雄，血映燕支❼重。（舞介）一枝鎗灑落花風，點點梨花❽弄。

（見，舉手介）大王千歲。奴家介冑在身，不拜❾了。（淨）娘娘，你可知大金皇帝封俺做溜金王？（丑）怎麼叫做溜金王？（淨）溜者，順也。（丑）封你何事？（淨）央俺騷擾淮陽三年。待俺兵糧齊集，一舉渡江，滅了趙宋。那時還封俺為帝哩！（丑）有這等事？恭喜了！借此號令，招軍買馬。

【六么令】（淨）如雷喧鬨，緊轅門❿畫鼓鼕鼕。哨尖兒⓫飛過海雲東。（合）好男女，坐當中，淮陽草木都驚動。

【前腔】（丑）聚糧收眾，選高蹄戰馬青驄⓬。閃盔纓⓭斜簇玉釵紅。（合前）

（淨）群雄競起向前朝，　杜甫

---

❼ 燕支：即胭脂。

❽ 梨花：指梨花鎗。參看第一齣⓲。

❾ 介冑在身不拜：漢文帝至細柳營勞軍，將軍周亞夫持兵器作揖說：「介冑之士，不拜。請以軍禮見。」見史記絳侯周勃世家。

❿ 轅門：領兵將帥的營門。

⓫ 哨尖兒：哨探，探子。

⓬ 青驄：毛色青白相雜的駿馬。

⓭ 盔纓：頭盔上絲織裝飾物。

牝賊

❖

（丑）折戟沉戈鐵未銷。　杜牧
平原好牧無人放，　曹唐
白草連天野火燒。　王維

第二十齣 鬧殤

【金瓏璁】（貼上）連宵風雨重，多嬌多病愁中。仙少效，藥無功。

「顰有為顰，笑有為笑❶。不顰不笑，哀哉年少！」春香侍奉小姐，傷春病到深秋。今夕中秋佳節，風雨蕭條。小姐病轉沉吟❷，待我扶他消遣。正是：「從來雨打中秋月，更值風搖長命燈❸。」（下）

【鵲橋仙】（貼扶病旦上）拜月堂空，行雲徑擁❹。骨冷怕成秋夢。世間何物似情濃？整一片斷魂心痛。

（旦）「枕函敲破漏聲殘❺，似醉如呆死不難。一段暗香迷夜雨，十分清瘦怯秋寒。」春香，病境沉沉，不知今夕何夕？（貼）八月半了。（旦）哎也，是中秋佳節哩！老爺、奶奶都為我愁煩，不曾玩賞了。

---

❶ 顰有為顰二句：該憂愁時憂愁，該歡笑時歡笑。語出韓非子內儲說上：「吾聞明主之愛，一嚬一笑，嚬有為嚬，而笑有為笑。」嚬，同「顰」。皺眉。

❷ 沉吟：沉重。

❸ 風搖長命燈：比喻生命岌岌可危。長命燈，晝夜點燃祈求福壽的油燈。

❹ 行雲徑擁：比喻歡會無期。行雲，指男女歡會之所。徑擁，猶言路阻。

❺ 枕函敲破漏聲殘：枕函敲破，輾轉難眠的意思。枕函，中間可以珍藏物品的枕頭。漏聲殘，指夜深。漏，古代用滴水來計時的漏壺。

（貼）這都不在話下了。（旦）聽見陳師父替我推命，要過中秋。看看病勢轉沉，今宵欠好。你為我開軒❻，一望月色如何？（貼開窗，旦望介）

【集賢賓】海天悠，問冰蟾❼何處湧？玉杵❽秋空，憑誰竊藥把嫦娥奉？甚西風吹夢無蹤❾！人去難逢，須不是神挑鬼弄。在眉峰，心坎裏別是一般疼痛❿。（旦悶介）

【前腔】（貼）甚春歸無端廝和哄⓫！霧和煙兩不玲瓏⓬。算來人命關天重，會消詳、直恁匆匆⓭！為著誰儂⓮，俏樣子等閑拋送？待我謊他：姐姐，月上了。月輪空，敢蘸破⓯你一牀幽夢。

（旦望嘆介）「輪時⓰盼節想中秋，人到中秋不自由。奴命不中孤月照，殘生今夜雨中休。」

---

❻ 軒：窗戶。

❼ 冰蟾：月亮。

❽ 玉杵：傳說月中有白兔持杵擣藥，因以玉杵指月亮。

❾ 甚西風吹夢無蹤：西風，指秋風。宋毛滂七娘子詞：「甚西風吹夢無跡。」

❿ 在眉峰二句：用宋李清照一剪梅詞意：「此情無計可消除，才下眉頭，卻上心頭。」

⓫ 甚春歸無端廝和哄：意思是因春成病，而今春天歸去，無緣無故地受了它的哄騙。廝，相。和哄，欺瞞，哄騙。

⓬ 霧和煙兩不玲瓏：意思是多霧的春天和如煙的往事兩件都不是甚麼好事情。玲瓏，明徹貌。

⓭ 會消詳直恁匆匆：這句是說，本以為病會拖延下去，又誰知病情如此匆匆地急轉直下。消詳，拖延。

⓮ 誰儂：誰，何人。儂，泛指人。

⓯ 蘸破：點破，吵醒的意思。

【前腔】你便好中秋月兒誰受用？剪西風⑰淚雨梧桐。楞生瘦骨⑱加沉重，趲程期是那天外哀鴻⑲。草際寒蛩⑳，撒刺刺㉑紙條窗縫。（旦驚作昏介）冷鬆鬆，軟兀刺四稍難動㉒。（貼驚介）小姐冷厥㉓了！夫人有請。（老旦上）「百歲少憂夫主貴，一生多病女兒嬌。」我的兒，病體怎生了？（貼）奶奶，欠好，欠好。（老旦）可怎了！

【前腔】不隄防你後花園閑夢銃㉔，不分明再不惺忪㉕，睡臨侵打不起頭稍重㉖。（泣介）恨不呵早早乘龍㉗。夜夜孤鴻，活害殺俺翠娟娟雛鳳。一場空，是這答裏把娘兒命送。

---

⑯ 輪時：指月圓時。

⑰ 剪西風：形容秋風掃落葉。

⑱ 楞生瘦骨：瘦骨嶙峋，形容人瘦削露骨。楞，凸起，暴起。

⑲ 趲程期是那天外哀鴻：趲，趕。哀鴻，悲鳴的鴻雁。

⑳ 寒蛩：深秋的蟋蟀。蛩，音ㄑㄩㄥˊ。

㉑ 撒刺刺：風吹窗上紙條聲。

㉒ 軟兀刺四稍難動：軟兀刺，軟綿綿。兀刺，無力貌。四稍，四肢。稍，亦作「梢」，末梢。

㉓ 冷厥：昏厥。

㉔ 夢銃：瞌睡，打盹。銃，瞌銃。

㉕ 惺忪：醒悟，清醒。

㉖ 睡臨侵打不起頭稍重：睡臨侵，睡意沉沉。臨侵，詞尾，表示程度，為元明戲曲中所常用。打不起頭稍重，頭重得抬也抬不起。頭稍，也作「頭梢」，本指頭髮。元王曄桃花女劇楔子：「坐著門桯，披著頭稍。」元李行道灰闌記劇第二折：「他每緊揝住我頭梢。」這裏指頭。

【囀林鶯】（旦醒介）甚飛絲繾的陽神動㉘？弄悠揚風馬叮咚㉙。（泣介）娘，兒拜謝你了。（拜跌介）從小來覷的千金重，不孝女孝順無終。娘呵，此乃天之數也。當今生花開一紅㉚，願來生把萱椿再奉。（眾泣介）（合）恨西風，一霎無端碎綠摧紅。

【前腔】（老旦）並無兒、蕩得個嬌香種㉛，繞娘前笑眼歡容。但成人索把俺高堂送㉜，恨天涯老運孤窮。兒呵，暫時間月直年空㉝，返將息你這心煩意冗。（合前）

（旦）娘，你女兒不幸，作何處置？（老旦）奔㉞你回去也，兒。

【玉鶯兒】（旦泣介）旅櫬㉟夢魂中，盼家山千萬重。（老旦）便遠也去。（旦）是不是聽女孩兒一言：這後花園中一株梅樹，兒心所愛，但葬我梅樹之下可矣！（老旦）這是怎的來？（旦）做不的病嬋

㉗ 乘龍：喻得佳壻。藝文類聚卷四〇引楚國先賢傳：「孫儁字文英，與李元禮俱娶太尉桓焉女。時人謂桓叔元兩女俱得乘龍，言得壻如龍也。」

㉘ 繾的陽神動：繾，牽纏縈繞。陽神，指生魂、靈魂。

㉙ 弄悠揚風馬叮咚：風吹掛在檐間的鐵馬，發出悠揚的叮咚聲。

㉚ 花開一紅：花開紅一紅即謝，比喻短命夭亡。

㉛ 蕩得個嬌香種：蕩得，偶得，好容易得到。蕩，觸，碰。嬌香種，嬌女，愛女。

㉜ 高堂送：指為父母送終。

㉝ 月直年空：猶月值年災，戲曲中常用語。指時運不濟，碰到災晦的年月。

㉞ 奔：投向，這裏指運送遺體。

㉟ 旅櫬：客死異鄉者的靈柩。

娟桂窟裏長生㊱，則分㊲的粉骷髏向梅花古洞。（老旦泣介）看他強扶頭淚濛㊳，冷淋心汗傾，不如我先他一命無常用。（合）恨蒼穹㊴，妬花風雨，偏在月明中。

（老旦）還去與爹講，廣做道場也。兒，「銀蟾謾搗君臣藥㊵，紙馬重燒子母錢㊶。」（下）（旦）春香，咱可有回生之日否？

【前腔】（嘆介）你生小事依從，我情中你意中。春香，你小心奉事老爺、奶奶。（貼）這是當的了。（旦）春香，我記起一事來。我那春容，題詩在上，外觀不雅。葬我之後，盛著紫檀匣兒，藏在太湖石底。（貼）這是主何意兒？（旦）有心靈翰墨春容，儻直那人知重㊷。（貼）姐姐寬心。你如今不幸，孤墳獨影。肯將息起來，稟過老爺，但是姓梅姓柳秀才，招選一箇，同生同死，可不美哉！（旦）

㊱ 做不的病嬋娟桂窟裏長生：做不的，做不成。病嬋娟，帶病的嫦娥。桂窟裏長生，在月宮裏長生不老。神話中說月中有桂樹，所以稱月宮為桂窟；又說嫦娥偷吃了不死之藥飛入月宮。

㊲ 分：意料，料想。

㊳ 淚濛：淚水瀰漫的樣子。

㊴ 蒼穹：蒼天。

㊵ 銀蟾謾搗君臣藥：銀蟾，月亮。傳說月中有蟾蜍，故稱。謾，通「漫」。徒然。君臣藥，中藥方劑中的主要藥物和輔助藥物。

㊶ 紙馬重燒子母錢：紙馬，舊俗祭祀時用的繪有神像的五色紙，祭畢隨即焚化。也稱「甲馬」。子母錢，本指青蚨錢，這裏指紙錢。

㊷ 知重：看重，愛惜。

怕等不得了。哎喲，哎喲！（貼）這病根兒怎攻43，心上醫怎逢44？（旦）春香，我亡後，你可向靈位前叫喚我一聲兒。（貼悲介）45他一星星說向咱傷情重！（合前）

（旦昏介）（貼）不好了，不好了，老爺、奶奶快來！

【憶鶯兒】（外、老旦上）鼓三鼕，愁萬重，冷雨幽窗燈不紅。聽侍兒傳言女病凶。（貼泣介）我的小姐，小姐！（外、老旦同泣介）我的兒呵！你捨的命終，拋的我途窮。當初只望把爹娘送。（合）恨匆匆，萍蹤浪影46，風剪了玉芙蓉。

（旦作醒介）（外）快蘇醒！兒，爹在此。（旦作看外介）哎喲，爹爹扶我中堂去罷。（外）扶你也，兒。

（扶介）

【尾聲】（旦）怕樹頭樹底不到的五更風47，和俺小墳邊立斷腸碑一統48。爹，今夜是中秋。

---

43 攻：醫治。

44 心上醫怎逢：怎能碰上治療心病的醫生。

45 貼悲介：原本無「悲」字，據暖紅本補。三婦本作「貼哭介」。

46 萍蹤浪影：猶萍蹤浪跡，比喻蹤跡不定，不可捉摸。

47 怕樹頭樹底不到的五更風：只怕等不到五更風起，樹上的花朵已經落盡。語出唐王建宮詞百首之一：「樹頭樹底覓殘紅，一片西飛一片東。自是桃花貪結子，錯教人恨五更風。」原本「底」作「尾」，據朱墨本、三婦本、同文本改。

48 一統：一座。

（外）是中秋也，兒。（旦）禁㊾了這一夜雨，（嘆介）**怎能彀月落重生燈再紅！**（並下）

（貼哭上介）我的小姐，我的小姐！「天有不測之風雲，人有無常之禍福。」我小姐一病傷春死了也。痛殺了我家爺、我家奶奶。列位看官們，怎了也！待我哭他一會。

【紅衲襖】小姐，**再不叫咱把領頭香心字㊿燒，再不叫咱把剔花燈紅淚繳[51]，再不叫咱拈花側[52]眼調歌鳥，再不叫咱轉鏡移肩和你點絳桃[53]。想著你夜深深放剪刀，曉清清臨畫稿。**提起那春容，被老爺看見了，怕奶奶傷情，分付殉了葬罷。俺想小姐臨終之言，**依舊向湖山石兒靠也，怕等得箇拾翠人來把畫粉銷[54]。**

老姑姑，你也來了。（淨上）你哭得好，我也來幫你。

【前腔】春香姐，**再不教你暖朱唇學弄簫。**（貼）為此。（淨）**再不和你蕩湘裙閑鬥草。**（貼）便是。（淨）小姐不在，春香姐也鬆泛多少。（貼）怎見得？（淨）**再不要你冷溫存、熱絮叨，再不要**

㊾ 禁：遭遇。

㊿ 心字：即心字香。明楊慎詞品心字香：「所謂心字香者，以香末縈篆成心字也。」

[51] 紅淚繳：紅淚，紅蠟燭燃燒時滴下的油。繳，扭，指把燈芯夾去一截，使燭光恢復明亮。

[52] 側：原本作「則」，據懷德本、朱墨本、毛定本、格正本、三婦本改。

[53] 點絳桃：點，點染。絳桃，比喻紅唇。

[54] 怕等得箇拾翠人來把畫粉銷：只怕等到拾畫人來，畫上的顏料已經剝落消褪。拾翠人，見第十二齣[65]，這裏借指拾畫人。

得你夜眠遲、朝起的早。（貼）這也慣了。（淨）還有省氣的所在。雞眼睛不用你做嘴兒挑⑤⑤，馬子兒不用你隨鼻兒倒。（貼啐介）（淨）還一件，小姐青春有了，沒時間做出些兒也⑤⑥，那老夫人呵，少不的把你後花園打折腰。

（貼）休胡說！老夫人來也。（老旦哭介）我的親兒！

【前腔】每日遶娘身有百十遭，並不見你向人前輕一笑。他背熟的班姬四戒⑤⑦從頭學，不要得孟母三遷⑤⑧把氣淘。也愁他軟苗條忒恁嬌，誰料他病淹煎真不好。（哭介）從今後誰把親娘叫也，一寸肝腸做了百寸焦。

（老旦悶倒，貼驚叫介）老爺，痛殺了奶奶也！快來，快來！（外哭上）我的兒也！呀，原來夫人悶倒在此。

【前腔】夫人，不是你坐孤辰把子宿囂⑤⑨，則是我坐公堂冤業報。較不似老倉公多女好⑥⑩，

⑤⑤ 雞眼睛不用你做嘴兒挑：雞眼睛，雞眼，一種足病，生於腳掌或腳趾部位的小圓形硬結，狀如雞眼。做嘴兒，努嘴，翹嘴。

⑤⑥ 沒時間做出些兒也：說不定甚麼時候做出些事情來。

⑤⑦ 班姬四戒：東漢班昭，字惠姬，一名姬，作有女誡七篇，明代通行的是四篇。

⑤⑧ 孟母三遷：孟子的母親為了選擇良好的教養環境，曾三次遷居。見漢劉向列女傳。

⑤⑨ 坐孤辰把子宿囂：生辰八字不好，沒有子息。孤辰，占卜用語。天干為日，地支為辰，六甲中無天干相配之兩地支稱為孤辰。迷信的說法，認為生辰八字犯了孤辰即主不吉利。子宿，子星。囂，虛空。

撞不著賽盧醫他一病蹻(61)。天，天！似俺頭白中年呵，便做了大家緣(62)何處消？見放著小門楣生折倒(63)！夫人，你且自保重。便做你寸腸千斷了也，則怕女兒呵，他望帝魂歸不可招(64)。（丑扮院公上）「人間舊恨驚鴉去，天上新恩喜鵲來。」稟老爺，朝報(65)高陞。（外看報介）吏部(66)一本，奉聖旨：「金寇南窺，南安知府杜寶可陞安撫使(67)，鎮守淮陽。即日起程，不得違誤。欽此(68)。」（嘆介）夫人，朝旨催人北往，女喪不便西歸。院子，請陳齋長講話。（丑）老相公有請。（末上）「彭殤真一壑(69)，弔賀每同堂。」（見介）（外）陳先生，小女長謝你了。（末哭介）正是苦傷小姐仙逝，陳最良

---

(60) 較不似老倉公多女好：較不似，相較不如，比不上。老倉公，漢初名醫淳于意，曾任齊太倉長，故稱倉公。他有五個女兒，但沒有兒子。他曾經因故獲罪當刑，幼女緹縈上書文帝，願為官婢以贖父刑，終獲赦免。時有「百男何憒憒，不如一緹縈」之語。見史記扁鵲倉公列傳。

(61) 撞不著賽盧醫他一病蹻：碰不到良醫因而她一病不起。賽，勝過，如同。盧醫，即戰國時名醫扁鵲，原名秦越人，渤海鄚（今河北省任丘市北）人，一說家於盧國（今山東省長清縣南），故又稱盧醫。蹻，蹺，指死。

(62) 家緣：家業，家產。

(63) 小門楣生折倒：門楣，門上的橫梁，指能光大門第的女兒。參看第三齣(34)。生折倒，生生地折斷。

(64) 望帝魂歸不可招：魂不可招，指人死。相傳古代蜀國國王杜宇，號望帝，死後其魂化為杜鵑鳥。見成都記。

(65) 朝報：朝廷的公報，刊載詔令、奏章和官吏任免等事，也稱京報。

(66) 吏部：舊時中央政府機構，為六部之一。主管官吏任免、考績、升降調動等事。

(67) 安撫使：官名。宋代為掌管一方軍政和民政的官員，常以知府或知州兼任。

(68) 欽此：封建時代皇帝詔書結尾的套語。欽，表示恭敬與莊重。

(69) 彭殤真一壑：長壽與短命都免不了一死。彭，彭祖，傳說中高壽的人，活到八百歲。殤，未成年而死的人。

四顧無門；所喜老公相喬遷[70]，陳最良一發失所。（眾哭介）（外）陳先生，有事商量。學生奉旨，不得久停。因小女遺言，就葬後園梅樹之下。又恐不便後官居住，已分付割取後園，起座梅花庵觀，安置小女神位[71]。就著這石道姑焚修[72]看守，那道姑可承應的來？（淨跪介）老道婆添香換水，但往來看顧，還得一人。（老旦）就煩陳齋長為便。（末）老夫人有命，情願效勞。（老旦）老爺，須置些祭田纔好。（外）有漏澤院[73]二頃虛田，撥資香火。（末）這漏澤院田，就漏在生員身上。（淨）咱號道姑，堪收稻穀[74]。你是陳絕糧，漏不到你。（末）秀才口喫十一方[75]。你是姑姑，我還是孤老[76]，偏不該我收糧？（外）不消爭，陳先生收給。陳先生，我在此數年，優待學校。（末）都知道。便是老公相高陞，舊規有諸生遺愛記[77]、生祠碑文，到京伴禮送人[78]為妙。（淨）陳絕糧，遺愛記是老爺遺下與令愛作表記麼？

壑，山谷，阬地，指埋葬的地方。

[70] 喬遷：詩小雅伐木：「伐木丁丁，鳥鳴嚶嚶。出自幽谷，遷于喬木。」後因以「喬遷」稱人遷居或升職。這裏指升官。

[71] 神位：祭祀供奉的牌位。

[72] 焚修：焚香修行。

[73] 漏澤院：古時官設的叢葬地，埋葬無主屍骨及家貧無葬地者，始於宋代。見宋徐度卻掃編卷下。

[74] 稻穀：與道姑諧音。

[75] 秀才口喫十一方：和尚口喫十方，秀才無以為生，連和尚的也喫，故云。

[76] 孤老：孤獨無依的老者。這裏且與穀稻諧音。

[77] 諸生遺愛記：秀才們為頌揚地方官員德政而撰寫的紀念文章。諸生，明代稱已入學的生員，即秀才。

[78] 到京伴禮送人：指將遺愛記、生祠碑文隨同禮物一起送人，用以結納朝官，標榜自己的政績，作為進身、升

（末）是老公相政績[79]歌謠。甚麼令愛！（淨）怎麼叫做生祠？（末）大祠宇塑老爺像供養，門上寫著「杜公之祠」。（淨）這等不如就塑小姐在傍，我普同供養。（外惱介）胡說！但是舊規，我通不用了。

【意不盡】陳先生，老道姑，**咱女墳兒三尺暮雲高，老夫妻一言相靠。**不敢望時時看守，**則清明寒食一碗飯兒澆。**

（外）**魂歸冥漠魄歸泉，** 朱褒
（老）**使汝悠悠十八年。** 曹唐
（末）**一叫一回腸一斷，** 李白
（合）**如今重說恨綿綿！**[80] 張籍

官之階。

[79] 績：原本作「跡」，據朱墨本、暖紅本改。

[80] 魂歸冥漠魄歸泉四句：原本分別作「淨」、「末」、「淨」、「合」，此據懷德本、三婦本、同文本、暖紅本。

第二十一齣　謁　遇

【光光乍】（老旦扮僧上）一領破袈裟，香山嶴裏巴❶。多生多寶❷多菩薩，多多照證光光乍❸。

小僧廣州府香山嶴多寶寺一箇住持❹。這寺原是番鬼❺們建造，以便迎接收寶❻官員。茲有欽差❼苗爺任滿，祭寶於多寶菩薩位前，不免迎接。

【掛真兒】（淨扮苗舜賓，末扮通事❽，外、貼扮皂卒，丑扮番鬼上）半壁天南開海汊❾，向真珠窟❿

---

❶ 巴：攀援，攀附。這裏有混跡於寺院的意思。

❷ 多生多寶：多生，佛家語，指六道輪迴的眾生。多寶，多寶佛，東方寶淨世界之佛。見大智度論卷七。

❸ 光光乍：指光頭的和尚。明陳汝元紅蓮債劇第一折：「我指望嫁個風流佳壻，不想撞著你這個光光乍。」

❹ 住持：寺院的主管和尚，也稱方丈。

❺ 番鬼：舊時稱少數民族或外國為番。番鬼，猶如說洋鬼子。

❻ 收寶：收購珍奇寶物。

❼ 欽差：由皇帝親自派遣外出辦理重大事件的官員。

❽ 通事：翻譯。

❾ 海汊：海面深入陸地而形成的港汊。

❿ 真珠窟：南海產珍珠，故稱。

裏排衙。（僧接介）（合）⑪廣利神王⑫，善財、天女⑬，聽梵放海潮音下⑭。

（淨）「銅柱珠崖道路難，伏波橫海舊登壇。越人自貢珊瑚樹，漢使何勞獬豸冠？」⑮自家欽差識寶使臣苗舜賓便是。三年任滿，例當祭賽多寶菩薩。通事那裏？（末見介）（丑見介）伽喇喇。（老旦見介）（淨）叫通事，分付番回⑯獻寶。（末）俱已陳設。（淨起看寶介）奇哉寶也！真乃磊落山川，精熒日月，多寶寺不虛名矣。看香。（內鳴鐘，淨禮拜介）

【亭前柳】三寶唱三多⑰，七寶⑱妙無過。莊嚴成世界，光彩遍娑婆⑲。甚多，功德無邊

---

⑪ 合：原本作「淨」，此據朱墨本、毛定本、三婦本、暖紅本。

⑫ 廣利神王：唐天寶十載正月，封南海海神為廣利王。見舊唐書儀禮志、唐韓愈南海神廟碑。

⑬ 善財天女：善財，也稱善財童子，佛弟子名。傳說其出生時有種種珍寶自然湧出，故名。見華嚴經入法界品。天女，欲界天之女性。見維摩經觀眾生品。按，佛教有三界之說，即指眾生輪迴的無色界、色界和欲界。色界以上諸天無淫欲，故無男女之相。

⑭ 聽梵放海潮音下：梵，指梵唄、梵音，佛寺作法事時的念誦歌贊之聲。放，散放。海潮音，比喻梵音如海潮按時而生，其聲宏大。法華經觀世音菩薩普門品：「妙音觀世音，梵音海潮音，勝彼世間音。」

⑮ 銅柱珠崖道路難四句：這四句詩出唐張渭杜侍御送貢物戲贈。東漢時馬援曾封伏波將軍。後漢書馬援傳李賢注引顧微廣州記：「援到交阯，立銅柱，為漢之極界也。」西漢時韓說曾封橫海將軍。史記衛將軍驃騎列傳：「元鼎六年，以待詔為橫海將軍，擊東越有功，為按道侯。」珠崖，漢武帝元鼎六年定越地後所立的郡名，在今海南省瓊山縣東南。登壇，指拜將。獬豸冠，古代御史大夫所戴的冠名，即以指御史。這裏借指使臣。詩的前兩句言路途的險阻，後兩句狀朝廷的聲威。

⑯ 番回：指經商的外國人。回，信仰回教的阿拉伯人。

闊。（合）領拜南無⑳，多得寶，寶多羅多羅。

（淨）和尚，替番回、海商祝贊一番。

【前腔】（老旦）大海寶藏多，船舫㉑遇風波。商人持重寶，險路怕經過。剎那，念彼觀音脫㉒。（合前）

【掛真兒】（生上）望長安西日下㉓，偏吾生海角天涯。愛寶的喇嘛㉔，抽珠㉕的佛法，滑

---

⑰ 三寶唱三多：三寶，佛教指佛、法、僧。這裏偏指僧。三多，佛家語。大般若經指多供養佛，多事善友，多問法要。

⑱ 七寶：七種珍寶。佛經中說法不一，無量壽經以金、銀、琉璃、珊瑚、琥珀、硨磲、瑪瑙為七寶。

⑲ 娑婆：佛家語，梵語的音譯，意為「堪忍」；娑婆世界是釋迦牟尼所教化的三千大千世界的總稱，又名「忍土」。見唐窺基法華經玄贊卷二。

⑳ 南無：音ㄋㄚˊ ㄇㄛˊ。佛家語，梵語的音譯，意為歸命、敬禮、度我，表示對佛、法、僧三寶皈依虔敬。

㉑ 船舫：船隊。併連起來的船叫舫。

㉒ 剎那念彼觀音脫：剎那，梵語，極短的時間。念彼觀音脫，觀世音菩薩普門品中的偈語。觀音，即觀世音，又名觀自在，慈悲的化身，救苦救難的菩薩。佛經中說，苦惱眾生，一心念誦觀音佛名，菩薩即時觀其音聲，皆得解脫，以是名觀世音。見法華經。

㉓ 望長安西日下：語出唐王勃滕王閣詩序：「望長安於日下。」長安，漢、唐的京城，後來常用作京城的代稱。西日下，西邊太陽落下去的地方，形容遙遠。

㉔ 喇嘛：喇嘛教對僧侶的尊稱，意為「上師」。這裏泛指和尚。

㉕ 抽珠：念佛號、誦經咒時抽念珠以記數。這裏與上句「愛寶」互文，亦可作抽取珠寶解，是對佛法的揶揄。

玉茗堂還魂記
圖
謁遇
八
暖紅室
端甫

琉璃兩下難拿㉖。

自笑柳夢梅一貧無賴，棄家而遊。幸遇欽差寺中祭寶，托詞進見。儻言語中間可以打動，得其賑援，亦未可知。（見外介）（生）煩大哥通報一聲，廣州府學生員柳夢梅來求看寶。（報介）（淨）朝廷禁物㉗，那許人觀。既係斯文㉘，權請相見。（見介）（生）「南海開珠殿㉙，（淨）西方掩玉門㉚。（生）剖懷俟知己，（淨）照乘㉛接賢人。」敢問秀才，以何至此？（生）小生貧苦無聊，聞得老大人在此賽寶，願求一觀，以開懷抱。（淨笑介）既逢南土之珍，何惜西崑之祕㉜！請試一觀。（淨引生看寶介）（生）明珠美玉，小生見而知之。其間數種，未委何名？煩老大人一一指教。

【駐雲飛】（淨）**這是星漢神砂㉝，這是煮海金丹和鐵樹花㉞。少甚麼貓眼精光射㉟，母**

㉖ 滑琉璃兩下難拿：是說愛寶的喇嘛和抽珠的佛法，如同滑溜的琉璃，兩者都靠不住。

㉗ 禁物：禁止私人專有和使用的器服裝飾等物品。

㉘ 斯文：儒生，文人。

㉙ 南海開珠殿：五代十國時，劉涉在廣州僭號稱王，廣聚南海珠璣，窮奢極侈，起玉堂珠殿，飾以金碧翠羽。見舊五代史僭偽列傳劉涉。

㉚ 西方掩玉門：玉門，古關名，漢武帝時所置。因西域輸入玉石時取道於此而得名。故址在今甘肅敦煌西北小方盤城。句意是說，美玉很多，不必再到玉門關外去尋求了。

㉛ 照乘：光亮能照明車乘的寶珠。韓詩外傳卷下：「若寡人之小國也，尚有徑寸之珠，照車前後十二乘者十枚。」

㉜ 西崑之祕：西方崑崙山的祕藏，指美玉。漢桓寬鹽鐵論力耕：「美玉珊瑚出於昆山。」昆山為崑崙山的省稱。

㉝ 星漢神砂：星漢砂，寶石名，詳下。星漢，原指銀河。

碌㊱通明差。嗏，這是靺鞨柳金芽㊲，這是溫涼玉斝㊳，這是吸月的蟾蜍㊴，和陽燧、冰盤化㊵。（生）我廣南有明月珠、珊瑚樹㊶。（淨）徑寸明珠㊷等讓他，便是幾尺珊瑚碎了他㊸。

㉞ 煮海金丹和鐵樹花：煮海金丹，一種紅黃色的寶石。明宋應星天工開物珠玉：「寶石有玫瑰，如珠之有璣也……星漢砂以上，猶有煮海金丹，此等皆西番產。」鐵樹花，鐵樹原產熱帶，不常開花，這裏喻指罕見的寶物。

㉟ 少甚麼貓眼精光射：原本無「少」字，據朱墨本、三婦本補。貓眼，即貓睛石，一種珍貴的寶石，中有垂直閃光亮帶，如貓兒的眼睛。見明蔣一葵長安客話貓睛石。

㊱ 母碌：即祖母綠，阿拉伯語的音譯，一種通體透明的綠寶石。見明田藝衡留青日札貓睛祖珻瑹。

㊲ 靺鞨柳金芽：即靺鞨芽，寶石名。見天工開物珠玉。也就是紅寶石，以產於靺鞨，故名。靺鞨，古代少數民族，隋唐時稱靺鞨，五代時稱女真。舊唐書肅宗紀載，楚州刺史崔侁獻定國寶玉十三枚，第七枚為紅靺鞨，「大如巨栗，赤如櫻桃。」

㊳ 溫涼玉斝：傳說中秦國的寶物，杯中的飲料冷熱隨人所願。也叫「溫涼玉盞」。元無名氏臨潼鬥寶劇第三折：「俺秦國寶物，乃是四季溫涼玉盞，隨人所願，要溫者自溫，要涼者自涼。」斝，音ㄐㄧㄚˇ。

㊴ 吸月的蟾蜍：或指玉蟾蜍，古時用作硯滴。西京雜記卷六：「唯玉蟾蜍一枚，大如拳，腹空，容五合水，光潤如新，王取以盛書滴。」或謂玉蟾蜍是一種寶物，將其置於香爐旁，能吸入香煙，過後又從口中徐徐吐出。見稗史類編。

㊵ 陽燧冰盤化：陽燧，傳說唐貞元時崔煒所得的一顆寶珠，為大食（阿拉伯）國的國寶。見太平廣記崔煒。冰盤，指玉晶盤。漢代董偃以玉晶為盤，貯冰於膝前。冰盤為人拂倒，冰也化了。見三輔黃圖未央宮。

㊶ 明月珠珊瑚樹：明月珠，即夜明珠。傳說夜間能放光，故稱。珊瑚樹，產於熱帶海底，由珊瑚蟲分泌的石灰質骨骼聚結而成，形如樹枝，以紅色者為佳，可製成裝飾品。

㊷ 徑寸明珠：直徑一寸的大珠。

（生）小生不遊大方之門㊹，何因覩此！

【前腔】天地精華，偏出在番回到帝子家㊺。稟問老大人，這寶來路多遠？（淨）有遠三萬里的，至少也有一萬多程。（生）這般遠，可是飛來、走來？（淨笑介）那有飛走而至之理？都因朝廷重價購求，自來貢獻。（生嘆介）㊻老大人，這寶物蠢爾㊼無知，三萬里之外，尚然無足而至；生員柳夢梅，滿胸奇異，到長安三千里之近，倒無人購取，有腳不能飛。他重價高懸下，那市舶能奸詐㊽，嗏，浪把寶船撶㊾。（淨）疑惑這寶物欠真麼？（生）老大人，便是真，饑不可食，寒不可衣㊿。看他似虛舟飄瓦(51)。（淨）依秀才說，何為真寶？（生）不欺，小生到是箇真正獻世寶(52)。我若載寶而朝，世上應無價。

㊸ 幾尺珊瑚碎了他：晉代石崇與王愷爭豪，愷以晉武帝所賜高二尺許的珊瑚樹示崇，崇以鐵如意擊碎，並拿出高三四尺的珊瑚樹六七枚還他。見世說新語汰侈。

㊹ 大方之門：猶大方之家，指識見廣博、通曉大道之人。莊子秋水：「今我覩子之難窮也，吾非至于子之門則殆矣，吾長見笑於大方之家。」這裏指祭賽寶物的宏大場面。

㊺ 帝子家：猶帝王家，指朝廷。

㊻ 生嘆介：原本無「介」字，據朱墨本、毛定本、三婦本、暖紅本補。

㊼ 蠢爾：無知而蠢動。詩小雅采芑：「蠢爾蠻荊，大邦為讎。」

㊽ 市舶能奸詐：市舶，古代稱中外互市的商船。這裏指外國商船。能，同「恁」。如許，這樣。

㊾ 浪把寶船撶：浪，空自，徒然。撶，同「划」。懷德本、同文本、暖紅本作「划」。

㊿ 饑不可食二句：語出漢書食貨志：「夫珠玉金銀，饑不可食，寒不可衣，然而眾貴之者，以上用之故也。」

(51) 虛舟飄瓦：無人駕馭的船隻和墜落的瓦片，語出莊子的山木和達生。這裏比喻無用和不足道之物。

（淨笑介）則怕朝廷之上，這樣獻世寶也多著。（生）但獻寶龍宮笑殺他，便鬥寶臨潼[53]也賽得他。（淨）這等便好獻與聖天子了。（生）寒儒薄相，要伺候官府，尚不能彀。怎見的聖天子？（淨）你不知，到是聖天子好見。（生）則三千里路資難處。（淨）一發不難。古人黃金贈壯士，我將衙門常例銀兩[54]，助君遠行。（生）果爾，小生無父母妻子之累，就此拜辭。（淨）左右，取書儀[55]，看酒。（丑上）「廣南愛喫荔枝酒，直北[56]偏飛榆莢錢。」酒到，書儀在此。（淨）路費先生收下。（生）謝了。（淨送酒介）

【三學士】你帶微醺走出這香山罅[57]，向長安有路榮華。（生）**無過獻寶當今[58]駕，撤去收來再似他。**（合）**驟金鞭及早把荷衣掛[59]，望歸來錦上花。**

【前腔】（生）**則怕呵，重瞳[60]有眼蒼天瞎，似波斯[61]賞鑒無差。**（淨）**由來寶色無真假，只**

---

[52] 獻世寶：這裏指稀有的寶物。

[53] 鬥寶臨潼：相傳秦穆公為了吞併天下，請十八國諸侯大會臨潼，各出寶物鬥賽。見元無名氏十八國臨潼鬥寶雜劇。

[54] 常例銀兩：即常例錢，舊時官員按常規、慣例收受下屬送的錢財等額外收入。

[55] 書儀：本指饋贈錢物所寫的禮貼、封簽，後即用來泛指饋贈的錢物。

[56] 直北：往北，北行。直，指示方位之詞。

[57] 罅：音ㄒㄧㄚˋ。裂縫。這裏指峽谷、山口。

[58] 當今：指稱在位的皇帝。

[59] 把荷衣掛：掛上荷衣，出仕做官。荷衣，隱居不仕者所服。唐錢起送鄔三落第還鄉詩：「荷衣垂釣且安命，金馬招賢會有時。」

在淘金的會揀砂62。（合前）

（生）告行了。

【尾聲】你贈壯士黃金氣色佳。（淨）一杯酒酸寒奮發，則願的你呵，寶氣沖天海上槎63。

（生）烏紗巾上是青天，　司空圖

（淨）俊骨英才氣儼然。　劉長卿

（生）聞道金門堪濟美64，　張南史

（淨）臨行贈汝繞朝鞭65。　李白

---

60 重瞳：史記項羽本紀謂虞舜和項羽都是「重瞳子」，後來就用以稱帝王的眼睛。

61 波斯：即伊朗。古時認為波斯是出產珍寶的地方，波斯人善識寶。

62 淘金的會揀砂：去沙取金，比喻挑選賢能。五代王仁裕開元天寶遺事任人如市瓜：「我朝任人如淘沙取金，剖石采玉，皆得其精粹。」

63 海上槎：傳說天河與海相通，年年八月有浮槎去來，不失期。有人乘槎到了天河上，看到了牛郎織女。見晉張華博物志卷一〇。槎，木筏。

64 聞道金門堪濟美：金門，漢宮有金馬門，唐宮有金明門，均省稱「金門」。這裏代指朝廷。濟美，繼承和發揚美好傳統。語出左傳成公十八年：「世濟其美，不隕其名。」孔穎達疏：「世濟其美，後世承前代之美。」

65 臨行贈汝繞朝鞭：春秋時晉大夫士會因事奔秦，為秦所用。後設計返晉，行前，秦大夫繞朝贈之以策（鞭），說：「子無謂秦無人，吾謀適不用也。」事見左傳文公十三年。後以「繞朝策（鞭）」喻指有先見的謀略。這裏是贈以路費，奔赴前程之意，與原意有別。

第二十二齣　旅寄

【搗練子】（生傘、袱，病容上）人出路，鳥離巢。（內風聲介）攪天風雪夢牢騷。這幾日精神寒凍倒。

「香山嶼裏打包❶來，三水❷船兒到岸開。要寄鄉心值寒歲，嶺南南上半枝梅。」我柳夢梅秋風拜別中郎❸，因循親友辭餞，離船過嶺，早是暮冬。不隄防嶺北風嚴，感了寒疾，又無掃興而回之理。一天風雪，望見南安。好苦也！

【山坡羊】樹槎牙❹餓鳶驚叫，嶺❺迢遙病魂孤弔。破頭巾雹打風篩，透衣單傘做張兒哨❻。路斜抄，急沒箇店兒捎❼。雪兒呵，偏則把白面書生奚落！怎生冰凌斷橋，步高低

❶ 打包：整束簡單的行裝。
❷ 三水：廣東省縣名，在廣州西，以西、北、綏三江匯流境內，故名。
❸ 中郎：指苗舜賓。第六齣韓子才有云：「有箇欽差識寶中郎苗老先生，到是箇知趣人。」
❹ 槎牙：形容樹的枝杈橫斜。
❺ 嶺：指梅嶺。
❻ 透衣單傘做張兒哨：寒透單衣，風吹傘張，發出唿哨的聲音。
❼ 捎：安置，引申為投宿。

蹬著。好了，有一株柳，酬❽將過去。方便處柳跎腰❾。（扶柳過介）虛囂❿，儘枯楊命一條。蹊蹺，滑喇砂⓫跌一交。（跌介）

【步步嬌】（末上）俺是箇臥雪先生⓬沒煩惱。背上驢兒笑，心知第五橋⓭。那裏開年有齋村學⓮？（生作「哎呀」介）（末）怎生來人怨語聲高？（看介）呀，甚城南破瓦窰⓯，閃下箇精寒料⓰。

（生）救人，救人！（末）我陳最良為求館衝寒到此，彩頭兒⓱恰遇著弔水之人，且由他去。（生又叫介）救人！（末）聽說救人，那裏不是積福處。俺試問他。（問介）你是何等之人，失腳在此？（生）

---

❽ 酬：用同「扯」，拽住。

❾ 柳跎腰：柳樹橫斜，如彎著腰。

❿ 虛囂：虛弱。指楊柳已枯，拽著不牢靠。

⓫ 滑喇砂：形容腳步打滑。

⓬ 臥雪先生：表示自己安貧清高。東漢時，洛陽大雪，積地丈餘，袁安僵臥不出，不願干求於人。見後漢書袁安傳李賢注引汝南先賢傳。

⓭ 心知第五橋：借用唐杜甫陪鄭廣文遊何將軍山林詩：「不識南塘路，今知第五橋。」這裏僅指一座橋。

⓮ 齋村學：村塾。陳最良出來是為了尋找坐館教書的地方，即下文所謂「求館」。

⓯ 破瓦窰：用宋代的呂蒙正未達時貧居破窰的故事。元王實甫有呂蒙正風雪破窰記雜劇。

⓰ 精寒料：猶言窮光蛋。

⓱ 彩頭兒：吉兆頭。這裏反用其意，是說不好的兆頭。

俺是讀書之人。（末）委是讀書之人，待俺扶起你來。（末扶生，相跌，諢介）（末）請問何方至此？

【風入松】（生）**五羊城一葉過南韶⑱，柳夢梅來獻寶。**（末）有何寶貨？（生）**我孤身取試長安道，犯嚴寒少衾單病了。沒揣的逗⑲著斷橋溪道，險跌折柳郎腰。**

（末）你自揣高中的，方可去受這等辛苦。（生）不瞞說，小生是箇擎天柱、架海梁⑳。（末笑介）卻怎生凍折了驚天柱，撲倒了紫金梁？這也罷了。老夫頗識㉑醫理，邊近有梅花觀，權將息度歲而行。

【前腔】**尾生般抱柱正題橋㉒，做倒地文星㉓佳兆。論草包㉔似俺堪調藥，暫將息梅花觀**

⑱ 五羊城一葉過南韶：五羊城，廣州的別名。相傳古代有五仙人乘五色羊執六穗秬而來此，故稱。見太平寰宇記。一葉，一隻小船。南韶，即韶州，今廣東省韶關市。

⑲ 逗：趕上，碰到。

⑳ 擎天柱架海梁：比喻有大才幹、肩負重任的人。元無名氏連環記劇第三折：「你本是扶持社稷擎天柱，平定乾坤架海梁。」或作擎天白玉柱，架海紫金梁。元關漢卿陳母教子劇第一折：「一個學李太白高才調，一個似杜工部好文章。一個是擎天白玉柱，一個是架海紫金梁。」下文「紫金梁」指此。

㉑ 識：朱墨本、毛定本、三婦本作「諳」。

㉒ 尾生般抱柱正題橋：尾生，古代堅守信約的男子。他和一女子相約在橋下相會，女子不來，河水上漲，他不肯離去，抱梁柱而死。見莊子盜跖。題橋，漢代司馬相如離蜀赴長安，曾在成都昇仙橋柱上題句曰：「不乘赤車駟馬，不過汝下也。」見晉常璩華陽國志蜀志。這裏合用這兩個典故，表明矢志於功名榮顯之途。

㉓ 倒地文星：傳說文星或奎星都是主文運的星宿，科舉時代又附會為神，改奎星為魁星。並就魁字取象，塑造鬼舉足踢斗之狀，好像要倒地一般。這裏又雙關指跌倒在地。

㉔ 草包：沒有真才實學、粗魯莽撞的人。

好。（生）此去多遠？（末指介）看一樹雪垂垂如笑㉕，牆直上繡旛飄。（生）這等望先生引進了。

（生）三十無家作路人，　薛據
（末）與君相見即相親。　王維
（生）華陽洞㉖裏仙壇上，　白居易
（合）似近東風別有因。　羅隱

㉕ 看一樹雪垂垂如笑：一樹雪，指雪一般盛開低垂的梅花。參看第十二齣㉓。

㉖ 華陽洞：神話傳說中神仙所居的洞府。這裏指梅花觀。

第二十三齣　冥判

【北點絳唇】（淨扮判官❶，丑扮鬼持筆、簿上）十地宣差❷，一天封拜❸。閻浮界❹，陽世栽埋❺，又把俺這裏門桯邁❻。

自家十地閻羅王殿下❼一箇胡判官是也。原有十位殿下❽，因陽世趙大郎家和金達子❾爭占江山，損

❶ 判官：傳說陰司中閻王屬下掌管生死簿的官。

❷ 十地宣差：十地，佛教分地為十級，但說法不一。這裏實即指下文所說的「十地閻羅王」。宣差，受玉帝派遣的使者。

❸ 封拜：賜爵授官。

❹ 閻浮界：即閻浮提，梵語的音譯，泛指人世間。

❺ 栽埋：埋葬。

❻ 門桯邁：門桯，門檻。邁，邁步，指走進地獄之門。桯，音ㄊㄧㄥ。

❼ 十地閻羅王殿下：十地閻羅王，指佛教所謂主管地獄十殿閻王中的第十殿五道轉輪王，掌管生死輪迴之事。殿下，指第十閻王殿下所屬。下文「十位殿下」的「殿下」，則是對閻王的尊稱。

❽ 十位殿下：指十殿閻王，即秦廣王、初江王、宋帝王、伍官王、閻摩王、變成王、泰山王、平等王、都市王、五道轉輪王。

❾ 趙大郎家和金達子：趙大郎家，指趙宋。趙大郎，稱宋代開國皇帝趙匡胤。元末明初羅貫中趙太祖龍虎風雲會劇第三折：「敲門的是萬歲山前趙大郎。」金達子，指女真族在中國北部建立的一個王朝，曾長期與南宋

折眾生，十停去了一停。因此玉皇上帝⑩照見人民稀少，欽奉裁減事例，九州⑪九箇殿下，單減了俺十殿下之位，印無歸著。玉帝可憐見下官正直聰明，著權管十地獄印信。今日走馬到任，鬼卒夜叉⑫，兩傍刀劍，非同容易也。（丑捧筆介）新官到任，都要這筆判刑名、押花字⑬，請新官喝采他一番。（淨看筆介）鬼使，捧了這筆，好不干係⑭也。

【混江龍】這筆架在那落迦山外，肉蓮花高聳案前排⑮。捧的是功曹令史⑯，識字當該⑰。（丑）筆管兒？（淨）**筆管兒是手想骨、腳想骨，竹筒般剉的圓滴溜⑱。**（丑）筆毫？（淨）**筆**

對峙。達子，舊時對金元北方民族的稱呼。達，或作「韃」。

⑩ 玉皇上帝：道教稱天帝為玉皇大帝或玉皇上帝，簡稱玉皇、玉帝。

⑪ 九州：古代分中國為九州，說法不一。泛指天下、全中國。

⑫ 夜叉：梵語的音譯，義譯為捷疾鬼，一種狀貌獰惡的鬼。原本「叉」作「丫」，此據朱墨本、毛定本、三婦本、同文本。下文「夜叉髮」，同。

⑬ 判刑名押花字：判案簽字。刑名，各種刑罰的名稱。花字，簽名用草書，其形體稍花，故稱。

⑭ 好不干係：猶言關係重大。

⑮ 這筆架在那落迦山外二句：那落迦，亦作「捺落迦」。梵語的音譯，即地獄。見遼希麟續一切經音義卷九。各本均無「那」字，惟冰絲館本增注於旁，並云：「舊本有那字。」今據以補入。「山」字則形同筆架。肉蓮花，蓮花開放似山形，此指筆架；筆架又用人肉製成，是陰司裏的淒慘景象。原本「肉」作「內」，據朱墨本、毛定本、格正本、三婦本、暖紅本改。

⑯ 功曹令史：都是官名。功曹，州郡的屬官。令史，官府中的胥吏。並屬級別較低的官吏。

⑰ 當該：當班，值班。

毫呵，是牛頭⑲鬚、夜叉髮，鐵絲兒揉定赤支毸⑳。（丑）判爺上的選㉑哩？（淨）這筆頭公㉒，是遮須國㉓選的人才。（丑）有甚名號？（淨）這管城子㉔，在夜郎城㉕受了封拜。（丑）判爺興哩？（淨作笑舞介）嘯一聲，支兀另漢鍾馗㉖其冠不正；舞一回，疏喇沙斗河魁近墨者黑㉗。

---

⑱ 筆管兒是手想骨腳想骨二句：手想骨、腳想骨，是說筆管用人的手骨、腳骨做成。圓滴溜，即滴溜圓，形容很圓。

⑲ 牛頭：地獄裏的牛頭人身的鬼卒。

⑳ 揉定赤支毸：揉，牽，攀。赤支毸，亦作「赤支沙」，紅色的鬍鬚。明孟稱舜嬌紅記番釁：「麤皮氈眼赤支沙，威鎮邏娑黑水涯。」第四十七齣作「赤支砂」，同。

㉑ 上的選：製毛筆須選毫，此指筆上標的選者。

㉒ 筆頭公：魏書古弼傳：「弼頭尖，世祖常名之曰『筆頭』，是以時人呼為『筆公』。」這裏就是指筆頭。

㉓ 遮須國：傳說曹植死後成為遮須國王。見類說卷三二引洛浦神女感甄賦。

㉔ 管城子：筆的別稱。唐韓愈在毛穎傳中稱筆為管城子。

㉕ 夜郎城：夜郎是漢代西南小國，在今貴州省西北部。這裏借指陰間。

㉖ 支兀另漢鍾馗：支兀另，象嘯聲。鍾馗，古代傳說人物。相傳唐明皇病中夢見一大鬼捉小鬼啖之，自稱名鍾馗，生前應武舉不第，死後誓除天下之妖孽。明皇醒後，詔吳道子繪其圖像。見宋沈括夢溪補筆談雜志。其形象為破帽、藍袍、角帶、朝靴，容貌醜陋。故下文云「其冠不正」。

㉗ 疏喇沙斗河魁近墨者黑：疏喇沙，形容舞蹈時的聲音、姿態。斗魁，北斗七星的第一星，又傳說為主文運之神。其形狀為手執墨斗，舉足踢斗。參看第二十二齣㉓。河魁又是月中的凶神。晉傳玄太子少傅箴：「近朱者赤，近墨者黑。」

（丑）喜哩？（淨）喜時節，淙河橋㉘題筆兒耍去。（丑）悶呵？（淨）悶時節，鬼門關㉙投筆歸來。（丑）判爺可上榜來？（淨）俺也曾考神祇，朔望旦㉚名題天榜。（丑）可會書來？（淨）攝星辰井鬼宿㉛，俺可也文會書齋。（丑）判爺高才！（淨）做弗迭鬼仙才㉜，白玉樓摩空作賦㉝；陪得過風月主㉞，芙蓉城㉟遇晚書懷。便寫不盡四大洲㊱轉輪日月，也差的著五

㉘ 淙河橋：地獄中的橋名。此橋險窄，惡人魂過時便墮入河中。橋下的淙河，「其水皆血，而腥穢不可近。」見唐張讀宣室志卷四。淙，或作「奈」。三婦本作「奈」。

㉙ 鬼門關：傳說中從陽世進入陰間之門。

㉚ 朔望旦：陰曆每月的初一、十五。旦，日。

㉛ 攝星辰井鬼宿：攝，統率，管轄。井鬼宿，井宿和鬼宿，分屬二十八宿中朱鳥七宿的第一宿和第二宿。從第一星和鬼星，聯想到主文運的魁星，所以下文說「俺可也文會書齋」。

㉜ 做弗迭鬼仙才：做弗迭，做不得，比不上。鬼仙才，指唐代詩人李賀。宋嚴羽滄浪詩話詩評：「人言太白仙才，長吉鬼才。不然，太白天仙之詞，長吉鬼仙之詞耳。」長吉，李賀字。

㉝ 白玉樓摩空作賦：傳說李賀臨死前，白晝見有緋衣人來云：「帝成白玉樓，立召君為記。天上差樂，不苦也。」見唐李商隱李長吉小傳。摩空作賦，讀賦的聲音直上雲天。李賀高軒過詩：「殿前作賦聲摩空。」

㉞ 陪得過風月主：陪得過，比得上。風月主，管領清風明月的主人。宋黃庭堅次韻文潛立春日三絕句之一：「試問淮南風月主，新年桃李為誰開？」這裏指北宋詩人石曼卿。

㉟ 芙蓉城：相傳石曼卿死後為芙蓉城主。見宋歐陽修六一詩話。

㊱ 四大洲：佛教據古印度傳說，謂須彌山四方鹹海中有四大洲，即東勝身洲、南瞻部洲、西牛貨洲、北俱盧洲。泛指全世界。

瘟使㊲號令風雷。(丑)判爺見有地分㊳?(淨)有地分，則合北斗司、閻浮殿，立俺邊傍㊴；沒衙門，卻怎生東嶽觀、城隍廟，也塑人左側㊵。(丑)讓誰?(淨)便百里城高捧手㊶，讓大菩薩好相莊嚴乘坐位㊷。(丑)惱誰?(淨)怎三尺土低分氣㊸，對小鬼卒清奇古怪立基階㊹。(丑)紗帽古氣些。(淨)但站腳，一管筆、一本簿塵泥軒冕㊺。(丑)筆乾了。(淨)要潤筆㊻，十錠金、十貫鈔紙陌㊼錢財。(丑)點鬼簿在此。(淨)則見沒掂三展花分魚尾冊㊽，

㊲ 五瘟使：主管人間疫病之神。

㊳ 見有地分：見，現。地分，地位。

㊴ 則合北斗司閻浮殿二句：只該把判官塑像立在北斗司北斗星君和閻浮殿閻王的旁邊。北斗星君，相傳主管人死。閻浮，這裏指閻羅。

㊵ 卻怎生東嶽觀城隍廟二句：卻怎麼東嶽觀、城隍廟裏，也把判官像塑在東嶽大帝和城隍的左側?東嶽大帝，道教所奉祀的東嶽廟中的泰山神，相傳掌管人間生死。城隍，守護城池的神。

㊶ 百里城高捧手：百里城，古時一縣所轄百里，因作為縣的代稱。這是說權管十地獄印信的判官權限不大。高捧手，指判官的立像，手捧筆和簿冊。

㊷ 好相莊嚴乘坐位：好相，猶妙相，佛家語，莊嚴的相貌。唐玄奘大唐西域記摩揭陀國下：「見觀自在菩薩妙相莊嚴，威光赫奕。」乘坐位，坐在位子上。

㊸ 三尺土低分氣：三尺土，這裏指三尺高的判官泥塑像。低分氣，意思是不體面，不夠神氣。

㊹ 基階：殿基和臺階。

㊺ 塵泥軒冕：衣冠上蒙上了灰塵和泥土。軒冕，古代大夫以上官員的車乘和冕服。冕，禮帽。

㊻ 潤筆：詩文書畫的酬金。典出隋書鄭譯傳：「上令內史令李德林立作詔書，高熲戲謂譯曰：『筆乾。』譯答

無賞一掛日子虎頭牌[49]。真乃是鬼董狐落了款[50]，春秋傳[51]某年某月某日下，崩薨葬卒大注腳[52]。假如他支祈獸上了樣[53]，把禹王鼎各山各水各路上，魍魎魑魅細分腮[54]。（丑）

曰：『出為方岳，杖策言歸，不得一錢，何以潤筆？』」這裏指賄金。

[47] 紙陌：紙錢一疊。錢一百為「陌」。

[48] 沒揣三展花分魚尾冊：沒揣三，不加思量，糊塗。花分，指花名冊。古時戶口冊上的戶口稱花戶或花名。魚尾冊，簿冊，古代書頁中縫有魚尾形標誌，故稱。這句說，隨意地展開開列名字的點鬼簿。

[49] 無賞一掛日子虎頭牌：無賞一，一無賞賜的意思。虎頭牌，官府捉拿罪犯的虎頭形牌子，這裏指勾魂牌。句意謂，雖一無賞賜，也得按照規定的日子去勾攝魂魄。

[50] 鬼董狐落了款：董狐，春秋時晉國的史官，以秉筆直書著稱。晉干寶作搜神記，劉真長說他「卿可謂鬼之董狐」。見世說新語排調。這裏是判官自指。落了款，署上名。

[51] 春秋傳：春秋是中國最早的編年體史書，相傳為孔子據魯史修訂而成。為其作解說的有左氏、公羊、穀梁三傳。

[52] 崩薨葬卒大注腳：自周代始，稱人的死亡有尊卑之分。禮記曲禮下：「天子死曰崩，諸侯曰薨，大夫曰卒，士曰不祿，庶人曰死。」唐代則三品以上稱薨，五品以上稱卒，六品以下至庶民稱死。見新唐書百官志一。注腳，註解，說明。這句指各色人等死亡的身分、日期。

[53] 支祈獸上了樣：支祈，亦作「支祁」。支祁獸，即無支祁，淮渦水神，相傳形若猿猴，力踰九象，為夏禹所獲。見唐李公佐古嶽瀆經。上了樣，指把支祈獸的像鑄上了禹王鼎。

[54] 把禹王鼎各山各水各路上二句：禹王鼎，相傳夏禹鑄九鼎，上鑄萬物，使民知何物為善，何物為惡。「故民入川澤山林，不逢不若。螭魅罔兩，莫能逢之。」見左傳宣公三年。魍魎魑魅，山林川澤的鬼物精怪。細分腮，仔細分別其形貌。這是以禹王鼎所鑄的各種形象比喻點鬼簿上的各色人等。

待俺磨墨。（淨）看他子時硯忔忔察察[55]，烏龍蘸眼[56]顯精神。（丑）雞唱了。（淨）聽丁字牌冬冬登登[57]，金雞剪夢追魂魄。（丑）稟爺點卷。（淨）但點上格子眼[58]，串出四萬八千三界有漏人名，烏星砲粲[59]；怎按下筆尖頭[60]，插入一百四十二重無間地獄，鐵樹花開[61]。（丑）大押花。（淨）哎也，押花字，止不過發落簿，剉、燒、舂、磨一靈兒[62]。（丑）少一箇「請」字。（淨）登請書[63]，左則是那虛無堂，癱、瘵、蟲、膈四正客[64]。（丑）弔起稱竿來。（眾卒應

---

[55] 子時硯忔忔察察：子時硯，半夜子時所用之硯。忔忔察察，磨墨聲。

[56] 烏龍蘸眼：烏龍，墨名。盛世新聲端正好倘秀才套曲：「磨著定（錠）烏龍墨。」眼，硯眼。或謂蘸眼義同耀眼，形容墨汁閃亮。

[57] 丁字牌冬冬登登：丁字牌，丁字形的勾魂牌。冬冬登登，勾魂牌的碰撞聲。牌，從暖紅本。其餘各本作「碑」。

[58] 點上格子眼：筆尖在格子裏的名字上輕輕地點一下，表示從輕發落。

[59] 串出四萬八千三界有漏人名二句：三界，佛教指眾生輪迴的欲界、色界和無色界。四萬八千，形容極多。有漏，佛家語，指世間一切有煩惱的事物。砲粲，爆竹炸裂的碎片，比喻人多。烏星，疑為爆竹名。這句的意思是，被點中的人名，將進入輪迴，串演出各色人等、各種各樣眾生煩惱的故事。

[60] 按下筆尖頭：筆尖重重地按一下，表示從重處置。

[61] 插入一百四十二重無間地獄二句：無間地獄，梵語的意譯，即阿鼻地獄，是佛教所說八大地獄中最下、最苦的一層。重罪者墮入無間地獄，受沒有間斷的痛苦。見俱舍論卷一一。一百四十二重，形容重重的阻隔。鐵樹花開，比喻不可能或極稀有的事。這句的意思是，一旦打入無間地獄，就會永遠受苦，再要脫離苦海是不可能的事。

[62] 剉燒舂磨一靈兒：剉、燒、舂、磨，指地獄裏的各種刑罰。一靈兒，人的靈魂，鬼魂。

介）（淨）髮稱竿，看業重65身輕，衡石程書秦獄史66。（內作「哎喲」，叫「鐃也，苦也」介）（丑）隔壁九殿下拷鬼。（淨）肉鼓吹67，聽神啼鬼哭，毛鉗刀筆漢喬才68。這時節呵，你便是沒關節包待制、「人厭其笑」69。（內哭介）70恁風景，誰聽的無梠槨顏修文、「子哭之哀」71！

63 請書：請帖。

64 左則是那虛無堂二句：左則是，反正是。虛無堂，指下文所說的四正客所居。癱，癱瘓。癆，癆病，結核病。蠱，神經錯亂。膈，胸腹脹痛，下咽困難。四正客，指因上述四種疾病而正常死亡的人。

65 業重：佛家語，指罪孽深重。

66 衡石程書秦獄史：比喻辦案的認真及時。衡，秤。石，一百二十斤。古時文書用竹簡木札，故以石來計算。史記秦始皇本紀記秦始皇處理公文，「衡石量書」，日夜規定進程，不完成不得休息。獄史，決獄的官。史，朱墨本、三婦本、同文本作「吏」。

67 肉鼓吹：五代後蜀的李匡遠，性情苛急，一日不用刑，即慘然不樂，聽到鞭打犯人的聲音，就說：「此吾一部肉鼓吹。」見類說卷二七引外史檮杌。原本「肉」作「內」，據懷德本、朱墨本、毛定本、格正本、暖紅本改。

68 毛鉗刀筆漢喬才：毛鉗，當作「毛錐」，毛筆的別稱。刀筆，古代書寫於竹木簡，有錯則用刀削去重寫。這裏指刀筆吏，本指掌文案的官吏，此處指酷吏。漢喬才，指漢代的酷吏張湯，他曾做過刀筆吏。見史記酷吏列傳。喬才，猶無賴、惡棍。

69 你便是沒關節包待制人厭其笑：宋代的包拯，曾任天章閣待制、龍圖閣直學士，人稱包待制、包龍圖。他知開封府時，清廉剛毅，不畏權貴，當時稱為「關節不到，有閻羅、包老」；他難得一笑，「人以包拯笑比黃河清」。見宋史包拯傳。人厭其笑，語出論語憲問：「人不厭其笑。」意謂，你即使像包待制那樣的難得一笑，在這裏也是被厭棄的。就是說，地獄裏根本聽不得笑聲。

（丑）判爺害怕哩。（淨惱介）哎，樓炭經，是俺六科五判⑫。刀花樹，是俺九棘三槐⑬。臉婁搜⑭，風鬚赳赳。眉剔竪⑮，電目崖崖⑯。少不得中書鬼考，錄事神差⑰。比著陽世那

⑩ 內哭介：從三婦本，其餘各本均無「內」字。

⑪ 恁風景二句：顏，指顏回，孔子最好的學生，早卒，孔子極悲慟。相傳他死後作修文郎。見太平廣記卷三一九蘇韶引王隱晉書。槨，套於棺外的大棺。顏回死後，他的父親顏路請求孔子賣掉車為顏回買槨，孔子沒有同意。「子哭之哀」，語出論語先進：「子哭之慟。」句意謂，這樣的光景，誰能夠再聽得像孔子哭顏回那樣悲哀的哭聲。

⑫ 樓炭經二句：樓炭經中說，鳥有四千五百種，獸有二千五百種。見唐段公路北戶錄緋猨。六科，指六條，漢時派刺史巡行各地，考察治安情況，斷治獄訟，據六條法令辦事。見漢書百官公卿表上顏師古注引漢官典職儀。五判，指死、流、徒、杖、笞五種刑罰。見隋書刑法志。這是說，以樓炭經為執法憑據，判處鬼犯投身為飛鳥或走獸。判，朱墨本作「刑」。

⑬ 刀花樹二句：刀花樹，指地獄。敦煌變文集目連救母變文：「目連問曰：『此箇名何地獄？』羅察答言：『此是刀山劍樹地獄。』」九棘三槐，本指三公九卿，這裏指受理訴訟之所。後漢書王允傳李賢注：「三槐九棘，公卿於下聽訟，故曰『三槐之聽』。」

⑭ 婁搜：形容鬍鬚盤曲纏繞。

⑮ 剔竪：直竪。

⑯ 電目崖崖：目光如電光的閃爍。

⑰ 中書鬼考錄事神差：中書、錄事，都是官名，指繕寫、掌管文書的官吏。這裏指那些經過陰司裏考選、派遣協助判官辦案的吏員。

金州判、銀府判、銅司判、鐵院判[78]，白虎臨官[79]，一樣價打貼刑名催伍作[80]；實則俺陰府裏注濕生、牒化生、准胎生、照卵生[81]，青蠅報赦[82]，十分的磊齊功德轉三階[83]。威凜凜人間掌命[84]，顫巍巍天上消災。

叫掌案的[85]：這簿上開除[86]都也明白，還有幾宗人犯，應該發落了。（貼扮吏上）[87]「人間勾令史，地

---

[78] 金州判銀府判銅司判鐵院判：州判、府判、司判、院判，指州、府、司、院的判官。司、院是中央政府機構的官署名。判官為中央政府機構和地方長官的僚屬。金、銀、銅、鐵，是指他們握有實權、收入豐厚。

[79] 白虎臨官：白虎，白虎星，星相家所說的凶神。臨官，臨值，當值。白虎當值，主有災禍。

[80] 一樣價打貼刑名催伍作：一樣價，同樣。價，語氣助詞。打貼，打點，處置。刑名，刑罰的名稱，引申指刑事案件。伍作，即仵作，官府裏檢驗屍、傷的差役。這是說，陰司的判官和陽世的判官一樣的要檢驗、量刑、斷案。

[81] 注濕生牒化生准胎生照卵生：注、牒、准、照，登記在冊，准予投生的意思。佛教謂世界眾生的出生有四類：一、胎生，如人畜；二、卵生，如禽鳥魚鱉；三、濕生，如昆蟲因濕氣而受形；四、化生，無所依託，惟依業力而忽然出現者，如諸天及劫初眾生，合稱「四生」。見俱舍論卷八。

[82] 青蠅報赦：前秦國主苻堅親自起草赦書，有一大蒼蠅集於筆端。沒等赦書發布，長安街市紛紛傳言將要大赦。原來是這隻蒼蠅化身為黑衣小人把消息傳了出去。見晉書苻堅載記上。

[83] 磊齊功德轉三階：磊齊功德，形容屢建功德，功高德厚。轉三階，官階陞了三級。

[84] 掌命：掌握人的生死禍福。

[85] 掌案的：掌管案卷的吏員。

[86] 開除：這裏是開列的意思。

下列功曹。」[88]稟爺：因缺了殿下，地獄空虛三年。則有枉死城[89]中輕罪男子四名：趙大、錢十五、孫心、李猴兒；女囚一名：杜麗娘，未經發落。（淨）先取男犯四名。（生、末、外、老旦扮四犯，丑押上）（丑）男犯帶到。（淨點名介）趙大有何罪業，脫[90]在枉死城？（生）鬼犯沒甚罪，生前喜歡唱些。（淨）一邊去。叫錢十五。（末）鬼犯無罪，則是做了一箇小小房兒，沉香泥壁[91]。（淨）一邊去。叫孫心。（老旦）鬼犯些小年紀，好使些花粉錢[92]。（淨）叫李猴兒。（外）罪犯是有些罪，好南風[93]。（丑）是真。便在地獄裏，還勾上這小孫兒。（淨惱介）誰叫你插嘴？起去伺候。（做寫簿介）叫鬼犯聽發落。（四犯同跪介）（淨）俺初權印，且不用刑，赦你們卵生去罷。（外）鬼犯們稟問恩爺：這箇卵是甚麼卵？若是回回卵[94]，又生在邊方去了。（淨）哇！還想人身？向彈[95]殼裏走去。（四犯泣介）哎，被人宰了！（淨）也罷，不教陽間宰喫你。趙大喜歡唱，貶做黃鶯兒。（生）好了，做鶯鶯小姐[96]去。（淨）錢十五

---

[87] 貼扮吏上：原本下多「介」字，據朱墨本、三婦本刪。

[88] 人間勾令史二句：勾，勾攝魂魄，指死。這兩句是說，從人間勾來一個令史，到陰司做了功曹。

[89] 枉死城：傳說陰司裏囚禁枉死鬼的地方。

[90] 脫：脫漏，失落。

[91] 沉香泥壁：把名貴的香料沉水香塗（泥）在牆壁上。

[92] 花粉錢：指嫖妓的費用。

[93] 南風：同「男風」。男色，男寵。朱墨本、毛定本、三婦本「南」作「男」。

[94] 回回卵：對少數民族和地區帶有侮辱性的稱呼。

[95] 彈：禽鳥的蛋。朱墨本、同文本作「蛋」。

住香泥房子。也罷，准你去燕窠裏受用，做箇小小燕兒。（末）恰好做飛燕娘娘[97]哩。（淨）孫心使花粉錢，做箇蝴蝶兒。（外）鬼犯便和孫心同做蝴蝶去。（淨）你是那好男風的李猴，著你做蜜蜂兒去，屁窟裏長拖一箇針。（外）哎喲，叫俺釘誰去？（淨）四箇蟲兒聽分付：

【油葫蘆】蝴蝶呵，**你粉版花衣[98]勝剪裁**；蜂兒呵，**你忒利害，甜口兒咋[99]著細腰捱**；燕兒呵，**斬[100]香泥弄影鉤簾內**；鶯兒呵，**溜笙歌[101]驚夢紗窗外：恰好箇花間四友[102]無拘礙**。則陽世裏孩子們輕薄，**怕彈珠兒打的呆，扇梢兒撲的壞。不枉了你宜題入畫高人愛**，則教你**翅挷兒展將春色鬧場來[103]**。

（外）俺做蜂兒的不來，再來釘腫你箇判官腦。（淨）討打！（外）可憐見小性命。（淨）罷了。順風兒放去，快走，快走！（淨噀氣[104]介）（四人做各色飛下）（淨做向鬼門噓氣吷聲[105]介）（丑帶旦上）「天台有

---

96 鶯鶯小姐：唐傳奇鶯鶯傳和元雜劇西廂記的女主角崔鶯鶯。

97 飛燕娘娘：漢成帝的皇后趙飛燕，以體輕善舞著稱。

98 粉版花衣：形容蝴蝶的翅膀敷粉著花。

99 咋：嚙，啃。

100 斬：用同「蘸」。沾。

101 溜笙歌：形容黃鶯的啼鳴如吹笙唱歌般圓轉流利。溜，滑動。

102 花間四友：指鶯、燕、蜂、蝶。元喬吉揚州夢劇第一折：「端的是鶯也消魂，燕也含羞，蜂與蝶花間四友。」

103 怕彈珠兒打的呆四句：這四句分寫鶯、蝶、燕、蜂。翅挷兒，翅膀。展將春色鬧場來，是說蜜蜂翅膀閃動，嗡嗡飛鳴，一派春天熱鬧景象。

路難逢俺，地獄無情欲恨誰？』」女鬼見。（淨抬頭背介）這女鬼到有幾分顏色。

【天下樂】猛見了蕩地驚天女俊才，咍也麼咍⑯，來俺裏來。（旦叫苦介）（淨）血盆中叫苦觀自在⑰。（丑耳語介）判爺，權收做箇後房夫人。（淨）哇！有天條⑱，擅用囚婦者斬。則你那小鬼頭胡亂篩⑲，俺判官頭何處買？（旦叫「哎」介）（淨回身）是不曾見他粉油頭忒弄色⑪。

叫那女鬼上來。

【那吒令】瞧了你潤風風粉腮⑪，到花臺、酒臺？溜些些短釵⑫，過歌臺、舞臺？笑微微美懷，住秦臺、楚臺⑬？因甚的病患來？是誰家嫡支派？這顏色不像似在泉臺⑭。

---

⑭ 噀氣：噴氣作法。
⑮ 吷聲：以口吹氣發出細小聲音。
⑯ 咍也麼咍：戲曲中和聲助詞，這裏描摹判官的驚喜情狀。
⑰ 血盆中叫苦觀自在：血盆，血盆地獄，相傳獄中有血盆池。觀自在，觀世音菩薩。這裏以狀若美女的觀音比喻杜麗娘。
⑱ 天條：天上的法律條文。
⑲ 胡亂篩：弄虛扯謊，隨口亂說。
⑩ 粉油頭忒弄色：粉油頭，粉面油頭的美女。弄色，顯現美色，引申為賣弄風情。
⑪ 潤風風粉腮：臉頰紅潤嬌豔。
⑫ 溜些些短釵：短釵微微下滑。
⑬ 秦臺楚臺：秦臺，秦穆公之女弄玉與蕭史所居之所。楚臺，指陽臺，巫山神女與楚懷王歡會之處。

（旦）女因不曾過人家⑮，也不曾飲酒，是這般顏色。則為在南安府後花園梅樹之下，夢見一秀才，折柳一枝，要奴題詠。留連婉轉，甚是多情。夢醒來，沉吟題詩一首：「他年得傍蟾宮客，不在梅邊在柳邊。」為此感傷，壞了一命。（淨）謊也！世有一夢而亡之理？

【鵲踏枝】一溜溜⑯女嬰孩，夢兒裏能寧柰⑰！誰曾掛圓夢招牌⑱？誰和你拆字道白⑲？咍也麼咍，那秀才何在？夢魂中曾見誰來？

（旦）不曾見誰，則見朵花兒閃下來，好一驚。（淨）喚取南安府後花園花神勘問。（丑叫介）（末扮花神上）「紅雨數番春落魄⑳，山香一曲女消魂㉑。」老判大人請了。（舉手介）（淨）花神，這女子說是後

---

114 泉臺：黃泉，陰間。

115 過人家：出嫁。

116 一溜溜：一點點。

117 能寧柰：這樣地能忍耐。柰，通「耐」。懷德本、朱墨本、三婦本、同文本、暖紅本作「耐」。

118 掛圓夢招牌：即以替人圓夢為職業。圓夢，解說夢境，以附會和預測人事吉凶。

119 拆字道白：也作「拆白道字」。一種拆開一個字成一句話的文字遊戲。元王實甫西廂記劇第五本第三折：「我拆白道字，辨與你箇清渾……君瑞是箇肖字這壁著箇立人。」即拆「俏」字為「肖」字邊著「立人」。這裏是猜詩謎的意思。

120 紅雨數番春落魄：紅雨，落在紅花上的雨，指春雨。落魄，落拓，潦倒，這裏指春殘。

121 山香一曲女消魂：山香，曲名，即舞山香。唐時王璡嘗於砑絹帽上置紅槿花一朵，一曲舞山香奏畢，而花不墜落。見唐南卓羯鼓錄。消魂，魂魄離散，形容幽會時的極度歡樂。

端甫
冥判

花園一夢，為花飛驚閃而亡，可是？（末）是也，他與秀才夢的緜纏，偶爾落花驚醒，這女子慕色而亡。（淨）敢便是你花神假充秀才，迷誤[122]人家女子？（末）你說俺著甚迷他來？（淨）你說俺陰司裏不知道呵！

【後庭花滾】但尋常春自在，恁[123]司花忒弄乖。眨眼兒偷元氣、豔樓臺[124]，克性子費春工、淹酒債[125]。恰好九分態，你要做十分顏色。數著你那胡弄[126]的花色兒來。（末）便數來。碧桃花，（淨）他惹天台[127]。（末）紅梨花，（淨）扇妖怪[128]。（末）金錢花，（淨）下的財[129]。（末）繡球花，（淨）結得綵。（末）芍藥花[130]，（淨）心事諧。（末）木筆花，（淨）寫明白。（末）水菱花，（淨）宜

122 迷誤：原本無「誤」字，據懷德本、朱墨本、三婦本、暖紅本補。

123 恁：你，您。三婦本作「您」。

124 偷元氣豔樓臺：意思是，偷來天地間的自然之氣，化成花花草草，把樓臺亭閣妝點得分外豔麗。

125 克性子費春工淹酒債：意謂賞春醉酒，是花神的本性；但費時耗錢，須加克制。

126 胡弄：胡來亂弄。

127 惹天台：指劉晨、阮肇在天台山遇到仙女的故事。唐王之渙惆悵詞之十：「晨肇重來路已迷，碧桃花謝武陵溪。」

128 扇妖怪：趙汝州在同窗洛陽太守劉輔後園見洛陽名妓謝金蓮而悅之，女贈以紅梨花。劉恐趙戀女耽試，設計使他誤以為所遇者為鬼。趙赴京應試，及第而歸。在劉輔款待他的宴會上，再次見到謝金蓮，扇上插有紅梨花，趙大為驚懼。劉始以實告，遂結為夫婦。見元張壽卿謝金蓮詩酒紅梨花雜劇。

129 下的財：可以作為訂親的財禮。

鏡臺。（末）玉簪花，（淨）**堪插戴**。（末）薔薇花，（淨）**露渲腮**131。（末）臘梅花，（淨）**春點額**132。（末）剪春花，（淨）**羅袂裁**。（末）水仙花，（淨）**把綾襪踹**133。（末）燈籠花，（淨）**紅影篩**。（末）酴醾花，（淨）**春醉態**134。（末）金盞花，（淨）**做合巹杯**。（末）錦帶花，（淨）**做裙褶帶**。（末）合歡花135，（淨）**頭懶抬**。（末）楊柳花，（淨）**腰恁擺**136。（末）凌霄花137，（淨）**陽壯的咍**。（末）辣椒花，（淨）**把陰熱窄**。（末）含笑花，（淨）**情要來**。（末）紅葵花138，（淨）**日得他愛**。（末）女蘿花，（淨）**纏的歪**。（末）紫薇花，（淨）**癢的怪**139。（末）宜男花140，（淨）**人美懷**。（末）丁香花，（淨）

---

130 芍藥花：詩鄭風溱洧：「維士與女，伊其相謔，贈之以勺藥。」勺藥即芍藥。後來就以贈芍藥來表示男女愛慕之情。

131 露渲腮：露，薔薇露，一種婦女化妝用的香水。渲腮，搽臉。

132 春點額：南朝宋武帝女壽陽公主人日（農曆正月初七日）臥於含章殿檐下，有梅花落其額上，人以為美。婦女多效之，在額心描梅為飾，稱梅花妝或壽陽妝。見太平御覽卷九七〇引宋書。

133 把綾襪踹：指水仙洛神。三國魏曹植洛神賦：「凌波微步，羅襪生塵。」

134 春醉態：指用酴醾花薰泡的酴醾酒。見宋龐元英文昌雜錄卷三。

135 合歡花：一名馬櫻花。小葉對生，夜間成對相合，俗稱夜合花。

136 腰恁擺：比喻女子楊柳般婀娜的腰肢。

137 凌霄花：藤本植物，一名勢客。勢，男陰，故下文有「陽壯」之說。

138 紅葵花：葵性向日，故下文云「日得他愛」。

139 癢的怪：據說紫薇花怕癢。明都穆南濠詩話：「紫薇花，俗謂之怕癢樹，抓其幹則枝葉俱動。」

結半躧[141]。(末)荳蔻花，(淨)含著胎[142]。(末)奶子花，(淨)摸著奶。(末)梔子花[143]，(淨)知趣乖。(末)柰子花，(淨)恣情柰。(末)枳殼花，(淨)好處揩[144]。(末)海棠花，(淨)春困怠[145]。(末)孩兒花，(淨)呆笑孩。(末)姊妹花，(淨)偏妬色。(末)水紅花，(淨)了不開[146]。(末)瑞香花，(淨)誰要採[147]？(末)旱蓮花，(淨)憐再來[148]。(末)石榴花[149]，(淨)可留得在？幾樁兒你自猜，哎，把天公無計策。你道為甚麼流動了女裙釵[150]，劃地裏牡丹亭又把他杜鵑花

---

140 宜男花：萱草的別名。古時以為孕婦佩宜男草則生兒。又以「宜男」為祝婦人多子之詞。

141 結半躧：丁香花蕾如結。唐尹鶚撥擢子詞：「寸心恰似丁香結。」半躧，半開狀。躧，音ㄙㄚˇ。

142 含著胎：含胎，孕穗，亦指懷孕。荳蔻花未大開時，稱含胎花。見唐音癸籤卷二〇詁箋。

143 梔子花：梔，原本作「枝」，此據毛定本、三婦本、暖紅本。下文的「知」與「梔」諧音。

144 好處揩：揩，揩摩。此連上文，語出漢張衡西京賦：「揩枳落，突棘藩。」枳殼花，指枳樹之花，枳樹又可以編製籬笆。枳落，即用枳樹編的籬笆。

145 春困怠：古代詩文中每以海棠花喻春困的美人。事類統編卷七八引太真外傳：「明皇登沉香亭，召太真（楊貴妃）。宿酒未醒，釵橫鬢亂，不能再拜。上笑曰：『豈海棠春睡未足耶！』」

146 了不開：水紅花即水蓼。蓼與「了」諧音。

147 誰要採：瑞香，也稱睡香。瑞、睡與「誰」諧音。

148 憐再來：旱蓮花，荷花的一種。見唐蘇鶚蘇氏演義卷下。蓮與「憐」諧音。憐，指憐愛的人。

149 石榴花：石，原本作「沰」，此據懷德本、毛定本、暖紅本。榴與下文「留」諧音。這支曲子借花神與判官的對花，寫女子從訂親、結婚、生子到老來的變化，每語含雙關，這裏沒有一一注明。

150 流動了女裙釵：流動，性情活動，受到感染。女裙釵，指杜麗娘。

魂魄灑151？

（末）這花色花樣，都是天公定下來的，小神不過遵奉欽依，豈有故意勾人之理？且看多少女色，那有玩花而亡？（淨）你說自來女色，沒有玩花而亡，數你聽著：

【寄生草】花把青春賣，花生錦繡災。有一箇夜舒蓮扯不住留仙帶152，一箇海棠絲剪不斷香囊怪153，一箇瑞香風趕不上非煙在154。你道花容155那箇玩花亡？可不道你這花神罪業隨花敗！

---

151 剗地裏牡丹亭又把他杜鵑花魂魄灑：剗地裏，無端，平白地。杜鵑花魂魄灑，相傳蜀王杜宇魂化杜鵑，這裏指杜麗娘魂歸地府。

152 有一箇夜舒蓮扯不住留仙帶：夜舒蓮，晉王嘉拾遺記卷六載，東漢靈帝於西園起裸遊館，中有流香渠，「渠中植蓮，大如蓋，長一丈，南國所獻，其葉夜舒晝卷，一莖有四蓮叢生，名曰『夜舒荷』。」又漢伶玄趙飛燕外傳載，漢成帝在太液池作千人舟，皇后趙飛燕在船中歌舞。風大起，后揚袖曰：「仙乎，仙乎，去故而就新，寧忘懷乎？」帝令侍郎馮無方扯住她的裙，裙為之縐。後來就叫有縐褶的裙子為「留仙裙」。成帝死後，平帝即位，她被廢為庶人，自殺。這裏揉合兩個故事，意思說趙飛燕是為玩花而亡女子中的一個。

153 一箇海棠絲剪不斷香囊怪：海棠絲，垂絲海棠，海棠花的一種。見廣群芳譜海棠一。此處或以海棠花喻指楊貴妃，說見前。香囊怪，宋樂史楊太真外傳載，安史亂後，唐明皇自成都還，密令中官重新安葬楊貴妃。「及移葬，肌膚已消失，胸前猶有錦香囊在焉。」元關漢卿有唐明皇啟瘞哭香囊雜劇，今存殘曲五支。見錄鬼簿。

154 一箇瑞香風趕不上非煙在：唐皇甫枚山水小牘步飛煙：書生趙象與武公業的愛妾步飛煙相戀，趙贈詩中有云：「瑞香風引思深夜，知是蕊宮仙馭來。」後事洩，飛煙被武公業鞭打至死。

155 花容：指美人。

（末）花神知罪，今後再不開花了。（淨）花神，俺這裏已發落過花間四友，付你收管。這女囚慕色而亡，也貶在鶯燕隊裏去罷。（末）稟老判，此女犯乃夢中之罪，如曉風殘月156。且他父親為官清正，單生一女，可以耽饒。（淨）父親是何人？（旦）父親杜寶知府，今陞淮陽總制之職。（淨）千金小姐哩。也罷，杜老先生分上，當奏過天庭，再行議取。（旦）就煩恩官替女犯查查，怎生有此傷感之事？（淨）這事情註在斷腸簿上。（旦）勞再查女犯的丈夫，還是姓柳姓梅？（淨）取婚姻簿查來。（背作查介）是有箇柳夢梅，乃新科狀元也。妻杜麗娘，前係幽歡，後成明配，相會在紅梅觀中。不可泄漏！（回介）有此人，和你姻緣之分。我今放你出了枉死城，隨風遊戲，跟尋此人。（末）杜小姐，拜了老判。（旦叩頭介）拜謝恩官，重生父母。則俺那爹娘在揚州，可能彀一見？（淨）使得。

【么篇】他陽祿157還長在，陰司數未該。喋煙花一種春無賴158，近柳梅一處情無外，望椿萱一帶天無礙。則這水玻璃堆起望鄉臺159，可哨見紙銅錢夜市揚州界160？

花神，可引他望鄉臺隨意觀玩。（旦隨末登臺，望揚州哭介）那是揚州。俺爹爹、奶奶呵，待飛將去。（末扯住介）還不是你去的時節。（淨）下來聽分付。功曹給一紙遊魂路引161去；花神休壞了他的肉身也。

---

156 如曉風殘月：比喻無可捉摸。意即不是確鑿的罪證。

157 陽祿：陽壽，人的壽命。

158 喋煙花一種春無賴：春天的煙花是無賴，應予封殺。喋，封閉。無賴，這裏是惹事而使人討厭的意思。

159 水玻璃堆起望鄉臺：水玻璃，形容水氣瀰漫，白茫茫一片。望鄉臺，迷信傳說陰間有望鄉臺，鬼魂在臺上可以望見自己家鄉和家中的情景。

160 可哨見紙銅錢夜市揚州界：可曾瞧見揚州夜市裏有人在燒紙錢？哨，這裏義同「睄」，瞧，看。

（旦）謝恩官。

【賺尾】（淨）欲火近乾柴[162]，且留的青山在[163]。不可被雨打風吹日曬，則許你傍月依星將天地拜，一任你魂魄來回。脫了獄省的勾牌[164]，接著活免的投胎。那花間四友你差排[165]，叫鶯窺燕猜，倩蜂媒蝶採，敢守的那破棺星[166]圓夢那人來。（淨下）

（末）小姐，回後花園去來。

（末）醉斜烏帽髮如絲，　許渾
（旦）盡日靈風不滿旗。　李商隱
（淨）年年檢點人間事，　羅鄴
（合）為待蕭何作判司[167]。　元稹

---

[161] 路引：古時的通行憑證。
[162] 欲火近乾柴：欲火，情欲之火。通常以烈火乾柴比喻男女歡愛之濃。
[163] 且留的青山在：俗諺：「留得青山在，不怕沒柴燒。」這裏指留住杜麗娘的肉身，以便還魂。
[164] 勾牌：同「勾魂牌」。地獄裏勾捉生人的牌票。
[165] 差排：調遣安排。
[166] 破棺星：指發冢開棺救活杜麗娘的人。
[167] 為待蕭何作判司：蕭何，漢初大臣，曾制定律令制度，世稱蕭何定律。這裏喻指公正的執法官。判司，官名，州郡的佐吏。這裏指判案斷獄的判官。

第二十四齣　拾畫

【金瓏璁】（生上）驚春誰似我？客途中都不問其他。風吹綻蒲桃褐❶，雨淋殷杏子羅❷。今日晴和，曬衾單兀自有殘雲涡❸。

「脈脈梨花春院香，一年愁事費商量。不知柳思❹能多少？打迭腰肢鬥沈郎❺。」小生臥病梅花觀中，喜得陳友知醫，調理痊可。則這幾日間春懷鬱悶，何處忘憂？早是❻老姑姑回也。

【一落索】（淨上）無奈女冠何，識的書生破。知他何處夢兒多？每日價欠伸千箇。秀才安穩❼。（生）日來病患較❽些，悶坐不過。偌大梅花觀，少甚園亭消遣？（淨）此後有花園一座，

❶ 蒲桃褐：有葡萄花樣的粗布衣。
❷ 雨淋殷杏子羅：雨淋透了杏紅色的羅衫。殷，深。
❸ 兀自有殘雲涡：晴空中也還飄浮著零散稀疏的雲片。涡，浸染，引申為飄過、飄浮。涡，三婦本作「涴」。
❹ 柳思：春心，情思。
❺ 打迭腰肢鬥沈郎：打迭，猶打疊，收拾，整頓。沈郎，南朝梁沈約說自己老病，「百日數旬，革帶常應移孔。」見梁書沈約傳。後來就以「沈腰」來形容腰圍瘦減。柳夢梅這裏以「柳腰」自喻並與「沈腰」相比，是說自己消瘦。
❻ 早是：幸而，幸好。
❼ 安穩：平安，安好。

雖然亭榭荒蕪，頗有寒花點綴。則留散悶，不許傷心。（生）怎的得傷心也！（淨作嘆介）是這般說，你自去遊便了。從西廊轉畫牆而去，百步之外，便是籬門。三里之遙，都為他館。你盡情玩賞，竟日消停⑨，不索老身陪去也。「名園隨客到，幽恨少人知。」（下）（生）既有後花園，就此迤逗⑩而去。（行介）這是西廊下了。（行介）好箇葱翠的籬門，倒了半架。（嘆介）〔集唐〕「憑闌仍是玉闌干王初，四面牆垣不忍看張隱。想得當時好風月韋莊，萬條煙罩⑪一時乾李山甫。」（到介）呀，偌大一箇園子也！

【好事近】則見風月暗消磨，畫牆西正南側左。（跌介）蒼苔滑擦，倚逗著斷垣低垛⑫，因何，蝴蝶門兒落合⑬？原來以前遊客頗盛，題名在竹林之上。客來過年月偏多，刻畫盡琅玕⑭千箇。咳，早則是寒花⑮遶砌，荒草成窠。

怪哉！一箇梅花觀，女冠之流，怎起的這座大園子？好疑惑也。便是這灣流水呵，

【錦纏道】門兒鎖，放著這武陵源一座。恁好處教頹墮！斷煙中見水閣摧殘，畫船拋躲，

---

⑧ 較：痊癒。

⑨ 消停：停歇。

⑩ 迤逗：緩緩行進。

⑪ 煙罩：煙霧籠罩的柳絲。

⑫ 低垛：牆垣下方的凸出部位。

⑬ 蝴蝶門兒落合：蝴蝶門，指雙扇對開的園門。落合，關閉。

⑭ 琅玕：指竹。宋梅堯臣和公儀龍圖新居栽竹詩之二：「聞種琅玕向新第，翠光秋影上屏來。」

⑮ 寒花：原本脫「花」字，據朱墨本、毛定本、格正本、三婦本補。懷德本、暖紅本作「閒花」。

拾畫
九
暖紅室

冷鞦韆尚掛下裙拖⑯。又不是經曾兵火，似這般狼藉呵，敢斷腸人遠，傷心事多？待不關情麼，恰湖山石畔留著你打磨陀。

好一座山子哩！（窺介）呀，就裏一箇小匣兒。待把左側一峰靠著，看是何物？（作石倒介）呀，是箇檀香匣兒。（開匣看畫⑰介）呀，一幅觀世音喜相⑱。善哉，善哉！待小生捧到書館，頂禮供養，強如埋在此中。

【千秋歲】（捧合回介）小嵯峨⑲，壓的旃檀合⑳，便做了好相觀音俏樓閣。片石峰前，那片石峰前，多則是飛來石㉑，三生因果。請將去罏煙上過㉒，頭納地，添燈火，照的他慈悲我㉓。俺這裏盡情供養，他於意云何㉔？

---

⑯ 裙拖：長裙。元劇中稱長裙為「拖地錦」。

⑰ 看畫：原本作「看看」，據毛定本、三婦本、暖紅本改。朱墨本僅作「看」。

⑱ 喜相：面露喜色的佛像。

⑲ 嵯峨：本指高峻的山，這裏指太湖石堆疊的假山。

⑳ 旃檀合：旃檀，即檀香。合，與「盒」、「匣」同。旃，音ㄓㄢ。

㉑ 飛來石：今杭州靈隱寺前有飛來峰，相傳東晉時有天竺僧惠理登此山，嘆息說：「此是中天竺國靈鷲山之小嶺，不知何年飛來？」因號其峰曰「飛來」。見咸淳臨安志卷二三。這裏指假山。

㉒ 請將去罏煙上過：謂迎請佛像，焚香禮拜。

㉓ 照的他慈悲我：燈火照耀畫像，希望菩薩大發慈悲，護佑自己。

㉔ 於意云何：意下如何？意思是能否鑑察自己的一片虔誠？

（到介）到了觀中，且安置閣兒上，擇日展禮。（淨上）柳相公多早了。

【尾聲】（生）姑姑，一生為客恨情多，過冷澹園林日午矬㉕。老姑姑，你道不許傷心，你為俺再尋一箇定不傷心何處可！

（生）僻居雖愛近林泉，　伍喬
（淨）早是傷春夢雨天。　韋莊
（生）何處邈將歸畫府？　譚用之
（合）三峰花半碧堂懸。　錢起

㉕日午矬：日光過午西斜。矬，音ㄘㄨㄛˊ。下降。

第二十五齣　憶女

【玩仙燈】（貼扮春香上）覩物懷人，人去物華銷盡。道的箇「仙果難成，名花易隕❶」。（嘆介）恨蘭昌殉葬無因❷，收拾起燭灰香燼。

自家杜府春香是也，跟隨公相夫人到揚州。小姐去世，將次三年。俺看老夫人那一日不作念，那一日不悲啼。縱然老公相暫時寬解，怎散真愁？莫說老夫人，便是俺春香，想起小姐平常恩養，病裏言詞，好不傷心也！今乃小姐生忌❸之辰，老夫人分付香燈，遙望南安澆奠。早已安排，夫人有請。

【前腔】（老旦上）地老天昏，沒處把老娘安頓。思量起舉目無親，招魂有盡。（哭介）我的麗娘兒也，在天涯老命難存，割斷的肝腸寸寸。

---

❶ 隕：毀壞。萬曆本、同文本作「唄」，字書無此字，據懷德本、毛定本、格正本、三婦本、暖紅本改。朱墨本作「殞」。

❷ 恨蘭昌殉葬無因：唐人傳奇故事：唐元和末，薛昭過蘭昌宮，遇三美人。張雲容原係楊貴妃的侍兒，申天師曾給她服用了絳雪丹，並說她死後百年，得遇生人交精之氣，可以再生。另兩位蕭鳳臺和劉蘭翹亦為當時宮人，被人毒死後，葬於其側。後薛與張同寢處，並發其棺，張終於復活，遂同歸金陵幽棲。見太平廣記卷六九張雲容。這句春香是說自己未能陪侍杜麗娘於地下，埋葬在她的身旁。

❸ 生忌：死者的生辰。舊俗於是日設祭致奠，並忌娛樂。

〔蘇幕遮〕「嶺雲沉，關樹杳。（貼）春思無憑，斷送人年少。（老旦）子母千迴腸斷繞。繡夾書囊，尚帶餘香裊。（貼）瑞煙清，銀燭皎。（老旦）繡佛靈辰，血淚風前禱。（哭介）（合）❹萬里招魂魂可到？則願的人天❺淨處超生早。」（老旦）春香，自從小姐亡過，俺皮骨空存，肝腸痛盡。但見他讀殘書本，繡罷花枝，斷粉零香，餘簪棄履，觸處無非淚眼，見之總是傷心。算來一去三年，又是生辰之日，心香❻奉佛，淚燭澆天。分付安排，想已齊備。（貼）夫人，就此望空頂禮。（老旦拜介）〔集唐〕「微香冉冉淚涓涓李商隱，酒滴香灰似去年陸龜蒙。四尺孤墳何處是許渾？南方歸去再生天❼沈佺期。」杜安撫之妻甄氏，敬為亡女生辰，頂禮佛爺。願得杜麗娘皈依佛力，早早生天。（起介）春香，禱告了佛爺，不免將此茶飯澆奠小姐。

【香羅帶】麗娘何處墳？問天難問。夢中相見得眼兒昏，則聽的叫娘的聲和韻也，驚跳起，猛回身，則見陰風幾陣殘燈暈。（哭介）**俺的麗娘人兒也，你怎抛下的萬里無兒白髮親！**

【前腔】（貼拜介）**名香叩玉真❽，受恩無盡。賞春香還是你舊羅裙。**（起介）小姐臨去之時，分付春香，長叫喚一聲。今日叫他：「小姐，小姐呵！」**叫的一聲聲小姐可曾聞也？**（老旦、貼哭

❹合：原本「合」字下有「介」字，據朱墨本、毛定本、三婦本刪。

❺人天：佛家語，六道輪迴中的人道和天道。

❻心香：心虔意誠，如供佛之焚香。唐韓偓仙山詩：「一炷心香洞府開。」

❼生天：佛教謂行十善者死後轉生天道。

❽玉真：古詩詞中常用來指仙女或美人。這裏指杜麗娘在天之靈。

介）（合）想他那情切，那傷神，恨天天生割斷俺娘兒直恁忍！（貼回介）俺的小姐人兒也，你可還向這舊宅裏重生何處身？

（貼跪介）稟老夫人，人到中年，不堪哀毀。小姐難以生易死，夫人無以死傷生。且自調養尊年，與老相公同享富貴。（老旦哭介）春香，你可知老相公年來因少男兒，常有娶小之意？止因小姐承歡膝下，百事因循。如今小姐喪亡，家門無託。俺與老相公悶懷相對，何以為情？天呵！（貼）老夫人，春香愚不諫賢。依夫人所言，既然老相公有娶小之意，不如順他，收下一房，生子為便。（老旦）春香，你見人家庶出❾之子，可如親生？（貼）春香但蒙夫人收養，尚且非親是親；夫人肯將庶出看成，豈不無子有子？（老旦）好話，好話。

（老）曾伴殘蛾到女兒❿，　徐凝
（貼）白楊今日幾人悲。　杜甫
（老）須知此恨難消得，　溫庭筠
（合）淚滴寒塘蕙草時。　廉氏

❾ 庶出：妾所生的子女。

❿ 曾伴殘蛾到女兒：原本「蛾」作「娥」，此改從懷德本、暖紅本。按，唐徐凝語兒見新月詩原句作「曾伴愁蛾到語兒」。

第二十六齣　玩　真

（生上）「芭蕉葉上雨難留，芍藥稍頭風欲收。畫意無明偏著眼，春光有路暗抬頭。」小生客中孤悶，閑遊後園，湖山之下，拾得一軸小畫，似是觀音大士，寶匣莊嚴。風雨淹旬❶，未能展視。且喜今日晴和，瞻禮一會。（開匣展畫介）

【黃鶯兒】秋影掛銀河，展天身，自在波❷。諸般好相❸能停妥。他真身在補陀❹，咱海南人遇他。（想介）甚威光不上蓮花座？再延俄，怎湘裙直下一對小凌波❺？是觀音，怎一對小腳兒？待俺端詳一會。

【二郎神慢】些兒箇，畫圖中影兒則度❻。著了，敢誰書館中弔下幅小嫦娥？畫的這傳停

---

❶ 淹旬：滿旬，過了十天。

❷ 自在波：自在，即觀自在，觀世音菩薩。波，語助詞，用於句末，相當於啊、呵、吧。

❸ 諸般好相：佛家語。佛陀具有不同凡俗的三十二種「相」（顯著特徵）和八十種「好」（細微特徵），如手指纖長、金色、眉如初月、耳輪垂埵等。見大智度論卷四。參看第二十三齣㊷。

❹ 補陀：補陀落迦，即普陀，為華嚴經善財第二十八參觀世音菩薩說法處。見普陀落迦新誌卷二。格正本「補」作「普」。

❺ 怎湘裙直下一對小凌波：小凌波，指女人的小腳。三國魏曹植洛神賦：「凌波微步，羅襪生塵。」觀音大士像都作大腳，故有此問。

倭妥⑦。是嫦娥，一發該頂戴了。問嫦娥、折桂人有我？可是嫦娥，怎影兒外沒半朵祥雲託？樹皴兒又不似桂叢花瑣⑧？不是觀音，又不是嫦娥，人間那得有此？成驚愕，似曾相識，向俺心頭摸。

待俺瞧是畫工臨的，還是美人自手描的？

【鶯啼序】問丹青何處嬌娥，片月影光生豪末⑨？似恁般一箇人兒，早見了百花低躲⑩。總天然意態難模，誰近得把春雲淡破？想來畫工怎能到此！多敢他自己能描會脫⑪？

且住，細觀他幀首之上，小字數行。（看介）呀，原來絕句一首。（念介）「近覩分明似儼然，遠觀自在若飛仙。他年得傍蟾宮客，不在梅邊在柳邊。」呀，此乃人間女子行樂圖也，何言「不在梅邊在柳邊」？奇哉怪事哩！

【集賢賓】望關山梅嶺天一抹⑫，怎知俺柳夢梅過？得傍蟾宮知怎麼？待喜呵，端詳停

---

⑥ 度：音ㄉㄨㄛˋ。猜度，揣測。

⑦ 倭妥：美好貌。

⑧ 樹皴兒又不似桂叢花瑣：皴，皺裂的紋路。桂叢花瑣，桂樹枝頭的細碎花朵。

⑨ 豪末：毫毛的末端，這裏指筆端。豪，通「毫」。

⑩ 早見了百花低躲：百花見了也早為之羞慚退避。

⑪ 脫：用脫胎方法製作。指逼真地描繪、捏塑。元喬吉兩世姻緣劇第四折：「怎麼這個畫中美人，和這女兒如一個模兒脫的一樣。」

和⑬，俺姓名兒直麼費嫦娥定奪？打摩訶⑭，敢則是夢魂中真箇？

好不回盼小生！

【黃鶯兒】空影落纖娥。動春蕉，散綺羅，春心只在眉間鎖。春山⑮翠拖，春煙淡和。相看四目誰輕可⑯！恁橫波⑰，來回顧影、不住的眼兒睃⑱。

卻怎半枝青梅在手，活似提掇⑲小生一般？

【鶯啼序】他青梅在手詩細哦，逗春心一點蹉跎。小生待畫餅充饑⑳，小姐似望梅止渴㉑。

---

⑫ 一抹：一片。萬曆本、同文本「抹」作「林」，其餘各本均作「抹」，今據改。

⑬ 端詳停和：仔細觀看一番。停和，消停，舒徐。

⑭ 打摩訶：即打磨陀。原意為消磨時光，這裏有慢慢思量之意。

⑮ 春山：指眉。

⑯ 輕可：輕易，尋常。可，語助詞，無義。

⑰ 橫波：喻指女子流動的眼波。宋歐陽修蝶戀花詞：「酒力融融春汗透，春嬌入眼橫波溜。」

⑱ 睃：瞧，斜視。金董解元西廂記諸宮調卷三：「斜著淥老兒不住睃。」

⑲ 提掇：提攜，挈帶。

⑳ 畫餅充饑：續傳燈錄行瑛禪師：「談玄說妙，譬如畫餅充饑。」比喻有名無實，無補於事。這裏是聊且以畫像自慰之意。

㉑ 望梅止渴：曹操在行軍途中，對口渴的士兵說前面有大梅林，梅子甜酸，可以解渴。士兵聽了，都流出了口水。見世說新語假譎。這裏雙關杜麗娘手拈青梅以及「不在梅邊在柳邊」的題詩，空懷對愛情的渴望。

玩真

小姐，小姐，未曾開半點么荷㉒，含笑處朱唇淡抹，韻㉓情多。如愁欲語，只少口氣兒呵㉔。

小娘子畫似崔徽，詩如蘇蕙㉕，行書逼真衛夫人。小子雖則典雅，怎到得㉖這小娘子！驀地㉗相逢，不免步韻㉘一首。（題介）「丹青妙處卻天然，不是天仙即地仙。欲傍蟾宮人近遠，恰些春在柳梅邊。」

【簇御林】他能綽斡㉙，會寫作，秀入江山人唱和。待小生狠狠叫他幾聲：「美人，美人！姐姐，姐姐！」**向真真啼血你知麼？叫的你噴嚏似天花唾㉚。動凌波盈盈欲下，不見影兒那。**

咳，俺孤單在此，少不得將小娘子畫像，早晚玩之、拜之、叫之、贊之。

【尾聲】拾的箇人兒先慶賀，敢柳和梅有些瓜葛㉛？小姐，小姐，則被㉜**你有影無形看殺我。**

㉒ 么荷：荷花花蕾，這裏比喻嘴、唇。么，小，細。原本「么」作「麼」，據懷德本、朱墨本、三婦本、同文本、暖紅本改。

㉓ 韻：原本作「暈」，此據懷德本、同文本、暖紅本。

㉔ 呵：呵氣。

㉕ 蘇蕙：十六國時前秦女詩人，字若蘭。夫竇滔，苻堅時為秦州刺史，因罪被徙流沙。她織錦為迴文旋圖詩以寄，凡八百四十字，循環往覆，皆可誦讀，名曰璇璣圖。見晉書列女傳竇滔妻蘇氏。

㉖ 到得：及得，趕上。

㉗ 驀地：出人意料地，突然。原本「驀」作「脈」，據懷德本、毛定本、三婦本、同文本、暖紅本改。

㉘ 步韻：依他人詩的韻腳及其先後次第寫詩唱和，也叫次韻。

㉙ 綽斡：綽，提舉。斡，運轉。這裏指提筆、運筆作畫。

㉚ 天花唾：形容唾沫橫飛，如天花亂墜。

不須一向恨丹青，　白居易
堪把長懸在戶庭。　伍　喬
惆悵題詩柳中隱，　司空圖
添成春醉轉難醒。　章　碣

㉛ 瓜葛：瓜和葛都是蔓生植物，比喻輾轉相連的親戚關係或人事的牽纏關連。
㉜ 被：原本作「怕」，此據懷德本、同文本、暖紅本。

第二十七齣　魂遊

【掛真兒】（淨扮石道姑上）臺殿重重春色上，碧雕闌映帶銀塘。撲地❶香騰，歸天磬響，細展度人經藏❷。

〔集唐〕「幾年紅粉委黃泥雍裕之，十二峰❸頭月欲低李涉。折得玫瑰花一朵李建勛，東風吹上窈娘❹堤羅虯。」俺老道姑看守杜小姐墳庵，三年之上。擇取吉日，替他開設道場❺，超生玉界❻。早已門外豎立招旛，看有何人來到。

【太平令】（貼扮小道姑、丑扮徒弟上）嶺路江鄉，一片彩雲扶月上。羽衣青鳥❼閑來往。（丑）

---

❶ 撲地：遍地。文選鮑照蕪城賦：「廛閈撲地，歌吹沸天。」李善注引方言：「撲，盡也。」唐韓愈遊城南風折花枝詩：「清香撲地只遙聞。」

❷ 度人經藏：超度人脫離塵世苦難，到達仙佛境界的佛、道經典。

❸ 十二峰：指巫山的十二座峰。

❹ 窈娘：唐武則天時喬知之的寵婢，貌美善歌，為武承嗣所奪。知之痛憤成疾，作詩以達窈娘。窈娘得詩，悲惋赴井死。見唐孟棨本事詩卷一。

❺ 道場：釋、道二教做法事超度亡靈。

❻ 玉界：仙境。

❼ 羽衣青鳥：羽衣，道士的代稱。青鳥，西王母的信使。這裏指小道姑及其徒弟。

天晚，梅花觀歇了罷。（貼）❽南枝外有鵲爐❾香。

小道姑乃韶陽郡❿碧雲庵主是也。遊方到此，見他莊嚴旛引，榜示道場。恰好登壇，共成好事。（見介）〔集唐〕（貼）「大羅天⓫上柳煙含魚玄機，（淨）你毛節⓬朱旛倚石龕王維。（貼）見向溪山求住處韓愈，（淨）好哩，你半垂檀袖學通參⓭女光。」小姑姑從何而至？（貼）從韶陽郡來，暫此借宿。（淨）東頭⓮房兒，有箇嶺南柳相公養病，則下廂房可矣。（貼）多謝了。敢問今夕道場，為何而設？（淨嘆介）則為「杜衙小姐去三年，待與招魂上九天⓯。」（貼）這等呵，「清醮壇場⓰今夜好，敢將香火助真仙。」（淨）這等恰好。（內鳴鐘鼓介）（眾）請老師父拈香。（淨）南斗註生真妃、東嶽受生夫人⓱殿下。（拈

---

❽ 貼：原本無「貼」字，據三婦本補。

❾ 鵲爐：即鵲尾爐，長柄的香爐。南朝齊王琰冥祥記：「（費崇先）每聽經，常以鵲尾香爐置膝前。」

❿ 韶陽郡：即韶州，治所在今廣東省曲江縣。

⓫ 大羅天：道教稱三十六天中最高的一重天。

⓬ 毛節：道士用來展示法力的符節。

⓭ 半垂檀袖學通參：檀袖，紅色衣袖。通參，修道，參禪。

⓮ 東頭：原本作「西頭」，此據懷德本、同文本、暖紅本。暖紅本眉批云：「王本、毛本、三婦本、冰本『東頭』作『西頭』，與下幽媾折『東房之內』便是兩歧。」暖紅本批是，當從。

⓯ 九天：天空最高處。孫子形篇：「善攻者，動於九天之上。」梅堯臣注：「九天，言高不可測。」

⓰ 清醮壇場：道士設壇祈禱。

⓱ 南斗註生真妃東嶽受生夫人：迷信傳說南斗星君、東嶽大帝主管人間生死。註生、受生，並指人死後轉生、投胎。

香拜介）

【孝南歌】鑽新火，點妙香。虔誠為因杜麗娘。（眾拜介）⑱香靄繡旛幢，細樂風微颺。仙真呵，威光無量，把一點香魂，早度人天上。怕未盡凡心，他再作人身想。做兒郎，做女郎，願他永成雙。再休似少年亡。

（淨）想起小姐生前愛花而亡，今日折得殘梅，安在淨瓶供養。（拜神主介）

【前腔】瓶兒淨，春凍陽。殘梅半枝紅臘裝。小姐呵，你香夢與誰行？精神忒孤往⑲！（眾）老師兄，你說淨瓶像甚麼？殘梅像甚麼？（淨）這瓶兒空像，世界包藏。身似殘梅樣，有水無根，尚作餘香想。（眾）小姐，你受此供呵，教你肌骨涼，魂魄香。肯回陽，再住這梅花帳？

（內風響介）（淨）奇哉，怪哉！冷窣窣⑳一陣風打旋也。（內鳴鐘介）（眾）這晚齋時分，且喫了齋，收拾道場。正是：「曉鏡拋殘無定色，晚鐘敲斷步虛聲㉑。」（眾下）

【水紅花】（魂旦作鬼聲，掩袖上）則下得望鄉臺如夢俏魂靈，夜熒熒墓門人靜。（內犬吠，旦驚介）原來是賺花陰㉒小犬吠春星，冷冥冥梨花春影。呀，轉過牡丹亭、芍藥闌，都荒廢盡。

---

⑱ 眾拜介：原本無「介」字，據朱墨本、三婦本、暖紅本補。

⑲ 精神忒孤往：原本「精」作「情」，此據懷德本、朱墨本、三婦本、同文本、暖紅本改。孤往，獨自往來，孤單。

⑳ 冷窣窣：形容冷風簌簌有聲。唐杜荀鶴寄溫州崔博士詩：「窣窣陰風有鬼聽。」

㉑ 步虛聲：道士唱經禮贊之聲。唐李白題隨州紫陽先生壁：「喘息飡妙氣，步虛吟真聲。」王琦注引異苑：「陳思王遊山，忽聞空裏誦經聲，清遠遒亮，解音者則而寫之，為神仙聲。道士效之，作步虛聲。」

爹娘去了三年也。（泣介）傷感煞斷垣荒逕。望中何處也？鬼燈青㉓。（聽介）㉔兀的有人聲也囉㉕。

〔添字昭君怨〕「昔日千金小姐，今日水流花謝。這淹淹惜惜杜陵花㉖，太虧他。　生性獨行無那㉗，此夜星前一箇。生生死死為情多，柰情何！」奴家杜麗娘女魂是也。只為癡情慕色，一夢而亡。湊的㉘十地閻君奉旨裁革，無人發遣，女監三年。喜遇老判，哀憐放假。趁此月明風細，隨喜一番。呀，這是書齋後園，怎做了梅花庵觀？好感傷人也！

【小桃紅】咱一似斷腸人和夢醉初醒，誰償咱殘生命也？雖則鬼叢中姊妹不同行，窣地的把羅衣整㉙。這影隨形，風沉露，雲暗斗㉚，月勾星㉛，都是我魂遊境也。到的這花

㉒ 賺花陰：因花影晃動而誤以為有人。賺，誑騙，受騙。

㉓ 鬼燈青：鬼燈，鬼火，燐火，其色青碧。唐李賀南山田中行：「鬼燈如漆點松花。」

㉔ 聽介：原本無「介」字，據懷德本、毛定本、三婦本、暖紅本補。

㉕ 也囉：襯字，無義，起加強語氣的作用。此曲例以「也囉」二字作結。

㉖ 淹淹惜惜杜陵花：淹淹惜惜，柔弱可憐貌。杜陵花，杜麗娘自喻，猶如說杜老之女。杜陵，本指杜甫，他曾在杜陵（今西安市東南）附近居住。

㉗ 無那：無奈。那，音ㄋㄨㄛˊ。

㉘ 湊的：碰著，趕上。

㉙ 窣地的把羅衣整：把窣地的羅衣整的倒裝句。窣地，形容衣裙垂地、拂地。

㉚ 斗：星斗，星辰。

影初更，（內作丁冬聲，旦驚介）一霎價心兒瘮㉜，原來是弄風鈴臺殿冬丁。

好一陣香也！

【下山虎】我則見香煙隱隱，燈火熒熒。呀，鋪了些雲霞幢㉝，不由人打箇讟掙㉞。是那位神靈？原來是東嶽夫人、南斗真妃。（作稽首㉟介）仙真，仙真㊱，杜麗娘鬼魂稽首。魆魆地㊲投明證明，好替俺朗朗的超生註生。再看這青詞㊳上，原來就是石道姑在此住持。一壇齋意，度俺生天。道姑，道姑，我可也生受你呵。再瞧這淨瓶中，咳，便是俺那塚上殘梅哩。梅花呵，似俺杜麗娘半開而謝，好傷情也。則為這斷鼓零鐘金字經㊴，叩動俺黃粱境㊵。俺向這地坼裏梅根迸幾程，

㉛ 月勾星：即月食星，月掩星而星滅不見。文獻通考象緯考引中興天文志：「星入月而星見於月中，是為星食月；月掩星而星滅不見，是為月食星。」

㉜ 瘮：音ㄕㄣˋ。驚恐。

㉝ 幢：同「幀」。畫幅。

㉞ 讟掙：因驚疑而發愣。

㉟ 稽首：古代叩頭至地的一種跪拜禮，是九拜中最為恭敬的一種。

㊱ 仙真二句：萬曆本、同文本作「仙真真」，脫一「仙」字，據懷德本、朱墨本、毛定本、暖紅本補。三婦本不重，作「仙真」。

㊲ 魆魆地：暗暗地，悄悄地。

㊳ 青詞：道士的禱詞、符籙。唐李肇翰林志：「凡太清宮道觀薦告詞文用青籐紙，朱字，謂之青詞。」

㊴ 金字經：用泥金書寫的經文。唐元稹清都夜境詩：「閑開蕊珠殿，暗閱金字經。」

透出些兒影。（泣介）姑姑們這般志誠，若不留些蹤影，怎顯的俺鑒知他？就將梅花散在經臺之上。（撒花介）抵甚麼一點香銷萬點情。

想起爹娘何處，春香何處也？呀，那邊廂有沉吟叫喚之聲，聽怎來？（內叫介）俺的姐姐呵，俺的美人呵！（旦驚介）誰叫誰也？再聽。（內又叫介）（旦嘆介）

【醉歸遲】生和死，孤寒命。有情人叫不出情人應。為甚麼不唱出你可人㊶名姓？似俺孤魂獨趁㊷，待誰來叫喚俺一聲！不分明，無倒斷㊸，再消停㊹。（內又叫介）（旦）咳，敢邊廂甚麼書生，睡夢裏語言胡哩㊺？

【黑蠊令】㊻不由俺無情有情，湊著叫的人三聲兩聲，冷惺忪紅淚飄零。呀，怕不是夢人

㊵ 黃粱境：夢境。唐人傳奇故事：盧生在邯鄲客店裏遇見道士呂翁，授之以枕，夢中歷盡榮華富貴，醒來後店主人蒸黃粱飯還未熟。見唐沈既濟枕中記。

㊶ 可人：可愛的人，稱心如意的人。

㊷ 獨趁：獨自遊走。趁，趕趁，奔赴。

㊸ 無倒斷：不斷，沒完沒了。元王實甫西廂記第四本楔子：「因姐姐玉精神，花模樣，無倒斷曉夜思量。」

㊹ 再消停：萬曆本、毛定本、三婦本作「再僝停」，朱墨本作「忩僝停」，格正本作「再娉婷」，此據懷德本、同文本、暖紅本。

㊺ 胡哩：胡言亂語。

㊻ 黑蠊令：此曲萬曆本、懷德本、朱墨本、毛定本、三婦本、同文本均連上刻，茲據格正本、暖紅本訂正另列，曲名亦據以上二本。

兒梅卿柳卿？俺記著這花亭水亭，趁的這風清月清。則這鬼宿前程，盼得上三星四星㊼？呀，待即行尋趁，柰斗轉參橫㊽，不敢久停呵！

【尾聲】為甚麼閃搖搖春殿燈？（內叫介）殿上響動。（丑虛上㊾望介）（又作風起介）（旦）一弄兒繡旛飄迥。則這幾點落花風，是俺杜麗娘身後影。

（旦作鬼聲下）（丑打照面㊿，驚叫介）師父們，快來，快來！（淨、貼驚上）怎生大驚小怪？（丑）則這燈影熒煌，躲著瞧時，見一位女神仙，袖拂花旛，一閃而去。怕也，怕也！（淨）怎生模樣？（丑打手勢介）這多高，這多大，俊臉兒，翠翹金鳳(51)，紅裙綠襖，環珮玎璫，敢是真仙下降？（淨）咳，這便是杜小姐生時樣子，敢是他有靈活現？（貼）呀，你看經臺之上，亂糝(52)梅花，奇也，異也！大家再祝讚(53)他一番。

㊼ 則這鬼宿前程二句：鬼宿，本星官名，為二十八宿之一。這裏指鬼魂。前程，元明戲曲中，每用以指婚姻。元關漢卿救風塵劇第一折：「我看了些覓前程俏女娘。」三星四星，這裏是三分四分之意。全句是說，做了鬼後，在婚姻上還能有幾分盼頭？

㊽ 斗轉參橫：北斗轉向，參星橫斜，表示天色將明。明無名氏鳴鳳記楊公劾姦：「斗轉參橫，玉壺傳點天階曉。」

㊾ 虛上：演員上場後閃在一邊。

㊿ 打照面：對面相見。指丑面對面碰到了魂旦。

(51) 翠翹金鳳：翠翹，一種首飾，狀如翠鳥尾上的長羽。金鳳，金製的鳳凰形首飾。

(52) 糝：音ㄙㄢˇ。碎粒。這裏作動詞用，灑落，散布。

(53) 讚：原本作「識」，據懷德本、三婦本、同文本、暖紅本改。

圖
魂遊
十
暖紅室

【憶多嬌】(眾)風滅了香，月倒廊，閃閃屍屍㊺魂影兒涼。花落在春宵情易傷。願你早度天堂，早度天堂，免留滯他鄉故鄉。

(貼)敢問杜小姐為何病亡？以何緣故而來出現？

【尾聲】(淨)休驚恍，免問當㊻，收拾起樂器經堂。你聽波，兀的冷窣窣珮環風還在迴廊那邊響。

(淨)心知不敢輒形相，　曹唐
(貼)欲話姻緣恐斷腸。　天竺牧童
(丑)若使春風會人意，　羅鄴
(合)也應知有杜蘭香㊼。　羅虬

㊺ 閃閃屍屍：忽隱忽現，飄忽不定的樣子。文選木華海賦：「天吳乍見而髣髴，蝄像暫曉而閃屍。」李善注：「閃屍，暫見之貌。」

㊻ 問當：問。當，語助詞。

㊼ 杜蘭香：神話傳說中的仙女，曾謫降於湘江洞庭之岸。出墉城集仙錄。見太平廣記卷六二。

第二十八齣　幽媾

【夜行船】（生上）瞥下天仙何處也？影空濛似月籠沙。有恨徘徊，無言窨約。早是夕陽西下。

「一片紅雲下太清❶，如花巧笑玉娉婷。憑誰畫出生香面？對俺偏含不語情。」小生自遇春容，日夜思念。這更闌時節，破些工夫，吟其珠玉❷，玩其精神。儻然夢裏相親，也當春風一度❸。（展畫玩介）呀，你看美人呵，神含欲語，眼注微波。真乃「落霞與孤影齊飛，秋水共長天一色。」❹

【香遍滿】晚風吹下，武陵溪邊一縷霞，出落❺箇人兒風韻殺。淨無瑕，明窗新絳紗。丹青小畫，又把一幅肝腸掛。

小姐，小姐，則被你想殺俺也！

❶ 太清：天空，天庭。
❷ 珠玉：比喻美妙的詩文。
❸ 春風一度：喻指男女間的歡愛。
❹ 落霞與孤影齊飛二句：唐王勃滕王閣序中語，原句「影」作「鶩」。這裏以「孤影」喻畫中美人，以「秋水」關聯上文的「微波」。
❺ 落：原本作「託」，其餘各本均作「落」，今據改。

【懶畫眉】輕輕怯怯一箇女嬌娃，楚楚臻臻像箇宰相衙❻。想他春心無那對菱花，含情自把春容畫，可想到有箇拾翠人兒也逗著他？

【二犯梧桐樹】他飛來似月華，俺拾的愁天大。常時夜夜對月而眠，這幾夜呵，幽佳，嬋娟隱映的光輝殺。教俺迷留沒亂❼的心嘈雜，無夜無明怏著他。若不為擎奇怕涴的丹青亞❽，待抱著你影兒橫榻。

想來小生定是有緣也。再將他詩句朗誦一番。（念詩介）

【浣沙溪】拈詩話，對會家❾。柳和梅有分兒些❿。他春心迸出湖山罅，飛上煙綃萼綠華⓫。則是禮拜他便了。（拈香拜介）傒倖⓬殺，對他臉暈眉痕心上掐⓭，有情人不在天涯。

---

❻ 楚楚臻臻像箇宰相衙：楚楚臻臻，姣美齊整貌。宰相衙，這裏是相府千金的意思。

❼ 迷留沒亂：形容心緒煩燥，精神恍惚。原本無「沒」字，據懷德本、朱墨本、同文本、暖紅本補。

❽ 若不為擎奇怕涴的丹青亞：擎奇，或作「奇擎」，托舉。奇，助詞，無義。元白樸梧桐雨劇第三折：「恨不得手掌裏奇擎著解語花。」亞，壓。這句是說，要不是為了把畫托舉在手裏，以免把它弄髒壓壞。

❾ 會家：行家。這裏兼有會心、知心的人之意。元王實甫西廂記劇第三本第四折：「春宵一刻抵千金，何須詩對會家吟？」

❿ 有分兒些：有些兒緣分。

⓫ 飛上煙綃萼綠華：萼綠華，神話傳說中的女仙，晉時曾謫降下界，自云是九嶷山中得道羅郁。出真誥，見太平廣記卷五七。這句的意思是，眼前的畫幅，似仙女飛上如煙的薄紗。

⓬ 傒倖：煩惱。

小生客居，怎勾姐姐風月中片時相會也。

【劉潑帽】恨單條⑭不惹的雙魂化，做箇畫屏中倚玉蒹葭⑮。小姐呵，你耳朵兒雲鬢月侵芽⑯，可知他一些些都聽的俺傷情話？

【秋夜月】堪笑咱，說的來如戲耍。他海天秋月雲端掛，煙空翠影遙山抹。只許他伴人清暇，怎教人佻達⑰！

【東甌令】俺如念咒，似說法。石也要點頭⑱，天雨花⑲。怎虔誠不降的仙娥下？是不肯輕行踏⑳。（內作風起，生按住畫介）待留仙怕殺風兒刮，粘嵌著錦邊牙㉑。怕刮損他，再尋箇高手臨他一幅兒。

---

⑬心上掐：謂銘刻於心。掐，嵌入。

⑭單條：條形的單幅字畫。

⑮做箇畫屏中倚玉蒹葭：世說新語容止：「魏明帝使后弟毛曾與夏侯玄共坐，時人謂：『蒹葭倚玉樹。』」蒹葭都是水草名，比喻微賤。這裏柳夢梅用以自喻，意思是，恨不得自己也飛身入畫屏中，和玉人在一起。

⑯耳朵兒雲鬢月侵芽：以雲遮新月比喻鬢髮遮掩了耳朵。芽，月芽，新月。

⑰佻達：挑逗，戲謔。原本「佻」作「挑」，據三婦本、暖紅本改。

⑱石也要點頭：東晉高僧道生法師入虎丘山，聚石為徒，講涅槃經，群石皆為點頭。見蓮社高賢傳。

⑲天雨花：梁武帝時，高僧雲光法師在雨花臺講經說法，感天而雨花。見輿地紀勝。

⑳行踏：行走，走動。明湯顯祖邯鄲記入夢：「俺這朱門下，窮酸恁的無高下，敢來行踏！」

㉑錦邊牙：嵌在裱好的畫幅上端的絲帶，供張掛用。

【金蓮子】閑嘖牙㉒，怎能彀他威光水月生臨榻㉓？怕有處相逢他自家，則問他許多情，與春風畫意再無差。

再把燈剔起，細看他一會。（照介）

【隔尾】敢人世上似這天真多則假㉔。（內作風吹燈介）（生）好一陣冷風襲人也！險些兒誤丹青風影落燈花。罷了，則索睡掩紗窗去夢他。（打睡介）

（魂旦上）「泉下長眠夢不成，一生餘得許多情。魂隨月下丹青引，人在風前嘆息聲。」妾身杜麗娘鬼魂是也。為花園一夢，想念而終。當時自畫春容，埋於太湖石下，題有「他年得傍蟾宮客，不在梅邊在柳邊㉕。」誰想魂遊觀中，幾晚聽見東房之內，一箇書生高聲低叫：「俺的姐姐，俺的美人。」那聲音哀楚，動俺心魂。悄然驀㉖入他房中，則見高掛起一軸小畫。細玩之，便是奴家遺下春容。後面和詩一首，觀其名字，則嶺南柳夢梅也。梅邊柳邊，豈非前定乎？因而告過了冥府判君，趁此良宵，完其前夢。想起來好苦也！

㉒ 閑嘖牙：說閑話、空話。

㉓ 威光水月生臨榻：威光，佛的靈光。水月，水月觀音，借指畫中美人。生臨榻，活生生地降臨牀榻。

㉔ 似這天真多則假：像這樣的天仙多半是假的。天真，天仙，天神。

㉕ 不在梅邊在柳邊：兩「在」字，原本均作「是」。按，第十四齣原詩作「在」；第二十六齣亦作「在」。此據同文本、暖紅本改。下面朝天懶曲下生白同。

㉖ 驀：穿越，跨過。

【朝天懶】怕的是粉冷香銷泣絳紗，又到的高唐館玩月華。猛回頭羞颯髻兒鬌㉗，自擎拿。呀，前面是他房頭了。怕桃源路徑行來詫，再得俄旋㉘試認他。

（生睡中念詩介）「他年得傍蟾宮客，不在梅邊在柳邊。」我的姐姐呵！（旦聽，打悲介）

【前腔】是他叫喚的傷情咱淚雨麻，把我殘詩句沒爭差。難道還未睡呵？（瞧介）（生又叫介）（旦）他原來睡屏中作念猛嗟牙㉙。省諠譁，我待敲彈翠竹窗櫳下。（內作驚醒，叫「姐姐」介）（旦悲介）待展香魂去近他。

（生）呀，戶外敲竹之聲，是風是人？（旦）有人。（生）這咱時節㉚有人，敢是老姑姑送茶來？免勞了。（旦）不是。（生）敢是遊方的小姑姑麼？（旦）不是。（生）好怪，好怪，又不是小姑姑，再有誰？待我啟門而看。（生開門看介）

【玩仙燈】呀，何處一嬌娃？豔非常使人驚詫。

（旦作笑閃入）（生急掩門）（旦斂衽整容見介）秀才萬福。（生）小娘子到來，敢問尊前何處，因何夤夜㉛至此？（旦）秀才，你猜來。

㉗ 羞颯髻兒鬌：羞颯，形容羞赧之感突然襲來。鬌，指髮髻散亂。
㉘ 俄旋：過一會兒。
㉙ 睡屏中作念猛嗟牙：睡屏中，指睡夢之中。作念，思念。嗟牙，或作「嗟呀」、「嗟訝」，嘆息，驚嘆。
㉚ 這咱時節：猶言這個時候、這會兒。
㉛ 夤夜：深夜。

【紅衲襖】（生）莫不是莽張騫犯了你星漢槎㉜？莫不是小梁清夜走天曹罰㉝？（旦）這都是天上仙人，怎得到此！（生）是人家彩鳳暗隨鴉㉞？（旦搖頭介）（生）敢甚處裏綠楊曾繫馬㉟？（旦）不曾一面。（生）若不是認陶潛眼挫的花㊱，敢則是走臨邛道數兒差㊲？（旦）非差。（生）想是求燈的？可是你夜行無燭也，因此上待要紅袖分燈向碧紗㊳？

【前腔】（旦）俺不為度仙香空散花㊴，也不為讀書燈閑濡蠟㊵。俺不似趙飛卿舊有瑕㊶，

㉜ 莽張騫犯了你星漢槎：傳說漢代的張騫奉命尋找河源，乘槎經月亮至天河，見一織女，又見一丈夫牽牛飲河，織女送一支機石與他。見宋周密癸辛雜識前集引荊楚歲時記。槎，木筏。這裏以織女比杜麗娘。

㉝ 小梁清夜走天曹罰：梁清，或即神話傳說中織女的侍兒梁玉清，曾和太白星逃入衛城少仙洞。天帝怒而命五岳搜捕，旋被貶謫。出獨異志，見太平廣記卷五九。天曹，道家所稱天上的官署。

㉞ 彩鳳暗隨鴉：杜大中起於行伍，妾有才色，作臨江仙，說自己是彩鳳隨鴉。見事文類聚後集卷一六。

㉟ 綠楊曾繫馬：繫馬綠楊，表示曾下馬和她相見。元喬吉兩世姻緣劇第三折：「何處綠楊曾繫馬？」

㊱ 認陶潛眼挫的花：陶潛，晉代大詩人。他的桃花源記寫武陵漁人誤入桃花源的故事。戲曲、小說中往往把它和劉晨、阮肇入天台山遇仙女的故事揉合在一起，陶潛有時也被借用為情郎的代稱。眼挫的花，眼花錯看。挫，同「錯」。

㊲ 走臨邛道數兒差：西漢臨邛卓王孫之女文君新寡，司馬相如以琴心挑之，遂相愛悅，一起逃往成都。見史記司馬相如列傳。走臨邛，指私奔。道數兒差，走錯了路。

㊳ 碧紗：即碧紗籠，指綠紗燈罩。五代齊己燈詩：「紅爐自凝清夜朵，赤心長謝碧紗籠。」

㊴ 空散花：空自做散花的仙女。維摩經觀眾生品：「時維摩詰室，有一天女，見諸天人聞所說法，便現其身，即以天花散諸菩薩大弟子上。花至諸菩薩，即皆墮落；至大弟子，便著不墮。」

也不似卓文君新守寡。秀才呵，你也曾隨蝶夢㊷迷花下。（生想介）是當初曾夢來。（旦）俺因此上弄鶯簧赴柳衙㊸。若問俺妝臺何處也，不遠哩，剛則在宋玉東鄰㊹第幾家。

（生作想介）是了，曾後花園轉西，夕陽時節，見小娘子走動哩。（旦）便是了。（生）家下有誰？

【宜春令】（旦）斜陽外，芳草涯，再無人有伶仃的爹媽。奴年二八，沒包彈㊺風藏葉裏花。為春歸惹動嗟呀，瞥見你風神俊雅。無他㊻，待和你剪燭臨風，西窗閒話㊼。

（生背介）奇哉，奇哉，人間有此豔色！夜半無故而遇明月之珠，怎生發付？

㊵ 濡蠟：浸沾蠟液。新唐書柳公權傳：「嘗夜召對子亭，燭窮而語未盡，宮人以蠟液濡紙繼之。」

㊶ 趙飛卿舊有瑕：趙飛卿，或指漢成帝皇后趙飛燕，她出身微賤，曾是陽阿主家的長安宮人。見漢書外戚傳。或謂舊有瑕，指她貧賤時，曾和射鳥者私通。見趙飛燕外傳。

㊷ 蝶夢：迷離惝怳的夢境。莊子齊物論：「昔者莊周夢為胡蝶，栩栩然胡蝶也。」

㊸ 弄鶯簧赴柳衙：鶯簧，形容黃鶯的啼鳴如樂器中簧片振動發出動聽的聲音。原本「簧」作「黃」，據毛定本、三婦本、暖紅本改。柳衙，排列成行的柳樹。南唐尉遲偓中朝故事：「曲江池畔多柳，亦號為柳衙，意謂其成行列如排衙也。」這裏指柳夢梅的住處。

㊹ 宋玉東鄰：典出戰國楚宋玉登徒子好色賦：「楚國之麗者，莫若臣里；臣里之美者，莫若臣東家之子。」

㊺ 沒包彈：無可批評、指摘。宋王楙野客叢書杜撰：「包拯為臺官，嚴毅不恕，朝列有過，必須彈擊，故言事無瑕疵者曰沒包彈。」

㊻ 無他：原本脫「他」字，據朱墨本、毛定本、格正本、三婦本、暖紅本補。懷德本、同文本「無他」二字作「咱」。

㊼ 剪燭臨風西窗閑話：唐李商隱夜雨寄北詩：「何當共剪西窗燭，卻話巴山夜雨時。」剪燭西窗，指促膝夜談。

【前腔】他驚人豔，絕世佳。閃一笑風流銀蠟㊽。月明如乍㊾，問今夕何年星漢槎？金釵客㊿寒夜來家，玉天仙人間下榻。（背介）知他，知他是甚宅眷的孩兒，這迎門調法51？待小生再問他。（回介）小娘子夤夜下顧小生，敢是夢也？（旦笑介）不是夢，當真哩。還怕秀才未肯容納。（生）則怕未真。果然美人見愛，小生喜出望外，何敢卻乎？（旦）這等，真箇盼著你了。

【耍鮑老】幽谷寒涯，你為俺催花連夜發52。俺全然未嫁，你箇中知察，拘惜53的好人家。牡丹亭，嬌恰恰；湖山畔，羞答答；讀書窗，淅喇喇54。良夜省陪茶，清風明月知無價55。

【滴滴金】（生）俺驚魂化，睡醒時涼月些些56。陡地榮華，敢則是夢中巫峽57？虧殺你

㊽銀蠟：猶銀燭，明燭。

㊾如乍：如同剛剛出來。

㊿金釵客：頭戴金釵的女子。語出唐李賀殘絲曲：「綠鬢年少金釵客。」

51調法：調槍花，耍花招。

52催花連夜發：唐武則天臘日宣詔幸上苑詩：「花須連夜發，莫待曉風吹。」

53拘惜：約束愛惜。

54淅喇喇：風吹窗紙發出的聲音。

55清風明月知無價：唐李白襄陽歌：「清風朗月不用一錢買。」這裏反用其意。

56些些：些許，一點兒。

57夢中巫峽：指夢中幽會。巫峽，長江三峽之一，這裏指巫山。元喬吉兩世姻緣劇第三折：「莫不是夢兒中雲雨巫峽？」

走花陰不害些兒怕，點蒼苔不溜些兒滑，背萱親不受些兒嚇，認書生不著些而差。你看斗兒斜[58]，花兒亞，如此夜深花睡罷。笑咖咖，吟哈哈，風月無加。把他豔軟香嬌做意兒耍，下的[59]虧他？便虧他則半霎。

（旦）妾有一言相懇，望郎恕罪。（生笑介）賢卿有話，但說無妨。（旦）妾千金之軀，一旦付與郎矣，勿負奴心。每夜得共枕席，平生之願足矣。（生笑介）賢卿有心戀於小生，小生豈敢忘於賢卿乎？（旦）還有一言，未至雞鳴，放奴回去，秀才休送，以避曉風。（生）這都領命。只問姐姐貴姓芳名？

【意不盡】（旦嘆介）**少不得花有根元玉有芽[60]，待說時惹的風聲大。**（生）以後准望賢卿逐夜而來。（旦）**秀才，且和俺點勘[61]春風這第一花。**

（生）**浩態狂香昔未逢，** 韓　愈
（旦）**月斜樓上五更鐘。** 李商隱
（旦）**朝雲夜入無行處，** 李　白
（生）**神女知來第幾峰？** 張子容

[58] 斗兒斜：北斗星橫斜，指夜深。
[59] 下的：亦作「下得」。捨得，忍心。
[60] 花有根元玉有芽：根芽，比喻事物的根源、來由。
[61] 點勘：檢點查看。

第二十九齣　旁疑

【步步嬌】（淨扮老道姑上）女冠兒生來出家相。無對向、沒生長❶。守著三清❷像，換水添香，鐘鳴鼓響。赤緊的是那走方娘❸，弄虛花扯閑帳。

「世事難拚一箇信，人情常帶三分疑。」杜老爺為小姐創下這座梅花觀，著俺看守三年，水清石見❹，無半點瑕疵。止因陳教授老狗，引下箇嶺南柳秀才，東房養病。前幾日到後花園回來，悠悠漾漾❺的，著鬼著魅一般，俺已疑惑了。湊著箇韶陽小道姑，年方念八，頗有風情，到此雲遊，幾日不去。夜來柳秀才房裏，唧唧噥噥，聽的似女兒聲息。敢是小道姑瞞著我去瞧那秀才，秀才逆來順受了？俺且待他來，打覷❻他一番。

【前腔】（貼扮小道姑上）俺女冠兒俏的仙真樣。論舉止、都停當❼，則一點情拋漾。步斗❽

---

❶ 無對向沒生長：對向，指配偶。生長，生養，生育。

❷ 三清：道教所供奉的玉清元始天尊、上清靈寶道君、太清太上老君三位尊神。

❸ 赤緊的是那走方娘：赤緊的，實在是，真個是，這裏是揣測之詞。走方，猶言走江湖。走方娘，指小道姑。

❹ 水清石見：比喻事情的清白無誤。古樂府豔歌行：「水清石自見。」

❺ 悠悠漾漾：神情恍惚的樣子。

❻ 打覷：打趣。

風前，吹笙❾月上。（嘆介）古來仙女定成雙，恁生來寒乞相❿！

（見介）（貼）「常無欲以觀其妙，（淨）常有欲以觀其竅。」⓫小姑姑，你昨夜遊方，遊到柳秀才房兒裏去，是竅是妙？（貼）老姑姑，這話怎的起，誰看見來？（淨）俺看見來。

【剔銀燈】你⓬出家人芙蓉淡妝，剪一片湘雲鶴氅⓭。玉冠兒斜插笑生香，出落的十分情況。斟量，敢則向書生夜窗，迤逗的幽輝半牀⓮？

（貼）向那箇書生？老姑姑，這話敢不中聽哩。

【前腔】俺雖然年青⓯試妝，洗凡心冰壺玉朗⓰。你怎生剃落⓱的人輕相？比似你⓲半老

---

❼ 停當：妥貼，穩當。

❽ 步斗：步罡踏斗，指道士禮拜星宿，祈禱神靈。

❾ 吹笙：相傳西王母侍女董雙成，煉丹宅中，丹成得道，自吹玉笙，駕鶴昇仙。見漢武帝內傳。

❿ 寒乞相：寒酸相，小家子氣。

⓫ 常無欲以觀其妙二句：老子：「故常無，欲以觀其妙；常有，欲以觀其徼。」徼，邊際，端倪。這裏易「徼」為「竅」，用以調笑、戲謔。

⓬ 你：原本作「俺」，據懷德本、朱墨本、毛定本、格正本、暖紅本改。

⓭ 鶴氅：鳥羽做的袍，道士的服裝。

⓮ 幽輝半牀：唐元稹鶯鶯傳：「是夕旬有八日也，斜月晶瑩，幽輝半牀。」本以描摩張生和崔鶯鶯幽會時的場景，這裏用以暗示小道姑去柳夢梅房中幽會。

⓯ 年青：據三婦本。其餘各本「青」均作「清」。

的佳人停當！（淨）倒栽⑲起俺來。（貼）你端詳，這女貞觀⑳傍，可放著箇書生話長？（淨）哎也，難道俺與書生有帳㉑？這梅花觀，你是雲遊道婆，他是雲遊秀才，你住的，偏他住不的？則是往常秀才夜靜高眠，則你到觀中，那秀才夜半開門，唧唧噥噥的，不共你說話，共誰來？扯你道錄司㉒告去！（扯介）（貼）便去。你將前官香火院，停宿外方遊棍㉓，難道偏放過你？（扯介）

【一封書】（末上）閑步白雲除㉔，問柳先生何處居？扣㉕梅花院主。（見扯介）呀，怎兩箇姑姑爭施主㉖？玄牝同門道可道㉗，怎不韞櫝而藏姑待姑㉘？俺知道你是大姑、他是小

---

⑯ 冰壺玉朗：比喻人的心地清純潔淨。宋史道學傳李侗：「愿中如冰壺秋月，瑩徹無瑕。」

⑰ 剝落：毀傷，詆毀。

⑱ 比似你：與你相比，比起你。

⑲ 栽：強加於人，誣陷。

⑳ 女貞觀：女道士的道觀。明高濂玉簪記傳奇演宋代潘必正與陳妙常在女貞觀幽會，事本張于湖誤宿女貞觀話本。

㉑ 有帳：有事情，指男女關係。

㉒ 道錄司：管理道教事務的官署。

㉓ 遊棍：無賴，流氓。

㉔ 白雲除：白雲，白雲深處，借指道觀。除，臺階。

㉕ 扣：探問。

㉖ 施主：佛、道對布施者的尊稱。這裏指柳夢梅。

㉗ 玄牝同門道可道：老子：「玄牝之門，是謂天地之根。」「道可道，非常道。」玄牝，道家指孳生萬物的本源，比喻道。這裏僅用作調謔，與本義無關。

姑，嫁的箇彭郎港口無㉙？

（淨）先生不知。聽的柳秀才半夜開門，不住的唧噥，俺好意兒問這小姑：「敢是你共柳秀才講話哩？」這小姑則答應著「誰共秀才講話來」便罷，倒嘴骨弄㉚的說俺養著箇秀才。陳先生，憑你說，誰引這秀才來？扯他道錄司明白㉛去。俺是石的。（貼）難道俺是水的㉜？（末）噤聲㉝！壞了柳秀才體面。俺勸你，

【前腔】教你姑徐徐，撒月招風㉞實也虛？早則是者也之乎，那柳下先生君子儒㉟，到道

㉘ 韞櫝而藏姑待姑：論語子罕：「子貢曰：『有美玉於斯，韞匵而藏諸？求善賈而沽諸？』子曰：『沽之哉，沽之哉！我待賈者也。』」匵，同「櫝」。韞櫝，藏於匣中。賈，「價」的古字。沽，賣。這裏以「沽」與「姑」的諧音調侃兩個道姑。

㉙ 你是大姑他是小姑二句：江西省彭澤縣江中有大、小孤山，江側有澎郎磯。俗訛「孤」為「姑」，「澎郎」為「彭郎」，謂：「彭郎者，小姑壻也。」見宋歐陽修歸田錄卷二。這裏義含雙關。

㉚ 嘴骨弄：猶嘴骨都，多言多語貌。

㉛ 明白：辯白，弄清是非。

㉜ 水的：水性，比喻婦女作風輕浮。

㉝ 噤聲：閉口，不許作聲。

㉞ 撒月招風：猶捕風作影，無根據地胡亂猜測。

㉟ 柳下先生君子儒：柳下先生，春秋時魯國大夫展禽，食邑柳下，諡惠，故稱柳下惠，以講究禮節著稱。這裏指柳夢梅。君子儒，品行端正的儒者，語出論語雍也：「女為君子儒，無為小人儒。」

旁疑
十一
暖紅室

錄司牒㊱你去俗還俗，敢儒流們笑你姑不姑㊲。（貼）正是不雅相。（淨）好把冠子兒扶水雲梳，裂了這仙衣四五銖㊳。

（淨）便依說，開手罷。陳先生，喫箇齋去。（末）待柳秀才在時又來。

【尾聲】清絕處，再踟躇。（淚介）咳，糝東風窮淚撲疏疏㊴。道姑，杜小姐墳兒可上去？（淨）雨哩。（末嘆介）則恨的鎖春寒這幾點杜鵑花下雨。（下）

（淨、貼弔場）（淨）陳老兒去了。小姑姑好嗻㊵。（貼）和你再打聽，誰和秀才說話來？

（淨）煙水㊶何曾息世機？　溫庭筠

（貼）高情雅淡世間稀。　劉禹錫

（淨）隴山鸚鵡能言語，　岑參

（貼）亂向金籠說是非。　僧子蘭

㊱ 牒：官府公文的一種。這裏用作動詞，發公文。

㊲ 姑不姑：道姑不像道姑。這裏諧音論語雍也：「觚不觚。」

㊳ 仙衣四五銖：銖，古代重量單位，一兩的二十四分之一。傳說神仙穿的銖衣，重量只有數銖。這裏指輕薄的道袍。

㊴ 撲疏疏：撲簌簌，形容淚水不斷地落下。

㊵ 嗻：音ㄓㄜ。語氣詞。用於句末，相當於「者」。

㊶ 煙水：霧靄迷濛，借指遁跡江湖的人。這裏指道姑。

第三十齣　歡撓

【搗練子】（生上）聽漏下半更多，月影向中那。恁時節夜香燒罷麼？

「一點猩紅一點金，十箇春纖❶十箇針。只因世上美人面，改盡人間君子心。」俺柳夢梅是箇讀書君子，一味志誠。止因北上南安，湊著東鄰西子。嫣然一笑，遂成暮雨之來；未是五更，便逐曉風而去。今宵有約，未知遲早。正是：「金蓮❷若肯移三寸，銀燭先教刻五分❸。」則一件，姐姐若到，要精神對付他。偷盹一會，有何不可。（睡介）

【稱人心】（魂旦上）冥途掙挫❹，要死卻心兒無那。也則為俺那人兒忒可，教他悶房頭守著閑燈火。（入門介）呀，他端然睡磕，恁春寒也不把繡衾來摸。多應他祗候❺著我。待叫醒他。秀才，秀才！（生醒介）姐姐，失敬也。（起揖介）（生）待整衣羅，遠遠相迎箇。這二更天

❶春纖：形容女子纖細的手指。元李子昌梁州令套曲：「暗數歸期將這春纖掐。」

❷金蓮：指女子的纖足。

❸銀燭先教刻五分：南史王僧孺傳：「竟陵王子良嘗夜集學士，刻燭為詩，四韻者則刻一寸，以此為率。文琰曰：『頓燒一寸燭，而成四韻詩，何難之有！』」原指刻燭為詩，喻詩才的敏捷。這裏指時間的推移。

❹掙挫：掙扎。

❺祗候：恭候。

風露多，還則怕夜深花睡麼❻？（旦）秀才，俺那裏長夜好難過，纔著你無眠清坐。

（生）姐姐，你來的腳蹤兒恁輕，是怎的？〔集唐〕「（旦）自然無跡又無塵朱慶餘，（生）白日尋思夜夢頻令狐楚。（旦）行到窗前知未寢無名氏，（生）一心惟待月夫人皮日休。」姐姐，今夜來的遲些。

【繡帶兒】（旦）鎮消停，不是俺閑情忒慢俄。那些兒忘卻俺歡哥❼？夜香殘，迴避了尊親。繡牀偎，收拾起生活❽，停脫❾。順風兒斜將金佩拖，緊摘離❿百忙的淡妝明抹。

（生）費你高情，則良夜無酒奈何？（旦）都忘了，俺攜酒一壺，花果二色，在楯欄⓫之上，取來消遣。（旦出取酒、果、花上）（生）生受了。是甚果？（旦）青梅數粒。（生）這花？（旦）美人蕉。（生）梅子酸似俺秀才，蕉花紅似俺姐姐。串飲⓬一杯。（共杯飲介）

【白練序】（旦）金荷、斟香糯⓭，（生）你醞釀春心玉液波。拚微酡，東風外翠香紅醱⓮。

---

❻ 還則怕夜深花睡麼：蘇軾海棠詩：「只恐夜深花睡去，故燒高燭照紅妝。」

❼ 歡哥：對情郎的稱呼。

❽ 生活：指針線生活，女紅。

❾ 停脫：停當，妥貼。

❿ 摘離：分離，脫身。

⓫ 楯欄：欄杆。

⓬ 串飲：依次飲同一杯酒。

⓭ 金荷斟香糯：金荷，金製荷葉形的杯。宋黃庭堅念奴嬌詞序：「偶有名酒，因以金荷酌眾客。」香糯，以香糯米釀的酒。

（旦）也摘不下奇花果，這一點蕉花和梅豆呵，君知麼？愛的人⑮全風韻，花有根科⑯。

【醉太平】（生）細哦，這子兒⑰、花朵，似美人憔悴，酸子情多。喜蕉心暗轉，一夜梅犀點污⑱。如何，酒潮微暈笑生渦？待噷著臉恣情的嗚嘬⑲，些兒箇，翠偃了情波。潤紅蕉點，香生梅唾。

【白練序】（旦）活潑、死騰那，這是第一所人間風月窩。昨宵箇微茫暗影輕羅，把勢兒⑳忒顯豁。為甚麼人到幽期話轉多？（生）好睡也！（旦）好月也！消停坐，不妬色嫦娥，和㉑俺人三箇。

---

⑭ 紅酦：這是以花的紅豔比喻酒醉。酦，音ㄆㄛ。重釀的酒。

⑮ 人：諧音「仁」，梅子之仁。

⑯ 根科：根莖，根基。

⑰ 子兒：指梅子。

⑱ 梅犀點污：隱喻男女歡合。梅犀，梅花的瓣子。金董解元西廂記諸宮調卷五：「張珙殊無潘沈才，輒把梅犀點污。」

⑲ 待噷著臉恣情的嗚嘬：噷、嗚嘬，都是親吻的意思。金董解元西廂記諸宮調卷五：「拍惜了一頓，嗚咂了多時，緊抱著噷。」「恣恣地覷了可喜冤家，忍不得恣情嗚嘬。」

⑳ 把勢兒：把式，姿勢，指歡會。

㉑ 和：原本作「我」，據朱墨本、毛定本、格正本、三婦本改。

【醉太平】（生）無多，花影阿那㉒。歡奴奴睡也，睡也奴哥㉓。春宵美滿，一煞㉔暮鐘敲破。嬌娥，似前宵雲雨羞怯顫聲訛，敢今夜翠顰㉕輕可？睡則那㉖，把膩乳微搓，酥胸汗帖，細腰春鎖。

（淨、貼悄上）（貼）「道可道，可知道？名可名，可聞名？」㉗（生、旦笑介）（貼）老姑姑，你聽秀才房裏有人，這不是俺小姑姑了。（淨作聽介）是女人聲，快敲門去。（敲門介）（生）是誰？（淨）老道姑送茶。（生）夜深了。（淨）相公房裏有客哩。（生）沒有。（淨）女客哩。（生、旦慌介）怎好？（淨急敲門介）相公，快開門。地方巡警，免的聲揚哩。（生慌介）怎了，怎了！（旦笑介）不妨，俺是鄰家女。道姑不肯干休時，便與他一箇勾引的罪名兒。

【隔尾】便開呵，須撒和㉘，隔紗窗怎守的到參兒趖㉙！柳郎，則管鬆了門兒。俺影著這一

㉒ 阿那：同「婀娜」。

㉓ 歡奴奴睡也二句：句本宋黃庭堅千秋歲詞：「奴奴睡，奴奴睡也奴奴睡。」奴哥，對女人的暱稱。元楊朝英殿前歡和阿里西瑛韻曲：「守著箇知音知律俏奴哥。」

㉔ 一煞：一霎，一會兒。

㉕ 翠顰：皺眉。翠，翠眉。

㉖ 那：同「哪」。

㉗ 道可道四句：戲曲中常用的道姑上場詩。語出老子：「道可道，非常道；名可名，非常名。」

㉘ 撒和：以草料餵牲口。元楊瑀山居新語：「凡人有遠行者，至巳、午時，以草料飼驢馬，謂之撒和，欲其致遠不乏也。」亦用以指以飲食待客。這裏是以語言籠絡、安撫對方之意。

幅美人圖那邊躲。

（生開門，旦作躲，生將身遮旦。淨、貼闖進笑介）喜也！（生）甚麼喜？（淨前看，生身攔介）

【滾遍】（貼、淨）這更天一點鑼㉚，仙院重門闔。何處嬌娥？怕惹的乾柴火。（生）你便打睃㉛，有甚著科㉜？是牀兒裏窩㉝，箱兒裏那，袖兒裏閣？

（淨、貼向前，生攔不住。內作風起，旦閃下介㉞）（生）昏了燈也。（淨）分明一箇影兒，只這軸美女圖在此，古畫成精了麼？

【前腔】畫屏人踏歌㉟，曾許你書生和。不是妖魔，甚影兒望風躲？相公，這是甚麼畫？（生）妙娑婆，秀才家隨行的香火㊱。俺寂靜裏暗祈求，你莽邀喝㊲。

㉙參兒趓：參星橫斜，指夜深。趓，音ㄙㄨㄛ。星斗西移。

㉚這更天一點鑼：指起更時分。古代計時，每夜分為五更，每一更次分為五點。鑼，報時的更鑼。

㉛打睃：看，瞧。

㉜著科：跡象，把柄，破綻。

㉝窩：窩藏。下文「那」，挪放。「閣」，擱置。

㉞介：原本無「介」字，據毛定本、三婦本補。

㉟畫屏人踏歌：唐元和初，一士人醉臥廳中，見古畫屏上婦人，悉於牀前踏歌，士人驚懼叱之，婦人都回到了畫屏上。見唐段成式酉陽雜俎諾皋記。踏歌，歌舞時以腳踏地為節拍。萬曆本、暖紅本「踏」作「蹈」，其餘各本均作「踏」，今據改。

㊱香火：以香火供奉的神仙。

（淨）是了。不說不知，俺前晚聽見相公房內啾啾唧唧，疑惑是這小姑姑，俺如今明白了。相公，權留小姑姑伴話。（生）請了。

【尾聲】動不動道錄司官了私和，則欺負俺不分外的書生欺別箇㊳。姑姑，這多半覺美鼾鼾，則被你奚落煞了我。

（淨、貼下）（生笑介）一天好事，兩箇瓦刺姑㊴，掃興，掃興！那美人呵，好喫驚也！

應陪秉燭夜深遊， 曹松
惱亂東風卒未休。 羅隱
大姑山遠小姑出， 顧況
更憑飛夢到瀛洲。 胡宿

㊲ 邀喝：同「吆喝」。大聲喊叫。懷德本、同文本、暖紅本「邀」作「吆」。

㊳ 動不動二句：三婦本上一句作貼唱，下一句作生唱；冰絲館本同。不分外，不務本分以外的事，即守本分。

㊴ 瓦刺姑：亦作「歪辣骨」、「歪賴貨」。詈詞，譏刺婦女行為不正派。清翟灝通俗編婦女：「洪容齋俗考：瓦刺虜人最醜惡，故俗詆婦女之不正者曰瓦刺國。汪價儂雅：今俗轉其音曰歪賴貨。」

第三十一齣 繕備

【番卜算】（貼扮文官、淨扮武官上）邊海一邊江，隔不斷胡塵漲。維揚❶新築兩城牆，釃酒臨江上❷。

請了。俺們揚州府文武官寮❸是也。安撫杜老大人，為因李全騷擾地方，加築外羅城❹一座。今日落成開宴，杜老大人早到也。

【前腔】（眾擁外上）三千客❺兩行，百二❻關重壯。（文、武迎介）（外）維揚風景世無雙，直上層樓望。

---

❶ 維揚：揚州的別稱。

❷ 釃酒臨江上：把酒灑在江面上，以示對山川形勝的憑弔。宋蘇軾前赤壁賦：「釃酒臨江。」釃，斟，灑。

❸ 官寮：同「官僚」。朱墨本「寮」作「僚」。

❹ 外羅城：城外的大城。齊高帝時，在建業城外築外城以防盜，稱外羅城。

❺ 三千客：形容門客眾多。戰國時齊孟嘗君、魏信陵君、趙平原君、楚春申君四公子皆喜養士，門下號稱有食客三千人。

❻ 百二：足以戰勝一倍的敵人，比喻山河險固之地。史記高祖本紀：「秦，形勝之國，帶河山之險，縣隔千里，持戟百萬，秦得百二焉。」司馬貞索隱引虞書曰：「言諸侯持戟百萬，秦地險固，一倍於天下，故云得百二焉，言倍之也，蓋言秦兵當二百萬焉。」

（見介）（衆）「北門臥護要耆英❼，（外）恨少胸中十萬兵❽。（衆）天借金山為底柱❾，（外）身當鐵甕❿作長城。」揚州表裏重城，不日成就，皆文武諸公士民之力。（衆）此皆老安撫遠略奇謀。屬官竊在下風⓫，敢獻一杯，效古人城隅⓬之宴。（外）正好。且向新樓一望。（望介）壯哉城也！真乃「江北無雙塹⓭，淮南第一樓。」（衆）請進酒。

【山花子】賀層城頓揷雲霄敞，雉⓮飛騰映壓寒江。據表裏山河一方，控長淮萬里金湯⓯。

❼ 北門臥護要耆英：臥護，臥而治軍。新唐書裴度傳：「度牢辭老疾，帝命吏部郎中盧弘宣諭意曰：『為朕臥護北門可也。』」耆英，年高德重的長者，這裏指杜寶。

❽ 胸中十萬兵：宋楊萬里送廣帥秩滿之官丹陽詩：「北門臥護要耆英，小試胸中十萬兵。」宋代范仲淹代范雍領兵防守西夏，日夜訓練精兵。賊人聞之曰：「無以延州為意，今小范老子腹中自有數萬甲兵，不比大范老子可欺也。」見五朝名臣言行錄卷七引名臣傳。

❾ 天借金山為底柱：金山，在江蘇省鎮江市西北，原在長江中。底柱，山名，亦作「砥柱」。又稱三門山，在今河南省三門峽市，當黃河中流，以山在激流中屹立如柱得名。這裏以底柱山比喻金山屹立在長江中流。

❿ 鐵甕：喻城的堅固。三國時孫權在京口（鎮江）北固山前築的一座古城，稱鐵甕城。

⓫ 下風：謙辭。比喻處於下位、卑位。

⓬ 城隅：位於城角、城曲的城樓。三國魏曹植贈丁翼詩：「吾與二三子，曲宴此城隅。」

⓭ 塹：濠溝，護城河。這裏指城池。

⓮ 雉：古代計算城牆面積的單位，長三丈，高一丈為雉。這裏指雉堞，即女牆，城牆上呈凹凸形、中間砌有射孔的短牆。

⓯ 金湯：金城湯池，形容城池的堅固。漢書蒯通傳：「必將嬰城固守，皆為金城湯池，不可攻也。」顏師古注：

（合）敵樓⑯高窺臨女牆，臨風灑酒旗旆揚。乍想起瓊花當年吹暗香⑰，幾點新亭⑱，無限滄桑⑲。

（外）前面高起如霜似雪四五十堆，是何山也？（眾）都是各場所積之鹽，眾商人中納⑳。（外）商人何在？（末、老旦扮商人上）「占種海田高白玉，掀番鹽井橫黃金。」㉑商人見。（外）商人麼，則怕早晚要動支兵糧，儹緊上納。

【前腔】這鹽呵，是銀山雪障連天晃，海煎成夏草秋糧。平看取鹽花竈場㉒，儘支排中納邊商。（合前）

「金以喻堅，湯喻沸熱不可近。」

⑯敵樓：城牆上禦敵的城樓，也叫譙樓。

⑰瓊花當年吹暗香：傳說隋煬帝南巡至江都（揚州）看瓊花，沉湎酒色，無意北歸，為禁軍將領宇文化及等所縊殺。見明齊東野人隋煬帝豔史。暗香，幽香。

⑱幾點新亭：指新亭淚。因憂國傷時而悲憤流淚。世說新語言語：「過江諸人，每至美日，輒相邀新亭，藉卉飲宴。周侯（顗）中坐而嘆曰：『風景不殊，正自有山河之異！』皆相視流淚。」新亭，在今江蘇省江寧縣南。

⑲滄桑：滄海變為桑田，感慨世事的巨大變化。

⑳中納：宋代募商人運糧秣至邊境地區供應軍需，而給予鈔引，使至京師或指定地點以領取現金或鹽茶等物，稱為「入中」或「中納」。

㉑占種海田高白玉二句：上句指鹽如白玉般高高堆起，下句謂商人因鹽而發財致富。

㉒竈場：設竈煮鹽的場所。

（外）酒罷了。喜的廣有兵糧，則要眾文武關防如法㉓。

【舞霓裳】（眾）文武官寮立邊疆，立邊疆㉔。休壞了這農桑、士工商。（合）㉕敢大金家早晚來無狀㉖，打貼㉗起砲箭旗槍。聽邊聲風沙迭蕩㉘，猛驚起，見蟠花戰袍舊邊將。

【紅繡鞋】（眾）吉日祭賽城隍，城隍。歸神謝土安康，安康。祭旗纛，犒軍裝。陣頭兒，誰抵當？箭眼裏，好遮藏。

【尾聲】（外）按三韜把六出旗門放㉙，文和武肅靜端詳。則等待海西頭㉚動邊烽那一聲砲兒響。

夾城雲暖下霓旄㉛，　杜牧

㉓ 關防如法：守關防邊，妥當得法。

㉔ 立邊疆：原本無「立」字，據格正本補。三婦本、暖紅本以上三字作「好關防」。

㉕ 合：原本無「合」字，據三婦本補。暖紅本作「外合」。

㉖ 無狀：無禮，指前來騷擾侵犯。

㉗ 打貼：即「打疊」，收拾，整理。

㉘ 迭蕩：馳突貌。這裏指飛揚旋舞。

㉙ 按三韜把六出旗門放：古代兵書有六韜、三略。這裏的「三韜」或為「三略」之誤。六出旗門，指按兵法布置的陣圖有六個出入口。

㉚ 海西頭：原指西域一帶邊遠地方。泛指邊塞。

㉛ 夾城雲暖下霓旄：夾城，兩邊築有高牆的通道。唐開元時曾遣范安及於長安廣萬花樓，築夾城至芙蓉園。見

千里崤函㉜一夢勞。　譚用之
不意新城連嶂起，　錢　起
夜來沖斗氣何高！　譚用之

㉜崤函：崤山和函谷。漢張衡西京賦：「左有崤函重險，桃林之塞。」借指險要的關塞。

舊唐書玄宗紀上。這裏指揚州築有內外兩城。霓旄，彩色的旗幟。

卷下

第三十二齣　冥誓

【月雲高】（生上）暮雲金闕❶，風旛淡搖拽。但聽的鐘聲絕，早則是心兒熱❷。紙帳❸書生，有分氳蘭麝。喒時❹還早。蕩花陰單則把月痕遮，（整燈介）溜風光穩護著燈兒燁❺。

（笑介）「好書讀易盡，佳人期未來。」前夕美人到此，並不隄防姑姑攪攘。今宵趁他未來之時，先到雲堂❻之上攀話一回，免生疑惑。（作掩門、行介）此處留人戶半斜，天呵，俺那有心期在那些。（下）

---

❶ 金闕：道家謂天上有仙家所居的黃金闕。這裏指道觀。

❷ 熱：原本作「爇」，據格正本、三婦本、暖紅本改。

❸ 紙帳：用藤皮繭紙縫製的帳子，帳上常畫梅花、蝴蝶等為飾。見明高濂遵生八箋卷八。宋蘇軾自金山放船至焦山詩：「困眠得就紙帳暖，飽食未厭山蔬甘。」

❹ 喒時：這時候。喒，「早晚」二字的合音。下文「剔燈花這喒望郎爺」的「這喒」，同義。

❺ 燁：明亮。

【前腔】（魂旦上）❼**孤神害怯，佩環風定夜。**（驚介）**則道是人行影，原來是雲偷月。**（行到介）這是柳郎書舍了。呀，柳郎何處也？**閃閃幽齋，弄影燈明滅。魂再豔，燈油接；情一點，燈頭結。**（嘆介）奴家和柳郎幽期，除是人不知，鬼都知道。（泣介）**竹影寺風聲怎的遮**❽**，黃泉路夫妻怎當賒**❾**？**

「待說何曾說？如嚬不奈嚬。把持花下意，猶恐夢中身。」奴家雖登鬼錄，未損人身。陽祿將回，陰數已盡。前日為柳郎而死，今日為柳郎而生。夫婦分緣，去來明白。今宵不說，只管人鬼混纏到甚時節？則怕說時，柳郎那一驚呵，也避不得了。正是：「夜傳人鬼三分話，早定夫妻百歲恩。」

【懶畫眉】（生上）**畫闌風擺竹橫斜。**（內作鳥聲驚介）**驚鴉閃落在殘紅榭。**呀，門兒開也。**玉天仙光降了紫雲車**❿**。**（旦出迎介）柳郎來也。（生揖介）姐姐來也。（旦）**剔燈花這喒望郎爺。**（生）**直恁的志誠親姐姐！**

（旦）秀才，等你不來，俺集下了唐詩一首。（生）洗耳⓫。（旦念介）「擬託良媒亦自傷秦韜玉，月寒山

---

❻ 雲堂：僧道設齋、議事的地方。

❼ 魂旦上：原本作「旦扮魂上」，此據朱墨本、毛定本、三婦本、暖紅本。

❽ 竹影寺風聲怎的遮：元代有「竹林寺有影無形」之諺。元馬致遠漢宮秋劇第三折：「想娘娘似竹林寺，不見半分形，只留下這個影、影。」這句以竹影寺比喻有人會捕風捉影，背後說閑話，難以遮掩。

❾ 賒：遙遠。

❿ 紫雲車：仙人所乘之車。相傳西王母乘紫雲輦，雲氣勃鬱，盡為香氣。見漢武內傳。

色兩蒼蒼薛濤。不知誰唱春歸曲曹唐？又向人間魅阮郎劉言史。」（生）姐姐高才。（旦）柳郎，這更深何處來也？（生）昨夜被姑姑敗興。俺乘你未來之時，去姑姑房頭看了他動靜，好來迎接你。不想姐姐今夜來恁早哩。（旦）盼不到月兒上也。

【太師引】（生）嘆書生何幸遇仙提揭⑫，比人間更志誠親⑬切。乍溫存笑眼生花，正漸入歡腸啖蔗⑭。前夜那姑姑呵，恨無端風雨把春抄截。姐姐呵，誤了你半宵周折，累了你好回⑮驚怯。不嗔嫌，一逕的把斷紅重接。

【瑣寒窗】（旦）是不隄防他來的唓嗻⑯，嚇的箇魂兒收不迭。仗雲搖月躲，畫影人遮。則沒揣的澀道⑰邊兒，閃⑱人一跌。自生成不慣這磨滅。險些些，風聲揚播到俺家爺，先喫了俺哏尊慈痛決⑲。

---

⑪ 洗耳：表示專心恭敬地傾聽。

⑫ 提揭：猶提挈，攜帶，扶持。

⑬ 親：原本作「清」，據懷德本、毛定本、同文本、暖紅本改。

⑭ 啖蔗：甘蔗從梢吃起，越吃越甜，比喻漸入佳境。世說新語排調：「顧長康（愷之）噉甘蔗，先食尾。問所以，云：『漸至佳境。』」

⑮ 好回：好一會兒。

⑯ 唓嗻：厲害。元王實甫西廂記劇第四本第四折：「愁得來陡峻，瘦得來唓嗻。」

⑰ 澀道：刻有紋道的石階。元孫仲章勘頭巾劇第二折：「出司房忙進步，登澀道下堦址。」

⑱ 閃：害，意外地受到損害。

（生）姐姐費心。因何錯愛小生至此？（旦）愛的你一品人才。（生）姐姐敢定了人家？

【太師引】（旦）並不曾受人家紅定迴鸞帖⑳。（生）喜箇甚樣人家？（旦）但得箇秀才郎情傾意愜。（生）小生到是箇有情的。（旦）是看上你年少多情，迤逗俺睡魂難貼。（生）姐姐嫁了小生罷。（旦）怕你嶺南歸客道途賒，是做小伏低㉑難說。（生）小生未曾有妻。（旦笑介）少甚麼舊家根葉，著俺異鄉花草填接？敢問秀才堂上有人麼？（生）先君官為朝散，先母曾封縣君。（旦）這等是衙內㉒了。怎恁婚遲？

【鎖寒窗】（生）恨孤單飄零歲月，但尋常稔色誰沾藉㉓？那有箇相如在客，肯駕香車？蕭史無家，便同瑤闕㉔？似你千金笑等閑抛泄。憑說，便和伊青春才貌恰爭些，怎做的露水相看仳別㉕！

⑲ 哏尊慈痛決：哏，猶「狠」，狠心。同文本作「狠」。尊慈，對母親的敬稱。痛決，痛打。這裏是嚴厲責罰之意。

⑳ 紅定迴鸞帖：紅定，訂婚時男方送給女方的財禮。鸞帖，即鸞書，男女定親的婚帖。女方接受紅定，回以鸞帖，表示許諾定婚。

㉑ 做小伏低：低聲下氣。這裏指做妾。

㉒ 衙內：五代及宋時，藩鎮多以子弟充任衙內之職，世俗相沿，就稱官府子弟為衙內。

㉓ 尋常稔色誰沾藉：尋常稔色，平常的女子。稔色，美色。沾藉，沾惹，牽纏。

㉔ 那有箇相如在客四句：意思是說，哪個肯像卓文君駕車私奔司馬相如，秦弄玉隨蕭史跨鳳升天那樣，嫁給一個飄泊異鄉、無家可歸的人？

（旦）秀才有此心，何不請媒相聘？也省的奴家為你擔慌受怕。（生）明早敬造尊庭，拜見令尊、令堂，方好問親於姐姐。（旦）到俺家來，只好見奴家。要見俺爹娘還早。（生）這般說，姐姐當真是那樣門庭？

（旦笑介）（生）是怎生來？

【紅衫兒】看他溫香豔玉神清絕，人間迥別。（旦）不是人間，難道天上？（生）**怎獨自夜深行，邊廂少侍妾㉖？**見說箇貴表尊名。（旦嘆介）（生背介）㉗**他把姓字香沉，敢怕似飛瓊漏泄㉘？**姐姐不肯泄漏姓名，定是天仙了。薄福書生，不敢再陪歡宴。**儘仙姬留意書生，怕逃不過天曹罰折。**

【前腔】（旦）**道奴家天上神仙列，前生壽折。**（生）不是天上，難道人間？（旦）**便作是私奔，悄悄何妨說。**（生）不是人間，則是花月之妖？（旦）**正要你掘草尋根，怕不待勾辰就月㉙。**（生）

㉕便和伊青春才貌恰爭些二句：意思是，即使論青春才貌比起卓文君和司馬相如、秦弄玉和蕭史來要差一些，但你我的情分怎能看做是露水夫妻而輕易分手！仳別，離別。

㉖侍妾：這裏指侍婢、婢女。

㉗生背介：原本無「介」，據毛定本、三婦本補。

㉘敢怕似飛瓊漏泄：難道是像飛瓊那樣怕把自己的姓名傳了出去？飛瓊，古代神話中的仙女許飛瓊，是西王母的侍女。見漢武帝內傳。又，唐孟棨本事詩載：唐代許渾嘗夢登崑崙山，見數人飲酒，因賦一詩。中有「曉入瑤臺露氣清，座中唯有許飛瓊」之句。他日復夢至其處，飛瓊曰：「子何故顯余姓名於人間？」許渾於是將「座中」句改為「天風吹下步虛聲」。

㉙怕不待勾辰就月：怕不待，豈不要。勾辰就月，比喻盼望難遇的佳期。元王實甫西廂記劇第三本第二折：「似這等辰勾空把佳期盼。」王驥德注：「辰勾，水星。其出雖有常度，見之甚難。張衡云：『辰星，一名勾星。』」

是怎麼說？（旦欲說又止介）不明白辜負了幽期，話到尖頭㉚又咽。

〔相思令〕（生）姐姐，「你千不說，萬不說，直恁的書生不酬決㉛，更向誰邊說？」（旦）待要說，如何說？秀才，俺則怕聘則為妻奔則妾㉜，受了盟香說。」（生）你要小生發願定為正妻，便與姐姐拈香去。

【滴溜子】（生旦同拜介㉝）神天的，神天的，盟香滿爇。柳夢梅，柳夢梅，南安郡舍，遇了這佳人提挈，作夫妻。生同室，死同穴㉞。口不心齊，壽隨香滅。

（旦泣介）（生）怎生弔下淚來？（旦）感君情重，不覺淚垂。

【鬧樊樓】你秀才郎為客偏情絕，料不是虛脾㉟把盟誓撇。哎，話弔在喉嚨剪了舌。囑東君㊱在意者，精神打疊。暫時間奴兒迴避趄㊲，些兒待說㊳，你敢撲慌忪㊴害跌。

博雅云：『辰星謂之鉤星。』故亦謂之辰勾。」元黃清老擬古樂府詩：「今夜中秋月，含情獨上樓。辰星兩三點，偏照玉簾鉤。」亦暗用辰鉤，以喻佳期阻隔。

㉚ 尖頭：指敏感話題的緊要關頭。

㉛ 酬決：應對決斷。

㉜ 聘則為妻奔則妾：原本作「聘則為妻，奔則為妾」，下一「為」字據朱墨本、毛定本、三婦本、暖紅本刪。唐白居易井底引銀瓶詩：「聘則為妻奔是妾。」

㉝ 同拜介：原本無「介」字，據朱墨本、暖紅本補。

㉞ 生同室二句：詩王風大車：「穀則異室，死則同穴。」朱熹集傳：「生不得相奔以同室，庶幾死得合葬以同穴而已。」此化用其意。穀，生。

㉟ 虛脾：虛情假意。

（生）怎的來？（旦）秀才，這春容得從何處？（生）太湖石縫裏。（旦）比奴家容貌爭多㊵？（生看驚介）可怎生一箇粉撲兒㊶！（旦）可知道奴家便是畫中人也。（生合掌謝畫介）小生燒的香到哩。姐姐，你好歹表白一些兒。

【啄木犯】（旦）**柳衙內聽根節，杜南安原是俺親爹。**（生）呀，前任杜老先生陞任揚州，怎麼丟下小姐？（旦）你剪了燈。（生剪燈介）（旦）**剪了燈餘話堪明滅**㊷。（生）且請問芳名，青春多少？（旦）**杜麗娘小字有庚帖**㊸**，年華二八，正是婚時節。**（生）是麗娘小姐，俺的人那！（旦）衙內，奴家還未是人。（生）不是人，是鬼？（旦）是鬼也。（生驚介）怕也，怕也！（旦）**靠邊些，聽俺消詳說。話在前教伊休害怯，俺雖則是小鬼頭人半截。**

（生）姐姐因何得回陽世而會小生？

㊱ 東君：司春之神，喻指柳夢梅。

㊲ 趄：趦趄，猶豫不前的樣子。

㊳ 些兒待說：「待說些兒」的倒裝句。

㊴ 撲攏松：象聲詞。形容跌倒的聲音。

㊵ 爭多：相差多少。爭，差。

㊶ 一箇粉撲兒：一個模樣。

㊷ 明滅：忽明忽暗，若隱若現。比喻所說的話有時明瞭，有時隱約。

㊸ 庚帖：寫有姓名、年庚、籍貫等內容的婚帖。

玉茗堂還魂記
圖 冥誓
十二
暖紅室
鳴岐

【前腔】（旦）雖則是陰府別㊹，看一面千金小姐，是杜南安那些枝葉。註生妃央及煞回生帖，化生娘點活了殘生劫㊺，你後生兒蘸定俺前生業㊻。秀才，你許了俺為妻真切，少不得冷骨頭著疼熱。

（生）你是俺妻，俺也不害怕了。難道便請起你來？怕似水中撈月，空裏拈花。

【三段子】（旦）俺三光不滅㊼，鬼胡由還動迭㊽。一靈未歇，潑殘生堪轉折。秀才可諳經典？是人非人心不別，是幻非幻如何說？雖則似空裏拈花，卻不是水中撈月。

（生）既然雖死猶生，敢問仙墳何處？（旦）記取太湖石梅樹一株。

【前腔】愛的是花園後節，夢孤清梅花影斜。熟梅時節，為仁兒心酸那些。（生）怕小姐別有走跳處。（旦嘆介）便到九泉無屈折，銜㊾幽香一陣昏黃月。（生）好不冷！（旦）凍的俺七魄

㊹ 雖則是陰府別：意謂陰曹地府的官員雖然與陽間有別。

㊺ 註生妃央及煞回生帖二句：指判官竭力央求註生妃、化生娘讓自己回生復活。註生妃、化生娘，陰間登錄、掌管生死輪迴的女神。

㊻ 後生兒蘸定俺前生業：後生兒，年輕人，小伙子。蘸，沾惹。業，業緣，注定的緣分。

㊼ 三光不滅：三光，指日、月、星。陰司裏是看不見三光的。唐崔珏哭李商隱詩：「九泉莫嘆三光隔。」三光不滅，即是說還魂復生。

㊽ 鬼胡由還動迭：鬼胡由，亦作「鬼狐猶」、「鬼胡延」。猶如說鬼花樣、鬼精靈。這裏就是鬼的意思。動迭，動彈，活動。

三魂50，僵做了三貞七烈51。

（生）則怕驚了小姐的魂怎好52？

【鬥雙雞】（旦）花根木節，有一箇透人間路穴。俺冷香肌早偎的半熱。你怕驚了呵，悄魂飛越，則俺見了你回心心不滅。（生）話長哩。（旦）暢好是一夜夫妻，有的是三生話說。

（生）不煩姐姐再三，只俺獨力難成。（旦）可與姑姑計議而行。（生）未知深淺，怕一時間攢53不徹。

【登小樓】（旦）咨嗟、你為人為徹54，俺砌籠棺55勾有三尺疊，你點剛鍬和俺一謎掘56。

【鮑老催】咳，長眠人一向眠長夜，則道雞鳴枕空設。今夜呵，夢回遠塞荒雞咽57，覺就裏陰風瀉瀉，則隔的陽世些些。（內雞鳴介）

---

49 衠：音ㄓㄨㄣ。真，純。

50 七魄三魂：道家認為人的魂有三，魄有七。見雲笈七籤卷五四。這裏只是指魂魄、靈魂。

51 三貞七烈：通常作「三貞九烈」，舊時形容婦女對貞節的重視。三、九，極言其甚。這裏是有意改動，以呼應上文的「七魄三魂」。

52 （生）則怕驚了小姐的魂怎好：原本無此句，據朱墨本、毛定本、三婦本補。

53 攢：同「鑽」。鑽入，開掘。

54 咨嗟你為人為徹：咨嗟，嘆息。俗諺：「為人須為徹。」好人要做到底。

55 砌籠棺：指堆砌籠蓋棺木的泥土層。

56 點剛鍬和俺一謎掘：點剛，鋼鐵經淬火處理。一謎，猶一味，一直，儘管。

57 夢回遠塞荒雞咽：化用南唐李璟浣溪沙詞句：「細雨夢回雞塞遠。」

人間風味別。曉風明滅，子規聲容易吹殘月。三分話纔做一分說。

【耍鮑老】俺丁丁列列[58]，吐出在丁香舌。你拆了俺丁香結，須粉碎俺丁香節。休殘慢[59]，須急節[60]。俺的幽情難盡說。（內風起介）則這一剪風動靈衣[61]去了也。

（旦急下）（生驚癡介）奇哉，奇哉！柳夢梅做了杜太守的女壻，敢是夢也？待俺來回想一番。他名字杜麗娘，年華二八，死葬後園梅樹之下。啐！分明是人道交感，有精有血，怎生杜小姐顛倒自己說是鬼？（旦又上介）衙內還在此？（生）小姐怎又回來？（旦）奴家還有丁寧。你既以俺為妻，可急視之，不宜自誤。如或不然，妾事已露，不敢再來相陪。願郎留心，勿使可惜。妾若不得復生，必痛恨君於九泉之下矣。

【尾聲】（旦跪介）柳衙內你便是俺再生爺。（生跪扶起介）（旦）一點心憐念妾，不著俺黃泉恨你，你只罵的俺一句鬼隨邪[62]。

（旦作鬼聲下，回顧介）（生弔場，低語介）柳夢梅著鬼了！他說的恁般分明，恁般悽切，是無是有，只得依言而行。和姑姑商量去。

---

58 丁丁列列：形容說話斷斷續續、吞吞吐吐。

59 殘慢：遲緩，懶散。

60 急節：急切，趕緊。

61 靈衣：鬼魂生前所穿的衣裳。

62 鬼隨邪：鬼迷心竅。元無名氏百花亭劇第一折：「只索央及你撮合山花博士，休使俺沒亂煞做了鬼隨邪。」

夢來何處更為雲？ 李商隱
惆悵金泥簇蝶裙。 韋氏子
欲訪孤墳誰引至？ 劉言史
有人傳示紫陽君[63]。 熊孺登

[63] 紫陽君：古代神仙常以紫陽為號，因亦用以泛指道士。這裏指石道姑。

第三十三齣　祕議

【遶地遊】（淨上）芙蓉冠帔，短髮難簪繫。一爐香鳴鐘叩齒❶。人易老，事多妨，夢難長。一點深情，三分淺土，半壁斜陽。〔訴衷情〕「風微臺殿響笙簧，空翠冷霓裳❷。池畔藕花深處，清❸切夜聞香。」俺這梅花觀，為著杜小姐而建。當初杜老爺分付陳教授看管，三年之內，則見他收取祭租，並不常川❹行走。便是杜老爺去後，謊了一府州縣士民人等許多分子❺，起了箇生祠。昨日老身打從祠前過，豬屎也有，人屎也有。陳最良，陳最良，你可也叫人掃刮一遭兒。到是杜小姐神位前，日逐添香換水，何等莊嚴清淨！正是：「天下少信弔書子❻，世外有情持素人。」

❶ 叩齒：牙齒上下相叩擊，道家祝告時所行的儀式之一。宋無名氏燈下閑談墜井得道：「道士乃臨檻秉簡，叩齒焚香。」

❷ 空翠冷霓裳：空翠，綠色濕潤的霧氣。唐王維山中詩：「山路元無雨，空翠濕人衣。」霓裳，道士的服裝。

❸ 清：原本作「親」，據懷德本、同文本、暖紅本改。

❹ 常川：經常。

❺ 分子：份子。共同籌辦事情，各人分攤錢財。

❻ 弔書子：即掉書袋，說話喜歡引經據典、賣弄學識淵博的酸腐讀書人。懷德本、暖紅本「弔」作「掉」。宋馬令南唐書彭利用傳：「對家人稚子，下逮奴隸，言必據書史，斷章破句，以代常談，俗謂之掉書袋。」

【前腔】（生上）幽期密意，不是人間世。待聲揚徘徊了半日。

（見介）（生）「落花香覆紫金堂，（淨）你年少看花敢自傷？（生）弄玉不來人換世，（淨）麻姑❼一去海生桑。」（生）老姑姑，小生自到仙居，不曾瞻禮寶殿，今日願求一觀。（淨）是禮。相引前行。（行到介）（淨）高處玉天金闕，下面東嶽夫人、南斗真妃。（內鳴鐘，生跪拜介）「中天積翠玉臺遙，上帝高居絳節朝。遂有馮夷來擊鼓，始知秦女善吹簫。」❽好一座寶殿哩。怎生左邊這牌位上寫著「杜小姐神王」，是那位女王？（淨）是沒人題主❾哩。杜小姐。（生）杜小姐為誰？

【五更轉】（淨）你說這紅梅院，因何置？是杜參知❿前所為。麗娘原是他秀閨女，十八而亡，就此攢瘞⓫。他爺呵，陞任急，失題主，空牌位。（生）誰祭掃他？（淨）好墓田，留下有碑記。偏他沒頭主兒，年年寒食⓬。

---

❼ 麻姑：神話中的仙女名。自言曾見東海三次變為桑田。見晉葛洪神仙傳。

❽ 中天積翠玉臺遙四句：原為唐杜甫玉臺觀詩之一的前半首。絳節，上帝的儀仗。馮夷，神話傳說中的水神名，即河伯。三國魏曹植洛神賦：「馮夷鳴鼓。」秦女，杜甫原詩作「嬴女」，均指秦穆公之女弄玉。秦，嬴姓，因此秦女也稱為嬴女。

❾ 題主：舊時喪制，人死後，為之立一木牌，用墨筆上書「×××之神王」。出殯前請有名望者用朱筆在「王」字上加點成為「主」字，稱為題主，也叫點主。原本「題」作「提」，據暖紅本改。

❿ 參知：指參知政事，宋代官名，為宰相的副職。明代布政使下亦設左右參政。

⓫ 攢瘞：暫時淺埋，以待遷葬。瘞，音一ˋ。

⓬ 寒食：節日名，在清明前一日或二日。相傳起於春秋時晉文公為悼念抱木焚死的介之推，定於是日禁火冷食。

（生哭介）這等說起來，杜小姐是俺嬌妻呵！（淨驚介）秀才當真麼？（生）千真萬真。（淨）這等知他那日生、那日死了。

【前腔】（生）**俺未知他生，焉知死⑬？死多年、生此時。**（淨）幾時得他死信？（生）**這是俺朝聞夕死⑭了可人矣。**（淨）是夫妻，應你奉事香火。（生）**則怕俺未能事人，焉能事鬼⑮？**（淨）既是秀才娘子，可曾會他來？（生）**便是這紅梅院，做楚陽臺，偏倍⑯了你。**（淨）是那一夜？（生）**是前宵你們不做美。**（淨驚介）秀才著鬼了。難道，難道。（生）你不信時，顯箇神通你看，取筆來點的他主兒會動。（淨）有這事？筆在此。（生點介）**看俺點石為人，靠夫作主。**你瞧，你瞧。（淨驚介）奇哉，奇哉！主兒真箇會動也。小姐呵！

【前腔】**則道墓門梅，立著箇沒字碑，原來柳客神⑰纏住在香爐裏。**秀才，既是你妻，**鼓盆歌、盧墓三年禮⑱。**（生）還要請他起來。（淨）**你直恁神通，敢閻羅是你？**（生）少些人夫用。

寒食、清明又是掃墓的日子。此處連同上句，是說年年沒有親人來此祭掃。

⑬ 未知他生焉知死：論語先進：「未知生，焉知死？」

⑭ 朝聞夕死：論語里仁：「朝聞道，夕死可矣。」

⑮ 未能事人焉能事鬼：見論語先進。

⑯ 偏倍：指背著人行事。

⑰ 柳客神：以柳木刻作人形，行使巫術的用具。這裏指柳夢梅。

⑱ 鼓盆歌盧墓三年禮：鼓盆歌，指喪妻。莊子至樂：「莊子妻死，惠子弔之，莊子則方箕踞鼓盆而歌。」盧墓，

（淨）你當夫，他為人，堪使鬼。（生）你也幫一鍬兒。（淨）大明律⑲：開棺見屍，不分首從⑳皆斬哩！你宋書生是看不著皇明例，不比尋常，穿籬挖壁㉑。

（生）這箇不妨，是小姐自家主見。

【前腔】是泉下人，央及你。箇中人㉒，誰似伊。（淨）既是小姐分付，也待我擇箇日子。（看介）恰好明日乙酉，可以開墳。（生）喜金雞玉犬非牛日㉓，則待尋箇人兒，開山力士㉔。（淨）俺有箇侄兒癩頭黿可用。只怕事發之時怎處？（生）但回生，免聲息，停商議。可有偷香竊玉劫墳賊？還一事，小姐儻然回生，要些定魂湯藥。（淨）陳教授開張藥舖。只說前日小姑姑黨了凶煞㉕，求藥安魂。（生）煩你快去也。這七級浮屠㉖，豈同兒戲！

服喪期間居住在墓旁小屋，守護墳墓。喪妻無廬墓三年之禮，這是調侃語。

⑲ 大明律：明代的法典，洪武七年頒行，洪武三十年重加修訂。本劇寫的是宋代故事，卻涉及明代事，這是有意為之。所以下文說：「你宋書生是看不著皇明例。」

⑳ 首從：首犯和從犯。

㉑ 挖壁：掘牆偷盜。挖，原本作「扢」，據朱墨本改。三婦本作「空」。

㉒ 箇中人：此中人，局中人。

㉓ 喜金雞玉犬非牛日：金雞，酉日。玉犬，戌日。牛日，丑日。據日子所值的干支來定宜忌吉凶，是陰陽家的迷信說法。

㉔ 開山力士：開挖山巖的大力士。這裏指有力氣的開墳人。

㉕ 黨了凶煞：黨，衝撞。凶煞，凶神惡煞。迷信的說法，沖犯了凶煞，就會失魂落魄、生大病。

（生下）（淨弔場介）奇哉，奇哉！怕沒這等事。既是小姐分付，便喚侄兒備了鋤、鍬，俺問陳先生討藥去來。寧可信其有，不可信其無。（下）㉗

（淨）濕雲如夢雨如塵，崔魯
（生）初訪城西李少君㉘。陳羽
（淨）行到窈娘身沒處，雍陶
（生）手披芳草看孤墳。劉長卿

㉖ 七級浮屠：七層佛塔。浮屠，或作「浮圖」。梵文的音譯。俗諺：「救人一命，勝造七級浮屠。」

㉗ 自「生下」至「下」一段：原本無。朱墨本、毛定本、三婦本置「集唐」四句之後，今據補；並依全書體例，移置「集唐」之前。

㉘ 李少君：漢武帝時方士，自言有長生卻老的仙術。見史記孝武本紀。

第三十四齣　詗❶藥

（末上）「積年儒學理初通，書篋成精變藥籠。家童喚俺老員外❷，街坊喚俺老郎中❸。」俺陳最良失館，依然重開藥舖。看今日有甚人來？

道姑呵，

【女冠子】（淨上）人間天上，道理都難講。夢中虛誑，更有人兒思量泉壤。

陳先生利市❹哩。（末）老姑姑到來。（淨）好舖面！這「儒醫」二字，杜太爺贈的。好「道地藥材」❺！

這兩塊土中甚用？（末）是寡婦牀頭土。男子漢有鬼怪之疾，清水調服良。（淨）這布片兒何用？（末）是壯男子的褲襠。婦人有鬼怪之病，燒灰喫了效。（淨）這等，俺貧道牀頭三尺土，敢換先生五寸襠。（末）怕你不十分寡。（淨）啐，你敢也不十分壯！（末）罷了，來意何事？（淨）不瞞你說，前日小

❶ 詗：音ㄒㄩㄥˇ。求。

❷ 員外：本指定額以外設置的官員，因可以納錢捐買，所以通常也稱富豪或稍有地位名望者為員外，常見於戲曲、小說中。

❸ 郎中：對醫生或賣藥兼治病者的稱呼。

❹ 利市：吉利，好運氣。

❺ 道地藥材：過去中藥店寫在招牌上的話。俗稱名產為道地貨。

【黃鶯兒】年少不隄防，賽江神❻，歸夜忙。（末）著手❼了？（淨）知他著甚閑空曠❽？被凶神煞儻。年災月殃，瞑然一去無回向。（末）欠老成哩。（淨）細端詳，你醫王❾手段敢對的住活閻王。

（末）是活的，死的？（淨）死幾日了。（末）死人有口喫藥？也罷，便是這燒襠散，用熱酒調服下。

【前腔】海上有仙方，這偉男兒深褌襠。（淨）則這種藥，俺那裏自有。（末）則怕姑姑記不起誰陽壯！剪裁寸方，燒灰酒娘❿，敲開齒縫把些兒放。不尋常，安魂定魄，賽過反精香⓫。

（淨）謝了。

（末）還隨女伴賽江神，　　于鵠

---

❻ 賽江神：賽，祭祀酬神。江神，傳說中掌管江河的水神。唐于鵠江南意詩：「閑向江邊採白蘋，還隨女伴賽江神。」

❼ 著手：遭災，上圈套。

❽ 著甚閑空曠：指在空寂廣闊之地為閑神野鬼所迷惑。

❾ 醫王：佛家語。醫中之王，佛家稱頌佛為醫王。借以指醫術極為精通的人。唐陳子昂謝藥表：「室殊方丈，同問疾之榮；施等醫王，感能仁之惠。」

❿ 酒娘：即酒釀，帶糟的甜米酒。

⓫ 反精香：即反魂香，古代神話傳說中可使死人復活的一種香。海內十洲記載聚窟洲有大山，山多大樹，名為反魂樹，製成丸藥，能起死回生。唐白居易李夫人詩：「九華帳深夜悄悄，反魂香降夫人魂。」

（淨）爭那多情足病身。　韓偓

（末）巖洞幽深門盡鎖，　韓愈

（淨）隔花催喚女醫人。　王建

第三十五齣　回　生

【字字雙】（丑扮疙童❶持鍬上）豬尿泡疙疸偌盧胡，沒褲❷。鏵鍬兒入的土花疏，沒骨❸。活小娘不要去做鬼婆夫，沒路。偷墳賊拿倒做箇地官符❹，沒趣。

（笑介）自家梅花觀主家癩頭黿便是。觀主受了柳秀才之託，和杜小姐啟墳。好笑，好笑，說杜小姐要和他這裏重做夫妻。管他人話鬼話❺，帶了些黃錢，掛在這太湖石上，點起香來。

【出隊子】（淨攜酒同生上）玉人何處，玉人何處？近墓西風老綠蕪❻。竹枝歌❼唱的女郎

---

❶ 疙童：頭上長有癩痢疙疸（瘩）的小童。

❷ 豬尿泡疙疸偌盧胡沒褲：這是對癩痢頭的嘲謔。盧胡，胡盧，即葫蘆。

❸ 鏵鍬兒入的土花疏沒骨：這句是說掘墳不難。土花，苔蘚。骨，地骨，指石頭。太平經卷四五：「泉者，地之血；石者，地之骨也。」

❹ 地官符：道家祈禱天、地、人三官神的文書（符），其中地官符埋入地下。見三國志魏志張魯傳：「雄踞巴、漢垂三十年。」裴松之注引典略。這裏是活埋的意思。

❺ 人話鬼話：萬曆本、同文本作「人說鬼話」，其餘各本均作「人話鬼話」，今據改。

❻ 綠蕪：叢生的綠草。

❼ 竹枝歌：也叫竹枝詞或竹枝曲，樂府近代曲之一。本為巴渝（今四川省東部）一帶民歌，唐代詩人劉禹錫據以改作新詞，遂盛行於世。多歌詠當地風光和男女戀情。

蘇，杜鵑聲啼過錦江無❽？一窖愁殘，三生夢餘。

（生）老姑姑，已到後園。只見半亭瓦礫，滿地荊榛。繡帶重尋，裊裊藤花夜合；羅裙欲認，青青蔓草春長❾。則記的太湖石邊，是俺拾畫之處。依希似夢，恍惚如亡，怎生是好？（淨）秀才不要忙，梅樹下堆兒是了。（生）小姐，好傷感人也！（哭介）（丑）哭甚的？趁時節了。（燒紙介）（生拜介）巡山使者❿，當山土地，顯聖顯靈。

【啄木鸝】開山紙⓫草面上鋪，煙罩山前紅地爐⓬。（丑）**敢太歲頭上動土⓭？向小姐腳跟穵⓮窟。**（生）土地公公，今日開山，專為請起杜麗娘。不要你死的，要箇活的。**你為神正直應無妬，俺陽神觸煞俱無慮。要他風神笑語都無二，便做著⓯你土地公公女嫁吾。**呀，**春在小梅株。**

❽ 杜鵑聲啼過錦江無：杜鵑聲，杜鵑鳥的啼鳴，其聲如「不如歸去」。錦江，岷江支流之一，在四川境內。四川為杜麗娘的故鄉。

❾ 羅裙欲認二句：化用前蜀牛希濟生查子詞意：「記得綠羅裙，處處憐芳草。」

❿ 巡山使者：指山神。

⓫ 開山紙：破土前焚化的黃紙錢。開山，開挖墳山。

⓬ 紅地爐：紙錢焚燒，如紅紅的火爐。唐岑參玉門關蓋將軍歌：「暖屋繡簾紅地爐。」

⓭ 太歲頭上動土：太歲，古代天文學中假設的星名，與歲星（木星）相應。舊時迷信，認為在太歲出現的方向破土動工，就會招致禍殃。

⓮ 穵：挖掘。朱墨本作「挖」。

⓯ 便做著：就算作。

好破土哩。

【前腔】（丑、淨鍬土介）這三和土一謎鉏⑯，小姐呵，半尺孤墳你在這的無？（生）你們十分小心。（看介）到棺了。（丑作驚丟鍬介）到官沒活的了！（生搖手介）禁聲！（內旦作「哎喲」介）（眾驚介）活鬼做聲了。（生）休驚了小姐。（眾蹲向鬼門，開棺介⑰）（淨）原來釘頭鏽斷，子口登開⑱，小姐敢別處送雲雨去了？（內「哎喲」介）（生見旦扶介）（生）咳，小姐端然在此，異香襲人，幽姿如故。天也，你看正面上那些兒塵漬，斜空處沒半米蚍蜉⑲。則他暖幽香四片斑爛木，潤芳姿半榻黃泉路，養花身五色燕支土⑳。（扶旦軟軃介）（生）俺為你款款偎將睡臉扶，休損了口中珠㉑。（旦作嘔出水銀介）（丑）一塊花銀，二十分多重，賞了癩頭黿。（生）此乃小姐龍含鳳吐之精，小生當奉為世寶。你們別有酬犒。（旦開眼嘆介）（淨）小姐開眼哩。（生）天開眼了。小姐呵！

---

⑯ 這三和土一謎鉏：三和土，即三合土，一種用石灰、粘土、沙三者加水混合攪拌而成的建築材料。明宋應星天工開物石灰：「用以襄墓及貯水池，則灰一分，入河沙、黃土二分，用糯米粳、羊桃藤汁和勻，輕築堅固，永不隳壞，名曰三和土。」一謎，一味。鉏，同「鋤」。

⑰ 介：原本無「介」字，據毛定本、三婦本補。

⑱ 子口登開：子口，指棺體和棺蓋相密合的部分。登開，接縫處因受力而裂開。登，同「蹬」。

⑲ 半米蚍蜉：半米，猶半點兒。米，喻極少的量。蚍蜉，大蟻。

⑳ 燕支土：紅色的泥土。

㉑ 口中珠：古代殮葬時，給死者口中含珠、玉或米，叫「銜口」。為了屍體防腐，有時還在屍身上塗以水銀或將水銀直接灌入棺內。參看明謝肇淛五雜俎物部四。所以下文有「嘔出水銀」之說。

【金蕉葉】（旦）是真是虛？劣夢魂猛然驚遽㉒。（作掩眼介）避三光業眼㉓難舒，怕一弄兒巧風吹去。

（生）怕風怎麼好？（淨扶旦介）且在這牡丹亭內進還魂丹，秀才剪襠。（生剪介）（丑）待俺湊些加味㉔還魂散。（生）不消了。快快熱酒來。

【鶯啼序】（調酒灌介）玉喉嚨半點靈酥㉕。（旦吐介）（生）哎也，怎生呵落在胸脯？姐姐再進些。纔喫下三箇多半口還無。（覷介）好了，好了！喜春生顏面肌膚。（旦覷介）這些都是誰？敢是些無端道途㉖，弄的俺不著墳墓？（生）我便是柳夢梅。（旦）略矇㉗覷，怕不是梅邊柳邊人數。

（生）有這道姑為證。（淨）小姐可認得道姑麼？（旦看不語介）

【前腔】（淨）你乍回頭記不起俺這姑姑。（生）可記得這後花園？（旦不語介）（淨）是了，你夢境模糊。（旦）只那箇是柳郎？（生應，旦作認介）咳，柳郎真信人也！虧殺你撥草尋蛇，虧殺你守株待兔。棺中寶玩收存，諸餘㉘拋散池塘裏去。（眾）呸！（丟去棺物介）向人間別畫箇葫蘆㉙。

㉒驚遽：驚覺，驚醒。遽，同「蘧」。莊子大宗師：「成然寐，蘧然覺。」

㉓業眼：造孽的眼，自怨自詈之詞。

㉔加味：為增加療效而添加的藥料。

㉕靈酥：靈藥。

㉖無端道途：這裏意指攔路搶劫的歹徒、盜墓賊。

㉗略矇：矇朧，看不真切。

水邊頭洗除凶物㉚。（眾）虧了小姐整整睡這三年。（旦）流年度，怕春色三分，一分塵土㉛。

（生）小姐，此處風露，不可久停，好處將息去。

【尾聲】死工夫救了你活地獄，七香湯瑩了美食相扶㉜。（旦）扶往那裏去？（淨）梅花觀內。

（旦）可知道洗棺塵，都是這高唐觀中雨。

（生）天賜燕支一抹腮，　羅隱

（旦）隨君此去出泉臺。　景舜英

（淨）俺來穿穴非無意，　張祜

（生）願結靈姻愧短才㉝。　潘雍

㉘ 諸餘：其他，其餘。

㉙ 別畫箇葫蘆：重新學做人。俗諺：「依樣畫葫蘆。」明雲夢山人集賢賓壽康對山太史套曲：「到如今效傍人依樣畫葫蘆。」

㉚ 凶物：指喪葬用品。

㉛ 怕春色三分二句：怕春青虛度，委於塵土。宋蘇軾水龍吟詞：「春色三分，二分塵土，一分流水。」

㉜ 七香湯瑩了美食相扶：七香湯，加多種香料沐浴用的湯水。典出漢伶玄趙飛燕外傳：「后浴五蘊七香湯。」瑩，作動詞用，沐浴後使之光潔。扶，扶助，調養。

㉝ 願結靈姻愧短才：靈姻，與神靈締結婚姻。短才，淺薄之才。

回生
十三
暖紅室
端甫

第三十六齣　婚走

【意難忘】（淨扶旦上）如笑如呆，嘆情絲不斷，夢境重開。（淨）你驚香辭地府，輿櫬出天台❶。（旦）姑姑，俺強掙作❷，軟咍咍，重嬌養起這嫩孩孩。（合）尚疑猜，怕如煙入抱❸，似影投懷❹。

〔畫堂春〕（旦）「蛾眉秋恨滿三霜❺，夢餘荒塚斜陽。土花零落舊羅裳，睡損紅妝❻。（淨）風定彩雲猶怯，火傳金炧重香❼。如神如鬼費端詳，除是高唐。」（旦）姑姑，奴家死去三年，為鍾情一點，幽契❽重生，皆虧柳郎和姑姑信心提救。又以美酒香酥，時時將養。數日之間，稍覺精神旺相。（淨）好

---

❶ 輿櫬出天台：輿櫬，以車載棺。天台，仙女所居，這裏代指陰間。

❷ 掙作：掙扎，振作。

❸ 如煙入抱：晉干寶搜神記卷一六載：吳王夫差小女紫玉與韓重相愛，因吳王不同意他們成婚，氣結而死。重往弔其墓，玉魂從墓出，與之相會，並贈以徑寸明珠。吳王疑重發冢，玉魂自往白王。「夫人聞之，出而抱之，玉如煙然。」

❹ 懷：原本作「胎」，此改從懷德本、同文本、暖紅本。

❺ 三霜：三年。

❻ 土花零落舊羅裳二句：此化用宋黃庭堅畫堂春詞意：「杏花零落燕泥香，睡損紅妝。」

❼ 金炧重香：炧，音ㄒㄧㄝˋ。燭燼，亦泛指餘燼。這裏指香的餘燼復燃，重新飄香。

了，秀才三回五次，央俺成親哩。（旦）姑姑，這事還早。揚州問過了老相公、老夫人，請箇媒人方好。

（淨）好消停⑨的話兒，這也由你。則問小姐，前生事可都記得些麼？

【勝如花】（旦）前生事，曾記懷。為傷春病害，困春遊夢境難捱。寫春容那人兒拾在。那勞承、那般頂戴⑩，似盼天仙盼的眼咍⑪，似叫觀音叫的口歪。（淨）俺也聽見些，則小姐泉下怎生得知？（旦）**雖則塵埋，把耳輪兒熱壞。感一片志誠無奈，死淋侵⑫走上陽臺，活森沙⑬走出這泉臺。**

（淨）秀才來哩。

【生查子】（生上）**豔質久塵埋，又掙出這煙花界⑭。你看他含笑插金釵，擺動那長裙帶。**

（見介）麗娘妻。（旦羞介）（生）姐姐，俺地窟裏扶卿做玉真。（旦）重生勝過父娘親。（生）便好今宵成配偶。（旦）懵騰⑮還自少精神。（淨）起先說精神旺相，則瞞著秀才。（旦）秀才可記得古書云：「必

---

⑧ 幽契：冥合，默契。

⑨ 好消停：這裏是好自在的意思。

⑩ 那勞承那般頂戴：勞承，猶滑頭，舊時女子對所愛者的昵稱。頂戴，敬禮，供奉。

⑪ 眼咍：形容眼光呆呆地發楞。

⑫ 死淋侵：亦作「死臨侵」，發呆、失神的樣子。元馬致遠黃粱夢劇第二折：「你看他死臨侵不敢把頭抬。」

⑬ 活森沙：活潑潑地充滿生機的樣子。

⑭ 掙出這煙花界：掙脫（泉臺）而出現在這繁華的世界。

待父母之命，媒妁之言。」⑯（生）日前雖不是鑽穴相窺，早則鑽墳而入了。小姐今日又會起書來⑰。

（旦）秀才，比前不同。前夕鬼也，今日人也。鬼可虛情，人須實禮。聽奴道來：

【勝如花】青臺⑱閉，白日開。（拜介）秀才呵，受的俺三生禮拜。待成親少箇官媒，（泣介）結盞⑲的要高堂人在。（生）成了親，訪令尊令堂，有驚天之喜。要媒人，道姑便是。（旦）秀才忙待怎的？也曾落幾箇黃昏陪待。（生）今夕何夕⑳？（旦）直恁的急色秀才。（生）小姐搗鬼。（旦笑介）秀才搗鬼。不是俺鬼奴台㉑妝妖作乖。（生）為甚？（旦羞介）半死來回，怕的雨雲驚駭。有的是這人兒活在，但將息俺半載身材，（背介）但消停俺半刻情懷。

【不是路】（末上）深院閑階，花影蕭蕭轉翠苔。（扣門介）人誰在？是陳生探望柳君來。（眾

---

⑮ 懵騰：猶懵懂，迷迷糊糊。

⑯ 必待父母之命二句：此連同下文「鑽穴相窺」云云，並見孟子滕文公下：「不待父母之命，媒妁之言，鑽穴隙相窺，踰牆相從，則父母國人皆賤之。」

⑰ 會起書來：會書，會聚而切磋談藝。這裏是引經據典的意思。

⑱ 青臺：夜臺，泉臺。

⑲ 結盞：合巹，指成婚。

⑳ 今夕何夕：詩唐風綢繆：「今夕何夕？見此良人。子兮子兮，如此良人何！」這是一首歌詠新婚之樂的詩。

㉑ 鬼奴台：猶言小鬼頭。奴台，即奴胎，稱呼奴婢或奴婢自稱。元鄭光祖㑳梅香劇第二折：「這壁廂是沒上沒下的小奴胎。」

驚介）（生）陳先生來了，怎好？（旦）姑姑，俺迴避去。（下）（末）**忒奇哉！怎女兒聲息紗窗外，硬抵門兒應不開？**（又扣門介）（生）是誰？（末）陳最良。（開門見介）（生）**承車蓋㉒，俺衣冠未整因遲待。**（末）**有些驚怪。**（生）**有何驚怪？**

【前腔】（末）**不是天台，怎風度嬌音隔院猜？**（淨上）原來陳齋長到來。（生）陳先生說裏面婦娘聲息，則是老姑姑。（淨）是了，**長生會㉓，蓮花觀裏一箇小姑來。**（末）便是前日的小姑麼？（淨）另是一眾。（末）好哩，這梅花觀一發興哩。也是杜小姐冥福所致。因此徑來相約，明午整箇小盒兒㉔，同柳兒往墳上隨喜去。暫告辭了。**無閑會㉕，今朝有約明朝在，酒滴青娥㉖墓上回。**（生）**承拖帶，這姑姑點不出箇茶兒㉗待。即來回拜。**（末）**慢來回拜。**（下）

（生）喜的陳先生去了，請小姐有話。（旦上介）（淨）怎了，怎了？陳先生明日要上小姐墳去。事露之時，一來小姐有妖治㉘之名；二來公相無閨閫之教㉙；三來秀才坐迷惑之譏；四來老身招發掘之罪。

㉒ 承車蓋：承蒙光降。車蓋，車篷，借指車。

㉓ 長生會：道觀裏祈求福壽的法事。

㉔ 整箇小盒兒：指整治一個盛放酒食香燭等祭品的盒子。

㉕ 無閑會：是說平時沒有空閑相聚會。三婦本「會」作「調」，則是「別無閑說，惟約看墳」（三婦本錢評）之意。

㉖ 青娥：指美麗的少女。

㉗ 點不出箇茶兒：點茶，猶泡茶。宋蔡襄茶錄熁盞：「凡欲點茶，先須熁盞令熱，冷則茶不浮。」熁，薰烤。

㉘ 妖治：豔麗而不正派，以美色惑人。

如何是了？（旦）老姑姑，待怎生好？（淨）小姐，這柳秀才待往臨安取應㉚，不如曲成親事，叫童兒尋隻贛船，夤夜開去，以滅其蹤。意下何如？（旦）這也罷了。（淨）有酒在此，你二人拜告天地。（拜，把酒介）

【榴花泣】（生）三生一夢，人世兩和諧。承合巹，送金杯。比墓田春酒這新醅，纔醱轉人面桃腮。（旦悲介）傷春便埋，似中山醉夢三年在㉛。只一件來，看伊家龍鳳姿容，怎配俺這土木形骸㉜！

（生）那有此話！

【前腔】相逢無路，良夜肯疑猜？眠一柳，當了三槐㉝。杜蘭香真箇在讀書齋，則柳耆

㉙ 閨閫之教：對婦女所作的遵守封建道德規範的教育。閨閫，內室，女子所居。

㉚ 取應：應舉，參加科舉考試。

㉛ 似中山醉夢三年在：晉張華博物志卷五載：劉元石沽中山千日酒飲之，大醉不醒。家人以為其死，具棺葬殮。千日滿，酒家往視，家人云：「元石亡來三年，已葬。」於是開棺，醉始醒。

㉜ 看伊家龍鳳姿容二句：晉書嵇康傳：「身長七尺八寸，美詞氣，有風儀，而土木形骸，不自藻飾，人以為龍章鳳姿，天質自然。」龍鳳姿容，猶龍章鳳姿，比喻不凡的儀表風采。土木形骸，原比喻人的不加修飾，這裏用來謙稱自己形體的粗陋，兼含新從土木（墳墓和棺材）中出來之意。

㉝ 眠一柳二句：眠一柳，三輔舊事：「漢武帝苑中有柳狀如人，號曰人柳，一日三眠三起。」三槐，喻指三公。相傳周代宮廷種有三棵槐樹，朝見天子時，三公面向三槐而立。見周禮秋官朝士。這裏是說，一度幽歡，有如平步青雲。

卿㉞不是仙才。（旦嘆介）幽姿暗懷，被元陽㉟鼓的這陰無賴。柳郎，奴家依然還是女身。（生）已經數度幽期，玉體豈能無損？（旦）那是魂，這纔是正身陪奉。伴情哥則是遊魂，女兒身依舊含胎㊱。

（外扮舟子歌上）「春娘愛上酒家子樓，不怕歸遲總弗子愁。推道那家娘子睡，且教留住要梳子頭。」

（又歌）「不論秋菊和那春子箇花，箇箇能噇空肚子茶。無事莫教頻入子庫，一名閑物他也要些子些。」㊲

（丑扮疙童上介）船，船，船，臨安去。（外）來，來，來。（攏船介）（丑）門外船便，相公纂下小姐班㊳。

（淨辭介）相公、小姐，小心去了。（生）小姐無人伏侍，煩老姑姑一行，得了官時相報。（淨）俺不曾收拾。（背云）事發相連，走為上計。（回介）也罷，相公賞侄兒甚麼？著他和俺收拾房頭，俺伴小姐同去。（丑）使得。（生）便賞他這件衣服。（解衣介）（丑）謝了。事發誰當？（生）則推不知便了。（丑）這等請了。「禿廝兒權充道伴，女冠子真當梅香。」（下）

㉞ 柳耆卿：北宋詞人柳永，字耆卿。民間流傳著許多有關他的風流韻事，為戲曲、小說所取材。這句的柳耆卿和上句的杜蘭香，分別代指柳夢梅和杜麗娘。

㉟ 元陽：指男子的精氣。

㊱ 含胎：這裏義同含苞，指女兒身，處女。

㊲ 春娘愛上酒家子樓八句：此處的舟子歌和又歌分別據唐李昌符婢僕詩組詩中的兩首改寫。原詩是：「春娘愛上酒家樓，不怕歸遲總不留。推道那家娘子臥，且留教住待梳頭。」「不論秋菊與春花，個個能噇空肚茶。無事莫教頻入庫，一名閑物要歩歩。」見宋孫光憲北夢瑣言卷一〇。噇，無節制地吃喝。歩，同「些」。

㊳ 相公纂下小姐班：當是相公扶小姐下船之意。纂，用同「攥」，握，攙。

端甫

【急板令】（眾上船介）別南安孤帆夜開，走臨安把雙飛㊴路排。（旦悲介）（生）因何弔下淚來？（旦）嘆從此天涯，嘆從此天涯。嘆三年此居，三年此埋。死不能歸，活了纔回。（合）問今夕何夕？此來、魂脈脈，意咍咍㊵。

【前腔】（生）似倩女返魂㊶到來，采芙蓉㊷回生並載。（旦嘆介）（生）為何又弔下淚來？（旦）想獨自誰挨，想獨自誰挨？翠黯香囊，泥漬金釵。怕天上人間，心事難諧。（合前）

（淨）夜深了，叫停船。你兩人睡罷。（生）風月舟中，新婚佳趣，其樂何如！

【一撮掉】藍橋驛㊸，把淶何橋風月篩。（旦）柳郎，今日方知有人間之樂也。七星版、三星照㊹，兩星㊺排。今夜呵，把身子兒帶，情兒邁，意兒挨。（淨）你過河衣帶緊，請寬懷。（生）眉

㊴ 雙飛：以鳥的成對飛翔比喻夫妻情深。三國魏曹丕清河作詩：「願為晨風鳥，雙飛翔北林。」

㊵ 意咍咍：猶意綿綿。

㊶ 倩女返魂：唐人傳奇故事。張倩女和王宙相戀，其父卻另行把她許配於人。倩娘抑鬱憤恨，她的靈魂竟追隨王宙同船赴四川。五年後回到家裏，和病在閨中的肉身合而為一。見唐陳玄祐離魂記。元鄭光祖有迷青瑣倩女離魂雜劇。返，朱墨本作「離」，三婦本作「還」。

㊷ 采芙蓉：采，同「採」。芙蓉，喻指美女。

㊸ 藍橋驛：唐人傳奇故事。裴航路經藍橋驛，渴甚求漿，得遇仙女雲英。歷經曲折，終得成婚，並同入仙境。見唐裴鉶傳奇裴航。

㊹ 七星版三星照：七星版，舊時停屍牀上放置的木板，上鑿七孔，有細槽相連，大殮時納於棺中，稱七星板。格正本「版」作「板」。三星，詩唐風綢繆：「三星在天。」通常用為男女婚期之典。

橫黛，小船兒禁重載？這歡眠自在，抵多少嚇魂臺㊻。

【尾聲】情根一點是無生債㊼。（旦）嘆孤墳何處是俺望夫臺㊽？柳郎呵，俺和你死裏淘生㊾情似海。

（生）偷去須從月下移，　吳融
（淨）好風偏似送佳期。　陸龜蒙
（旦）傍人不識扁舟意，　張蠙
（淨）惟有新人子細知。　戴叔倫

㊺ 兩星：猶雙星，指牽牛、織女星，比喻夫婦。

㊻ 抵多少嚇魂臺：抵多少，勝過。嚇魂臺，迷信傳說中陰司裏折磨鬼魂之處。元孫仲章勘頭巾劇第二折：「我向嚇魂臺把文案偷窺覷，見一人高聲叫屈。」

㊼ 情根一點是無生債：無生，佛家語，指無生無滅的佛法真諦。這句是說，有了那麼一點情根，就達不到無生無滅的境界。

㊽ 望夫臺：即望夫石。武昌北山上有石狀如人立。相傳古時有婦人在此餞送丈夫出征，立望而身化為石。見南朝宋劉義慶幽明錄。

㊾ 淘生：逃生。格正本「淘」作「逃」。

第三十七齣　駭變

〔集唐〕（末上）「風吹不動頂垂絲❶雍陶，吟背春城出草遲朱慶餘。畢竟百年渾是夢元稹，夜來風雨葬西施❷韓偓。」俺陳最良，只因感激杜太守，為他看顧小姐墳塋。昨日約了柳秀才到墳上望去，不免走一遭。（行介）「巖扉不掩雲長在，院徑無媒草自深。」待俺叫門。（叫介）呀，往常門兒重重掩上，今日都開在此。待俺參了聖❸。（看菩薩介）咳，冷清清沒香沒燈的。呀，怎不見了杜小姐牌位？待俺問一聲老姑姑。（叫三聲介）俗家❹去了。待俺叫柳兄問他。（叫介）柳朋友。（又叫介）柳先生。一發不應了。（看介）嗄，柳秀才去了。醫好了病，來不參，去不辭。沒行止❺，沒行止！待俺西房瞧瞧。咳喲，道姑也搬去了。磬兒、鍋兒、牀席，一些都不見了。怪哉！（想介）是了，日前小道姑有話，昨日又聽的小道姑聲息，其中必有柳夢梅勾搭事情，一夜去了。沒仁義，沒行止！由他，由他。到後園看小姐墳去。（行介）

---

❶ 垂絲：指下垂的白髮。

❷ 西施：這裏以美女西施比喻落花。

❸ 聖：指菩薩。

❹ 俗家：世俗人家。

❺ 沒行止：行為不正派。行止，品行。

駭變
十四
暖紅室

【懶畫眉】園深❻徑側老蒼苔，那幾所月榭風亭久不開。當時曾此葬金釵❼。（望介）呀，舊墳高高兒的，如今平下來了也。緣何不見墳兒在？敢是狐兔穿空倒塌來？

這太湖石只左邊靠動了些，梅樹依然。（驚介）咳呀，小姐墳被劫了也！

【朝天子】（放聲哭介）小姐，天！是甚麼發塚無情短倖材❽？他有多少金珠葬在打眼❾來！小姐，你若早有人家，也搬回去了。則為玉鏡臺無分照泉臺❿，好孤哉！怕蛇鑽骨，樹穿骸，不隄防這災。

知道了，柳夢梅嶺南人，慣了劫墳，將棺材放在近所，截了一角為記，要人取贖。這賊意思，止不過說杜老先生聞知，定來取贖。想那棺⓫材，只在左近埋下了。待俺尋看。（見介）咳呀，這草窩裏不是硃漆板頭？這不是大銹釘？開了去。天！小姐骨殖丟在那裏？（望介）那池塘裏浮著一片棺材。是了，小姐屍骨拋在池⓬裏去了。狠心的賊也！

---

❻ 園深：懶畫眉開頭為七字句。原本無「園」字，據朱墨本補。暖紅本二字作「深林」。

❼ 金釵：代指婦女，這裏指杜麗娘。

❽ 短倖材：短命薄倖的人，詈詞。

❾ 打眼：顯眼露富，引人注意。

❿ 玉鏡臺無分照泉臺：晉代溫嶠的從姑有女，託其代為尋覓佳壻。溫有自婚之意，遂以他北征時所獲玉鏡臺為定。見世說新語假譎。這句的意思是，因為沒有行聘下定，所以墳塋也無人看管了。

⓫ 棺：原本作「女」，據毛定本、三婦本改。

【普天樂】問天天，你怎把他昆池碎劫無餘在⑬？又不欠觀音鎖骨連環⑭債，怎丟他水月魂骸？亂紅衣⑮暗泣蓮腮，似黑月重拋業海。待車乾池水，撈起他骨殖來。怕浪淘沙碎玉難分派，到不如當初水葬無猜。賊眼腦⑯生來毒害，那些箇⑰憐香惜玉，致命圖財！先師云：「虎兕出於柙，龜玉毀於櫝中，典守者不得辭其責。」⑱俺如今先去稟了南安府緝拿，星夜往淮揚報知杜老先生去。

【尾聲】石虔婆，他古弄裏金珠曾見來⑲。柳夢梅，他做得箇破周書汲冢才⑳。小姐呵，

⑫ 池：原本作「河」，據懷德本、朱墨本、毛定本、同文本、暖紅本改。

⑬ 昆池碎劫無餘在：昆池，即昆明池。漢武帝在長安近郊開鑿昆明池，掘得黑土，問西域胡人，胡人說：「燒劫之餘灰也。」見三輔黃圖。這裏是說：屍骨遭到劫難，拋灑得不剩一點。

⑭ 觀音鎖骨連環：即鎖骨觀音，指遍體骨節聯結如鎖狀的菩薩。相傳唐大曆時，延州一婦人死，有西城胡僧來焚香敬禮，說她是鎖骨菩薩。「眾人即開墓，視遍身之骨，鉤結皆如鎖狀，果如僧言。」見唐李復言續玄怪錄延州婦人。這句的「觀音鎖骨連環」和下句的「水月（觀音）魂骸」，都是指杜麗娘的骸骨。

⑮ 紅衣：荷花瓣。唐趙嘏長安晚秋詩：「紅衣落盡渚蓮愁。」

⑯ 眼腦：眼睛。

⑰ 那些箇：哪裏是，說不上。元關漢卿金線池劇第一折：「那些箇慈悲為本？多則是板障為門。」

⑱ 虎兕出於柙三句：論語季氏：「虎兕出於柙，龜玉毀於櫝中，是誰之過與？」朱熹集注：「兕，野牛也；柙，檻也；櫝，匱也。言在柙而逸，在櫝而毀，典守者不得辭其過。」龜玉，龜甲和寶玉，古代認為是國家的重器。典守，主管，保管。

⑲ 石虔婆二句：虔婆，不正經的婆娘。明周祈名義考卷五：「方言謂賊為虔，虔婆猶賊婆也。」也指鴇母。古

你道他為甚麼向金蓋銀牆做打家賊？

丘墳發掘當官路，　韓　愈
春草茫茫墓亦無。　白居易
致汝無辜由俺罪。　韓　愈
狂眠恣飲是凶徒。　僧子蘭

弄裏，窟窿裏，指墓穴。這句是說，在杜麗娘殮葬時，石道姑曾見到過隨葬的珠寶。

⑳ 破周書汲冢才：晉太康二年，有一名叫不準的人盜發魏襄王墓，得竹書數十車，稱汲冢書。見晉書束皙傳及荀勗傳。周書為汲冢書中的一種。這裏是說柳夢梅為盜墓人。

第三十八齣 淮警

【霜天曉角】（淨引眾上）英雄出眾，鼓譟紅旗動。三年繡甲錦蒙茸❶，彈劍把雕鞍斜鞚❷。

「賊子豪雄是李全，忠心赤膽向胡天。靴尖踢倒長天塹❸，卻笑江南土不堅。」俺溜金王奉大金之命，騷擾江淮三年。打聽大金家兵糧湊集，將次南征，教俺淮揚開路，不免請出賤房❹計議。中軍❺快請。（眾叫介）大王叫箭坊❻。（老旦扮軍人持箭上）箭坊俱已造完。（淨笑惱介）狗才怎麼說？（老旦）大王說請出箭坊計議。（淨）胡說！俺自請楊娘娘，是你箭坊？（老旦）楊娘娘是大王箭坊，小的也是箭坊。（淨喝介）

---

❶ 蒙茸：蓬鬆，雜亂。史記晉世家：「狐裘蒙茸。」裴駰集解引服虔曰：「蒙茸以言亂貌。」用在這裏是形容軍旅生活的勞頓，以致甲冑淩亂。

❷ 鞚：控制，駕馭馬匹。

❸ 靴尖踢倒長天塹：長天塹，謂長江天塹。南宋叛將呂文煥答宋太皇太后書中有云：「孤城其如彈丸，謂靴尖之踢倒；長江雖曰塹固，欲提鞭而斷流。」見元劉一清錢塘遺事。

❹ 賤房：謙稱自己的妻子。

❺ 中軍：中軍官，長官的侍從兼傳令官。

❻ 箭坊：造箭作坊。這裏指造箭的工匠。「箭坊」與「賤房」諧音，用以打諢、逗笑。

淮警

【前腔】（丑上）帳蓮❼深擁，壓寨的❽陰謀重。（見介）大王興也！你夜來鏖戰好麄雄，困的俺垓心❾沒縫。

大王夫，俺睡倦了。請俺甚事商量？（淨）聞得金主南侵，教俺攻打淮揚，以便征進。思想揚州有杜安撫鎮守，急切難攻，如何是好？（丑）依奴家所見，先圍了淮安，杜安撫定然赴救。俺分兵揚州，斷其聲援，於中取事。（淨）高，高！娘娘這計，李全要怕了你。（丑）你那一宗兒不怕了奴家？（淨）罷了，未封王號時，俺是箇怕老婆的強盜；封王之後，也要做怕老婆的王。（丑）著了。快起兵去攻打淮城。

【錦上花】（淨）撥轉磨旗峰❿，促緊先鋒。千兵擺列，萬馬奔沖。鼓通通，鼓通通，譟的那淮陽動。

【前腔】（眾）軍中母大蟲⓫，綽有威風。連環陣勢，煙粉牢籠⓬。哈哄哄，哈哄哄，哄

❼ 帳蓮：「蓮帳」的倒文，即蓮幕，指幕府，將帥的營帳。

❽ 壓寨的：壓寨夫人，據山立寨頭領的妻子。

❾ 垓心：重圍之中。垓，戰場。元尚仲賢單鞭奪槊劇第四折：「兩員將撲入垓心，不打話來回便戰。」

❿ 撥轉磨旗峰：磨旗，揮動旗幟。宋孟元老東京夢華錄駕登寶津樓諸軍呈百戲：「先一人空手出馬，謂之『引馬』；次一人磨旗出馬，謂之『開道旗』。」峰，指旗的頂端。全句指搖動、調轉領頭開道之旗，改變行軍方向。

⓫ 母大蟲：母老虎。通常用作潑悍婦女的綽號。明沈德符野獲編叛賊婦人行動：「畿南霸州、文安之間，忽有一健婦剽掠，諢名母大蟲。」

的淮陽動。

（丑）溜金王聽俺分付：軍到處，不許你搶占半名婦女。如違，定以軍法從事！（淨）不敢。

（丑）日暮風砂古戰場，　　王昌齡

（淨）軍營人學內家妝⓭。　　司空圖

（眾）如今領帥紅旗下，　　張建封

（淨）擘破雲鬟金鳳凰。　　曹　唐

⓬ 煙粉牢籠：煙粉，煙花粉黛，借指婦女。牢籠，關牲畜的籠檻，引申為約束、控制。這是李全的妻子用以自喻。

⓭ 內家妝：宮內的打扮服飾。

第三十九齣　如❶杭

【唐多令】（生上）海月❷未塵埋，（旦上）新妝倚鏡臺。（生）捲錢塘風色破書齋。（旦）夫，昨夜天香雲外吹，桂子月中開❸。

（生）「夫妻客旅悶難開，（旦）待喚提壺酒一杯。（生）江上怒潮千丈雪，（旦）好似禹門平地一聲雷❹。」

（生）俺和你夫妻相隨，到了臨安京都地面，賃下一所空房，可以理會書史。爭奈❺試期尚遠，客思轉深，如何是好？（旦）早上分付姑姑買酒一壺，少解夫君之悶，尚未見回。（生）生受了。娘子，一向不曾話及❻：當初只說你是西鄰女子，誰知感動幽冥，匆匆成其夫婦。一路而來，到今不曾請教。小姐可是見小生於道院西頭？因何詩句上「不在梅邊在柳邊」，就指定了小生姓名？這靈通委是怎的？

---

❶ 如：赴，前往。

❷ 海月：海生貝類動物，即扇貝。文選郭璞江賦：「王珧海月。」李善注引臨海水土物志：「海月，大如鏡，白色，正圓，常死海邊。」這裏代指鏡。

❸ 天香雲外吹二句：句本唐宋之問靈隱寺詩：「桂子月中落，天香雲外飄。」

❹ 禹門平地一聲雷：比喻科舉及第。禹門，即龍門，相傳為夏禹所開鑿。辛氏三秦記：「每莫春之際，有黃鯉魚逆流而上，得道者便化為龍。」明范受益尋親記勸勉：「倚門望你身脫白，須作禹門驚雷客。」

❺ 爭奈：怎奈，無奈。

❻ 話及：原本作「及話」，據懷德本、朱墨本、三婦本、暖紅本改。毛定本作「說及」。

（旦笑介）柳郎，俺說見你於道院西頭是假。我前生呵，

【江兒水】偶和你後花園曾夢來，擎一朵柳絲兒要俺把詩篇賽。奴正題詠間，便和你牡丹亭上去了。（生笑介）可好哩？（旦笑介）咳，正好中間，落花驚醒。此後神情不定，一病奄奄。這是聰明反被聰明帶❼，真誠不得真誠在，冤親做下這冤親債。一點色情❽難壞，再世為人，話做了兩頭分拍❾。

【前腔】（生）是話兒聽的都呆答孩❿，則俺為情癡信及你人兒在。還則怕邪淫惹動陰曹怪，忌亡墳觸犯陰陽戒，分⓫書生領受陰人愛。勾的你色身⓬無壞，出土成人，又看見這帝城風采。

（淨提酒上）「路從丹鳳城邊過，酒向金魚館內沽。」⓭呀，相公、小姐不知：俺在江頭沽酒，看見各

---

❼ 帶：帶累，連累。

❽ 色情：指男女情愛。

❾ 分拍：分說。

❿ 呆答孩：亦作「呆打孩（頦）」。呆呆地發楞。

⓫ 分：應分，該當。

⓬ 色身：佛家語，即肉身。唐黃滔莆山靈巖寺碑銘：「了公八年冬十月坐亡，色身不壞。」

⓭ 路從丹鳳城邊過二句：語出唐殷堯藩春遊詩：「路從丹鳳樓前過，酒向金魚館內沽。」丹鳳城、丹鳳樓，都是指京城。

如杭
十五

處秀才，都赴選場⑭去了。相公錯過天大好事！（生、旦作忙介）（旦）相公只索快行。（淨）這酒便是「狀元紅」⑮了。

【小措大】（旦把酒介）喜的一宵恩愛，被功名二字驚開。好開懷這御酒三杯，放著四嬋娟人月在⑯。立朝馬五更門外，聽六街⑰裏喧傳人氣概。七步才⑱，蹬上了寒宮八寶臺⑲。沉醉了九重春色⑳，便看花㉑十里歸來。

【前腔】（生）十年窗下㉒，遇梅花凍九㉓纔開。夫貴妻榮八字安排，敢你七香車穩情載㉔。

---

⑭ 選場：科舉考試的試場。

⑮ 狀元紅：酒名。這是借酒名祝柳夢梅考中狀元的吉利話。

⑯ 四嬋娟人月在：四嬋娟，指花、竹、人、月。唐孟郊嬋娟篇：「花嬋娟泛春泉，竹嬋娟籠曉煙，妓嬋娟不長妍，月嬋娟真可憐。」人月在，指人、月並皆團圓。

⑰ 六街：唐京都長安城中左右有六街。也泛指京都的街市。

⑱ 七步才：形容才思的敏捷。魏文帝曹丕嘗命他的弟弟曹植七步中作詩，不成即行大法。植應聲而成詩曰：「煮豆持作羹，漉菽以為汁。萁在釜下燃，豆在釜中泣。本自同根生，相煎何太急！」見世說新語文學。

⑲ 蹬上了寒宮八寶臺：寒宮，廣寒宮，即月宮。古代民間傳說，月由七寶合成。見唐段成式酉陽雜俎天咫。又傳說廣寒宮中有七寶樓臺，為嫦娥所居。這裏的「八寶臺」，當是由於全曲嵌用一到十數字的需要而作的變通。這句的意思是登上蟾宮折桂，狀元及第。

⑳ 沉醉了九重春色：九重，天子所居。楚辭九辯：「君之門以九重。」指宮禁、朝廷。春色，因醉酒而臉上泛出的紅暈。杜甫和賈至舍人早朝大明宮詩：「九重春色醉仙桃。」

㉑ 看花：用唐孟郊登科後詩意：「春風得意馬蹄疾，一日看遍長安花。」

六宮宣㉕有你朝拜，五花誥㉖封你非分外。論四德、似你那三從結願諧㉗。二指大泥金報喜㉘，打一輪皁蓋㉙飛來。

（旦）夫，我記的春容詩句來。

【尾聲】盼今朝得傍你蟾宮客，你和俺倍精神金階對策㉚。高中了，同去訪你丈人、丈母呵，則道俺從地窟裏登仙那大喝采。

㉒十年窗下：指長期寒窗苦讀生涯。古諺：「十年窗下無人問，一舉成名天下知。」見元劉祁歸潛志卷七。

㉓凍九：進入冬至後的數九寒天。

㉔七香車穩情載：七香車，用多種香木或香料塗飾的華美車輛。穩情，准定。

㉕六宮宣：皇后的宣召。六宮，皇后的寢宮，正寢一，燕寢五，合為六宮。

㉖五花誥：朝廷冊封命婦的誥令，用五色金花綾紙製成。

㉗論四德似你那三從結願諧：四德，指婦德、婦言、婦容、婦工。見周禮天官九嬪。三從，指未嫁從父，既嫁從夫，夫死從子。見儀禮喪服。三從四德，都是舊時束縛婦女的封建禮教。

㉘泥金報喜：用摻有金屑的顏料塗飾或書寫的箋帖，唐以來用以報新進士登科之喜。五代王仁裕開元天寶遺事泥金帖子：「新進士才及第，以泥金書帖子，附家書中，用報登科之喜。」

㉙皁蓋：古代官員出行時所用的篷傘。後漢書輿服志上：「中二千石、二千石皆皁蓋，朱兩轓。」元武漢臣老生兒劇第二折：「頭上打一輪皁蓋，馬前列兩行朱衣。」

㉚你和俺倍精神金階對策：和，替，給。金階，宮殿的臺階。對策，即殿試，會試中式的舉人參加的最高一級科舉考試。皇帝親臨殿廷主持，就政事、經義等設問，由應試者作答，稱為「對策」。取中者即為進士，其一甲第一名就是狀元。

（旦）良人的的㉛有奇才，　　劉　氏
（淨）恐失佳期後命催。　　杜　甫
（生）紅粉樓中應計日，　　杜審言
（合）遙聞笑語自天來。　　李　端

㉛ 的的：確實。

第四十齣　僕偵❶

【孤飛雁】（淨扮郭駝挑擔上）世路平消長，十年事老頭兒心上。柳郎君翰墨人家長❷。無營運❸，單承望，天生天養，果樹成行。年深樹老，把園圍拋漾。你索在何方？好沒主量❹。悽惶，趁上他身衣口糧。

「家人做事興，全靠主人命。主人不在家，園樹不開花。」俺老駝一生依著柳相公，種果為生。你說好不古怪：柳相公在家，一株樹上摘百十來箇果兒；自柳相公去後，一株樹上生百十來箇蟲。便胡亂結幾箇兒，小廝們偷箇盡。老駝無主，被人欺負。因此發箇老狠，體探❺俺相公過嶺北來了，在梅花觀養病，直尋到此，早則南安府大封條封了觀門。聽的邊廂人說，道婆為事走了，有箇侄兒癩頭黿是小西門住，去尋問他。（行介）「抹過大東路，投至小西門。」（下）

【金錢花】（丑扮疙童披衣笑上）自小疙辣❻郎當，郎當。官司拿俺為姑娘，姑娘。盡了法，

❶ 偵：原本作「貞」，據三婦本、同文本改。

❷ 翰墨人家長：翰墨人，擅長書畫辭章的人，指讀書人。家長，一家之主，主人。

❸ 營運：營生，生計。

❹ 主量：主意，商量。

❺ 體探：探訪，打聽。

腦皮⑦撞。得了命，賣了房。充小廝⑧，串街坊。

「若要人不知，除非己不為。」自家癩頭黿便是。這無人所在，表白一會。你說姑娘和柳秀才那事，幹得好，又走得好。只被陳教授那狗才稟過南安府，拿了俺去，拷問俺：「姑娘那裏去了？劫了杜小姐墳哩！」你道俺更不聰明，卻也頗頗的⑨，則掉著頭不做聲。那烏官喝道：「馬不弔不肥，人不拶不直，把這廝上起腦箍⑩來！」哎也，哎也，好不生疼！原來用刑人先撈了俺一架金鐘玉磬，替俺方便，稟說：「這小廝夾出腦髓來了。」那烏官喝道：「撚上來瞧。」瞧了，大鼻子一颩⑪，說道：「這小廝真箇夾出腦漿來了。」他不知是俺癩頭上膿，叫鬆了刑，著保在外。俺如今有了命，把柳相公送俺這件黑海青⑫穿擺將起來。（唱介）「擺搖搖，擺擺搖，沒人所在，被俺擺過子橋。」（淨向前叫揖介）小官唱喏⑬。（丑作不回揖，大笑唱介）「俺小官子腰閃價，唱不得子喏。比似你箇駝子唱喏，則當伸子

---

⑥ 疙辣：即疥癩，癩痢頭。

⑦ 腦皮：頭皮，腦瓜。

⑧ 小廝：童兒，僕童。

⑨ 頗頗的：機靈、狡猾的意思。

⑩ 腦箍：箍頭的刑具。

⑪ 颩：音ㄅㄧㄠ。抽搐，聳動。

⑫ 海青：大袖長袍。明鄭明選秕言：「吳中方言稱衣之廣袖者謂之海青。」

⑬ 唱喏：古時男子所行的一種禮節，給人作揖並出聲致敬。元無名氏鴛鴦被劇第一折：「好姑姑，我央及你替我圓成，我唱喏。」喏，音ㄖㄜˇ。

箇腰。」（淨）這賊種，開口傷人。難道做小官的背偏不駝？（丑）刮這駝子嘴，偷了你甚麼，賊？（淨作認丑衣介）別的罷了。則這件衣服，嶺南柳相公的，怎在你身上？（丑）咳呀，難道俺做小官的就沒件乾淨衣服，便是嶺南柳家的？隔這般一道梅花嶺，誰見俺偷來？（淨）這衣帶上有字，你還不認？叫地方！（扯丑作怕倒介）罷了，衣服還你去囉。（淨）耍哩！俺正要問一箇人。（丑）誰？（淨）柳秀才那裏去了？（丑）不知。（淨三問，丑三不知介）（淨）你不說，叫地方去！（丑）罷了，大路頭難好講話，演武廳⑭去。（行介）（淨）好箇僻靜所在。（丑）咦，柳秀才到有一箇，可是你問的不是？你說得像，俺說；你說不像，休想！叫地方？便到官司，俺也只是不說。（淨）這小廝到賊⑮。聽俺道來：

【尾犯序】提起柳家郎，他俊白龐兒，典雅行藏⑯。（丑）是了。多少年紀？（淨）論儀表看他，三十不上。（丑）是了。你是他甚麼人？（淨）他祖上、傳留下俺栽花種糧。自小兒、俺看成他快長。（丑）原來你是柳大官⑰。你幾時別他，知他做出甚事來？（淨）春頭別，跟尋至此，聞說的不端詳。

（丑）這老兒說的一句句著。老兒，若論他做的事，咦！（丑作扯淨耳語，淨聽不見介）（丑）呸！左則⑱

---

⑭ 演武廳：練武場的廳堂。

⑮ 賊：狡黠，滑頭。

⑯ 行藏：出處或行止。這裏指行為舉止。原本「藏」作「粧」，據懷德本、同文本、暖紅本改。

⑰ 大官：對管家或有一定社會地位男子的尊稱。

⑱ 左則：反正，橫豎。

無人，耍他去。老兒，你聽者：

【前腔】他到此病郎當。逢著箇杜太爺衙教小姐的陳秀才，**勾引他養病庵堂，去後園遊賞。**（淨）後來？（丑）一遊遊到小姐墳兒上，拾的一軸春容，朝思暮想，做出事來。（淨）怎的來？（丑）**秀才家為真當假，刼墳偷壙**⑲。（淨驚介）這卻怎了？（丑）你還不知，被那陳教授稟了官，圍住觀門，拖番柳秀才和俺姑娘。行了杖，棚琶拶壓⑳，不怕不招。點了供紙㉑，解上江西提刑廉訪司㉒。問那六案都孔目㉓：「這男女㉔應得何罪？」六案請了律令，稟復道：「但偷墳見屍者，依律一秋㉕。」（淨）怎麼秋？（丑作按淨頭介）這等秋！（淨驚哭介）俺的柳秀才呵，老駝沒處投奔了！（丑笑介）休慌。後來遇赦了，便是那杜小姐活轉來哩。（淨）有這等事？（丑）**活鬼頭還做了秀才正房，俺那死姑娘到**

---

⑲ 壙：墓穴。

⑳ 棚琶拶壓：指用刑。棚琶，亦作「棚扒」。捆綁。拶壓，夾緊手指。拶，拶指，一種以繩繫小木棍可以收緊和放鬆的夾手指的刑具。

㉑ 點了供紙：招供認罪，在供狀上畫押。

㉒ 提刑廉訪司：指提刑廉訪使的官署。宋代設廉訪使者，元代稱肅政廉訪使。明代設提刑按察使。是主管提點刑獄、監察事務的長官。

㉓ 六案都孔目：宋時州縣衙門仿中央六部，設立吏、戶、禮、兵、刑、工六房，各房的吏員稱孔目，總其事者則稱都孔目。

㉔ 男女：對地位卑下者的稱呼或自稱，亦用作詈詞。

㉕ 秋：處決的意思。古代於秋季處決犯人，稱秋決。或謂秋，諧音「抽」，指抽緊繩子，絞死人。

做了梅香伴當㉖。（淨）何往？（丑）臨安去，送他上路，賞這領舊衣裳。

（淨）嚇俺一跳。卻早喜也！

【尾聲】去臨安定是圖金榜。（丑）著了。（淨）俺勒掙㉗著軀腰走帝鄉。（丑）老哥，你路上精細些。現如今一路裏畫影圖形捕兇黨。

（淨）尋得仙源訪隱淪，　朱灣
（丑）郡城南下是通津。　柳宗元
（淨）眾中不敢分明說，　于鵠
（丑）遙想風流第一人。　王維

㉖ 伴當：隨從的僕役。
㉗ 勒掙：強自振作，掙扎。

第四十一齣　耽試

【鳳凰閣】（淨扮苗舜賓引眾上）九邊❶烽火咤，秋水魚龍怎化？廣寒丹桂吐層花，誰向雲端折下？（合）殿闈深鎖❷，取試卷看詳回話。

（集唐）「鑄時天匠❸待英豪譚用之，引手何方一釣鰲❹李咸用？報答春光知有處杜甫，文章分得鳳凰毛❺薛濤。」下官苗舜賓便是。聖上因俺香山能辨番回寶色，欽取來京典試。因金兵搖動，臨軒策士❻，問和戰守三者孰便？各房❼俱已取中頭卷，聖旨著下官詳定。想起來看寶易，看文字難。為甚麼來？

---

❶ 九邊：明代在北方設有遼東、宣府、大同、延綏、寧夏、甘肅、薊州、太原、固原九個邊防重鎮。泛指邊境地區。

❷ 殿闈深鎖：考官閱卷時鎖閉試院，防止泄密。

❸ 鑄時天匠：造化之神。宋歐陽修依韻和聖俞見寄詩：「天匠染青紅，花腰呈裊娜。」這裏指主考官。

❹ 釣鰲：比喻攬取英才。鰲，亦作「鼇」。列子湯問：「一釣而連六鼇。」

❺ 鳳凰毛：喻珍稀之物。這裏指優異出色的文章。

❻ 臨軒策士：即金殿對策。宋史輿服志：「集英殿，臨軒策士則御焉。」皇帝不坐正殿而坐前殿，謂之臨軒。殿前堂陛之間近簷處兩邊有檻楯，如車之軒，故稱。

❼ 各房：科舉考試由若干名同考官協助主考官分房批閱試卷。因分房閱卷，所以又稱房官。各房，指所有的房官。下文「本房」，指批閱、推舉該試卷的房官。

俺的眼睛原是貓兒睛，和碧綠琉璃⑧水晶無二。因此一見真寶，眼睛火出；說起文字，俺眼裏從來沒有。如今卻也奉旨無奈。左右，開箱取各房卷子上來。(眾取卷上，淨作看介) 這試卷好少也。且取天字號三卷，看是何如。第一卷，「詔問：和戰守三者孰便？」「臣謹對：臣聞國家之和賊，如里老⑨之和事。」呀，里老和事，和不得，罷；國家事，和不來，怎了？本房擬他狀元，好沒分曉！且看第二卷，這意思主守。(看介)「臣聞天子之守國，如女子之守身。」也比的小了。再看第三卷，到是主戰。(看介)「臣聞南朝之戰北，如老陽之戰陰⑩。」此語忒奇！但是周易有「陰陽交戰」之說。以前主和，被秦太師⑪誤了。今日權取主戰者第一，主守者第二，主和者第三。其餘諸卷，以次而定。

【一封書】文章五色訛⑫，怕冬烘頭腦⑬多。總費他墨磨，筆尖花⑭無一箇。恁這裏龍門日日開無那，都待要尺水翻成一丈波⑮。卻也無奈了，**也是浪桃花當一科⑯，池裏無魚可**

⑧ 璃：原本作「玻」，據朱墨本、毛定本、三婦本、同文本、暖紅本改。

⑨ 里老：里長。

⑩ 老陽之戰陰：易坤：「陰疑於陽必戰。」孔穎達疏：「陰盛為陽所疑，陽乃發動欲除去此陰……故必戰也。」比喻對侵略者的反擊。

⑪ 秦太師：指南宋權相秦檜，求和賣國，為投降派的代表人物，曾冤殺抗金名將岳飛。

⑫ 文章五色訛：文章變化無窮，使人目迷。訛，迷誤。莊子天地：「五色亂目，使目不明。」

⑬ 冬烘頭腦：譏誚思想的迂腐淺陋。這裏指考生。

⑭ 筆尖花：指文才出眾的人。相傳李白少時，夢見所用之筆頭上生花，後來文才橫逸，名聞天下。見五代王仁裕開元天寶遺事夢筆頭生花。

奈何！（封卷介）

【神仗兒】（生上）風塵戰鬥，風塵戰鬥，奇材輻輳⑰。（丑）秀才來的停當⑱，試期過了。（生）呀，試期過了！文字可進呈麼？（丑）不進呈，難道等你？道英雄入彀⑲，恰鎖院進呈時候。（生）怕沒有狀元在裏也哥？（丑）不多，有三箇了。（生）萬馬爭光，偏驊騮落後。你快稟，有箇遺才⑳狀元求見。（丑）這是朝房裏面。府州縣道，告遺才哩。（生）大哥，你真箇不稟？（哭介）天呵！苗老先生賫發㉑俺來獻寶，止不住卞和㉒羞，對重瞳雙淚流。

---

⑮ 尺水翻成一丈波：尺水，小水。尺水丈波，原喻小事引起大風波。這裏指人才識短淺，而想掇取高第。

⑯ 浪桃花當一科：浪桃花，指春汛時的桃花浪。傳說河津桃花浪起，大魚集龍門之下，躍過龍門的就化為龍。見藝文類聚卷九六引辛氏三秦記。後即用以比喻春闈（春天舉行的進士試）。當一科，此連下句，意思是雖然沒有高才，也算是考過了一屆。

⑰ 輻輳：聚集，會合。輻，車輪中湊集於轂上的直木。輳，同「湊」。

⑱ 停當：妥當。這裏是反話。

⑲ 英雄入彀：唐太宗曾私幸端門，看到新進士連接列隊而出，欣喜地說：「天下英雄入吾彀中矣！」見五代王定保唐摭言述進士上篇。彀中，指弓箭射程之內。入彀，比喻人才受到籠絡、網羅。

⑳ 遺才：鄉試前，秀才因故未參加預試要求補考的，稱為遺才。經核准臨時添補的，稱為錄遺。告遺才，就是以遺才的身分要求補考。進士考試本不錄遺，所以下文丑說：「府州縣道，告遺才哩。」

㉑ 賫發：資助打發。

㉒ 卞和：楚人卞和在楚山中得到璞玉，先後獻給厲王和武王，都被當作石頭，以欺誑之罪被刖去兩足。及至文

（淨聽介）掌門的，這甚麼所在！拿過來。（丑扯生進介）（生）告遺才的，望老大人收考。（淨）哎也，聖旨臨軒，翰林院封進，誰敢再收？（生哭介）生員從嶺南萬里帶家口而來，無路可投，願觸金階而死。（生起觸階，丑止介）（淨背介）這秀才像是柳生，真乃南海遺珠也。（回介）秀才上來，可有卷子？（生）卷子備有。（淨）這等，姑准收考，一視同仁。（生跪介）千載奇逢！（淨念題介）「聖旨：問汝多士㉓，近聞金兵犯境，惟有和戰守三策，其便何如？」（生叩頭介）領聖旨。（起介）（丑）東席舍去。（生寫策介）（淨再將前卷細觀看介）頭卷主戰，二卷主守，三卷主和。主和的怕不中聖意。（生交卷，淨看介）呀，風簷寸晷㉔，立掃千言。可敬，可敬！俺急忙難看，只說和戰守三件，你主那一件兒？（生）生員也無偏主。天下大勢，能戰而後能守，能守而後能戰㉕，可戰可守而後能和。如醫用藥，戰為表，守為裏，和在表裏之間。（淨）高見，高見！則當今事勢何如？

【馬蹄花】（生）當今呵，**寶駕遲留㉖，則道西湖晝錦遊㉗。為三秋桂子，十里荷香，一段**

王即位，才使玉匠理其璞而得到寶玉，這就是「和氏之璧」。見韓非子和氏。

㉓ 多士：眾多的賢士。詩大雅文王：「濟濟多士，文王以寧。」

㉔ 風簷寸晷：風簷，擋風的屋簷。寸晷，短暫的時間。晷，日影。形容科舉考場環境清冷，時間緊迫。明謝肇淛五雜俎事部三：「然七義五策皆似太多，風簷寸晷，力不能辦。」

㉕ 天下大勢三句：原本無，據朱墨本、毛定本、三婦本補。

㉖ 當今呵二句：當今，指現今在位的皇帝。寶駕，皇帝的車駕。

㉗ 則道西湖晝錦遊：晝錦，衣錦還鄉。項羽入關以後，思歸江東，說：「富貴不歸故鄉，如衣錦夜行。」見漢書項籍傳。句意是說，皇帝留戀西湖景色，把杭州當作了故鄉。

耽試

邊愁。則願的「吳山立馬」那人休㉘，俺燕雲唾手㉙何時就？若止是和呵，小朝廷羞殺江南；便戰守呵，請鑾輿略近神州㉚。

（淨）秀才言之有理。

【前腔】聖主垂旒㉛，想泣玉遺珠一網收。對策者千餘人，那些不知時務，未曉天心，怎做儒流？似你呵，三分話點破帝王憂，萬言策檢盡乾坤漏。（生）小生嶺南之士。（淨低介）知道了。你釣竿兒拂綽了珊瑚㉜，敢今番著了鰲頭。

秀才，午門㉝外候旨。（生應出，背介）這試官卻是苗老大人。嫌疑之際，不敢相認。「且當清鏡明開眼，惟願朱衣暗點頭㉞。」（生下）（淨）試卷俱已詳定。左右，跟隨進呈去。（行介）「絲綸閣下文章靜，鐘

㉘吳山立馬那人休：指金主亮。參看第十五齣㉓。

㉙燕雲唾手：比喻收復北方失地，唾手可得。五代後晉石敬塘曾割讓燕雲十六州給契丹。見新五代史晉高祖紀。其地約當今河北、山西兩省的北部。

㉚請鑾輿略近神州：請皇帝由臨安遷都靠近中原的地區。鑾輿，皇帝的車駕。神州，中國。這裏指中原地區。

㉛垂旒：帝王冠冕前後懸垂的玉串。指居帝王之位。

㉜釣竿兒拂綽了珊瑚：拂綽，觸及，舉起。全句以釣到珊瑚比喻獲取功名。唐杜甫送孔巢父謝病歸遊江東兼呈李白詩：「釣竿欲拂珊瑚樹。」

㉝午門：帝王宮城的正門，為百官待朝、候旨的地方。

㉞朱衣暗點頭：指科舉中選。宋趙令時侯鯖錄：「歐陽修知貢舉日，每過考試卷，坐後嘗覺一朱衣人時復點頭，然後其文入格……嘗有句云：『唯願朱衣一點頭。』」

鼓樓中刻漏長。」㉟呀，那裏鼓響？（內急擂鼓介）（丑）是樞密府㊱樓前邊報鼓。（內馬嘶介）（淨）邊報警急。怎了，怎了？（外扮老樞密上）「花萼夾城通御氣，芙蓉小苑入邊愁。」㊲（見介）（淨）老先生奏邊事而來？（外）便是。先生為進卷而來？（淨）正是。（外）今日之事，以緩急為先後，僭㊳了。

（外叩頭奏事介）掌管天下兵馬知樞密院事臣謹奏俺主。（內宣介）所奏何事？

【滴溜子】（外）金人的、金人的風聞入寇。（內）誰是先鋒？（外）李全的、李全的前來戰鬥。（內）到甚麼地方了？（外）報到了淮揚左右。（內）何人可以調度？（外）有杜寶現為淮揚安撫。怕邊關早晚休，要星忙㊴廝救。

（淨叩頭奏事介）臣看卷官苗舜賓謹奏俺主。

【前腔】臨軒的、臨軒的文章看就，呈御覽、呈御覽定其卷首。黃道日傳臚祇候㊵，眾

㉟ 絲綸閣下文章靜二句：句出唐白居易紫薇花詩。原詩「章」作「書」。絲綸閣，擬寫詔令的地方。禮記緇衣：「王言如絲，其出如綸。」因稱帝王的詔書為絲綸。刻漏，古代的計時器。

㊱ 樞密府：即樞密院，宋元時中央掌管軍事的官署，其長官稱樞密使，簡稱樞密。

㊲ 花萼夾城通御氣二句：句出唐杜甫詩秋興八首之六。花萼，唐玄宗建於興慶宮西南面的樓名。夾城，兩邊築有高牆的通道。從興慶宮到曲江芙蓉園有夾城相通。芙蓉小苑，即芙蓉園，在長安南面的曲江。

㊳ 僭：謙辭，越分占先之意。

㊴ 星忙：如流星般趕緊。

㊵ 黃道日傳臚祇候：黃道日，舊時星命家的迷信說法，謂青龍、明堂、金匱、天德、玉堂、司命六吉神值日之時，諸事皆宜，不避凶忌，稱為黃道吉日。傳臚，殿試揭曉唱名的一種儀式。祇候，恭候。

多官在殿頭，把瓊林宴㊶備久。

（內）奏事官午門外伺候。（外、淨同起介）（淨）老先生聽的金兵為何而動？（外）適纔不敢奏知，金主此行，單為來搶占西湖美景。（淨）癡韃子，西湖是俺大家受用的，若搶了西湖去，這杭州通沒用了。（內宣介）聽旨：「朕惟治天下有緩有急，乃武乃文。今淮揚危急，便著安撫杜寶前去迎敵，不可有遲。其傳臚一事，待干戈寧集，偃武修文。可諭知多士。」叩頭。（外、淨叩頭呼「萬歲」起介）

（外）澤國㊷江山入戰圖，　曹松
（淨）曳裾㊸終日盛文儒。　杜甫
（外）多才自有雲霄望，　錢起
（淨）其奈邊防重武夫。　杜牧

㊶ 瓊林宴：皇帝賜新科進士的宴會。宋代曾於瓊林苑（在汴京城西）賜宴新進士。見宋葉夢得石林燕語卷一。

㊷ 澤國：水鄉。

㊸ 曳裾：「曳裾王門」的省語，指奔走於王侯權貴之門。裾，衣服的大襟。漢書鄒陽傳：「飾固陋之心，則何王之門不可曳長裾乎？」

第四十二齣　移　鎮

【夜遊朝】（外扮杜安撫引眾上）西風揚子津頭樹，望長淮渺渺愁予❶。枕障❷江南，鉤連塞北，如此江山幾處？

〔訴衷情〕「砧聲又報一年秋，江水去悠悠。塞草中原何處？一雁過淮樓。　天下事，鬢邊愁，付東流。不分吾家小杜，清時醉夢揚州❸。」自家淮揚安撫使杜寶。自到揚州三載，雖則李全騷擾，喜得大勢平安。昨日打聽金兵要來，下官十分憂慮。可奈夫人不解事，偏將亡女絮傷心。

【似娘兒】（老旦引貼上）夫主掌兵符。也相從燕幙棲遲❹，（嘆介）畫屏風外秦淮❺樹。看兩點金、焦❻，十分眉恨，片影江湖。

❶ 望長淮渺渺愁予：望著浩渺的淮河，使我發愁。楚辭九歌湘夫人：「帝子降兮北渚，目眇眇兮愁予。」

❷ 枕障：猶枕屏，置於枕前的屏風。這裏是以之作為枕障的意思。

❸ 不分吾家小杜二句：不分，猶不忿，不服氣，不平。小杜，晚唐詩人杜牧。人稱杜甫為老杜，杜牧為小杜。新唐書杜牧傳：「牧於詩，情致豪邁，人號為『小杜』，以別杜甫云。」清時，政治清明之時。杜牧遣懷詩有云：「十年一覺揚州夢，贏得青樓薄倖名。」分，音ㄈㄣˋ。

❹ 燕幙棲遲：燕幙，即燕幕。左傳襄公二十九年：「夫子之在此也，猶燕之巢於幕上。」燕子在帳幕上築巢，比喻處境十分危險。棲遲，游息。

❺ 秦淮：流經南京的河名。

（老旦）相公萬福。（外）夫人免禮。〔玉樓春〕（老旦）相公，「幾年別下南安路，春去秋來朝復暮。（外）空懷錦水❼故鄉情，不見揚州行樂處。（老旦）你摩挲❽老劍評今古，那箇英雄閑處住？（淚介）（合）忘憂恨自少宜男❾，淚灑嶺雲江外樹。」（老旦）相公，我提起亡女，你便無言。豈知俺心中愁恨，一來為苦傷女兒，二來為全無子息。待趁在揚州尋下一房，與相公傳後，尊意何如？（外）使不得，部民❿之女哩。（老旦）這等，過江金陵女兒可好？（外）當今王事匆匆，何心及此？（老旦）苦殺俺麗娘兒也！（哭介）（淨扮報子⓫上）「詔從日月威光遠，兵洗⓬江淮殺氣高。」稟老爺，有朝報。（外起看報介）樞密院一本，為金兵寇淮事。奉聖旨：「便著淮揚安撫使杜寶刻日渡淮，不許遲誤。欽此。」呀，兵機緊急，聖旨森嚴。夫人，俺同你移鎮淮安，就此起程也。（丑扮驛丞上）「羽檄⓭從參贊，牙籤報驛程⓮。」稟老爺，船隻齊備。（內鼓吹介）（上船介）（內稟「合屬官吏候送」，外分付「起去」介）（外）

---

❻ 金焦：金山和焦山，分別在鎮江的西北和東北。

❼ 錦水：即錦江，岷江支流，在今四川成都平原。

❽ 摩挲：撫摩。原本「挲」作「梭」，此據三婦本、暖紅本。

❾ 忘憂恨自少宜男：忘憂，草名，即萱草，又名宜男草，俗名金針菜、黃花菜。古人以為備之可以忘憂；又相傳孕婦備之則宜男。這裏語含雙關。

❿ 部民：治下的人民。

⓫ 報子：探聽、報告消息的人。

⓬ 兵洗：洗兵，傳說周武王出師遇雨，認為是老天洗刷兵器。見漢劉向說苑權謀。這裏是說洗刷兵器，準備戰鬥。

⓭ 羽檄：羽書，古代軍事文書，插鳥羽以表示緊急。

夫人，又是一江秋色也。

【長拍】天意秋初，天意秋初，金風⑮微度，城闕外畫橋煙樹。看初收潑火⑯，嫩涼生微雨沾裾。移畫舸浸蓬壺⑰。報潮生風氣肅，浪花飛吐，點點白鷗飛近渡。風定也，落日搖帆映綠蒲，白雲秋窣的鳴簫鼓。何處菱歌⑱，喚起江湖⑲？

（外）呀，岸上跑馬的甚麼人？

【不是路】（末扮報子跑馬上）馬上傳呼，慢櫓停船看羽書。（外）怎的來？（末）那淮安府，李全將次逞狂圖。（外）可發兵守禦麼？（末）怎支吾⑳？星飛調度憑安撫。則怕這水路裏耽延，你還走旱途。（外）休驚懼。夫人，吾當走馬紅亭路㉑。你轉船歸去，轉船歸去。

（老旦）咳，後面報馬又到哩。

---

⑭ 牙籤報驛程：唐杜甫宿青草湖詩：「郵籤報水程。」仇兆鰲注引朱注：「籌漏謂之郵籤。」牙籤，即郵籤，夜間報時的更籌。驛程，驛站之間的里程。

⑮ 金風：秋風。文選張協雜詩：「金風扇素節。」李善注：「西方為秋而主金，故秋風曰金風也。」

⑯ 潑火：指暑氣。

⑰ 蓬壺：即蓬萊，古代傳說中海上的三座仙山之一。這裏形容江上的景色有如仙境。

⑱ 菱歌：採菱人所唱之歌。

⑲ 江湖：江湖為隱士所居，引申指退隱之心。

⑳ 支吾：抵擋，對付。

㉑ 紅亭路：指陸路。紅亭，猶長亭，送別行人、供路人休憩之處。

【前腔】（丑扮報子上）萬騎胡奴，他要塹斷長淮塞五湖㉒。老爺快行，休遲誤。小的先去也，怕圍城緩急要降胡。（下）（老旦哭介）待何如？你星霜滿鬢㉓當戎虜，似這烽火連天各路衢。（外）真愁促㉔，怕揚州隔斷無歸路。再和你相逢何處，相逢何處？

夫人，就此告辭了。揚州定然有警，可徑走臨安㉕。

【短拍】老影分飛，老影分飛，似參軍杜甫，把山妻泣向天隅㉖。（老旦哭介）無女一身孤，亂軍中別了夫主。（合）有甚麼命夫命婦㉗？都是些鰥寡孤獨！生和死，圖的箇夢和書。

【尾聲】（老旦）老殘生兩下裏自支吾。（外）俺做的是這地頭軍府㉘。（老旦）老爺，也珍重你這滿眼兵戈一腐儒。

（外下）（老旦嘆介）天呵，看揚州兵火滿道。春香，和你徑走臨安去也。

㉒ 五湖：通常指五個著名的湖泊，其說法不一；也用以專指太湖。這裏是後一義。

㉓ 星霜滿鬢：兩鬢全花白了。星霜，斑白。宋晏殊滴滴金詞：「不覺星霜鬢邊白，念時光堪惜。」

㉔ 愁促：憂愁窘迫。

㉕ 臨安：原本作「長安」，其餘各本均作「臨安」，今據改。

㉖ 老影分飛四句：老影分飛，指老夫妻分離。按，杜甫於唐肅宗乾元元年（七五八）由左拾遺出為華州司功參軍，七月，到達華州。其時正在安史亂中，杜甫與妻兒離散。

㉗ 命夫命婦：古代稱受有天子爵命的男子為命夫，受過朝廷封號的婦人為命婦。

㉘ 地頭軍府：當地的軍事長官。軍府，將帥的府署，引申為指揮一方軍事的統帥。

隋堤㉙風物已淒涼，　吳融
楚漢寧教作戰場。　韓偓
閩閣不知戎馬事，　薛濤
雙雙相趁下殘陽。　羅鄴

㉙隋堤：隋煬帝開掘運河，沿堤種植楊柳，後人稱為隋堤。這裏指淮揚一帶。

第四十三齣　禦淮

【六么令】（外引生、末、眾扮軍人上）西風揚譟，慢騰騰殺氣兵妖。望黃淮秋捲浪雲高。排雁陣，展龍韜❶，斷重圍殺過河陽❷道。

（外）走乏了。眾軍士，前面何處？（眾）淮城近了。（外望介）天呵！〔昭君怨〕「剩得江山一半，又被胡笳吹斷。（眾）秋草舊長營，血風腥。（外）聽得猿啼鶴怨❸，淚濕征袍如汗。（眾）老爺呵，無淚向天傾，且前征。」（外）眾三軍，俺的兒，你看咫尺淮城，兵勢危急。俺們一邊捨死先衝入城，一面奏請朝廷添兵救助。三軍聽吾號令，鼓勇而行。（眾哭應介）謹如軍令！

【四邊靜】（行介）坐鞍心把定中軍號，四面旌旗遶。旗開日影搖，塵迷日光小。（合）胡兵氣驕，南兵路遙。血暈幾重圍，孤城怎生料！

（外）前面寇兵截路，衝殺前去。（合下）

【前腔】（淨引丑、貼扮眾軍喊上）李將軍❹射雁穿心落，豹子翻身嚼❺。單尖寶蹬挑，把追

---

❶ 龍韜：舊題周呂望撰兵書六韜之一。泛指兵法韜略。
❷ 河陽：黃河北岸，南宋時淪入金人之手。
❸ 猿啼鶴怨：形容將士的哀怨嗟嘆之聲。藝文類聚卷九〇引葛洪抱朴子：「周穆王南征，一軍盡化，君子為猿為鶴，小人為蟲為沙。」

風颭旗兒梟❻。（合前）

（淨笑介）你看俺溜金王，手下雄兵萬餘，把淮陰城圍了七週遭，好不緊也！（內擂鼓喊介）（淨）呀，前路兵風，想是杜安撫來到。分兵一千，迎殺前去。（虛下）（外、眾唱「合前」上）（淨、眾上打話，單戰介）（淨叫眾擺長陣攔路介）（外叫眾軍衝圍殺進城去介）（淨）呀，杜家兵衝入圍城去了，且由他。喫盡糧草，自然投降也。（合前）（下）

【番卜算】（老旦、末扮文官上）鎮日陣雲飄，閃卻烏紗帽。（淨、丑扮武官上）（淨）長鎗大劍把河橋，（丑）鼓角如龍叫。

（見介）請了。〔更漏子〕（老旦）「枕淮樓，臨海際。（末）殺氣騰天震地。（丑）聞砲鼓，使人驚，插天飛不成。（淨）匣中劍，腰間箭，領取背城一戰❼。（合）愁地道，怕天衝❽，幾時來杜公？」（老旦）俺們是淮安府行軍司馬和這參謀，都是文官。遭此賊兵圍緊，久已迎接安撫杜老大人，還不見到。敢

❹ 李將軍：指西漢名將李廣，當時匈奴號稱他為飛將軍。以善射著稱。見史記李將軍列傳。這裏李全用以自比。

❺ 嚼：銜在馬口中的嚼子。這裏是籠住嚼子的意思。

❻ 追風颭旗兒梟：追風，迎風，隨風。颭旗，小旗。詞林摘豔無名氏鬥鵪鶉驃騎禿厮兒套曲：「追風颭旗手內揉。」梟，搖動。

❼ 背城一戰：背對城牆作最後決戰。三國志蜀志後主傳「六年夏」裴松之注引習鑿齒漢晉春秋：「便當父子君臣背城一戰，同死社稷，以見先帝可也。」

❽ 天衝：指衝車，古代用以衝城攻堅的兵車。

問二位留守將軍，有何計策？（丑）依在下所見，降了他罷。（末）怎說這話？（丑）不降，走為上計。（老旦）走的一箇，走不的十箇。（丑）這般說，俺小奶奶那一口放那裏？（淨）鎖放大櫃子裏。（丑）鑰匙哩？（淨）放俺處。李全不來，替你託妻寄子。（丑）李全來哩？（淨）替你出妻獻子。（丑）好朋友，好朋友！（內擂鼓喊介）（生扮報子上）報，報，報！正南一枝兵，破圍而來，是杜老爺到也。（眾）快開城門迎接去。「天地日流血，朝廷誰請纓⑨？」（眾並下）

【金錢花】（外引眾上）連天殺氣蕭條，蕭條。連城圍了週遭，週遭。風喇喇，陣旗飄。叫開城，下弔橋⑩。（老旦等上）（合）文和武，索迎著。

（老旦等跪介）文武官屬迎接老大人。（外）起來，敵樓相見。（老旦等應起，下）

【前腔】（外）胡塵染惹征袍，征袍。血花風腥寶刀，寶刀。（內擂鼓介）淮安鼓，揚州簫。擺鑾旗⑪，登麗譙⑫。（合）排衙了，列功曹。

（到介）（貼扮辦事官⑬上）稟老爺升堂。

---

⑨ 請纓：自告奮勇請求從軍報國。典出漢書終軍傳：「軍自請：『願受長纓，必羈南越王而致之闕下。』」纓，繩子。

⑩ 弔橋：架設在城門口護城河上可以弔起和放下的橋。

⑪ 鑾旗：用作儀仗上面繡有鸞鳥的旗。

⑫ 麗譙：華麗的高樓。這裏指城樓。

⑬ 辦事官：原本無「事」字，據懷德本、同文本、暖紅本補。

禦淮

【粉蝶兒引】（外）萬里寄龍韜，那得戍樓清嘯⑭？（貼報門介）文武官屬進。（老旦等參見介）孤城累卵⑮，方當萬死之危；開府弄丸，來赴兩家之難⑯。凡俺官僚，禮當拜謝。（外）兵鋒四起，勞苦諸公，皆老夫遲慢之罪，只長揖便了。（眾應、起揖介）（外）看來此賊頗有兵機，放俺入城，其中有計。（眾）不過穿地道，起雲梯⑰，下官粗知備禦。（外）怕的是鎖城之法耳。（丑）敢問何謂鎖城？是裏面鎖，外面鎖？外面鎖，鎖住了溜金王；若裏面鎖，連下官都鎖住了。（外）不提起罷了。城中兵幾何？（淨）一萬三千。（外）糧草幾何？（末）可支半年。（外）文武同心，救援可待。（內擂鼓喊介）（生扮報子上）報，報！李全兵緊圍了城。（外長嘆介）這賊好無禮也！

【劃鍬兒】兵多食廣禁⑱圍遶，則要你文班武職兩和調。（眾）巡城徹昏曉，這軍民苦勞。（內喊介，泣介）（合）那兵風正號，俺軍聲靜悄。（外拜天，眾扶同拜介）淚灑孤城，把蒼天暗禱。

---

⑭ 戍樓清嘯：戍樓，瞭望樓。晉代的劉琨在晉陽時，為胡騎重重圍困。琨乃乘月登樓長嘯，又於夜半和清晨吹奏胡笳，使敵人歔欷感嘆，懷歸心切，並棄圍而走。見晉書劉琨傳。

⑮ 累卵：堆疊起來的蛋，比喻十分危險。

⑯ 開府弄丸二句：開府，古代軍政大員開立府署，設置僚屬。這裏指杜寶。弄丸，一種拋接多個彈丸，不使落地的技藝。楚國的勇士熊宜僚，居於市南，善於弄丸。白公勝陰謀作亂，將殺令尹子西，企圖使宜僚屈從。宜僚正上下弄丸而不應。謀不成，遂使白公、子西兩家之難解。見左傳哀公十六年。後來就把宜僚作為排難解紛的代表人物。莊子徐无鬼：「昔市南宜僚弄丸，而兩家之難解。」

⑰ 雲梯：古代攻城時攀登城牆的長梯。

⑱ 禁：耐得住，經得起。

【前腔】（眾）危樓百尺堪長嘯，籌邊⑲兩字寄英豪。（外）江淮未應小⑳，君侯佩刀㉑。（合前）

（外）從今日起，文官守城，武官出城，隨機策應。（丑）則怕大金家兵來了。（外）金兵呵，

【尾聲】他看頭勢而來不定交㉒，休先倒折了趙家旗號。便來呵，也少不得死裏求生那一著敲㉓。

（淨）日日風吹虜騎塵，　陳　標

（丑）三千犀甲擁朱輪。　陳　陶

（外）胸中別有安邊計，　曹　唐

（眾）莫遣功名㉔屬別人。　張　籍

⑲ 籌邊：籌劃邊境事務。

⑳ 江淮未應小：江淮重地，不應小視。

㉑ 君侯佩刀：君侯，通常用為對達官貴人的敬稱。這裏是杜寶自指。佩刀，戎裝佩刀，親臨指揮。

㉒ 他看頭勢而來不定交：頭勢，勢頭，指軍事形勢。定交，停止，罷休。元鄭光祖倩女離魂劇第一折：「俺氣氳氳喟然一聲不定交。」

㉓ 一著敲：指一次決戰。

㉔ 功名：這裏指功業和名聲。

第四十四齣　急難

【菊花新】（旦上）曉妝臺圓夢鵲聲高❶，閑把金釵帶笑敲。博山❷秋影搖，盼泥金俺明香暗焦❸。

「鬼魂求出世，貧落望登科。夫榮妻貴顯，凝盼事如何？」俺杜麗娘跟隨柳郎科試，偶逢天子招賢，只這些時還遲喜報。正是：「長安咫尺如千里，夫壻迢遙第一人。」

【出隊子】（生上）詞場❹湊巧，無奈兵戈起禍苗。盼泥金賺殺玉多嬌，他待地窟裏隨人上九霄。一脈離魂，江雲暮潮。

（見介）（旦）柳郎，你回來了。望你高車晝錦，為何徒步而回？（生）聽俺道來：

【瓦盆兒】去遲科試，收場鎖院散群豪。（旦）咳，原來去遲了。（生）喜逢著舊知交。（旦）可曾補上？（生）虧他滿船明月又把去珠淘。（旦喜介）好了。放榜未？（生）恰正在奏龍樓，開

---

❶ 圓夢鵲聲高：圓夢，解說夢中事，以附會和預測人事吉凶。鵲的鳴叫聲，民間習俗以為是吉兆、喜報。這是說，喜鵲高叫，彷彿在為自己解說夢境，是吉祥的兆頭。

❷ 博山：古代一種鑄造精美的香爐名。見西京雜記卷一。通常作為名貴香爐的代稱。

❸ 明香暗焦：以香的燃燒（燒焦）雙關內心的焦急。

❹ 詞場：科場。唐白居易喜敏中及第偶示所懷詩：「自知群從為儒少，豈料詞場中第頻。」

端甫
急難

鳳榜，蹊蹺。(旦)怎生蹊蹺？(生)你不知大金家兵起，殺過淮揚來了。忙喇煞細柳營❺，權將杏苑拋❻，剛則遲誤了你夫人花誥。(旦)遲也不爭幾時。則問你淮揚地方，便是俺爹爹管轄之處了？(生)便是。(旦哭介)天也，俺的爹娘怎了！(泣介)(生)直恁的活擦擦❼、痛生生，腸斷了。比如你在泉路裏可心焦？

(旦)罷了。奴有一言，未忍啟齒。(生)但說不妨。(旦)柳郎，放榜之期尚遠，欲煩你淮揚打聽爹娘消耗❽，未審許否？(生)謹依尊命。奈放小姐不下。(旦)不妨，奴家自會支吾。(生)這等，就此起程了。

【榴花泣】(旦)白雲親舍❾，俺孤影舊梅梢。道香魂恁寂寥，怎知魂向你柳枝銷❿。維

---

❺ 忙喇煞細柳營：忙喇煞，忙碌煞。細柳營，漢文帝時，周亞夫為將軍，屯軍於細柳，以紀律嚴明著稱。見史記絳侯周勃世家。後來就作為軍營的代稱。細柳，在今陝西省咸陽市西南渭河北岸。這句指軍情緊急、繁忙。

❻ 權將杏苑拋：暫且把錄取新進士的事拋開一邊。杏苑，即杏園，唐代賜宴新進士之處。故址在今陝西省西安市郊大雁塔南。五代王定保唐摭言慈恩寺題名遊賞賦詩雜記：「神龍已來，杏園宴後，皆於慈恩寺塔下題名。同年中推一善書者記之。」後即以杏園或杏苑指新科進士遊宴之處。

❼ 活擦擦：活活地。

❽ 消耗：音信，消息。

❾ 白雲親舍：舊唐書狄仁傑傳：「仁傑赴并州，登太行山，南望見白雲孤飛，謂左右曰：『吾親所居，在此雲下。』瞻望佇立久之，雲移乃行。」後來就以「白雲親舍」為思念親人的典故。

❿ 魂向你柳枝銷：魂銷，形容黯然神傷。南朝梁江淹別賦：「黯然銷魂者，唯別而已矣。」古人折柳贈別，這

揚千里，長是一靈飄。回生事少，爺娘呵，聽的俺活在人間驚一跳。平白地鳳壻⑪過門，好似半青天鵲影成橋⑫。

【前腔】（生）俺且行且止，兩處係心苗。要留旅店伴多嬌，（旦）有姑姑為伴。（生）陰人難伴你這冷長宵。把心兒不定，還怕你舊魂飄。（旦）再不飄了。（生）俺文高中高，怕一時榜下歸難到。（旦泣介）俺爺娘呵！（生）你念雙親捨的離情，俺為半子怎惜攀高⑬！

小姐，卑人⑭拜見岳翁、岳母，起頭便問及回生之事了。

【漁家燈】（旦嘆介）說的來似怪如妖，怕爹爹執古妝喬⑮。（想介）有了，將奴春容帶在身傍。但見了一幅春容，少不的問俺兩下根苗。（生）問時怎生打話？（旦）則說是天曹，偶然註定的姻緣到，驀踏著墓墳開了。（生）說你先到俺書齋纔好。（旦羞介）休喬，這話教人笑。略說與梅香賊牢⑯。

裏的柳枝，雙關惜別和柳夢梅。

⑪ 鳳壻：女壻的美稱。用蕭史和弄玉吹簫作鳳鳴、居鳳臺並跨鳳仙去的故事。

⑫ 鵲影成橋：民間傳說，每年七夕牛郎、織女渡銀河相會，喜鵲為之填河駕橋。這裏比喻喜事的突然來臨。

⑬ 攀高：攀附地位比自己高的人。指尋訪做高官的岳父。

⑭ 卑人：淺陋卑下的人，男子自稱的謙詞。

⑮ 怕爹爹執古妝喬：爹爹，原本作「爺爺」，據毛定本、格正本、三婦本改。執古，固執。妝喬，裝模作樣。喬，原本作「蹻」，據懷德本、格正本、三婦本、同文本、暖紅本改。

【前腔】(生)俺滿意兒待駟馬過門⑰，和你離魂女同歸氣高。誰承望探高親去傍干戈，怕寒儒欠整衣毛⑱。(旦)女壻老成些不妨。則途路孤悽⑲，使奴掛念。(生)秋霄，雲橫雁字⑳斜陽道，向秦淮夜泊魂銷。(旦)夫，你去時冷落些，回來報中狀元呵。(生)名標，大拜門㉑喧笑，抵多少駙馬還朝㉒！

(淨上)「雨傘晴兼雨，春容秋復春。」包袱、雨傘在此。

【尾聲】(拜別介)(旦)秀才郎探的箇門楣著，(生)報重生這歡聲不小。(旦)柳郎，那裏平安了便回，休只顧的月明橋上聽吹簫㉓。

(生)不為經時謁丈人，　劉商

⑯ 賊牢：狡黠，機警。這裏作名詞用，猶如說機靈鬼。

⑰ 滿意兒待駟馬過門：滿意兒，滿心以為，一心一意。駟馬，用四匹馬駕的車，表示闊綽。過門，指正式迎娶杜麗娘。

⑱ 欠整衣毛：謂衣衫不整。

⑲ 孤悽：孤單淒涼。悽，原本作「栖」，此據朱墨本、暖紅本。三婦本作「恓」。

⑳ 雁字：雁群飛行時排列成「人」字或「一」字。

㉑ 大拜門：指高官、豪門。元李直夫虎頭牌劇第二折：「可便是大拜門撒敦家的筵宴。」

㉒ 抵多少駙馬還朝：抵多少，好比是。這句的意思是，風光好比駙馬還朝。魏晉以後，例封皇帝的女壻為駙馬都尉，簡稱駙馬，因以指皇帝的女壻。

㉓ 月明橋上聽吹簫：指留戀揚州，樂而忘返。唐杜牧寄揚州韓綽判官詩：「二十四橋明月夜，玉人何處教吹簫？」

（旦）囊無一物獻尊親。 杜　甫
（生）馬蹄漸入揚州路， 章孝標
（旦）兩地各傷無限神。 元　稹

第四十五齣 寇間

【包子令】（老旦、外扮賊兵巡哨上）大王原是小嘍囉，嘍囉。娘娘原是小旗婆❶，旗婆。立下箇草朝❷忒快活，虧心又去搶山河。（合）轉巡羅❸，山前山後一聲鑼。

兄弟，大王爺攻打淮城，要箇人見杜安撫打話。大路頭影兒沒一箇，小路頭尋去。（唱前合下）

【駐馬聽】（末雨傘、包袱上）家舍南安，有道為生新失館。要腰纏十萬，教學千年，方纔滿貫❹。俺陳最良為報杜小姐之事，揚州見杜安撫大人。誰知他淮安被圍，教俺沒前沒後。大路上不敢行走，抄從小路而去。學先師傳食走胡旋❺，怯書生避寇遭塗炭❻。你看樹影雕殘，猿啼虎

❶ 旗婆：明代有旗軍之制。這裏指女旗兵。

❷ 草朝：占山立寨，草寇建立的偽朝廷。

❸ 羅：同「邏」。朱墨本作「邏」。

❹ 要腰纏十萬三句：南朝梁殷芸小說：「有客相從，各言所志，或願為揚州刺史，或願多貲財，或願騎鶴上升。其一人曰：『腰纏十萬貫，騎鶴上揚州。』」原以形容想盡占好處的過分貪欲。這裏是說教師收入菲薄，要達到腰纏十萬貫，得教一千年書。

❺ 先師傳食走胡旋：先師，指孔子。傳食，輾轉受人供養。孔子曾周遊列國，受各國諸侯的供養。走胡旋，到處奔走。胡旋，原是唐時傳入的西北民族的舞蹈名。新唐書禮樂志十一：「胡旋舞，舞者立毬上，旋轉如風。」

❻ 塗炭：比喻陷入危難的境地。書仲虺之誥：「有夏昏德，民墜塗炭。」孔傳：「民之危險，若陷泥墜火。」

嘯教人嘆。

（老⑦、外上）「明知山有虎，故向虎邊行。」烏漢那裏去？（拿介）（末）饒命，大王。（外）還有箇大王哩。（末）天，天，怎了！正是：「烏鴉喜鵲同行，吉凶全然未保。」（並同下）

【普賢歌】（淨、丑眾上）莽乾坤生俺賊兒頑，誰道賊人膽裏單！南朝俺不蠻，北朝俺不番⑧。甚天公有處安排俺⑨？

（淨）⑩娘娘，俺和你圍了淮安許時，只是不下。要得箇人去淮安打話，兼看杜安撫動定⑪如何？則眼下無人可使哩。（丑）必得杜老兒親信之人，將計就計，方且可行。

【粉蝶兒】（外綁末上）沒路走羊腸⑫，天，天呵，撞入這屠門怎放！

（見介）（外）稟大王，拿的箇南朝漢子在此。（淨）是箇老兒。何方人氏，作何生理⑬？（末）聽稟：

---

⑦ 老：原本作「丑」，據三婦本改。

⑧ 南朝俺不蠻二句：蠻，舊時對南方少數民族或南方人的輕蔑稱呼。番，舊時對邊境少數民族的輕蔑稱呼。這裏指北方的金人。這兩句的意思是，自己以南宋臣民而投降北方的金朝，不蠻不番，身分特殊。

⑨ 甚天公有處安排俺：元白无咎鸚鵡曲漁父：「算從前錯怨天公，甚也有安排我處！」

⑩ 淨：原本無「淨」字，據朱墨本、暖紅本補。

⑪ 動定：動靜，情況。

⑫ 羊腸：比喻狹窄曲折的小路。

⑬ 生理：活計，職業。

吉甫

【大迓鼓】生員陳最良，南安人氏，訪舊⑭淮揚。（淨）訪誰？（末）便是杜安撫。他後堂曾設扶風帳。（丑）你原來他衙中教學，幾箇學生？（末）則他甄氏夫人，單生下一女。女書生年少亡。（丑）還有何人？（末）義女春香，夫人伴房⑮。

（丑笑背介）一向不知杜老家中事體，今日得知，吾有計矣。（回介）這腐儒且帶在轅門外去。（眾應，押末下介）（丑）大王，奴家有了一計。昨日殺了幾箇婦人，可於中取出首級二顆，則說杜家老小回至揚州，被俺手下殺了，獻首在此。故意蘇放⑯那腐儒，傳示杜老。杜老心寒，必無守城之意矣。（淨）高見，高見！（淨起低聲分付介）叫中軍。（生扮上）（淨）俺請那腐儒講話中間，你可將昨日殺的婦人首級二顆來獻，則說是杜安撫夫人甄氏和他使女春香。牢記著！（生應下）（淨）左右，再拿秀才來見。（眾押末上介）（末）饒命，大王！（淨）你是箇細作⑰，不可輕饒。（丑）勸大王鬆了他，聽他講些兵法到好。（淨）也罷。依娘娘說，鬆了他。（眾放末綁介）（末叩頭介）叩謝大王、娘娘不殺之恩。（淨）起來，講些兵法俺聽。（末）衛靈公問陳於孔子⑱，孔子不對。說道：「吾未見好德如好色者也。」⑲

⑭ 舊：故交，舊誼。

⑮ 伴房：猶陪房，隨嫁的婢僕。

⑯ 蘇放：寬待，釋放。

⑰ 細作：暗探，間諜。

⑱ 衛靈公問陳於孔子：論語衛靈公：「衛靈公問陳於孔子，孔子對曰：『俎豆之事，則嘗聞之；軍旅之事，未之學也。』」陳，同「陣」。軍伍行列，即指軍旅之事。

⑲ 吾未見好德如好色者也：語見論語子罕。

（淨）這是怎麼說？（末）則因彼時衛靈公有箇夫人南子⑳同座，先師所以怕得講話。（淨）他夫人是南子，俺這娘娘是婦人。（內擂鼓，生扮報子上介）報，報，報！揚州路上兵馬，殺了杜安撫家小，竟來獻首級討賞。（淨看介）則怕是假的。（眾）千真萬真！夫人甄氏，這使女叫做春香。（末做看認，驚哭介）天呵，真箇是老夫人和春香也！（淨）哇，腐儒啼哭甚麼！還要打破淮城，殺杜老兒去。（末）饒了罷，大王。（淨）要饒他，除非獻了這座淮安城罷。（末）這等，容生員去傳示大王虎威，立取回報。（丑）大王恕你一刀，腐儒快走！（內擂鼓發喊，開門介）（末作怕介）

【尾聲】顯威風、記的這溜金王。（淨、丑）你去說與杜安撫呵，著甚麼耀武揚威早納降。俺實實的要展江山、非是謊。（下）

（末打躬送介）（弔場）活強盜，活強盜！殺了杜老夫人、春香，不免城中報去。

海神東過惡風迴，　李白
日暮沙場飛作灰。　常建
今日山翁㉑舊賓主，　劉禹錫
與人頭上拂塵埃。　李山甫

⑳南子：衛靈公的夫人。孔子按照當時的禮節，曾不得已而見過她。見論語雍也。以上三事及所說的話本不發生在同一時間和場合，陳最良硬把它們牽扯在一起。

㉑山翁：晉代的山簡，性嗜酒，鎮守襄陽時，常遊高陽池，飲輒大醉。見晉書山簡傳。後來借以稱嗜酒的朋友。這裏指杜寶。

第四十六齣　折寇

【破陣子】（外戎裝佩劍，引眾上）接濟風雲陣勢❶，侵尋歲月邊垂❷（內擂鼓喊介）（外嘆介）你看虎咆般砲石連雷碎❸，雁翅似刀輪密雪施❹。李全，李全，你待要霸江山、吾在此！

〔集唐〕「誰能談笑解重圍皇甫冉？萬里胡天鳥不飛高駢。今日海門南畔事高駢，滿頭霜雪為兵機韋莊。」我杜寶自到淮揚，即遭兵亂。孤城一片，困此重圍。只索調度兵糧，飛揚金鼓。生還無日，死守由天。潛坐敵樓之中，追想靖康而後❺。中原一望，萬事傷心。

【玉桂枝】問天何意：有三光不辨華夷，把腥羶吹換人間，這望中原做了黃沙片地？（惱介）猛沖冠怒起，猛沖冠怒起，是誰弄的江山如是？（嘆介）中原已矣！關河困，心事違。

❶ 風雲陣勢：唐李筌神機制敵太白陰經陣圖以天、地、風、雲、飛龍、虎翼、鳥翔、蛇盤為八種作戰的陣勢。

❷ 侵尋歲月邊垂：侵尋，漸進，漸次度過。邊垂，同「邊陲」。邊境。朱墨本「垂」作「陲」。

❸ 連雷碎：連雷，連連滾動的雷聲。碎，形容繁雜的聲響。

❹ 刀輪密雪施：輪，古代的一種兵器。北史婆利國傳：「國人善投輪，其大如鏡，中有竅，外鋒如鋸，遠以投人，無不中。」密雪施，密密地施展。

❺ 靖康而後：靖康，宋欽宗的年號。靖康而後，指靖康二年（一一二七）金軍南下，攻陷北宋京都汴梁，徽宗、欽宗二帝被虜之後。

也則願保揚州，濟❻淮水。俺看李全賊數萬之眾，破此何難？進退遲疑，其間有故。**俺有一計可救圍，恨無人與遊說。**

（內擂鼓介）（淨扮報子上）「羽檄場中無雁到，鬼門關上有人來。」好笑，城圍的鐵桶似緊，有秀才來打秋風，則索報去。稟老爺：有箇故人相訪。（外）敢是奸細？（淨）說是江右❼南安府陳秀才。（外）這迂儒怎生飛的進來？快請，快請見。

【浣溪沙】（末上）**擺旌旗，添景致，又不是鬧元宵鼓砲齊飛。**杜老爺在那裏？（外出笑迎介）**忽聞的千里故人誰？**（嘆介）原來是先生到此。**教俺驚垂淚。**（末）老公相頭通白了。（合）**白首相看俺與伊，三年一見愁眉。**

（拜介）（末）〔集唐〕「頭白乘驢懸布裳盧綸，（外）故人相見憶山陽❽譚用之。（末）橫塘❾一別千餘里許渾，（外）卻認并州作故鄉❿賈島。」（末）恭諗公相，又苦傷老夫人回揚州，被賊兵所算⓫了。（外驚

---

❻ 濟：救助。

❼ 江右：江西。

❽ 山陽：晉代向秀經過山陽（今河南省修武縣境）舊居，聽到鄰人吹笛，不禁追念起亡友嵇康、呂安，因作思舊賦。見晉書向秀傳。後來就以山陽、山陽笛為懷念故舊之典。

❾ 橫塘：古堤塘名，在今南京市秦淮河南岸，一名南塘。詩詞中所常用。唐崔顥長干曲之一：「君家住何處？妾住在橫塘。」

❿ 卻認并州作故鄉：并州，今山西省太原市。句出唐賈島詩渡桑乾，「認」原作「望」。詩中說自己久客并州，

介）怎知道？（末）生員在賊營中，眼同驗過老夫人首級，和春香都殺了。（外哭介）天呵，痛殺俺也！

【玉桂枝】相⑫夫登第，表賢名甄氏吾妻。稱皇宣一品夫人，又待伴俺立雙忠烈女。想賢妻在日，想賢妻在日，淒然垂淚，儼然冠帔。（外哭倒，眾扶介）（末）我的老夫人，老夫人！怎了，你將官們也大家哭一聲兒麼！（眾哭介）老夫人呵！（外作惱、拭淚介）呀，好沒來由！夫人是朝廷命婦，罵賊而死，理所當然。我怎為他亂了方寸⑬，灰了軍心？身為將，怎顧的私？任恓惶，百無悔。陳先生，溜金王還有話⑭麼？（末）不好說得，他還要殺老先生。（外）咳，他殺俺甚意兒？俺殺他全為國。

（末）依了生員，兩下都不要殺。（做扯外耳語介）那溜金王要這座淮安城。（末）噤聲！那賊營中，是一箇座位，是兩箇座位？（末）他和妻子連席而坐。（外笑介）這等，吾解此圍必矣。先生竟為何來？（末）老先生不問，幾乎忘了。為小姐墳兒被盜，竟來相報。（外驚介）天呵！塚中枯骨，與賊何仇？都則為那些寶玩害了也。賊是誰？（末）老公相去後，道姑招了箇嶺南遊棍柳夢梅為伴。見物起心，

日夜憶念咸陽。後來渡過桑乾河，離家更遠。回望并州，覺得就像是自己的故鄉。這裏比喻杜寶在淮安想起南安，彷彿就是自己的故鄉了。

⑪ 所算：暗算，謀害。

⑫ 相：輔佐，佑助。

⑬ 亂了方寸：心緒煩亂，沒有主張。方寸，指心。

⑭ 話：原本作「講」，據懷德本、暖紅本改。

鳴岐

一夜劫墳逃去，屍骨丟在池水中。因此不遠千里而告。（外嘆介）女墳被發，夫人遭難。正是：「未歸三尺土，難保百年身；既歸三尺土，難保百年墳。」⑮也索罷了，則可惜先生一片好心。（末）生員拜別老公相後，一發貧薄了。（外嘆介）軍中倉卒，無以為情。我把一大功勞先生幹去。（末）願效勞。（外）我久寫下咫尺之書⑯，要李全解散三軍之眾。餘無可使，煩公一行。左右，取過書儀來。儻說得李全降順，便可歸奏朝廷，自有箇出身⑰之處。（生取書禮介）「儒生三寸舌，將軍一紙書。」書儀在此。（末）途費謹領。送書一事，其實怕人。（外）不妨。

【榴花泣】兵如鐵桶，一使⑱在其中。將折簡⑲，去和戎⑳。陳先生，**你志誠打的賊兒通。雖然寇盜奸雄，他也相機而動。**（末）恐遊說非書生之事。（外）看他開圍放你來，其意可知。**你這書生正好做傳書用。**（末）**仗恩臺一字長城㉑，借寒儒八面威風㉒。**（內鼓吹介）

【尾聲】（外）**戍樓羌笛㉓話匆匆。**事成呵，**你歸去朝廷沾寸寵㉔。**這紙書敢則是**保障江淮第**

⑮ 未歸三尺土四句：見元末明初高明琵琶記張公遇使引。三尺土，指墳墓。

⑯ 咫尺之書：書信。古代寫書用木簡，信札之簡其長盈尺。周制八寸為咫。咫尺，謂接近或剛滿一尺。

⑰ 出身：出路，指做官。

⑱ 一使：原本作「一似使」，「似」字衍，其餘各本均作「一使」，今據改。

⑲ 折簡：裁紙寫信。

⑳ 和戎：與外族（這裏指李全）媾和修好。

㉑ 仗恩臺一字長城：恩臺，對有恩惠於自己的長官的敬稱。一字長城，是說一言奏效，可比長城。

㉒ 八面威風：形容威風十足，聲勢懾人。八面，八方。

一封。

（外）隔河征戰幾歸人？　劉長卿

（末）五馬臨流待幕賓。　盧綸

（外）勞動先生遠相訪，　王建

（末）恩波自會惜枯鱗㉕。　劉長卿

㉓ 羌笛：古代西北少數民族羌族的一種管樂器。這裏泛指笛聲。

㉔ 寸寵：微小的恩寵。

㉕ 枯鱗：枯魚，比喻身在窮途。這裏是陳最良自指。

第四十七齣　圍　釋

【出隊子】（貼扮通事上）一天之下，南北分開兩事家。中間放著箇蓼兒洼❶，明助著番家打漢家。通事中間，撥嘴撩牙❷。

事有足詫，理有必然。自家溜金王麾下一名通事便是。好笑，好笑，俺大王助金圍宋，攻打淮城。誰知北朝暗地差人去到南朝講話。正是：「暫通禽獸語，終是犬羊心。」（下）

【雙勸酒】（淨引眾上）橫江虎牙❸，插天鷹架❹。擂鼓揚旗，衝車甲馬❺。把座錦城牆，圍的陣雲花。杜安撫，你有翅難加。

自家溜金王。攻打淮城，日久未下。外勢雖然虎踞❻，中心未免狐疑。一來怕南朝大兵，兼程策應；

❶ 蓼兒洼：在梁山泊中，北宋以來農民起義軍常以此作為根據地，宋江等曾結寨於此。見於元代水滸雜劇及水滸傳等小說故事。這裏比喻李全占山立寨。

❷ 撥嘴撩牙：搬弄口舌，挑撥是非。

❸ 虎牙：指軍營。後漢書南匈奴傳有「攻破京兆虎牙營」語。

❹ 鷹架：鷹架木，掘地道時用於上下牽引挽取重物的木架。宋司馬光書儀穿壙：「挽土宜用兩轆轤，重物上下，宜用革車，或用鷹架木。」

❺ 甲馬：披甲的戰馬。

❻ 虎踞：如虎的蹲踞。形容形勢的雄壯險要。

二來怕北朝見責，委任無功。真箇進退兩難。待娘娘到來計議。（丑上）「驅兵捉將蚩尤⑦女，捏鬼妝神豹子妻⑧。」大王，你可聽見大金家有人南朝打話，回到俺營門之外了。（淨）有這事？（老旦扮番將帶刀騎馬上）

【北夜行船】大北裏宣差傳站馬⑨，虎頭牌滴溜的分花⑩。（外扮馬夫趕上介）滑了，滑了。（老旦）**那古裏⑪誰家？跑番了拽喇⑫。**怎生呵，**大營盤沒箇人兒答煞⑬。**（外大叫介）溜金爺，北朝天使到來。（下）⑭（淨、丑作慌介）快叫通事請進。（貼上，接跪介）溜金王患病了，請那顏⑮進。（老

---

⑦ 蚩尤：神話傳說中古代九黎族的首領。以金作兵器，能興雲作霧。後來與黃帝戰於涿鹿之野，失敗被殺。見史記五帝本紀、通鑑外紀。

⑧ 豹子妻：明朱有燉仗義疏財劇第三折：「本是個梁山寨生成的豹子妻。」原指喬裝新娘的李逵。這裏李全妻用以喻自己的威猛。

⑨ 大北裏宣差傳站馬：大北裏，指金朝。宣差，帝王派遣的使者，差官。這裏是番將自指。站馬，即驛馬，驛站供來往官員或傳遞公文使用的馬。

⑩ 虎頭牌滴溜的分花：虎頭牌，猶虎符，金代頒發給文武官僚得以便宜行事的虎符金牌。元李直夫虎頭牌劇第四折：「呀，這的是便宜行事的那虎頭牌。」滴溜，形容明亮溜滑。盛世新聲中呂粉蝶兒套曲：「怎敢道小覷俺這腰間明滴溜的虎頭牌。」分花，分花拂柳，形容姿態的美好。

⑪ 那古裏：猶那堝兒裏，那邊。

⑫ 拽喇：或作「拽剌」、「曳剌」，契丹語。走卒，士兵。遼史百官志二：「走卒謂之拽剌。」元馬致遠薦福碑劇第二折：「酒家是個曳剌，接相公來。」

⑬ 答煞：應答。

旦）可纔、可纔道句兒克卜喇⑯。（下馬，上坐介）都兒都兒。（淨問貼介）怎麼說？（貼）惱了。（淨、丑舉手，老旦做惱不回介）（指淨介）鐵力溫都答喇⑰。（淨問貼介）怎說？（貼）不敢說，要殺了。（淨）都怎了！（老旦做看丑笑介）忽伶忽伶。（丑問貼介）（貼）嘆娘娘生的妙。（老旦）克老克老。（貼）說走渴了。（老旦手足做忙介）兀該打剌⑱。（貼）叫馬乳酒⑲。（老旦）約兒兀只。（貼）要燒羊肉。（淨叫介）快取羊肉、乳酒來。（外持酒肉上介）（老旦灑酒，取刀割羊肉喫，笑，將羊油手擦胸介）一六兀剌⑳的。（貼）不惱了，說有禮體。（老旦作醉介）鎖陀八㉑，鎖陀八。（貼）說醉了。（老旦作看丑介）倒喇倒喇。（丑笑介）怎說？（貼）要娘娘唱箇

---

⑭ 下：原本無「下」字，據毛定本、三婦本補。

⑮ 那顏：蒙古語的音譯。對王公、長官的稱呼。

⑯ 克卜喇：未詳。可能是女真語的音譯。尋繹上下文義，疑是請進的意思。本齣為了表達番將詰屈聱牙的聲口，混用了許多北方少數民族的語言，如契丹語、吐番語、蒙古語等。

⑰ 鐵力溫都答喇：明湯顯祖紫釵記雄番爭霸：「撞的個行家，鐵里溫都答喇。」為吐番語。

⑱ 兀該打剌：兀該打剌與下文的約兒兀只，見明朱有燉桃源景劇第四折：「他道是打剌蘇兀該呵，約兒兀只。他將那臊羊皮胡亂來遮冷，酸馬乳權時且止饑。」打剌蘇兀該當是「兀該打剌」的倒文。

⑲ 馬乳酒：即馬奶酒，用馬奶葡萄釀製，亦稱乳酒。

⑳ 一六兀剌：一六兀剌與下文阿來不來，亦見明朱有燉桃源景劇第四折：「我見他亦留兀剌地說體禮，他那裏阿來不來的唱一直。」

㉑ 鎖陀八：鎖陀八與下文倒喇、孛知、哈嗽，亦見明朱有燉桃源景劇第四折：「他道哈嗽呵，原來是問你……他道鎖陀八，原來是酒醉矣。他道倒喇是歌一曲，他道孛知是舞一回。」

曲兒。（丑）使得。

【北清江引】呀，啞觀音覷著箇番答辣，胡盧提笑哈。兀那是都麻，請將來岸答，撞門兒一句咬兒只不毛古喇㉒。

通事，我斟一杯酒，你送與他。（貼作送酒介）阿阿兒該力。（丑）通事，說甚麼？（貼）小的稟娘娘送酒。（丑）著了。（老旦作醉，看丑介）孛知孛知。（貼）又央娘娘舞一回。（丑）使得，取我梨花鎗來。

【前腔】（持鎗舞介）冷梨花點點風兒刮，梟得腰身乍㉓。胡旋兒打一車，花門折一花。把一箇睃啜老那顏風勢煞㉔。

（老旦反背拍袖笑倒介）忽伶忽伶。（貼扶起老旦介）（老旦擺手倒地介）阿來不來。（貼）這便是唱喏，叫唱一直。（老旦笑點頭招丑介）哈嗽哈嗽。（貼）要問娘娘。（丑笑介）問甚麼？（老旦扯丑輕說介）哈嗽兀該毛克喇，毛克喇。（丑笑問貼介）怎說？（貼作搖頭介）問娘娘討件東西。（丑笑介）討甚麼？（貼）

㉒ 兀那是都麻三句：都麻，或即都幙，部族的頭領，土官。宋洪邁容齋四筆渠陽蠻俗：「蠻酋自稱曰官，謂其所部之長曰都幙，邦人稱之曰土官。」咬兒只不毛古喇，盛世新聲中呂粉蝶兒套曲：「都嘛呢咬兒只不毛古剌，你與我請過來。」疑即請過來之意。

㉓ 梟得腰身乍：梟，扭動。乍，同「詐」。漂亮，俊俏，帶有賣弄的意思。元鄭廷玉看錢奴劇第一折：「馬兒上扭捏著身子兒詐，做出那般般樣勢，種種村沙。」

㉔ 把一箇睃啜老那顏風勢煞：睃啜老，蒙古語，罵人的話。明朱有燉桃源景劇第四折：「怎聽他睃啜老恁般聲氣。」風勢煞，猶言瘋死了。風勢，或作「風風勢勢」、「風風勢」。參看第十八齣55。

通事不敢說。（老旦笑倒介）古魯古魯。（淨背叫貼問介）他要娘娘甚麼東西？古魯古魯不住的。（貼）這件東西，是要不得的。便要時，則怕娘娘不捨的。便是娘娘捨的，大王也不捨的。便大王捨得，小的也不捨得。（淨）甚東西，直恁捨不的？（貼）他這話到明，哈嗽兀該毛克喇，要娘娘有毛的所在。（淨作惱介）氣也，氣也。這臊子㉕好大膽，快取鎗來。（淨作持花鎗趕殺介）（貼扶醉老旦走，老旦提酒壺叫「古魯古魯」，架住鎗介）

【北尾】（淨）**你那醋葫蘆指望把梨花架，**臊奴，**鐵圍牆敢靠定你大金家？**（搊倒㉖老旦介）**則踹著你那幾莖兒苫嘴的赤支砂㉗，把那嚥腥臊的噢子兒生揢殺㉘。**

（丑扯住淨，放老旦介）（老旦）曳喇曳喇哈哩。（指淨介）力婁吉丁母刺失，力婁吉丁母刺失。（作閃袖走下介）（淨）氣殺我也！那曳哈喇的甚麼？（貼）叫引馬的去。（淨）怎指著我力婁吉丁母喇失？（貼）這要奏過他主兒，叫人來相殺。（淨作惱介）（丑）老大王，你可也當著不著㉙的。（淨）啐！著了你那毛克㉚喇哩。（丑）便許他在那裏，你卻也忒撚酸㉛。（淨不語介）正是我一時風火性。大金家得知，這

㉕ 臊子：臊子與下文的臊奴，均為當時辱罵北方少數民族的話。臊，腥臭的氣味。

㉖ 搊倒：用鎗挑倒。

㉗ 苫嘴的赤支砂：遮蓋嘴巴的紅鬍鬚。苫，音ㄕㄢˋ。參看第二十三齣⑳。

㉘ 嚥腥臊的噢子兒生揢殺：腥臊，指發出腥臭氣味的肉食。噢子兒，即嗓子兒，喉嚨。揢殺，扼殺，掐死。

㉙ 當著不著：該做不做。言外之意是不該做的倒做了。指李全過於魯莽，不該把番將搊倒、趕跑。

㉚ 克：原本作「格」，據三婦本改。

㉛ 撚酸：喫醋，嫉妒。

玉茗堂還魂記
圖
圍釋
十八
暖紅室

溜金王到有些欠穩。（丑）便是。番使南朝而回，未必其中有話㉜。（淨）娘娘高見何如？（丑）容奴家措思㉝。（內擂鼓介）（貼扮報子上）報，報，報！前日放去的秀才，從淮城中單馬飛來，道有緊急，投見大王。（丑）恰好，著他進來。

【縷縷金】（末上）**無之奈，可如何！書生承將令，強嘍囉**㉞。（內喊，末驚跌介）**一聲金砲響，將人跌蹉。可憐，可憐！密札札干戈，其間放著我。**

（貼唱門介）生員進。（末見介）萬死一生生員陳最良百拜大王殿下、娘娘殿下。（淨）杜安撫獻了城池？

（末）城池不為希罕，敬來獻一座王位與大王。（淨）寡人久已為王了。（末）正是官上加官，職上添職。杜安撫有書呈上。（淨看書介）「通家㉟生杜寶頓首李王麾下。」（問末介）秀才，我與杜安撫有何通家？

（末）漢朝有箇李、杜至交，唐朝也有箇李、杜契友㊱，因此杜安撫斗膽稱箇通家。（淨）這老兒好意思。書有何言？

㉜ 未必其中有話：這是說未必其中沒有話，也就是其中有話的意思。朱墨本「有話」作「無話」，是。

㉝ 措思：構想，尋思。

㉞ 強嘍囉：逞能，強作聰明。嘍囉，能幹伶俐，有本領。明賈仲明對玉梳劇第二折：「剗地你拽大拳人面前逞嘍囉。」

㉟ 通家：猶世交。

㊱ 漢朝有箇李杜至交二句：東漢李固和杜喬同心合力，輔佐朝政。見後漢書李杜傳贊。或指東漢李膺和杜密同受黨錮之禍。時人亦並稱李杜。見後漢書黨錮傳杜密。唐朝也有箇李、杜契友，指詩人李白和杜甫。

【一封書】（讀書介）「聞君事外朝，虎狼心，難定交。肯回心聖朝，保富貴，全忠孝。平梁37取采須收好，背暗投明帶早超38。憑陸賈，說莊蹻39。顒望麾慈即鑒昭40。」

（笑介）這書勸我降宋，其實難從。「外密啟一通，奉呈尊閫41夫人。」（笑介）杜安撫也畏敬娘娘哩！（丑）你念我聽。（淨看書介）「通家生杜寶斂衽42楊老娘娘帳前。」咳也，杜安撫與娘娘又通家起來。（末）大王通得去，娘娘也通得去。（淨）也通得去。只漢子不該說斂衽。（末）娘娘肯斂衽而朝，安撫敢不斂衽而拜！（丑）說的好，細念我聽。（淨念書介）「通家生杜寶斂衽楊老娘娘帳前：遠聞金朝封貴夫為溜金王，並無封號及於夫人。此何禮也？杜寶久已保奏大宋，敕封夫人為討金娘娘之職。伏惟妝次43鑒納。不宣44。」好也，到先替娘娘討了恩典哩。（丑）封我討金娘娘，難道要我討伐大金家不成？

37 平梁：或指王冕，俗稱平天冠。宋洪邁容齋三筆平天冠：「祭服之冕，自天子至於下士執事者皆服之，特以梁數及旒之多少為別。俗呼為平天冠，蓋指言至尊乃得用。」

38 早超：早日高升。

39 憑陸賈二句：憑著陸賈那樣的辯才，去說服莊蹻。陸賈，見第六齣31。莊蹻，戰國時楚國民眾起義的領袖。荀子議兵：「莊蹻起，楚分而為三四。」後世常拿他和盜跖相提並論。一說是戰國時楚將，曾率軍攻伐西南，後因歸路被秦切斷，在滇稱王。見史記西南夷列傳。這裏以莊蹻喻李全。

40 顒望麾慈即鑒昭：顒望，企盼。顒，仰慕。麾慈，分指李全和李全妻。鑒昭，明鑑。

41 尊閫：對人妻的敬稱。閫，音ㄎㄨㄣˇ。古代婦女居住的內室。借指妻室。

42 斂衽：整飭衣襟，表示恭敬。戰國策楚策一：「一國之眾，見君莫不斂衽而拜。」元以後則用以稱女子的拜見禮。

（末）受了封誥後，但是娘娘要金子，都來宋朝取用。因此叫做討金娘娘。（丑）這等，是你宋朝美意。（末）不說娘娘，便是衛靈公夫人，也說宋朝之美㊺。（丑）依你說。我冠兒上金子，成色要高。我是帶盔兒的娘子㊻。近時人家首飾渾脫㊼，就一箇盔兒，要你南朝照樣打造一付送我。（末）都在陳最良身上。（淨）你只顧討金討金，把我這溜金王溜在那裏？（丑）連你也做了討金王罷。（淨）謝承了。（末叩頭介）則怕大王、娘娘退悔。（丑）俺主意定了。便寫下降表，齎發秀才回奏南朝去。

【前腔】（淨）**歸依大宋朝，怕金家成禍苗。**（丑）秀才，**你擔承這遭，要黃金須任討。**（末）大王，**你鄱陽湖磬響**㊽**收心早**，娘娘，**你黑海岸回頭星宿高**㊾。（合）**便休兵，隨聽招。免**

㊸ 妝次：過去書信中對女子的敬辭。猶如稱男子為閣下、足下。

㊹ 不宣：不一一細說。常用於書信結尾。

㊺ 便是衛靈公夫人二句：衛靈公夫人，即南子。見第四十五齣⑳。宋朝，春秋時宋國公子，貌美。左傳定公十四年：「衛侯為夫人召宋朝。」杜預注：「朝，宋公子，舊通於南子。」這裏是以人名雙關朝代名。

㊻ 帶盔兒的娘子：戎裝的娘子。盔兒，頭盔。

㊼ 渾脫：一種用皮毛製成的囊形帽子。唐張鷟朝野僉載卷一：「趙公長孫無忌以烏羊毛為渾脫氈帽，天下慕之，其帽為『趙公渾脫』。」此連上下文，意思是自己不用渾脫帽，就那麼一個盔兒，所以要南宋用成色高的金子照樣打造一付。

㊽ 鄱陽湖磬響：鄱陽湖，在江西省，湖中有著名的石鐘山。這裏是由鐘聯想到磬。磬響，擊磬禮佛，表示歸心向善。這裏指洗心投誠。

㊾ 黑海岸回頭星宿高：佛家有云：「苦海無邊，回頭是岸。」這句是說，及早回頭，自然吉星高照。

的名標在叛賊條。

（淨）秀才，公館留飯，星夜草表送行。（舉手送末，拜別介）

【尾聲】（淨）咱比李山兒[50]何足道，這楊令婆[51]委實高。（末）帶了你這一紙降書，管取那趙官家歡笑倒[52]。

（末下）（淨、丑吊場）（淨）娘娘，則為失了一邊金，得了兩條王。人要一箇王不能勾，俺領下兩箇王號，豈不樂哉！（丑）不要慌，還有第三箇王號。（淨）甚麼王號？（丑）叫做齊肩一字王[53]。（淨）怎麼？（丑）殺哩。（淨）隨順他，又殺甚麼？（丑）你俺兩人作這大賊，全仗金韃子威勢。如今反了面，南朝拿你何難？（淨作惱介）哎喲，俺有萬夫不當之勇，何懼南朝！（丑）你真是箇楚霸王，不到烏江不止[54]。（淨）胡說！便作俺做楚霸王，要你做虞美人，定不把趙康王占了你去。（丑）罷，你也做楚霸

---

[50] 李山兒：指李逵。元高文秀黑旋風劇第一折：「兄弟休莫驚怕，則他是第十三個頭領，山兒李逵。這人相貌雖惡，心是善的。」

[51] 楊令婆：小說、戲曲楊家將故事中的人物。北宋名將老令公楊業之妻佘太君，曾以百歲高齡掛帥出征。這裏比喻李全妻。

[52] 管取那趙官家歡笑倒：管取，包管，定教。趙官家，趙家皇帝。

[53] 齊肩一字王：齊肩，與肩相平。一字王，封一個字的王號，如趙王、魏王。金、元時僅親王得封。元馬致遠漢宮秋劇第三折：「若是他不戀恁春風畫堂，我便官封你一字王。」這裏是揶揄的話，齊肩成一字，指殺頭。

[54] 你真是箇楚霸王二句：楚霸王項羽被漢軍圍困垓下，與愛妾虞姬（虞美人）訣別，不久在烏江（今安徽省和縣東北）自刎。見史記項羽本紀。

王不成，奴家的虞美人也做不成。換了題目做。（淨）甚麼題目？（丑）范蠡載西施55。（淨）五湖在那裏？去做海賊便了。（丑作分付介）眾三軍，俺已降順了南朝，暫解淮圍，海上伺候去。（眾應介）解圍了！（內鼓介）船隻齊備了。（內鼓介）稟大王起行。（眾行介）

【江頭送別】（淨）淮陽外、淮陽外，海波搖動。東風勁、東風勁，錦帆吹送。奪取蓬萊為巢洞，鰲背上立著旗峰。

【前腔】（丑）順天道、順天道，放些兒閑空。招安後、招安後，再交兵言重。險做了為金家傷炎宋56。權袖手，做箇混海癡龍。

（眾）稟大王、娘娘，出海了。（淨）且下了營，天明進發。

（淨）干戈未定各為君，　許渾

（丑）龍鬥雌雄勢已分。　常建

（淨）獨把一麾江海去57，　杜牧

55 范蠡載西施：范蠡，春秋時越國的大夫。越王句踐敗於會稽，范蠡進西施於吳王夫差，使其迷戀忘政，越遂亡吳。范蠡功成身退，與西施輕舟同泛於五湖（太湖）。事見吳越春秋句踐陰謀外傳。

56 炎宋：古代以陰陽五行來闡釋國運盛衰。相傳趙宋以火德王，故稱炎宋。宋史樂志十：「於赫炎宋，十葉華耀。」

57 獨把一麾江海去：南朝宋顏延之五君詠阮始平：「屢薦不入官，一麾乃出守。」麾，原指揮斥，謂阮盛受荀勗排擠，出為始平太守。唐杜牧將赴吳興登樂遊原詩：「欲把一麾江海去，樂遊原上望昭陵。」是他將赴湖州刺

（眾）莫將弓箭射官軍。

竇　犨

史任行前所作。此「麾」作旌旗解。後來就稱出任郡守為「一麾出守」。這裏是說李全手執旌旗，帶兵入海。

第四十八齣　遇　母

【十二時】（旦上）不住的相思鬼，把前身退悔。土臭全消，肉香新長，嫁寒儒客店裏孤悽。（淨上）又著他攀高謁貴。

〔浣溪沙〕（旦）「寂寞秋窗冷篝紋，（淨）明璫玉枕舊香塵，（旦）斷潮歸去夢郎頻。（淨）桃樹巧逢前度客❶，（旦）翠煙❷真是再來人，（合）月高風定影隨身。」（旦）姑姑，奴家喜得重生，嫁了柳郎。只道一舉成名，回去拜訪爹娘。誰知朝廷為著淮南兵亂，開榜稽遲。我爹娘正在圍城之內，只得賫發柳郎往尋消耗，撇下奴家錢塘客店。你看那江聲月色，悽愴人也。（淨）小姐，比你黃泉之下，景致爭多？（旦）這不在話下。

【針線廂】雖則是荒村店江聲月色，但說著墳窩裏前生今世。則這破門簾亂撒星光內，煞強似❸洞天黑地。姑姑呵，三不歸❹父母如何的？七件事❺兒夫家靠誰？心悠曳❻、不

---

❶ 桃樹巧逢前度客：唐代詩人劉禹錫曾寫過玄都觀看桃花的詩，旋被貶出京。十四年後，舊地重遊，桃花已蕩然無存。於是又寫了一首再遊玄都觀的詩，詩中有云：「種桃道士歸何處？前度劉郎今又來。」前度劉郎，原指在天台山桃源洞遇仙，返鄉後再到天台的劉晨，詩中是雙關語。這裏劉又與柳諧音，借指柳夢梅。

❷ 翠煙：青煙。指吳王小女紫玉的亡魂。參看第三十六齣❸。這裏喻指杜麗娘。

❸ 煞強似：確實勝過，超過。

死不活，睡夢裏為箇人兒。

（淨）似小姐的罕有。

【前腔】伴著你半間靈位，又守見⑦你一房夫壻。（旦）姑姑，那夜搜尋秀才，知我閃在那裏？（淨）則道畫幀兒怎放的箇人迴避，做的事瞞神謊鬼。（旦）昏黑了，你看月兒黑黑的星兒晦，螢火青青似鬼火吹。（旦）好上燈了。（淨）沒油。黑坐地⑧三花兩燄，留的你照解羅衣。

（旦）夜長難睡，還向主家借些油去。（淨）你院子裏坐坐，咱去借來。「合著油瓶蓋，踏碎玉蓮蓬⑨。」

（下）（旦玩月嘆介）

【月兒高】（老旦、貼行路上）江北生兵亂，江南走多半。不載香車穩，跂的鞋韃斷⑩。夫主兵權，望天涯生死知何判。前呼後擁，一箇春香伴。鳳髻消除，打不上揚州纂⑪。上

④三不歸：三種樂而忘返的現象。見管子輕重下。後來就稱流連忘返為「三不歸」。元王仲元粉蝶兒集曲名題秋怨套曲：「我每夜伴穿窗月影低，好也羅你快活三不歸。」

⑤七件事：元武漢臣玉壺春劇第一折：「早晨起來七件事，柴、米、油、鹽、醬、醋、茶。」

⑥悠曳：飄忽不定。

⑦守見：守候並見著。

⑧坐地：坐著。地，助詞。

⑨玉蓮蓬：疑喻指小腳。

⑩跂的鞋韃斷：跂，音ㄑㄧˋ。行走。鞋韃，鞋帶。韃，音ㄊㄧㄥ。皮製腰帶，也指帶狀物。

⑪揚州纂：一種婦女髮髻的名稱。清代猶有此髮式。清蒲松齡禳妒咒：「挽上一個揚州纂，插上一枝鍍金釵，

岸了，到臨安。趁黃昏黑影林巒，生忔察⑫的難投館。

（貼）且喜到臨安了。（老旦）咳，萬死一逃生，得到臨安府。俺女娘無處投，長路多孤苦。（貼）前面像是箇半開門兒，驀⑬了進去。（老旦進介）呀，門房空靜，內可有人？（旦）誰？（貼）是箇女人聲息，待打叫一聲：開門。

【不是路】（旦驚介）斜倚雕闌，何處嬌音喚啟關⑭？（老旦）行程晚，女娘們借住霎兒間。（旦）聽他言，聲音不似男兒漢。待自起開門月下看。（見介）（旦）是一位女娘，請裏坐。（老旦）相提盼，人間天上行方便。（旦）趨迎遲慢，趨迎遲慢。

（打照面介）（老旦作驚介）

【前腔】破屋頹椽，姐姐呵，你怎獨坐無人燈不燃？（旦）這閑庭院，玩清光長送過這月兒圓。（老旦背叫貼介⑮）春香，這像誰來？（貼驚介）不敢說，好像小姐。（老旦）你快瞧房兒裏面，還有甚人？若沒有人，敢是鬼也！（貼下）（旦背）這位女娘，好像我母親，那丫頭好像春香。（作回問介）敢

髻高到有半尺外。」

⑫ 生忔察：原意是生生地、活活地。全元散曲端正好醉太平：「生忔察拆散了並頭蓮，只為他多情的業冤。」這裏是形容人地生疏、陌生。忔察，語助詞。

⑬ 驀：闖，跨。

⑭ 啟關：開門。關，門閂。原本「啟」作「起」，據懷德本、毛定本、三婦本、暖紅本改。

⑮ 介：原本無「介」字，據三婦本補。

鳴岐

問老夫人，何方而來？（老旦嘆介）自淮安，我相公是淮揚安撫遭兵難，我避鹵⑯逃生到此間。（旦背介）是我母親了，我可認他？（貼慌上，背語老旦介）一所空房子，通沒箇人影兒。是鬼，是鬼！（老旦作怕介）（旦）聽他說起，是我的娘也。（旦向前哭娘介）（老旦作避介）敢是我女孩兒？怠⑰慢了你，你活現了。春香，有隨身紙錢，快丟，快丟。（貼丟紙錢介）（旦）兒不是鬼。（老旦）不是鬼，我叫你三聲，要你應我一聲高如一聲。（做三叫三應，聲漸低介）（老旦）是鬼也！（旦）娘，你女兒有話講。（老旦）則略靠遠，冷淋侵⑱一陣風兒旋，這般活現。（旦）那些活現？

（旦扯老旦作怕介）兒，手搵般冷。（貼跪叩頭介）小姐，休要撚了⑲春香。（老旦）兒，不曾廣超度你，是你父親古執。（旦哭介）娘，你這等怕，女孩兒死不放娘去了。

【前腔】（淨持燈上）門戶牢拴，為甚空堂人語諠？（燈照地介）這青苔院，怎生吹落紙黃錢？（貼）夫人，來的不是道姑？（老旦）可是。（淨驚介）呀，老夫人和春香那裏來？這般大驚小怪。看他打盤旋，那夫人呵，怕漆燈無黯⑳將身遠。小姐，恨不得幽室生輝得近前。（旦）姑姑快來，

⑯ 避鹵：原本作「被擄」，據懷德本、暖紅本改。鹵，通「虜」。冰絲館本逕作「虜」。

⑰ 怠：原本作「大」，據懷德本、毛定本、三婦本、暖紅本改。

⑱ 冷淋侵：猶冷森森，形容寒氣逼人。

⑲ 撚了：揪住，抓了去。

⑳ 漆燈無黯：漆燈，墓穴中的燈盞。唐代沈彬居處有一大樹。曾云：「吾死可葬於是。」及下葬，掘下去是一古冢，其中有一古燈臺，上有漆燈一盞。壙頭銅牌篆文曰：「佳城今已開，雖開不葬埋。漆燈猶未爇，留待

奶奶害怕。（貼）這姑姑敢也是箇鬼？（淨扯老旦照旦介）休疑憚，移燈就月端詳遍，可是當年人面？（合）是當年人面。

（老旦抱旦泣介）兒呵，便是鬼，娘也捨不的去了！

【前腔】腸斷三年，怎墜海明珠去復旋㉑？（旦）爹娘面，陰司裏憐念把魂還。（貼）小姐，你怎生出的墳來？（旦）好難言。（老旦）是怎生來？（旦）則感的是東嶽大恩眷，託夢一箇書生把墓端穿。（老旦）書生何方人氏？（旦）是嶺南柳夢梅。（貼）怪哉！當真有箇柳和梅。（老旦）怎同㉒他來此？（旦）他來科選。（老旦）這等是箇好秀才，快請相見。（旦）我央他看淮陽動靜去把爹娘探，因此上獨眠深院，獨眠深院。

（老旦背與貼語介）有這等事？（貼）便是，難道有這樣出跳㉓的鬼？（老旦回介泣介）我的兒呵！

【番山虎】則道你烈性上青天，端坐在西方九品蓮㉔；不道㉕三年鬼窟裏重相見。哭得我

沈彬來。」見江南野史。無豔，燈不亮。懷德本、朱墨本、同文本、暖紅本作「無燄」，義同。

㉑ 墜海明珠去復旋：旋，還，返回。廣東合浦郡海中本產珠寶。由於原來的郡守並多貪酷，珠遂漸徙於鄰境交阯郡界。及孟嘗赴任，革除弊政，去珠復還。見後漢書循吏傳孟嘗。後來就以「合浦珠還」比喻失而復得或去而復還。這裏指杜麗娘的死而復生。

㉒ 同：原本作「得」，據懷德本、同文本、暖紅本改。

㉓ 出跳：長相出眾，機敏伶俐。金董解元西廂記諸宮調卷六：「是則是這冤家沒轉剝，陡恁地精神偏出跳，轉添嬌。」

手麻腸寸斷，心枯淚點穿。夢魂沉亂，我神情倒顛。看時兒立地，叫時娘各天。怕你茶酒飯無澆奠，牛羊侵墓田。（合）今夕何年？今夕何年？咦，還怕這相逢夢邊。

【前腔】（旦泣介）你抛兒淺土，骨冷難眠。喫不盡爺娘飯，江南寒食天。可也不想有今日，也道不起從前。似這般糊突㉖謎，甚時明白也天！鬼不要，人不嫌。不是前生斷，今生怎得連？（合前）

（老旦）老姑姑，也虧你守著我兒。

【前腔】（淨）近的話不堪提嚥，早森森地心疏體寒。空和他做七做中元㉗，怎知他成雙成愛眷？（低語㉘老旦介）我捉鬼拿奸，知他影戲兒㉙做的傒活現！（合）這樣奇緣，這樣奇緣，打當㉚了輪迴一遍。

㉔ 西方九品蓮：佛教認為修行完滿者死後可往西方極樂世界，身坐蓮花臺座。九品蓮臺是最高一等。
㉕ 不道：不料。
㉖ 糊突：糊塗。
㉗ 做七做中元：舊俗人死後每七天做一次佛事，稱為做七。凡七七四十九天而止。中元，陰曆七月十五日為中元節，民間於此日祭奠亡靈。
㉘ 語：原本作「與」，據朱墨本、三婦本改。
㉙ 影戲兒：也叫影燈戲，用紙或皮剪作人形，以燈光映於帷布上操作表演的戲劇。
㉚ 打當：原意同打點、收拾、準備。這裏作就算、當作解。

【前腔】（貼）論魂離倩女是有，知他三年外靈骸怎全？則恨他同棺槨少箇郎君，誰想他為院君㉛這宅院！小姐呵，你做的相思鬼穿，你從夫意專。那一日春香不鋪其孝筵，那節兒夫人不哀哉醮薦？早知道你撇離了陰司，跟了人上船！（合前）

【尾聲】（老旦）感得化生女顯活在燈前面，則你的親爹，他在賊子窩中沒信傳。（旦）娘放心，有我那信行㉜的人兒，他穴地通天，打聽的遠。

想像精靈欲見難，　歐陽詹
碧桃何處便驂鸞㉝？　薛逢
莫道非人身不暖，　白居易
菱花初曉鏡光寒。　許渾

㉛ 院君：即縣君，本用以稱有封號的婦女。後來也作為對一般富人之妻的尊稱。

㉜ 信行：誠實守信。

㉝ 驂鸞：這裏指杜麗娘像仙人似地乘鸞雲遊。驂，乘，駕馭。

第四十九齣　淮　泊

【三登樂】（生包袱、雨傘上）**有路難投，禁得這亂離時候！走孤寒落葉知秋❶，為嬌妻、思岳丈，探聽揚州。又誰料他困守淮揚，索奔前答救❷。**

〔集唐〕「那能得計訪情親李白？濁水污泥清路塵❸韓愈。自恨為儒逢世難盧綸，卻憐無事是家貧韋莊。」

俺柳夢梅陽世寒儒，蒙杜小姐陰司熱寵，得為夫婦，相隨赴科。且喜殿試攛過卷子❹，又被邊報耽誤榜期。因此小姐呵，聞說他尊翁淮揚兵急，叫俺沿路上體訪安危。親齎一幅春容，敬報再生之喜。雖則如此，客路貧難，諸凡路費之資，盡出壙中之物。其間零碎寶玩，急切典賣不來。有此成器金銀，土氣銷鎔有限。兼且小生看書之眼，並不認的等子星兒❺。一路上賺騙無多，逐日裏分支有盡。到得揚州地面，恰好岳丈大人移鎮淮城。賊兵阻路，不敢前進。且喜因循解散，不免迤邐❻數程。

❶ 落葉知秋：淮南子說山訓：「以小明大，見一葉落而知歲之將暮。」宋唐庚文錄引唐人詩：「山僧不解數甲子，一葉落知天下秋。」

❷ 答救：同「搭救」。

❸ 濁水污泥清路塵：這裏形容路途的艱辛。路塵，路上飛揚的塵土。

❹ 攛過卷子：完卷，交卷。攛，交上。元張壽卿紅梨花劇第四折：「不想今年攛過卷子，一舉成名，得了頭名狀元。」

❺ 等子星兒：等子，即戥子，秤微量物品的小型桿秤。同文本作「戥子」。星兒，秤桿上標記重量的小點。

【錦纏道】早則要醉揚州尋杜牧，夢三生花月樓，怎知他長淮去休！那裏有纏十萬、順天風跨鶴閑遊？則索傍漁樵、尋食宿敗荷衰柳。添一抹❼五湖秋，那秋意兒有許多迤逗❽。咱功名事未酬，冷落我斷腸閨秀。堪回首？算江南江北有十分愁！

一路行來，且喜看見了插天高的淮城，城下一帶清長淮水。那城樓之上，還掛有丈六闊的軍門旗號。大吹大擂，想是日晚掩門了。且尋小店歇宿。（丑上）「多摻白水江湖酒，少賺黃邊風月錢❾。」秀才投宿麼？（生進店介）（丑）要果酒、案酒❿？（生）天性不飲。（丑）柴米是要的？（生）喫倒算⓫。（丑）算倒喫。（生）花銀五分在此。（丑）高銀散碎些，待我稱一稱。（稱介，作驚叫介）銀子走了！（尋介）（生）怎的大驚小怪？（丑）秀才，銀子地縫裏走了，你看碎珠兒。（生）這等，還有幾塊在這裏。（丑接銀又走，三度介）呀，原來秀才會使水銀。（生）因何是水銀？（背介）是了，是小姐殯殮之時，水銀在口。龍含土成珠而上天，鬼含汞成丹而出世，理之然也。此乃見風而化。原初小姐死，水銀也

❻ 迤邐：緩緩行進。迤，音ㄧˇ。

❼ 一抹：一片。

❽ 迤逗：這裏指牽惹思緒，觸發感想。迤，音ㄊㄨㄛˊ。

❾ 少賺黃邊風月錢：賺，原本作「綻」，據朱墨本、三婦本改。黃邊風月錢，指不正當的收入。明代制錢中的京錢叫黃錢。清王逋蚓庵瑣語：「明朝制錢，有京省之異。京錢曰黃錢……外省錢曰皮錢。」

❿ 果酒案酒：果酒，果品與酒。案酒，下酒的菜肴。這裏是說用果品下酒，還是用菜肴下酒。

⓫ 喫倒算：喫完再算帳、付錢。下文「算倒喫」，是要求先算帳、付錢後喫。

淮泊

死；如今小姐活，水銀也活了。則可惜這神奇之物，世人不知。（回介）也罷了。店主人，你將我花銀都消散去了，如今一釐也無。這本書是我平日看的，准酒一壺。（丑）書破了。（生）貼你一枝筆。（丑）筆開花了。（生）此中使客⑫往來，你可也聽見「讀書破萬卷」⑬？（丑）不聽見。（生）可聽見「夢筆吐千花」？（丑）不聽見。

【皁羅袍】（生作笑介）**可笑一場閑話，破詩書萬卷，筆蕊千花。**是我差了，這原不是換酒的東西。（丑笑介）「神仙留玉佩，卿相解金貂⑭。」（生）你說金貂玉佩，那裡來的？**有朝貨與帝王家，金貂玉佩書無價。**你還不知道，**便是千金小姐，依然嫁他。一朝臣宰，端然拜他。**（丑）要他則甚？（生）**讀書人把筆安天下。**

（生）不要書，不要筆，這把雨傘可好？（丑）天下雨哩。（生）明日不走了。（丑）餓死在這裏？（生笑介）你認的淮揚杜安撫麼？（丑）誰不認的！明日喫太平宴哩。（生）則我便是他女壻，來探望他。（丑驚介）喜是相公說的早，杜老爺多早發下請書了。（生）請書那裏？（丑）和相公瞧去。（丑請生行介）待小人背答袱、雨傘。（行介）（生）請書那裏？（丑）兀的不是！（生）這告示居民的。（丑）便是。你瞧：

⑫ 使客：使者，奉命出使的人。

⑬ 讀書破萬卷：唐杜甫奉贈韋左丞丈二十二韻：「讀書破萬卷，下筆如有神。」破，盡，遍。

⑭ 金貂：漢代近侍之臣的冠飾，上加黃金璫，以貂尾為飾。晉代的阮孚曾以金貂換酒，為有司所彈劾。見晉書阮孚傳。

【前腔】「禁為閑遊奸詐。」杜老爺是巴上生的：「自三巴⑮到此，萬里為家。不教子侄到官衙，從無女壻親閑雜。」這句單指你相公：「若有假充行騙，地方稟拿。」下面說小的了：「扶同歇宿，罪連主家。為此須至關防者⑯。」

「右示通知。建炎三十二年⑰五月日示。」你看，後面「安撫司杜」大花押，上面蓋著一顆「欽差安撫淮揚等處地方提督軍務安撫司使之印」，鮮明紫粉。相公，相公，你在此消停，小人告回了。「各人自掃門前雪，休管他家屋上霜」⑱。（下）（生哭介）我的妻，你怎知丈夫到此，悽惶無地也！（作望介）呀，前面房子門上有大金字，咱投宿去。（看介）四箇字：「漂母⑲之祠」。怎生叫做漂母之祠？（看介）原來壁上有題：「昔賢懷一飯，此事已千秋。」⑳是了，乃前朝淮陰侯韓信之恩人也。我想起來，那韓信是箇假齊王㉑，尚然有人一飯；俺柳夢梅是箇真秀才，要杯冷酒不能勾！像這漂母，俺拜他一千拜。

⑮ 三巴：古地名，巴郡、巴東、巴西的合稱。後多泛指四川。

⑯ 須至關防者：舊時公文、執照結尾處習慣用語。清翟灝通俗編政治：「須至，今公文中習為定式……大抵戒之曰『無至』，勸之曰『須至』，其辭僅反正不同耳。」關防，原為印信的一種，始於明初。這裏是關合各方知照的意思。

⑰ 建炎三十二年：西元一一六二年。建炎，宋高宗年號。

⑱ 各人自掃門前雪二句：當時俗語。或作「各人自掃門前雪，莫管他家瓦上霜」。

⑲ 漂母：漂洗衣物的老婦。漢代韓信早年貧困時，曾在淮陰城下釣魚。有一個漂母見他饑餓，給他飯食。後來韓信做了楚王，召見漂母，賜千金作為報答。見史記淮陰侯列傳。

⑳ 昔賢懷一飯二句：唐劉長卿經漂母墓詩：「昔賢懷一飯，茲事已千秋。」昔賢，指韓信。懷，惦念。

【鶯皁袍】（拜介）垂釣楚天涯，瘦王孫㉒、遇漂紗，楚重瞳較比這秋波瞎㉓。太史公表他㉔，淮安府祭他，甫能勾一飯千金價。看古來婦女多有俏眼兒：文公乞食，僖妻禮他㉕；昭關乞食，相逢浣紗㉖。鳳尖頭叩首三千下㉗。

起更了，廊下一宿，早去伺候開門。沒水梳洗。（看介）好了，下雨哩。

㉑ 假齊王：假王，並非正式受命的暫署的王。韓信平定齊地後，向劉邦表示願為假王。劉邦方與楚激戰，不得已正式封他做齊王。見史記淮陰侯列傳。

㉒ 瘦王孫：指韓信。他曾表示要重重地報答漂母，漂母發怒說：「大丈夫不能自食，吾哀王孫而進食，豈望報乎？」見史記淮陰侯列傳。這裏的王孫猶公子，只是一種表示客氣的稱呼。

㉓ 楚重瞳較比這秋波瞎：楚重瞳，指楚霸王項羽，相傳他的眼睛有兩個瞳孔。韓信原為項羽的部下，因為得不到重用，後來投歸劉邦門下。這句是說，重瞳的項羽還比不上漂母的慧眼識人。

㉔ 太史公表他：太史公，指司馬遷。表他，是說在史記裏表彰了漂母。

㉕ 文公乞食二句：晉公子重耳流亡在外，經過衛國，向一個鄉野之人乞食，那人遞給他一塊土。到了曹國，曹共公對他也很不禮貌。曹國大臣僖負羈的妻子看出他將來必然得志，就叫丈夫向他饋送吃食和璧玉。後來重耳回國即位，就是晉文公，並成為春秋時的霸主之一。見左傳僖公二十三年。

㉖ 昭關乞食二句：昭關，在今安徽省含山縣北，春秋時為吳楚間交通要衝。楚人伍子胥父兄為平王所殺，他自楚奔吳，經過昭關，途中曾向一浣紗女乞食。浣紗女為了消除他怕有人會洩露隱祕的顧慮，竟抱石投江而死。見越絕書、吳越春秋。元人演為雜劇的，有吳昌齡抱石投江和李壽卿伍員吹簫。

㉗ 鳳尖頭叩首三千下：鳳尖頭，即鳳頭鞋，古代女子繡有鳳凰圖飾的花鞋。全句意思是：對於像漂母、僖妻、浣紗女這樣有眼光的女子，應在她們的腳下虔誠禮拜。

舊事無人可共論，　韓　愈
只應漂母識王孫。　王　遵
轅門拜手㉘儒衣弊，　劉長卿
莫使沾濡有淚痕。　韋洵美

㉘拜手：亦作「拜首」。古代行跪拜禮，兩手相拱，俯頭至手。

第五十齣 鬧宴

【梁州令】（外引丑眾上）長淮千騎雁行秋，浪捲雲浮。思鄉淚國倚層樓。（合）看機遘❶，逢奏凱，且遲留。

〔昭君怨〕「萬里封侯岐路❷，幾輛英雄草屨❸。秋城鼓角催，老將來。　烽火平安❹昨夜，夢醒家山淚下。兵戈未許歸，意徘徊。」我杜寶身為安撫，時值兵衝❺。圍絕救援，貽書解散。李寇既去，金兵不來。中間善後事宜，且自看詳停當。分付中軍，門外伺候。（眾下）（丑把門介）（外嘆介）雖有存城之歡，實切亡妻之痛。（淚介）我的夫人呵！昨已單本題請他的身後恩典，兼求賜假西歸，未知旨意何如？正是：「功名富貴草頭露❻，骨肉團圓錦上花。」（看文書介）

---

❶ 機遘：時機、境遇。

❷ 岐路：岔路，比喻仕途多風波。晉書袁喬傳：「岐路之感，楊朱興嘆。」

❸ 幾輛英雄草屨：輛，雙。屨，鞋。穿破幾雙草鞋，形容英雄建功立業的不易。

❹ 烽火平安：古代邊境每隔若干里設有烽火臺，用以報警或報平安。每夜初更舉烽火報無事，稱為「平安火」。唐姚合窮邊詞：「沿邊千里渾無事，唯見平安火入城。」

❺ 兵衝：軍事要衝。南史柳元景傳：「夏口是兵衝要地。」

❻ 功名富貴草頭露：比喻功名富貴難以持久。唐杜甫送孔巢父謝病歸遊江東兼呈李白詩：「富貴何如草頭露！」

【金蕉葉】（生破衣巾攜春容上）窮愁客愁，正搖落❼雁飛時候。（整容介）帽兒光❽整頓從頭，還則怕未分明的門楣❾認否？

（丑喝介）甚麼人行走？（生）是杜老爺女壻拜見。（丑）當真？（生）秀才無假。（丑進稟介）（外）關防明白了。（問丑介）那人材怎的？（丑）也不怎的，袖著一幅畫兒。（外笑介）是箇畫師？則說老爺軍務不閑便了。（丑見生介）老爺軍務不閑，請自在。（生）叫我自在，自在不成人❿了。（丑）等你去成人不自在。（生）老爺可拜客去麼？（丑）今日文武官僚喫太平宴，牌簿都繳了⓫。（生）大哥，怎麼叫做太平宴？（丑）這是各邊方年例。則今年退了賊，筵宴盛些。席上有金花樹、金臺盤、長尺頭⓬、大元寶無數的。你是老爺女壻，背幾箇去。（生）原來如此。則怕進見之時，考一首太平宴詩，或是軍中凱歌，或是淮清頌，急切怎好？且在這班房⓭裏等著，打想一篇，正是有備無患。（丑）秀才還不走？

❼ 搖落：草木凋零。楚辭九辯：「悲哉秋之為氣也！蕭瑟兮草木搖落而變衰。」

❽ 帽兒光：或作「帽兒光光」，元明戲曲、小說中做新郎的隱語。水滸傳第五回：「帽兒光光，今夜做個新郎；袖兒窄窄，今夜做個嬌客。」

❾ 未分明的門楣：女壻的身分還不分明。門楣，這裏指女壻。元無名氏舉案齊眉劇第三折：「我窮則窮是秀才的妻室，你窮則窮是府尹的門楣。」

❿ 自在不成人：當時俗語：「成人不自在，自在不成人。」

⓫ 牌簿都繳了：表示不再會客、處理公務。

⓬ 尺頭：綢緞衣料。

⓭ 班房：官署、府第差役值班的地方。

文武官員來也。（生下）

【梁州令】（末扮文官上）長淮望斷塞垣⑭秋，喜兵甲潛收。賀昇平歌頌許吾流⑮。（淨扮武官上）兼文武，陪將相，宴公侯。

請了。（末）今日我文武官屬太平宴，水陸⑯務須華盛，歌舞都要整齊。（末、淨見介）聖天子萬靈擁輔，老君侯⑰八面威風。寇兵銷咫尺之書，軍禮設太平之宴。謹已完備，望乞俯容。（外）軍功雖卑末難當，年例有諸公怎廢？難言奏凱，聊用舒懷。（內鼓吹介）（丑持酒上）「黃石兵書⑱三寸舌，清河雪酒五加皮⑲。」酒到。

【梁州序】（外澆酒介）天開江左，地沖淮右。氣色夜連刁斗⑳。（末、淨進酒介）長城一線，何來得御㉑君侯！喜平銷戰氣，不動征旗，一紙書回寇。那堪羌笛裏望神州！這是萬里

---

⑭ 塞垣：邊關城牆，邊塞。

⑮ 吾流：吾輩，我等。

⑯ 水陸：水中和陸地所產的各種食物。

⑰ 君侯：通常用作對達官貴人的敬稱。

⑱ 黃石兵書：漢代張良在下邳圯上得黃石公所傳授的兵書黃石公三略。後漢書儒林傳上楊倫：「當斷不斷，黃石所戒。」李賢注引黃石公三略曰：「當斷不斷，反受其亂。」

⑲ 清河雪酒五加皮：清河，今河北省南部縣名。五加皮，指用中藥五加皮浸製的酒。

⑳ 刁斗：古代行軍用具。銅質，有柄，可容一斗。白天用來燒飯，晚上敲擊巡更。

㉑ 得御：得以迎候。

籌邊第一樓㉒。（合）乘塞草，秋風候，太平筵上如淮酒㉓。盡慷慨，為君壽。

【前腔】（外）吾皇福厚，群才策湊，半壁圍城堅守。（末、淨）分明軍令，杯前借箸題籌㉔。（外）我題書與李全夫婦呵，也是燕支卻虜㉕，夜月吹篪㉖，一字連環透。不然無救也、怎生休！不是天心不聚頭。（合前）

（內擂鼓介）（老旦扮報子上）「金貂并入三公㉗府，錦帳誰當萬里城？」報老爺，奏本已下。奉有聖旨，不准致仕㉘，欽取老爺還朝，同平章軍國大事。老夫人追贈一品貞烈夫人。（末、淨）平章乃宰相之職，

㉒ 萬里籌邊第一樓：籌邊樓，宋代郭棣就江都（今揚州）故城遺址所建的樓名。見宋祝穆方輿勝覽。宋、金對峙時，揚州曾為邊境地區。又元趙孟頫有詩云：「春風閬苑三千客，明月揚州第一樓。」

㉓ 如淮酒：形容酒之多。左傳昭公十二年：「有酒如淮，有肉如坻。」

㉔ 借箸題籌：為人出謀劃策。漢書張良傳載：張良謁見漢王劉邦，劉邦正在進食，向張良討教一件事。張良說：「請借前箸以籌之。」箸，筷子。

㉕ 燕支卻虜：燕支，即閼氏，匈奴單于妻子的稱號。漢高祖劉邦被匈奴圍困於平城（今山西省大同市東北），七日不得食。相傳陳平往說閼氏，說漢準備進獻美女與單于求和。閼氏耽心美女爭寵，危及自己的地位，於是勸說單于退兵解圍。見史記陳丞相世家裴駰集解引桓譚新論。這裏以燕支借喻李全妻。

㉖ 夜月吹篪：篪，音彳。古代有八個孔、形如笛的管樂器。這裏代指胡笳，用晉劉琨月夜吹奏胡笳以退敵解圍事。參看第四十三齣⑭。又，後魏河間王琛亦有使婢朝雲吹篪以降諸羌的故事。見北魏楊衒之洛陽伽藍記法雲寺。

㉗ 三公：中央最高官銜的合稱。歷代所置不一，周以太師、太傅、太保為三公。明沿周制，用作大臣的最高榮銜。見明史職官志。

君侯出將入相，官屬不勝欣仰。

【前腔】（末、淨送酒介）攬貂蟬㉙歲月淹留，慶龍虎風雲輻輳㉚。君侯此一去呵，看洗兵河漢㉛，接天高手。偏好桂花時節，天香隨馬，簫鼓鳴清晝。到長安宮闕裏報高秋，可也河上砧聲㉜憶舊遊？（合前）

（外）諸公皆高才壯歲，自致封侯。如杜寶者，白首還朝，何足道哉！

【前腔】每日價看鏡登樓，淚沾衣渾不如舊。似江山如此，光陰難又。猛把吳鈎看了，闌干拍遍㉝，落日重回首。此去呵，恨南歸草草也寄東流㉞，（舉手介）你可也明月同誰嘯庾樓㉟？（合前）

㉘ 致仕：辭去官職，退休。

㉙ 貂蟬：貂尾和附蟬，古代貴官的冠飾。漢書燕剌王劉旦傳：「郎中侍從者著貂羽，黃金附蟬，皆號侍中。」顏師古注：「貂羽，以貂尾為冠之羽也；附蟬，為金蟬以附冠前也。」

㉚ 慶龍虎風雲輻輳：易乾：「雲從龍，風從虎。」龍虎風雲，比喻英雄俊傑之士際遇得時。輻輳，會聚。

㉛ 洗兵河漢：以銀河（河漢）之水洗刷兵器，收藏起來。表示戰爭停息，天下太平。唐杜甫洗兵馬詩：「安得壯士挽天河，淨洗甲兵長不用。」

㉜ 砧聲：搗衣聲。唐李頎送魏萬之京詩：「御苑砧聲向晚多。」

㉝ 把吳鈎看了二句：宋辛棄疾水龍吟詞中句。形容渴望建功立業的慷慨情懷。吳鈎，一種彎形的刀。春秋時吳人善鑄鈎，故名。通常用來泛稱鋒利的刀劍。

㉞ 寄東流：付之東流。比喻功名事業消逝，不可復返。唐李白金陵歌送劉范宣：「功名事跡隨東流。」

（生上）「腹稿已吟就，名單還未通。」（見丑介）大哥，替我再一稟。（丑）老爺正喫太平宴。（生）我太平宴詩也想完一首了，太平宴還未完。（丑）誰叫你想來？（生）大哥，俺是嫡親女壻，沒奈何稟一稟。（丑進稟介）稟老爺，那箇嫡親女壻「沒奈何」稟見。（外）好打！（丑走起，惱推生出介）（生）老丈人高宴未終，咱半子禮當恭候。（下）（旦、貼扮女樂上）「壯士軍前半死生，美人帳下能歌舞。」㊱營妓們叩頭。

【節節高】（外）轅門簫鼓啾㊲，陣雲收。君恩可借淮陽寇㊳？貂插首，玉垂腰㊴，金佩肘㊵。馬敲金鐙也秋風驟，展沙堤㊶笑拂朝天袖。（合）但捲取江山獻君王，看玉京㊷迎

㉟ 明月同誰嘯庾樓：晉代庾亮為江荊豫三州刺史，鎮武昌。僚屬殷浩等乘秋夜共登南樓。庾亮至，和他們一起談笑歌詠。見晉書庾亮傳。

㊱ 壯士軍前半死生二句：唐高適燕歌行：「戰士軍前半死生，美人帳下猶歌舞。」

㊲ 啾：形容眾聲雜沓。

㊳ 君恩可借淮陽寇：東漢寇恂跟隨皇帝南征，到了他曾經做過太守的潁川，地方上的人攔道要求皇帝說：「願從陛下復借寇君一年。」見後漢書寇恂傳。後來就以「借寇」為挽留地方官的典故。這句的意思是：皇帝能否恩准讓杜寶留鎮淮揚。

㊴ 玉垂腰：玉，指玉帶。宋代三品以上的官腰圍玉帶。見宋史輿服志五。

㊵ 金佩肘：金，指金印。佩肘，懸於肘後，意即可以隨身攜帶。參看第十六齣㉔。

㊶ 沙堤：唐代專為新拜宰相車馬經行的路面鋪沙。唐李肇唐國史補卷下：「凡拜相，禮絕班行，府縣載沙填路，自私第至於子城東街，名曰沙堤。」

㊷ 玉京：京城。

玉茗堂還魂記
圖
鬧宴
二十
暖紅室
鳴岐

駕把笙歌奏。

（生上）「欲窮千里目，更上一層樓。」㊸想歌闌宴罷，小生餓困了，不免衝席而進。（丑攔介）餓鬼不羞？（生惱介）你是老爺跟馬賤人，敢辱我乘龍貴壻？打不得你！（生打丑介）（外問介）軍門外誰敢喧嚷？（丑）是早上嫡親女壻叫做「沒奈何」的，破衣、破帽、破褡褳、破雨傘，手裏拿一幅破畫兒，說他餓的荒了，要來衝席。但勸的都打，連打了九箇半，則剩下小的這半箇臉兒。（外惱介）可惡！本院自有禁約，何處寒酸，敢來胡賴？（末、淨）此生委係乘龍，屬官禮當攀鳳㊹。（外）一發中他計了。叫中軍官暫時拿下那光棍，逢州換㊺驛，遞解到臨安監候者。（老旦扮中軍官應介）（出縛生介）（生）冤哉，我的妻呵！「因貧弄玉為秦贅㊻，且戴儒冠學楚囚㊼。」（下）（外）諸公不知，老夫因國難分張㊽，心痛如割。又放著這等一箇無名子㊾來聒噪人，愈生傷感。（末、淨）老夫人受有國恩，名標烈史㊿。

㊸ 欲窮千里目二句：唐王之渙登鸛雀樓詩中句。

㊹ 攀鳳：比喻結交、依附貴人。這裏指杜寶的乘龍快壻。

㊺ 換：原本作「縣」，據朱墨本、毛定本、三婦本改。

㊻ 因貧弄玉為秦贅：蕭史為了貪求弄玉而入贅於秦穆公家。漢書賈誼傳：「故秦人家富子壯則出分，家貧子壯則出贅。」因以秦贅指贅夫。贅又有拘押義，這裏雙關自己為了麗娘而被杜家拘押了起來。

㊼ 且戴儒冠學楚囚：左傳成公九年：「晉侯觀於軍府，見鍾儀。問之曰：『南冠而縶者誰也？』有司對曰：『鄭人所獻楚囚也。』」楚囚，本指被俘的楚國人。後用來指囚徒或處境窘迫的人。原本「戴」作「帶」，此據朱墨本、暖紅本。原本「冠」作「官」，其餘各本均作「冠」，並據改。

㊽ 分張：分割，分裂。指骨肉分離。

蘭玉51自有，不必慮懷。叫樂人進酒。

【前腔】江南好宦遊。急難休，樽前且進平安酒。看福壽有，子女悠52，夫人又。（外）竟醉矣。（旦、貼作扶介）（外淚介）閃英雄淚倩盈盈袖53，傷心不為悲秋瘦54。（合前）

（外）諸公請了。老夫歸朝念切，即便起程。（內鼓樂介）

【尾聲】明日離亭一杯酒。（末、淨）則無奈丹青聖主求。（外笑介）怕畫的上麒麟55人白首。

（外）萬里沙西56寇已平，　　張喬

（末）東歸銜命見雙旌57。　　韓翃

49 無名子：不知姓名、惹事生非的人。唐李肇唐國史補卷下：「匿名造謗，謂之無名子。」

50 烈史：指史書中的烈女傳。

51 蘭玉：芝蘭玉樹。見第五齣8。

52 悠：悠悠，眾多。

53 閃英雄淚倩盈盈袖：盈盈袖，指唱歌勸酒歌女的衣袖。盈盈，儀態美好貌。宋辛棄疾水龍吟詞：「倩何人喚取紅巾（一作『盈盈』）翠袖，搵英雄淚！」倩，懷德本、暖紅本作「漬」，浸濕意，亦通。

54 傷心不為悲秋瘦：宋李清照鳳凰臺上憶吹簫詞：「新來瘦，非干病酒，不是悲秋。」

55 麒麟：指麒麟閣。漢宣帝時曾畫霍光等十一個功臣的像於未央宮麒麟閣上，以表彰其功績。封建時代把畫像麒麟閣視為最高榮譽。

56 沙西：遠方沙漠地帶以西地區。這裏指淮、揚一帶邊境。

57 雙旌：唐代節度使出行辭朝，賜雙旌雙節。見新唐書百官志四。後泛指高官的儀仗。這裏指杜寶回朝。

（淨）塞鴻過盡殘陽裏，　　耿湋

（眾）淮水長憐似鏡清。　　李紳

第五十一齣　榜下

（老旦、丑扮將軍持瓜、槌❶上）「鳳舞龍飛作帝京，巍峩宮殿羽林兵❷。天門欲放傳臚喜，江路新傳奏凱聲。」請了。聖駕升殿，在此祇候。

【北點絳唇】（外扮老樞密上）**整點朝綱，籌運邊餉，山河壯。**（淨扮苗舜賓上）**翰苑文章，顯豁的❸昇平象。**

（淨）請了。恭喜李全納款❹，皆老樞密調度之功也。（外）正此引奏。前日先生看定狀元試卷，蒙聖旨武偃文修❺，今其時矣。（淨）正此題請。呀，一箇老秀才走將來。好怪，好怪！（末破衣巾捧表上）「先師孔夫子，未得見周王；本朝聖天子，得覩我陳最良。」非小可也。（見外、淨介）生員陳最良告揖。（淨驚介）又是遺才告考麼？（末）不敢，生員是這樞密老大人門下引奏的。（外）則這生員，是杜

---

❶ 瓜槌：頂端作瓜形、球形的兵器，用作皇帝的儀仗。

❷ 羽林兵：皇帝禁衛軍的兵卒。唐高宗置左右羽林軍，「大朝會則執仗以衛階陛，行幸則夾馳道為內仗」。見新唐書兵志。

❸ 顯豁的：顯出，呈現。

❹ 納款：歸順，降服。

❺ 武偃文修：戰爭停息而文事昌盛。

安撫叫他招安了李全，便中帶有降表，故此引見。（內響鼓，唱介）奏事官上御道。（外前跪引末後跪，叩頭介）（外）掌管天下兵馬知樞密院事臣謹奏：恭賀吾主，聖德天威，淮寇來降，金兵不動。有淮揚安撫臣杜寶，敬遣南安府學生員臣陳最良奏事，帶有李全降表進呈。微臣不勝歡忭！（內應介）杜寶招安李全一事，就著生員陳最良詳奏。（外）萬歲！（起介）（末）帶表生員臣陳最良謹奏：

【駐雲飛】淮海維揚，萬里江山氣脈長。那安撫機謀壯，矯詔從寬蕩❻。嗏，李賊快迎降，他表文封上。金主聞知，不敢兵南向。他則好看花到洛陽❼，咱取次擒胡過汴梁❽。

（內接應介）奏事的午門候旨。（末）萬歲！（起介）（淨跪介）前廷試著看詳文字官臣苗舜賓謹奏：

【前腔】殿策賢良❾，榜下諸生候久長。亂定人歡暢，文運天開放。嗏，文字已看詳，臚傳須唱。莫遺夔龍❿，久滯風雲望。早是蟾宮桂有香，御酒封題菊半黃⓫。

（內介）午門外候旨。（淨）萬歲！（起行介）今當榜期，這些寒儒卻也候久。（外笑介）則這陳秀才夾帶一篇海賊文字⓬，到中得快。（內介）聖旨已到，跪聽宣讀。「朕聞李全賊平，金兵迴避。甚喜，甚

---

❻ 矯詔從寬蕩：矯詔，假託詔令。從寬蕩，指招安李全。寬蕩，寬恕。

❼ 他則好看花到洛陽：唐、宋時洛陽盛產牡丹。這句指金兵只好逗留洛陽，不敢南下。

❽ 取次擒胡過汴梁：取次，次第，挨個。句意謂接下去就可進取汴梁，擒拿金兵。

❾ 賢良：漢代選拔官吏有賢良文學、賢良方正等科。這裏指進士。

❿ 夔龍：相傳是舜的二臣名，夔為樂官，龍為諫官。見書舜典。後用以喻輔弼的賢臣。

⓫ 御酒封題菊半黃：封題，在封裝的御酒封口上題簽。這句是說早已準備好在瓊林宴上賞賜的御酒——菊花酒。

喜！此乃杜寶大功也。杜寶已前有旨，欽取回京。陳最良有奔走口舌之才，可充黃門奏事官，賜其冠帶。其殿試進士，於中柳夢梅可以狀元。金瓜儀從，杏苑赴宴。謝恩。」（眾呼「萬歲」起介）（眾扮雜取冠帶上）「黃門舊是黌門客⑬，藍袍新作紫袍仙⑭。」（末作換冠服介）二位老先生，告揖。（外、淨賀介）恭喜，恭喜！明日便借重新黃門唱榜了。（末）適間宣旨，狀元柳夢梅何處人？（淨）嶺南人，此生遭際的奇異。（外）有甚奇異？（淨）其日試卷看詳已定，將次進呈，恰好此生午門外放聲大哭，告收遺才。原來為搬家小，到京遲誤。學生權收他在附卷進呈，不想點中狀元。（外）原來有此。（末背想介）聽來敢便是那箇、那箇柳夢梅？他那有家小？是了，和老道姑做一家兒。（回介）不瞞老先生，這柳夢梅也和晚生有舊。（外、淨）一發可喜可賀了。

（淨）**榜題金字射朝暉，** 鄭畋
（外）**獨奏邊機出殿遲。** 王建
（末）**莫道官忙身老大，** 韓愈
（合）**曾經倬立⑮在丹墀。** 元稹

⑫ 夾帶一篇海賊文字：夾帶，原指考試時的一種作弊行為，私帶與應試內容有關的資料。這裏是取笑的話。海賊文字，指李全降表。

⑬ 黌門客：指生員。黌，原本作「鴻」，據三婦本、暖紅本改。

⑭ 藍袍新作紫袍仙：藍袍，藍衫，也叫襴衫，明代生員所穿的服裝。紫袍，古代貴官的朝服。

⑮ 倬立：卓立，昂然而立。

第五十二齣　索元

【吳小四】（淨扮郭駝傘、包上）天九萬，路三千；月餘程，抵半年❶。破虱裝衣擔壓肩，壓的頭臍匾又圓，扢喇察❷龜兒爬上天。

謝天！老駝到了臨安。京城地面，好不繁華。則不知柳秀才去向，俺且往天街❸上瞧去。呀，一夥臭軍踢禿禿❹走來，且自迴避。正是：「不因漁父引，怎得見波濤！」（下）

【六么令】（老旦、丑扮軍校旗、鑼上）朝門榜遍，怎生狀元柳夢梅不見？又不是黃巢下第題詩赹❺。排門❻的問，刻期宣❼，再因循敢淹答❽了杏園公宴。

❶ 天九萬四句：莊子逍遙遊：「鵬之徙於南冥也，水擊三千里，摶扶搖而上者九萬里，去以六月息者也。」這裏借用來形容路途遙遠。月餘程，指自南安至臨安路上所用的實際時間。

❷ 扢喇察：象聲詞。形容爬行的聲音。

❸ 天街：指京城裏的街道。

❹ 踢禿禿：形容走路聲。

❺ 黃巢下第題詩赹：黃巢，唐末農民起義領袖。相傳他到京城長安參加科舉考試，沒有考中，於是寫了一首不第後賦菊的詩：「待來秋來九月八，我花開後百花殺。衝天香陣透長安，滿城盡帶黃金甲。」赹，走開。

❻ 排門：挨家挨戶。

❼ 刻期宣：限定日期召見。

（老旦笑介）好笑，好笑，大宋國一場怪事。你道差⑨不差？中了狀元干鱉煞⑩；你道奇不奇？中了狀元囉唣唏⑪；你道興不興⑫？中了狀元胡廝踁⑬；你道山⑭不山？中了狀元一道煙。天下人古怪，不像嶺南人。你瞧這駕牌⑮上：「欽點狀元嶺南柳夢梅，年二十七歲，身中材，面白色。」這等明明道著，卻普天下找不出這人。敢家去也？化⑯哩，睡覺哩？則淹了瓊林宴席面兒。（丑）哥，人山人海，那裏淘氣去？俺們把一位帶⑰了儒巾喫宴去；正身⑱出來，算還他席面錢。（老旦）使不得，羽林衛宴老軍替得，瓊林宴進士替不得，他要杏苑題詩。（丑）哥，看見幾箇狀元題詩哩？依你說，叫去。（行叫介）狀元柳夢梅那裏？（叫三次介）（老旦）長安東西十二門大街都無人應，小衕衕叫去。（丑）這蘇

⑧ 淹答：遲緩，耽誤。下文「淹了瓊林宴席面兒」的「淹了」，義同。

⑨ 差：錯，引申為差勁、糟糕。

⑩ 干鱉煞：干鱉，乾癟。猶言癟塌塌，沒花頭。

⑪ 囉唣唏：囉唣，吵鬧，糾纏，引申指惹出麻煩。唏，用以押韻的語氣詞。

⑫ 興不興：時新不時新。

⑬ 胡廝踁：胡行亂走。踁，同「脛」。小腿。引申為行走。元雜劇中有胡廝哄，指胡言亂語；胡廝噥，指信口嘟噥，用法並同。

⑭ 山：山野，村俗。

⑮ 駕牌：即揭示殿試錄取名單的金榜。

⑯ 化：亡化，死亡。懷德本、同文本、暖紅本作「亡化」。

⑰ 帶：猶戴。朱墨本作「戴」。

⑱ 正身：本人。

木衕衕有箇海南會館，叫地方問去。（叫介）（內應介）老長官貴幹？（老旦、丑）天大事，你在睡夢哩！聽分付。

【香柳娘】（眾）**問新科狀元，問新科狀元。**（內）何處人？（眾）**廣南鄉貫。**（內）是何名姓？（眾）**柳夢梅面白無疤纃**⑲。（內）誰尋他來？（眾）**是當今駕傳，是當今駕傳。要得柳如煙**⑳，**裁**㉑**開杏花宴。**（內）俺這一帶鋪子都沒有，則瓦市㉒王大姐家歇著箇番鬼。（眾）這等，去，去，去！（合）**柳夢梅也天，柳夢梅也天！好幾箇盤旋，影兒不見。**（下）

〔集句〕（貼扮妓上）「殘鶯何事不知秋李煜？日日悲看水獨流王昌齡。便從巴峽穿巫峽杜甫，錯把杭州作汴州林升。」奴家王大姐是也。開箇門戶㉓在此。天，一箇孤老㉔不見，幾箇長官撞的來！（老旦、丑上）王大姐喜哩！柳狀元在你家？（貼）甚麼柳狀元？（眾）番鬼哩。（貼）不知道。（眾）地方報哩。

【前腔】笑花牽柳眠，笑花牽柳眠。（貼）昨日有箇雞㉕，不著褌去了。（眾）**原來十分形現，敢**

---

⑲ 疤纃：即疤納，疤痕。參看第七齣㊼。這裏用纃是為了押韻。

⑳ 柳如煙：春天三月柳枝茂密如籠煙霧，正是殿試放榜之時。這裏的柳兼指柳夢梅。

㉑ 裁：通「纔」。朱墨本、格正本作「纔」。

㉒ 瓦市：宋元都市中的遊樂場所，其中包括妓院。宋周密武林舊事瓦子勾欄載有南宋首都臨安二十三瓦的名目，並注明：「北瓦內勾欄十三座最盛。」

㉓ 門戶：指妓院。明黃尊素說略：「門戶二字，伎院名也。」明張四維雙烈記就婚：「雖在門戶，素願從良。」

㉔ 孤老：嫖客。

柳遮花映做葫蘆纏㉖。有狀元麼？（貼）則有箇狀匾。（丑）房兒裏狀匾去。（進房搜介）（眾諢，貼走下介）（眾）找煙花狀元，找煙花狀元。熱趕㉗在誰邊？毛臊打㉘教遍。去罷。（合前）（下）

【前腔】（淨拐杖上）到長安日邊，到長安日邊。果然風憲㉙，九街三市排場遍。柳相公呵，他行蹤杳然，他行蹤杳然。有了俏家緣㉚，風聲兒落誰店？少不得大道上行走。那柳夢梅也天！（老旦、丑上）柳夢梅也天！好幾箇盤旋，影兒不見。

（丑作撞跌淨，淨叫介）跌死人，跌死人！（丑作拿淨介）俺們叫柳夢梅，你也叫柳夢梅。則拿你官裏去。（淨叩頭介）是了，梅花觀的事發了！小的不知情。（眾笑介）定說你知情，是他甚麼人？（淨）聽稟：老兒呵，

【前腔】替他家種園，替他家種園，遠來探看。（眾作忙）可尋著他哩？（淨）猛紅塵透不出

㉕ 雞：指南方來的嫖客。元明時京中諢稱南方人為「臘雞」，因南方人常以臘雞饋贈北方人。見明葉子奇草木子克謹。又，當時俗稱江西人為臘雞頭。見明沈德符野獲編諧謔諢語。

㉖ 葫蘆纏：胡纏，糊弄人。

㉗ 熱趕：熱趕郎的省稱。唐代妓女王蘇蘇和李標詩有云：「阿誰亂引閑人到，留住青蚨熱趕歸。」後來就戲稱嫖客為熱趕郎。見唐孫棨北里誌王蘇蘇。

㉘ 毛臊打：即打毷氉，謂科舉落第而飲酒解悶。唐李肇唐國史補卷下：「不捷而醉飽，謂之打毷氉。」

㉙ 風憲：指市容嚴整風光。

㉚ 俏家緣：俏麗的妻子。家緣，原指家業、家產。

東君面。（眾）你定然知他去向。（淨）長官可憐，則聽見他到南安，其餘不知。（眾）好笑，好笑！他到這臨安應試，得中狀元了。（淨驚喜介）他中了狀元，他中了狀元！踏的菜園穿㉛，攀花上林苑㉜。

長官，他中了狀元，怕沒處尋他？（眾）便是哩。（合前）（眾）也罷，饒你這老兒，協同尋他去。

（老）一第由來是出身，　鄭谷

（丑）五更風水失龍鱗㉝。　張曙

（淨）紅塵望斷長安陌，　韋莊

（合）只在他鄉何處人？　杜甫

㉛ 踏的菜園穿：比喻由窮變富。三國魏邯鄲淳笑林：「有人常食蔬茹，忽食羊肉，夢五藏神曰：『羊踏破菜園！』」

㉜ 攀花上林苑：攀花，折桂，中狀元。上林苑，古代宮苑的名稱，皇家的園林。

㉝ 龍鱗：珍希之物。這裏喻狀元。

第五十三齣 硬拷

【風入松慢】（生上）無端雀角❶土牢中，是甚麼孔雀屏風❷？一杯水飯東牀❸用，草牀頭繡褥芙蓉❹。天呵，繫頸的是定昏店赤繩羈鳳❺，領解的是藍橋驛配遞乘龍❻。

〔集唐〕「夢到江南身旅羈方千，包羞忍恥是男兒杜牧。自家妻父猶如此孫元晏，若問傍人那得知崔顥！」

俺柳夢梅因領杜小姐言命，去淮揚謁見杜安撫。他在眾官面前，怕俺寒儒薄相，故意不行識認，遞解

---

❶ 雀角：指興起獄訟。角，鳥嘴。語本詩召南行露：「誰謂雀無角，何以穿我屋？誰謂女無家，何以速我訟？」

❷ 孔雀屏風：擇壻許婚。隋代竇毅為女兒擇壻，在屏風上畫兩隻孔雀，約以射中雀目者許之。求婚的有數十人都不能射中。李淵後至，兩發各中一目。竇毅就把女兒許配給他。見舊唐書后妃傳上高祖太穆皇后竇氏。

❸ 東牀：代指女壻。晉代郗鑒派人到王家挑選女壻，王家諸郎「聞來覓壻，咸自矜持；唯有一郎在東牀上坦腹臥，如不聞。」郗鑒說：「正此好！」經瞭解是王羲之，於是就把女兒嫁給了他。見世說新語雅量。

❹ 草牀頭繡褥芙蓉：牀上鋪著稻草，就算是繡有芙蓉花的錦繡被褥。唐杜甫李監宅詩：「屏開金孔雀，褥隱繡芙蓉。」

❺ 定昏店赤繩羈鳳：唐人傳奇故事。韋固旅居宋城南店（定婚店），遇一老人倚囊而坐，向月檢書，說是主天下之婚姻，以囊中赤繩繫男女之足，將來必成夫婦。見唐李復言續玄怪錄定婚店。鳳，柳夢梅自指。

❻ 領解的是藍橋驛配遞乘龍：領解，押解。藍橋驛，用裴航與雲英事，見第三十六齣㊸。配遞乘龍，發配遞解的是乘龍快壻。古代把犯人發往遠地，途中逐站遞解，即由沿途官衙派人輪流押送。

臨安。想他將次下馬，提審之時，見了春容，不容不認。只是眼下悽惶也。（淨扮獄官，丑扮獄卒持棍上）「試喚臯陶❼鬼，方知獄吏尊。」咄！淮安府解來囚徒那裏？（生見舉手介）（淨）見面錢？（生）少有。（丑）入監油❽？（生）也無。（淨作惱介）哎呀，一件也沒有，大膽來舉手。（打介）（生）不要打，儘行裝檢去便了。（丑檢介）這箇酸鬼，一條破被單，裹一軸小畫兒。（看畫介）（丑）是軸觀音，送奶奶供養去。（生）都與你去，則留下軸畫兒。（丑作搶畫，生扯介）（末扮公差上）「僵煞乘龍壻，寃遭下馬威。」獄官那裏？（丑揖介）原來平章府祇候哥。（末票示介）平章府提取遞解犯人一名，及隨身行李赴審。（丑）人犯在此，行李一些也無。（生）都是這獄官搬去了。（末）搬了幾件？拿狗官平章府去！（淨、丑慌叩頭介）則這軸畫、被單兒。（末）這狗官！還了秀才，快起解去。（淨、丑應介）（押生行介）老相公，你便行動些兒。「略知孔子三分禮❾，不犯蕭何六尺條❿。」（下）

【唐多令】（外引眾上）玉帶蟒袍紅，新參近九重⓫。耿秋光長劍倚崆峒⓬。歸到把平章印

---

❼ 臯陶：傳說是虞舜時的司法官。見書舜典。後來用作獄神或獄官的代稱。陶，音一ㄠˊ。

❽ 入監油：與上文的「見面錢」，同為獄官向初入監獄的犯人勒索錢財。油，油水。

❾ 略知孔子三分禮：約略懂得一點禮節。禮是孔子教育學生的重要內容。

❿ 不犯蕭何六尺條：不要觸犯法律。漢初蕭何制定法律，據秦法作律九章，世稱蕭何律。六尺條，用六尺竹簡書寫的律條。

⓫ 九重：天。指皇帝。

⓬ 耿秋光長劍倚崆峒：耿秋光，閃著寒光。耿，光明。這裏作動詞用。倚崆峒，斜靠著崆峒山，極言劍之長。唐杜甫投哥舒翰開府二十韻：「防身一長劍，將欲倚崆峒。」

端甫
硬拷

總，渾不是黑頭公⑬。

〔集唐〕「秋來力盡破重圍羅鄴，入掌銀臺護紫微⑭李白。回頭卻嘆浮生事李中，長向東風有是非羅隱。」

自家杜平章。因淮揚平寇，叨蒙聖恩，超遷相位。前日有箇棍徒，假充門壻，已著遞解臨安府監候。今日不免取出，細審一番。（淨、丑押生上）（雜扮門官唱門介）臨安府解犯人進。（見介）（生）岳丈大人拜揖。（外坐笑介）（生）人將禮樂為先。（眾大呼喝介）（生長嘆介）

【新水令】則這怯書生劍氣吐長虹，原來丞相府十分尊重，聲息兒⑮忒洶湧。咱禮數缺通融，曲曲躬躬；他那裏半抬身全不動。

（外）寒酸，你是那色人數⑯？犯了法，在相府階前不跪！（生）生員嶺南柳夢梅，乃老大人女壻。（外）呀，我女已亡故三年。不說到納采下茶⑰，便是指腹裁襟⑱，一些沒有，何曾得有箇女壻來？可笑，

---

⑬ 黑頭公：謂年輕而居高位。晉代桓溫曾稱讚謝玄和王珣：「謝椽年四十，必擁旄仗節，王椽當作黑頭公，皆未易才也。」見晉書王珣傳。

⑭ 入掌銀臺護紫微：銀臺，指翰林院。唐時翰林院、學士院都在銀臺門附近。紫微，唐開元元年改中書省為紫微省，中書令為紫微令（即宰相）。微，亦作「薇」。

⑮ 聲息兒：氣勢，聲威。

⑯ 那色人數：何等樣人。

⑰ 納采下茶：古時婚俗，男方向女方致送聘禮，叫納采。見儀禮士昏禮。又必以茶為禮，所以也叫下茶。明許次紓茶疏考本：「茶不移本，植必子生。古人結昏，必以茶為禮，取其不移置子之意也。今人有名其禮曰下茶。」

可恨！祇候們與我拿下！（生）誰敢拿？

【步步嬌】（外）我有女無郎，早把他青年送。剷口兒輕調閧⑲！便做是我遠房門壻呵，你嶺南、吾蜀中，牛馬風⑳遙，甚處裏絲蘿㉑共？敢一棍兒走秋風！指說關親、騙的軍民動。（生）你這樣女壻，眠書雪案，立榜雲霄。自家行止用不盡，定要秋風老大人？（外）還強嘴！搜他裏袱裏，定有假雕書印，併贓拿賊。（丑開袱介）破布單一條，觀音畫一幅。（外看畫驚介）呀，見贓了！這是我女孩兒春容。你可到南安，認的石道姑麼？（生）認的。（外）認的箇陳教授麼？（生）認的。（外）天眼恢恢㉒，原來劫墳賊便是你。左右采下打！（生）誰敢打？（外）這賊快招來。（生）誰是賊？老大人拿賊見贓，不曾捉奸見牀來。

【折桂令】你道證明師㉓一軸春容。（外）春容分明是厝葬㉔的。（生）可知道是蒼苔石縫，迸坼

---

⑱ 指腹裁襟：指腹，指腹為婚，雙方孩子尚在胎中，就由他們的父母代為訂婚。裁襟，也叫割襟，裁割幼兒衣襟，各執一方，以為信物，預訂婚約。

⑲ 剷口兒輕調閧：剷口兒，信口亂說。剷，同「剗」。平白，無端。調閧，調嘴弄舌，欺哄誆騙。

⑳ 牛馬風：「風馬牛」的倒文，比喻事物之間毫不相干。典出左傳僖公四年：「君處北海，寡人處南海，唯是風馬牛不相及也。」

㉑ 絲蘿：兔絲與女蘿，均為蔓生植物，纏繞不易分開，喻締結婚姻。文選古詩十九首冉冉孤生竹：「與君為新婚，兔絲附女蘿。」

㉒ 天眼恢恢：是說蒼天有眼，報應分明。恢恢，寬闊廣大貌。懷德本、同文本、暖紅本「天眼」作「天網」。老子：「天網恢恢，疏而不漏。」

了雲蹤㉕。（外）快招來。（生）我一謎的承供，供的是開棺見喜，攩煞逢凶㉖。（外）壙中還有玉魚金碗㉗。（生）有金碗呵，兩口兒同匙受用；玉魚呵，和我九泉下比目㉘和同。（外）還有哩？（生）玉碾的玲瓏，金鎖的玎玲。（外）都是那道姑。（生）則那石姑姑他識趣拿奸縱，卻不似你杜爺爺逞拿賊威風。

（外）他明明招了。叫令史取過一張堅厚官縣紙，寫下親供：「犯人一名柳夢梅，開棺劫財者斬。」寫完，發與那死囚，於「斬」字下押箇花字。會成一宗文卷，放在那裏。（貼扮吏取供紙上）稟老爺，定箇斬字。（外寫介）（貼叫生押花字）（生不伏介）（外）你看這喫敲才㉙！

【江兒水】眼腦兒天生賊㉚，心機使的凶。還不畫花？（生）㉛誰慣來！（外）㉜你紙筆硯墨則

㉓ 證明師：證人。元無名氏百花亭劇第四折：「這的是證明師，決撒了也春風驕馬王陵兒。」

㉔ 厝葬：放置於葬地，殉葬意。懷德本、朱墨本、毛定本、三婦本、暖紅本作「殉葬」。

㉕ 迸坼了雲蹤：迸坼，坼裂，開裂。原本「坼」作「折」，據毛定本、暖紅本改。雲蹤，李白詩：「行雲本無蹤。」這裏以不可捉摸的行雲留下了蹤跡喻指畫像。這句說太湖石山裂開，顯露出畫像。

㉖ 攩煞逢凶：攩，同「擋」。煞、凶，凶神惡煞，迷信傳說中凶惡的鬼神。擋住了惡煞，又碰到凶神。意思說救活了杜麗娘，自己卻遭來了禍殃。

㉗ 玉魚金碗：指殉葬品。唐杜甫諸將詩之一：「昨日玉魚蒙葬地，早時金碗出人間。」

㉘ 比目：舊說比目魚僅一目，游行時須兩兩相並。比喻夫婦和美，形影不離。

㉙ 喫敲才：亦作「喫敲賊」，才借作賊，猶言該打的賊。元石君寶秋胡戲妻劇第四折：「扯住那喫敲才決無輕放。」元馬致遠青衫淚劇第三折：「則被你殃煞我喫敲賊。」

好招詳㉝用。（生）生員又不犯奸盜。（外）你奸盜詐偽機謀中。（生）因令愛之故。（外）你精奇古怪虛頭弄㉞。（生）令愛現在。（外）現在麼？把他玉骨拋殘心痛。（生）拋在那裏？（外）後苑池中，月冷斷魂波動。

（生）誰見來？（外）陳教授來報知。（生）生員為小姐費心，除了天知地知，陳最良那得知！

【雁兒落】我為他禮春容叫得凶，我為他展幽期耽怕恐，我為他點神香開墓封，我為他唾靈丹活心孔㉟，我為他偎㊱熨的體酥融，我為他洗發的神清瑩，我為他度情腸款款通，我為他啟玉肱㊲輕輕送，我為他軟溫香把陽氣攻，我為他搶性命把陰程迸。神通，醫的他女孩兒能活動。通也麼通，到如今風月兩無功㊳！

㉚ 眼腦兒天生賊：天生賊眼。眼腦，眼睛。元王實甫西廂記第一本第四折：「害相思的饞眼腦，見他時須看箇十分飽。」

㉛ 生：原本缺，其餘各本均有「生」字，今據補。

㉜ 外：萬曆本、懷德本、同文本無「外」字，據朱墨本、毛定本、三婦本、暖紅本補。

㉝ 招詳：招供。

㉞ 虛頭弄：弄虛頭，耍花樣。

㉟ 心孔：心竅。

㊱ 偎：原本作「猥」，據朱墨本、毛定本、三婦本、暖紅本改。

㊲ 玉肱：玉臂。朱墨本、三婦本「肱」作「股」。

㊳ 風月兩無功：指談情說愛之事，到頭一場空。明朱有燉煙花夢劇第二折：「到做了一場風月兩無功。」

（外）這賊都說的是甚麼話？著鬼了！左右，取桃條[39]打他，長流水噴他。（丑取桃條上）「要的門無鬼，先教園有桃。」[40]桃條在此。（外）高弔起打。（眾弔起生，作打介）（生叫痛轉動，眾諢打鬼介，噴水介）（淨扮郭駝拐杖，同老旦、貼扮軍校持金瓜上）「天上人間忙不忙？開科失卻狀元郎。」一向找尋柳夢梅，今日再尋不見，打老駝。（淨）難道要老駝賠？買酒你喫，叫去罷。（叫介）狀元柳夢梅那裏？（外聽介）（眾叫下）（外問丑介[41]）（丑）不見了新科狀元，聖旨著沿街叫尋。（生）大哥，開榜哩。狀元誰？（外惱介）這賊閑管，掌嘴，掌嘴！（丑掌生嘴介）（生叫冤屈介）（老旦、貼、淨依前上）「但聞丞相府，不見狀元郎。」咦，平章府打諠鬧哩。（聽介）（淨）裏面聲息，像有俺家相公哩。（眾進介）（淨向前見哭介）弔起的是我家相公也！（生）列位救我。（淨）誰打相公來？（生）是這平章。（淨將拐杖打外介）拚老命打這平章！（外惱介）誰敢無禮？（老旦、貼）駕上的[42]來尋狀元柳夢梅。（生）大哥，柳夢梅便是小生。（淨向前解生，外扯淨跌介）（生）你是老駝，因何至此？（淨）俺一逕來尋相公，喜的中了狀元。（生）真箇的？快向錢塘門外報與杜小姐知道。（老旦、貼）找著了狀元，俺們也報知黃門官奏去。「未去朝天子，先來激相公。」（下）（外）一路的光棍去了，正好拷問這廝。左右，再與我弔將起來[43]。（生）

---

[39] 桃條：桃樹枝條，迷信的說法可以驅鬼魅。宋趙令畤侯鯖錄卷一：「今人以桃枝灑地辟鬼。」

[40] 要的門無鬼二句：門无（無）鬼，莊子天地篇中人名。園有桃，詩魏風篇名。

[41] 介：原本無「介」字，據三婦本、暖紅本補。

[42] 駕上的：指奉旨派遣。駕，皇帝乘坐的車馬轎輿，借指皇帝。

[43] 來：原來無「來」字，據朱墨本、毛定本、三婦本補。

待俺分訴些，難道狀元是假得的？（外）凡為狀元者，有登科錄㊹為證。你有何據？則是弔了打便了。（生叫苦介）（淨扮苗舜賓引老旦、貼扮堂候官㊺捧冠袍帶上）「踏破草鞋無覓處，得來全不費工夫。」老公相住手，有登科錄在此。

【僥僥犯】（淨）則他是御筆親標第一紅，柳夢梅為梁棟。（外）敢不是他？（淨）是晚生本房取中的。（生）是苗老師哩，救門生一救！（淨笑介）你高弔起文章鉅公㊻，打桃枝受用。告過老相公，軍校，快請狀元下弔。（貼放生叫「疼煞」介）（淨）可憐，可憐！是斯文倒喫盡斯文痛，無情棒打多情種。（生）他是我丈人。（淨）原來是倚太山壓卵㊼欺鸞鳳。

（老旦）狀元懸梁刺股。（淨）罷了，一領宮袍遮蓋去。（外）甚麼宮袍，扯了他！

【收江南】（外扯住冠服介）（生）呀，你敢抗皇宣罵敕封，早裂綻我御袍紅。似人家女壻呵，拜門㊽也似乘龍；偏我帽光光走空，你桃夭夭煞風㊾。（老旦替生冠服插花介）（生）老平章，好

㊹登科錄：科舉時代及第士人的名冊。唐時名「登科記」，宋以後稱「登科錄」或「題名錄」。

㊺堂候官：供高級官員役使的小吏。元鄭廷玉後庭花劇第一折：「自家王慶，在這趙廉訪老相公府內做著箇堂候官。」

㊻文章鉅公：文章大家，大才子。唐李賀高軒過詩：「云是東京才子，文章鉅公。」

㊼太山壓卵：比喻輕而易舉地壓倒對方。太山，即泰山。晉書孫惠傳：「泰山壓卵，因風燎原，未足方也。」又，泰山有丈人峰，故又稱岳父為泰山。

㊽拜門：新婚夫婦婚後數日往拜岳家，也稱回門。宋吳自牧夢粱錄嫁娶：「其兩新人於三日或七朝九日，往女

看我插宮花[50]帽壓君恩重。

（外）柳夢梅怕不是他？果是他，便童生應試，也要候案[51]。怎生殿試了，不候榜開，來淮揚胡撞？

（生）老平章是不知。為因李全兵亂，放榜稽遲。令愛聞得老平章有兵寇之事，著我一來上門，二來報他再生之喜，三來扶助你為官。好意成惡意，今日可是你女壻了？（外）誰認你女壻來！

【園林好】（淨、眾）嗔怪你會平章[52]的老相公，不刮目破窰中呂蒙[53]。忒做作、前輩們性重。（笑介）敢折倒你丈人峰。

（外）悔不將劫墳賊監候奏請為是。

【沽美酒】（生笑介）你這孔夫子把公治長陷縲絏中[54]。我柳盜跖[55]打地洞向鴛鴦塚。有日

家行拜門禮。」

[49] 桃夭夭煞風：詩周南桃夭：「桃之夭夭，灼灼其華。」這是一首歌詠男女嫁娶的詩。夭夭，茁壯貌。煞風，煞風景。

[50] 宮花：新進士在皇帝賜宴時插戴於帽簷的花。元末明初高明琵琶記杏園春宴：「宮花斜插帽簷低，一舉成名天下知。」

[51] 候案：等候發榜。

[52] 會平章：善於評議處置。這裏雙關官名平章。

[53] 不刮目破窰中呂蒙：刮目，拭目，以另眼相看。三國志吳志呂蒙傳裴松之注引江表傳：「蒙曰：『士別三日，即更刮目相待。』」破窰，本宋代呂蒙正事，見第二十二齣[15]。這裏是有意把呂蒙和呂蒙正的名、事相混。

[54] 把公治長陷縲絏中：公治長，孔子的女壻。論語公治長：「子謂公治長可妻也，雖在縲絏之中，非其罪也。」

呵，把燮理陰陽問相公[56]，要無語對春風。則待列笙歌畫堂中，搶絲鞭[57]御街攛縱。把窮柳毅賠笑在龍宮[58]，你老夫差失敬了韓重[59]。我呵，人雄氣雄，老平章深躬淺躬，請狀元升東轉東[60]。呀，那時節纔提破[61]了牡丹亭杜鵑殘夢。

老平章請了，你[62]女壻赴宴去也。

【北尾】你險把司天臺失陷了文星空[63]，把一箇有對付的玉潔冰清烈火烘[64]。咱想有今日

以其子妻之。」縲絏，捆綁犯人的繩索，引申指牢獄。

[55] 柳盜跖：春秋末居於柳下（今屬山東省）的跖，歷史上曾被貶稱為「盜跖」。或謂為柳下惠之弟。見莊子盜跖。

[56] 燮理陰陽問相公：燮理，協和調理。燮理陰陽，語出書周官，古時被認為是宰相之職。相公，指宰相。這句是諷刺杜寶的虛有「燮理陰陽」之名。

[57] 搶絲鞭：搶著與新狀元論婚。絲鞭，新狀元執絲製的馬鞭騎馬遊街。古代絲鞭亦用作締結婚姻的信物。參看第二齣[29]。

[58] 窮柳毅賠笑在龍宮：唐人傳奇故事。落第書生柳毅路遇在道邊牧羊的龍女，為她傳遞書信與洞庭龍君，在龍宮裏受到款待。後來還和龍女成親。見唐李朝威柳毅傳。元尚仲賢據此寫成洞庭湖柳毅傳書雜劇。

[59] 韓重：見第三十六齣[3]。

[60] 升東轉東：古時賓位居西而面東，這是待如賓客的意思。

[61] 提破：點破，表明。

[62] 你：原本無「你」字，據毛定本、三婦本、暖紅本補。

[63] 司天臺失陷了文星空：迷信說法狀元是文星下凡。失陷文星空，指新狀元被害死，觀察天象的司天臺就看不到天上的文星了。

呵，越顯的俺玩花柳的女郎能，則要你那打桃條的相公懂。（下）

（外弔場）異哉，異哉！還是賊，還是鬼？堂候官，去請那新黃門陳老爹到來商議。（丑）知道了。「謁者有如鬼⑥⑤，狀元還似人。」（下）（末扮陳黃門上）「官運精神老不眠，早朝三下聽鳴鞭⑥⑥。多沾聖主隨朝米，不受村童學俸錢。」自家陳最良。因奏捷，聖恩可憐，欽授黃門。此皆杜老相公擡舉之恩，敬此趣⑥⑦謝。（丑上見介）正來相請，少待通報。（進報見介）（外笑介）可喜，可喜！「昔為陳白屋⑥⑧，今作老黃門。」（末）「新恩無報效，舊恨有還魂。」適間老先生三喜臨門：一喜官居宰輔，二喜小姐活在人間，三喜女壻中了狀元。（外）陳先生教的好女學生，成精作怪哩！（末）老相公胡盧提認了罷。（外）先生差矣！此乃妖孽之事，為大臣的必須奏聞滅除為是。（末）果有此意，容晚生登時奏上取旨何如？（外）正合吾意。

⑥④ 把一箇有對付的玉潔冰清烈火烘：有對付的，相稱相配，夠資格的。玉潔冰清，晉代衛玠娶樂廣之女，當時有人讚為「婦公冰清，女壻玉潤。」見晉書衛玠傳。後來就以「冰清玉潤」作為翁壻的美稱。這裏偏指女壻。烈火烘，指弔打逼供等情。

⑥⑤ 謁者有如鬼：謁者，古代官名。執掌接待賓客，為天子作傳達，相當於黃門官。戰國策楚策：「謁者難得見如鬼。」

⑥⑥ 鳴鞭：皇帝儀仗的一種，朝會時揮鞭發出響聲，以示肅靜，故又稱靜鞭。

⑥⑦ 趣：同「趨」。奔赴，前往。朱墨本、三婦本、暖紅本作「趨」。

⑥⑧ 白屋：不加塗飾的房屋，或說以白茅覆蓋的房屋，平民所居。元李翀日聞錄：「白屋，庶人屋也。」借指平民或寒士。

（外）夜度滄州怪亦聽，陸龜蒙
（末）可關妖氣暗文星？司空圖
（外）誰人斷得人間事？白居易
（末）神鏡高懸照百靈。殷文圭

第五十四齣　聞喜

【遶地遊】（貼上）露寒清怯，金井吹梧葉❶，轉不斷轆轤情劫❷。

咳，俺小姐為夢見書生，感病而亡，已經三年。老爺與老夫人時時痛他孤魂無靠，誰知小姐到活活的跟著箇窮秀才，寄居錢塘江上，母子重逢。真乃天上人間，怪怪奇奇，何事不有！今日小姐分付安排繡牀，溫習針指。小姐早來到也。

【遶紅樓】（旦上）秋過了平分❸日易斜，恨辭梁燕語周遮❹。人去空江，身依客舍，無計七香車。

「秋風吹冷破窗紗，夫壻揚州不到家。玉指淚彈江北草，金鍼閑刺嶺南花。」春香，我同柳郎至此，

---

❶ 金井吹梧葉：梧葉吹落金井。金井，井欄上有雕飾的井。費昶行路難詩之一：「玉欄金井牽轆轤。」

❷ 轆轤情劫：轆轤，井上的汲水裝置，喻指情是一種轉動不已的劫難。又，轆轤劫，為佛家語，即中劫。胡應麟少室山房筆叢雙樹幻鈔中：「中劫者，即轆轤劫。……如是一增一減，共計一千六百八十萬年，名一轆轤劫。」佛家謂天地一成一毀為一劫，以二十小劫為一中劫，以四中劫為一大劫。

❸ 秋過了平分：秋分，二十四節氣之一，在每年陽曆的九月二十三或二十四日。這天晝夜等長，此後晝漸短，夜漸長。

❹ 周遮：亦作「啁噍」。嚕嗦，嘮叨。形容燕語煩人。

即赴試闈。虎榜❺未開，揚州兵亂。我星夜賫發柳郎，打聽爹娘消息。且喜老萱堂不意而逢，則老相公未知下落。想柳郎刻下可到，料今番榜上高題。須先剪下羅衣，襯其光彩。（貼）繡牀停當，請自尊裁。（旦裁衣介）裁下了，便待縫將起來。（縫介）（貼）小姐，俺淡口兒閑嗑，你和柳郎夢裏、陰司裏，兩下光景何如？

【羅江怨】（旦）春園夢一些，到陰司裏有轉折。夢中逗的影兒別，陰司較追的情兒切。（貼）還魂時像怎的？（旦）似夢重醒，猛回頭放教跌。（貼）陰司可也有好耍子處？（旦）❻一般兒輪迴路駕香車，愛河❼邊題紅葉。便則到鬼門關逐夜的望秋月。

【前腔】（貼）你風姿恁惹邪❽，情腸害劣❾。小姐，你香魂逗出了夢兒蝶，把親娘腸斷了影中蛇❿。不道燕冢⓫荒斜，再立起鴛鴦舍。則問你會書齋燈怎遮？送情杯酒怎賒？取

---

❺ 虎榜：也叫龍虎榜，即進士榜。唐貞元八年，歐陽詹與韓愈等二十三人聯第，皆一時俊傑，時稱「龍虎榜」。見新唐書文藝傳下歐陽詹。

❻ 旦：原本無「旦」字，據暖紅本補。

❼ 愛河：情欲之河。佛教謂其可以溺人，故稱。楞嚴經卷四：「愛河乾枯，令汝解脫。」

❽ 惹邪：招惹邪祟，形容美得誘人。

❾ 劣：苦。

❿ 你香魂逗出了夢兒蝶二句：你只是香魂出竅，夢中化蝶，母親卻以女兒已死而為之腸斷。影中蛇，晉代樂廣宴客，有人看到杯中有蛇影，既飲而病；後來知道這是掛在牆上的一支角弓的影子，於是病就好了。見晉書樂廣傳。後來就用「杯弓蛇影」比喻因疑慮而引起的恐懼。

喜時，也要那破頭稍一泡血？

（旦）蠢丫頭，幽歡之時，彼此如夢，問他則甚！呀，奶奶來得恁忙也！

【玩仙燈】（老旦慌上）人語鬧吱嚥⑫，聽風聲，似是女孩兒關節。

兒，聽見外廂喧嚷，新科狀元是嶺南柳夢梅。（旦）有這等事⑬！

【前腔】（淨忙走上）旗影兒走龍蛇，甚宣差，教來近者！

（進見介）奶奶、小姐，駕上人來，俺看門去也。（下）

【入賺】（外、丑扮軍校持黃旗上）深巷門斜，抓不出狀元門第也。這是了。（敲門介）（老旦）聲息兒恁怔忡⑭，把門兒偷瞥。（啟門，校銜開介）（老旦）那衙門來的？（校）星飛不迭。你看這旗、看這旗影兒頭勢別，是黃門官把聖旨教傳洩。（老旦叫介）兒，原來是傳聖旨的。（旦上）斗膽相詢，金榜何時揭？可有柳夢梅名字高頭列？（校）他中了狀元。（旦）真箇中了狀元？（校）則他中狀元，急節裏遭磨滅。（旦驚介）是怎生？（校）往淮陽觸犯了杜參爺，扭回京把他做

---

⑪ 燕冢：唐人傳奇故事。姚玉京家有雙燕，其一為鷙鳥所獲，玉京以紅線繫另一燕之足，明年復來，凡六七歲。玉京病死，燕悲鳴著飛到她的墳上亦死。見唐李公佐燕女墳記。這裏指杜麗娘之墳。

⑫ 吱嚥：象聲詞。形容嘈雜的聲音。

⑬ 事：萬曆本、同文本作「是」，其餘各本均作「事」，今據改。

⑭ 怔忡：使人驚恐不安。

劫墳塋的賊決⑮（老旦）我兒，謝天謝地，老爺平安回京了。他那知世間有此重生之事！（旦）這卻怎了？（校）**正高弔起猛桃條細抽掣，被官裏人搶去遊街**⑯歇。（旦）恰好哩！（校）平章他勢大，動本了。說劫墳之賊，不可以作狀元。（旦）狀元可也辨一本兒？（校）狀元也有本。**那平章奏他惡茶白賴**⑰**把陰人竊。**那狀元呵，**他說頭帶魁罡**⑱**不受邪。便是萬歲爺聽了成癡呆。**（旦）後來？（校）僥倖有箇陳黃門，是平章爺的故人，奏准要平章、狀元和小姐三人，駕前勘對，方取聖裁。（老旦）呀，陳黃門是誰？（校）**是陳最良，他說南安教授曾官舍。因此杜平章擡舉他掌朝班、通御謁。**（老旦）一發詫異哩。（校）便是他著俺們來宣旨，分付你家一更梳洗，二鼓喫飯，三鼓穿衣，四更走動。**到得五更三點徹，響玎璫翠佩，那是朝時節。**（旦）獨自箇怕人。（校）怕則麼？平**章宰相你親爺，狀元妻妾。**俺去了。（旦）再說些去。（校）**明朝金闕，討你幅撞門紅**⑲**去了也。**（下）（旦）娘，爹爹高陞，柳郎高中。**小旗兒報捷，又是平安帖。把神天叩謝，神天叩謝。**

---

⑮ 決：判決。

⑯ 遊街：指狀元騎馬遊街。參看第二齣㉙。

⑰ 惡茶白賴：亦作「惡叉白賴」。耍無賴，無理取鬧。白，萬曆本、同文本作「蘼」，其餘各本均作「白」，今據改。

⑱ 頭帶魁罡：是說狀元受魁星護佑。魁罡，斗魁和天罡，這裏偏指魁星，古代神話中主文運的神。參看第二十二齣㉓。

⑲ 撞門紅：入門時賞給守門當差者的喜錢。

【滴溜子】（拜介）當日的、當日的梅根柳葉，無明路、無明路曾把遊魂再疊。果應夢花園後摺⑳，甫能勾迸到頭、搶了捷。鬼趣裏因緣，人間判貼㉑。

【前腔】（老旦）㉒雖則是、雖則是希奇事業，可甚的、可甚的驚勞駕帖㉓？他道你是花妖害怯，看承的柳抱懷㉔做花下劫。你那爹爹呵，沒得箇符兒再把花神召攝。

【尾聲】女兒，緊簪束揚塵舞蹈㉕搖花頰。（旦）叫我奏箇甚麼來？（老旦）有了你活人硬證無虛脅㉖。（旦）少不的萬歲君王聽臣妾。

（淨扮郭駝上）「要問黿鼉窟，還過烏鵲橋。」㉗兩日再尋箇錢塘門㉘不著。正好撞著箇老軍，說知夫

---

⑳ 後摺：後邊轉折處。

㉑ 判貼：判明妥貼。

㉒ 老旦：原本作「旦」，據懷德本、朱墨本、三婦本、同文本、暖紅本改。

㉓ 駕帖：聖旨。

㉔ 柳抱懷：相傳柳下惠夜遇一女，怕她凍傷，就用衣服把她裹坐在自己的懷裏，而沒有人懷疑他有淫亂的行為。見荀子大略。這裏喻指柳夢梅。

㉕ 揚塵舞蹈：朝見皇帝時的禮節。揚塵，跪拜時激起塵土。

㉖ 無虛脅：並無虛假脅迫等情。

㉗ 要問黿鼉窟二句：杜甫玉臺觀詩：「江光隱現黿鼉窟，石勢參差烏鵲橋。」黿鼉窟，黿鼉居住的洞窟，在江海深處。這裏指錢塘江。烏鵲橋，神話傳說中七月七日夜喜鵲填天河成橋，使牛郎織女渡河相會。這裏指柳夢梅和杜麗娘會聚所居之處。

人下處，抖擻了進去。（見介）（老旦）你是誰？（淨）狀元家裏的老駝，特來恭喜。（旦）辛苦，你可見狀元麼？（淨）俺往平章府搶下了狀元，要夫人去見朝也。

（老旦）往事閑徵夢欲分，　韓　溉
（旦）今晨忽見下天門。　張　籍
（淨）分明為報精靈輩，　僧貫休
（旦）淡掃蛾眉朝至尊。　張　祐

㉘門：原本作「江」，據朱墨本、毛定本、三婦本改。

第五十五齣　圓駕

（淨、丑扮將軍持金瓜上）「日月光天德，山河壯帝居。」❶萬歲爺升朝，在此直殿。

【北點絳唇】（末上）寶殿雲開，御爐煙靄，乾坤泰。（回身拜介）日影金階，早唱道黃門拜。

〔集唐〕「鸞鳳旌旗拂曉陳韋元旦，傳聞闕下降絲綸❷劉長卿。興王會淨妖氛氣杜甫，不問蒼生問鬼神李商隱。」自家大宋朝新除授一箇老黃門陳最良是也。下官原是南安府飽學秀才，因柳夢梅發了杜平章小姐之墓，徑往揚州報知。平章念舊，著俺說平李寇，告捷效勞，蒙聖恩欽賜黃門奏事之職。不想平章回朝，恰遇柳生投見，當時拿下，遞解臨安府監候。卻說柳生先曾攛過卷子，中了狀元。找尋之間，恰好狀元弔在杜府拷問。當被駕前官校人等衝破府門，搶了狀元，上馬而去，到也罷了。又聽的說俺那女學生杜小姐也返魂在京。平章聽說女兒成了箇色精，一發惱激，央俺題奏一本，為誅除妖賊事。中間劾奏柳夢梅係劫墳之賊，其妖魂託名亡女，不可不誅。杜老先生此奏，卻是名正言順。隨後柳生也奏一本，為辨明心迹事。都奉有聖旨：「朕覽所奏，幽隱奇特。必須返魂之女，面駕敷陳，取旨定奪。」老夫又恐怕真是杜小姐返魂，私著官校傳旨與他，五更朝見。正是：「三生石上看來去，萬歲臺前辨假真。」道猶未了，平章、狀元早到。

---

❶ 日月光天德二句：陳後主入隋侍宴應詔詩中句。

❷ 絲綸：帝王的詔書。典出禮記緇衣：「王言如絲，其出如綸。」

【前腔】（外、生幞頭袍笏❸同上介）（外）有恨妝排，無明耽帶❹，真奇怪。（生）啞謎難猜，今上❺親裁劃。

岳丈大人拜揖。（外）誰是你岳丈？（生）平章老先生拜揖。（外）誰和你平章？（生笑介）古詩云：「梅雪爭春未肯降，騷人閣筆費平章。」❻今日夢梅爭辨之時，少不得要老平章閣筆。（外）你罪人咬文哩。（生）小生何罪？老平章是罪人。（外）俺有平李全大功，當得何罪？（生）朝廷不知，你那裏平的箇李全，則平的箇李半。（外）怎生止平的箇李半？（生笑介）你則哄的箇楊媽媽退兵，怎哄的全！（外惱作扯生介）誰說？和你官裏講去。（末作慌出見介）午門之外，誰敢諠譁？（見介）原來是杜老先生。這是新狀元，放手，放手。（外放生介）（末）狀元何事激惱了老平章？（外）他罵俺罪人，俺得何罪、何罪？（生）你說無罪，便是處分令愛一事，也有三大罪。（外）那三罪？（生）太守縱女遊春，一罪。（外）是了。（生）女死不奔喪❼，私建庵觀，二罪。（外）罷了。（生）嫌貧逐壻，刁打欽賜狀元，可不三大罪？（末笑介）狀元以前也罪過些。看下官面分，和了罷。（生）黃門大人與學生有何面分？（末

❸ 幞頭袍笏：幞頭，古代的一種頭巾，相傳始於北周武帝，兩腳式樣變化很多。笏，臣子朝見皇帝時所執的狹長手板。

❹ 有恨妝排二句：妝排，擺場面。耽帶，擔待，承受。這兩句的意思是：遺恨的是要面對金殿對質的場面，自己不明不白地須承受這樣的晦氣。

❺ 今上：當今皇帝。

❻ 梅雪爭春未肯降二句：宋盧梅坡雪梅詩中句。平章，原作「評章」，都是品評、評議的意思。

❼ 奔喪：這裏指料理喪事，把靈柩運回原籍安葬。懷德本、三婦本、暖紅本「奔」作「搬」。

笑介）狀元不知，尊夫人請俺上學來。（生）敢是鬼請先生？（末）狀元忘舊了。（生認介）老黃門可是南安陳齋長？（末）惶恐，惶恐。（生）呀，先生，俺與你分上不薄，如何妄報俺為賊？做門館報事不真，則怕做了黃門，也奏事不以實。（末笑介❽）今日奏事實了。遠望尊夫人將到，二公先行叩頭禮。

（內唱禮介）奏事官齊班❾。（外、生同進叩頭介）（外）臣杜寶見。（生）臣柳夢梅見。（末）平身❿。（外、生立左右介）（旦上）「麗娘本是泉下女，重瞻天日向丹墀。」

【黃鍾北醉花陰】平鋪著金殿琉璃翠鴛瓦，響鳴稍半天兒刮刺⓫。（淨、丑喝介）甚的婦人衝上御階？拿了！（旦驚介）**似這般狰獰漢叫喳喳，在閻浮殿見了些青面獠牙，也不似今番怕。**

（末）前面來的是女學生杜小姐麼？（旦）來的黃門官，像陳教授。叫他一聲：「陳師父，陳師父。」（末應介）是也。（旦）陳師父喜哩！（末）學生，你做鬼，怕不驚駕？（旦）噤聲！**再休提探花鬼喬作衙**⓬，**則說狀元妻來面駕。**（淨、丑下）

（內）奏事人揚塵舞蹈。（旦作舞蹈，呼「萬歲，萬歲」介）（內）平身。（旦起）（內）聽旨：杜麗娘是真是假，就著伊父杜寶、狀元柳夢梅，出班識認。（生覷旦作悲介）俺的麗娘妻也！（外覷旦作惱介）鬼乜

---

❽介：原本無「介」字，據毛定本、暖紅本補。

❾齊班：分班並列。

❿平身：行跪拜禮後起立站正。

⓫響鳴稍半天兒刮刺：鳴稍，揮鞭稍作響，猶鳴鞭。參看第五十三齣66。刮刺，象聲詞，形容鞭響聲。

⓬喬作衙：亦作「喬坐衙」。假作坐堂問事。這裏指裝模作樣，冒充狀元。

些⑬，真箇一模二樣，大膽，大膽！（作回身跪奏介）臣杜寶謹奏：臣女亡已三年，此女酷似，此必花妖狐媚，假託而成。俺王聽啟：

【南畫眉序】臣女沒年多⑭，道理陰陽豈重活？願吾皇⑮向金階一打，立見妖魔。（生作泣）好狠心的父親！（跪奏介）他做五雷⑯般嚴父的規模，則待要一下裏把聲名煞抹⑰。（起介）（合）便閻羅包老難彈破⑱，除取旨前來撒和⑲。

（內）聽旨：朕聞人行有影，鬼形怕鏡。定時臺上有秦朝照膽鏡⑳。黃門官，可同杜麗娘照鏡，看花陰之下，有無蹤影回奏。（末應，同旦對鏡介）女學生是人是鬼？

【北喜遷鶯】（旦）人和鬼教怎生酬答？形和影現託著面菱花。（末）鏡無改面，委係人身。再向花街取影而奏。（行看影介）（旦）波查㉑，花陰這答，一般兒蓮步迴鸞印淺沙。（末奏）杜麗娘

---

⑬ 鬼乜些：猶言小鬼頭。乜些，語尾助詞。下文「鬼乜邪」，義同。乜，音ㄇㄧㄝ。

⑭ 沒年多：沒，通「歿」。死亡。年多，「多年」的倒文。

⑮ 吾皇：原本作「俺王」，此據懷德本、同文本、暖紅本。

⑯ 五雷：形容如雷公般嚴厲。相傳雷公有兄弟五人，故稱。

⑰ 把聲名煞抹：聲名，這裏指不好的名聲。煞抹，「抹煞」的倒文。

⑱ 彈破：勘破，判明。

⑲ 撒和：這裏是講和、調停意。

⑳ 照膽鏡：相傳秦咸陽宮中有方鏡，可以照見人腸胃五臟及疾患所在；女子有邪心，照之，則膽張心動。見西京雜記卷三。

有蹤有影，的係人身。（內）聽旨：麗娘既係人身，可將前亡後化事情奏上。（旦）萬歲！臣妾二八年華，自畫春容一幅。曾於柳外梅邊，夢見這生。妾因感病而亡，葬於後園梅樹之下。後來果有這生，姓名柳夢梅，拾取春容，朝夕掛念。臣妾因此出現成親。（悲介）哎喲，**悽惶煞！這底是㉒前亡後化，抵多少陰錯陽差。**

（內）聽旨：柳狀元質證，麗娘所言真假？因何預名夢梅？（生打躬呼「萬歲」介）

【南畫眉序】臣南海泛絲蘿㉓，夢向嬌姿折梅萼。果登程取試，養病南柯。因借居南安府紅梅院中，遊其後苑，拾得㉔麗娘春容。因而感此真魂，成其人道。（外跪㉕介）此人欺誑陛下，兼且點污臣之女也。論臣女呵，**便死葬向水口㉖廉貞，肯和生人做山頭撮合㉗？**（合前）

（內）聽旨：朕聞有云：「不待父母之命，媒妁之言，則國人、父母皆賤之。」杜麗娘自媒自婚，有

㉑ 波查：嘆詞。明湯顯祖邯鄲記死竄：「波查，禍起天來大，怎泣奏當今鑾駕？」用法相同。

㉒ 這底是：亦作「這的是」。這真是，這確是。

㉓ 南海泛絲蘿：意思是自南海泛舟而來締結婚約。絲蘿，見第五十三齣㉑。

㉔ 得：原本作「的」，此據朱墨本、暖紅本。

㉕ 跪：原本無「跪」字，據三婦本、暖紅本補。

㉖ 便死葬向水口：水口，水流出入處或其附近。意思是即便把骨殖拋擲埋葬於池塘。

㉗ 做山頭撮合：小說、戲曲中稱媒人為撮合山。京本通俗小說西山一窟鬼：「元來那婆子是個撮合山，專靠做媒為生。」這裏是私下結合之意。

何主見？（旦泣介）萬歲！臣妾受了柳夢梅再活之恩。

【北出隊子】真乃是無媒而嫁。（外）誰保親㉘？（旦）**保親的是母喪門**㉙。（外）送親的？（旦）**送親的是女夜叉。**（外）這等胡為！（生）這是陰陽配合正理。（外）正理，正理，花你那蠻兒一點紅嘴哩！（生）老平章，你罵俺嶺南人喫檳榔㉚，其實柳夢梅唇紅齒白。（旦）噤聲！眼前活立著箇女孩兒，親爺不認。到做鬼三年，有箇柳夢梅認親。**則你這辣生生回陽附子較爭些**㉛**，為甚麼翠呆呆下氣的檳榔俊煞了他？**爹爹，你不認呵，有娘在。（指鬼門）**現放著實丕丕貝母開談親阿媽。**

（老旦上）多早晚㉜女兒還在面駕，老身踹入正陽門㉝叫冤去也。（進見跪伏介）萬歲爺，杜平章妻一品夫人甄氏見駕。（外、末驚介）那裏來的？真箇是俺夫人哩。（外跪介）臣杜寶啟：臣妻已死揚州亂賊之手，臣已奏請恩旨褒封。此必妖鬼捏作母子一路，白日欺天。（起介）（生）這箇婆婆，是不曾認的他。

㉘ 保親：做媒。

㉙ 喪門：星命家所說的值年的凶煞之一。紀歲歷：「喪門者，歲之凶神也。主死喪哭泣之事。」

㉚ 檳榔：指檳榔樹的果實，橢圓形，橙紅色，可供食用和入藥，有消食、驅蟲、下氣等功效。廣東、福建、臺灣等地人愛嚼食檳榔，但多吃則可使唇齒變黑。上文「你那蠻兒一點紅嘴」，指此。

㉛ 辣生生回陽附子較爭些：辣，原本作「喇」，據懷德本、朱墨本、三婦本改。附子，與下文「貝母」，並中藥名。這裏僅取其子、母義。以藥名入曲，是一種遊戲筆墨。較爭些，差一些。

㉜ 多早晚：這時候。這裏指耽擱時間久了。

㉝ 踹入正陽門：踹，原本作「揣」，據懷德本、三婦本、同文本、暖紅本改。正陽門，北宋汴京宮城門名。這裏即指宮門。

圖
圓駕
暖紅室

（內）聽旨：甄氏既死於賊手，何得臨安母子同居？（老旦）萬歲！（起介）

【南滴溜子】揚州路、揚州路遭兵劫奪，只得向、只得向長安住託。不想到錢塘夜過，嘿㉞撞著麗娘兒魂似脫。少不的子母肝腸，死同生活。

（內）聽甄氏所奏，其女重生無疑。則他陰司三載，多有因果之事。假如前輩做君王臣宰不臻的，可有的發付他？從直奏來。（旦）這話不提罷了，提起都有。（末）女學生，「子不語怪」㉟。比如陽世府部州縣，尚然磨刷卷宗㊱，他那裏有甚會案處！

【北刮地風】（旦）呀，那陰司一椿椿文簿查，使不著你猾律拿喳㊲。是君王有半副迎魂駕，臣和宰玉鎖金枷。（末）女學生，沒對證。似這般說，秦檜老太師在陰司裏可受用？（旦）也知道些。說他的受用呵，那秦太師一進門，忑楞楞的黑心搥敢搗了千下，淅另另的紫筋肝剁作三花。（眾驚介）為甚剁作三花？（旦）道他一花兒為大宋，一花為金朝，一花兒為長舌妻㊳。（末）這等，長舌夫人有何受用？（旦）若說秦夫人的受用，一到陰司，撏去了鳳冠霞帔，赤體精光。跳出箇

㉞ 嘿：暗中。同文本作「黑」。

㉟ 子不語怪：孔子不講怪異之事。語出論語述而：「子不語怪、力、亂、神。」

㊱ 磨刷卷宗：磨刷，勘查。元代由肅政廉訪使清查所屬衙門處理獄訟案件有無拖延枉曲等情，叫刷卷。下文「會案」，會同查看案情，與此義近。

㊲ 猾律拿喳：猶言油嘴滑舌，惹是生非。猾律，滑律，滑溜。

㊳ 長舌妻：指秦檜妻王氏。長舌，典出詩大雅瞻卬：「婦有長舌，維厲之階。」這裏指王氏搬弄是非，陷害岳飛。

牛頭夜叉，只一對七八寸長指彄兒㊴，輕輕的**把那撇道兒搭㊵，長舌揸**。（末）為甚？（旦）**聽的是東窗事發㊶**。（外）鬼話也。且問你，鬼乜邪，人間私奔，自有條法。陰司可有？（旦）有的是。柳夢梅七十條，爹爹發落過了，女兒陰司收贖。**桃條打，罪名加，做尊官勾管了簾下㊷。則道是沒真場㊸風流罪過些，有甚麼饒不過這嬌滴滴的女孩家。**

（內）聽旨：朕細聽杜麗娘所奏，重生無疑。就著黃門官押送午門外，父子夫妻相認，歸第成親。（眾呼「萬歲」行介）（老旦）恭喜相公高轉㊹了。（外）怎想夫人無恙！（旦哭介）我的爹呵！（外不理介）青天白日，小鬼頭遠些，遠些！陳先生，如今連柳夢梅俺也疑將起來，則怕也是箇鬼。（末笑介）是踢斗鬼。（老旦喜介）今日見了狀元女壻，女兒再生，一㊺十分喜也。狀元，先認了你丈母罷。（生揖介）

㊴ 指彄兒：彎曲的長指甲。彄，音ㄎㄡ。環狀物。

㊵ 撇道兒搭：撇道，指嗓子。按，元明劇作中多以撇道指腳。所以明王驥德曲律論訛字中認為湯顯祖是誤用。搭，扼，掐。

㊶ 東窗事發：相傳秦檜曾與妻王氏在東窗下密謀定計殺害岳飛。檜死後，在地獄裏受苦，王氏給他做道場，並派道士去陰曹探訪，他對道士說：「可煩傳語夫人，東窗事發矣！」見明田汝成西湖遊覽志餘卷四。元孔學詩（一作金仁傑）有東窗事犯雜劇。

㊷ 做尊官勾管了簾下：做尊官，指柳夢梅中狀元、做高官。勾管，拘捕管束。簾下，簾帷之下，指私第而非公堂之上。

㊸ 沒真場：指魂遊、幽媾等情。

㊹ 高轉：高陞。

丈母光臨，做女壻的有失迎待，罪之重也。（旦）官人，恭喜，賀喜。（生）誰報你來？（旦）到得陳師父傳旨來。（生）受你老子的氣也。（末）狀元，認了丈人翁罷。（生）則認的十地閻君為岳丈。（末）狀元，聽俺分勸一言。

【南滴滴金】你夫妻趕著了輪迴磨[46]，便君王使的箇隨風柁[47]，那平章怕不做賠錢貨[48]。到不如娘共女、翁和壻，明交割[49]。（生）老黃門，俺是箇賊犯。（末笑介）你得便宜人，偏會撒科[50]。則道你偷天把桂影那[51]，不爭多[52]先偷了地窟裏花枝朵。

（旦嘆介）陳師父，你不教俺後花園遊去，怎看上這攀桂客來？（外）鬼乜邪，怕沒門當戶對？看上柳夢梅甚麼來！

【北四門子】（旦笑介）是看上他帶烏紗象簡[53]朝衣掛，笑、笑、笑，笑的來眼媚花。爹娘，

---

[45] 二：原本作「千」，此據懷德本、暖紅本。同文本作「亦」。

[46] 輪迴磨：輪迴，梵語的意譯，原意是流轉。磨也就是輪迴。磨，又有磨劫意。這裏指杜麗娘死後還魂、柳夢梅受磨難。

[47] 隨風柁：順風使柁（舵），比喻乘便行事，使個順水人情。

[48] 賠錢貨：舊時以女孩養大出嫁，還要賠送妝奩，所以貶稱為賠錢貨。

[49] 交割：結清手續。用在這裏的意思是驗明身分，明確關係。

[50] 撒科：撒賴賣乖。

[51] 把桂影那：折桂的意思。那，同「挪」。

[52] 不爭多：原意是差不多。這裏有誰能想到、沒料到的意思。

人間白日裏高結綵樓，招不出箇官壻；你女兒睡夢裏、鬼窟裏，選著箇狀元郎。還說門當戶對！**則你箇杜杜陵54慣把女孩兒嚇，那柳柳州他可也門戶風華。**爹爹，認了女孩兒罷。（外）離異了柳夢梅，回去認你。（旦）**叫俺回杜家，赸了柳衙55。便作你杜鵑花，也叫不轉子規紅淚灑。**（哭介）哎喲，**見了俺前生的爹、即世嬤56，顛不剌57悄魂靈立化。**

（旦作悶倒介）（外驚介）俺的麗娘兒！（末作望介）怎那老道姑來也？連春香也活在？好笑，好笑！我在賊營裏瞧甚來？

【南鮑老催】（淨扮石姑58同貼上）**官前定奪，官前定奪。**（打望介）原來一眾官員在此。怎的起狀元、小姐嘴骨都59站一邊？**眼見他喬公案斷的錯，聽了那喬教學60的嘴兒嗑。**（末）春香賢弟也來了。這姑姑是賊。（淨）啐！陳教化，誰是賊？你報老夫人死哩，春香死哩！**做的箇紙棺材，舌鍬**

53 象簡：即象笏，象牙製的手板。
54 杜杜陵：杜甫曾在長安杜陵附近居住，自稱杜陵布衣、杜陵野老。這裏指杜寶。
55 赸了柳衙：離開柳家。赸，走開。曲江池畔柳樹成行排列，號為柳衙。見南唐尉遲偓中朝故事。這裏取柳字義。
56 即世嬤：今世的娘。
57 顛不剌：顛狂，昏亂。不剌，語助詞。
58 石姑：原本無「石」字，據三婦本、暖紅本補。毛定本作「道姑」。
59 嘴骨都：噘著嘴巴。
60 喬教學：指陳最良。喬，含有做作、虛偽、裝假等貶義。元高文秀有黑旋風喬教學雜劇，今佚。

撥61。（向生介）柳相公喜也。（生）姑姑喜也。這丫頭那裏見俺來？（貼）你和小姐牡丹亭做夢時，有俺在。（生）好活人活證！（淨、貼）鬼團圓不想到真和合，鬼揶揄不想做人生活。老相公，你便是鬼三台62，費評跋。（淨、貼並下）

（末）朝門之下，人欽鬼伏之所，誰敢不從？少不得小姐勸狀元認了平章，成其大事。（旦作笑勸生介）柳郎，拜了丈人罷。（生不伏介）

【北水仙子】（旦）呀呀呀，你好差！（扯生手、按生肩介）好好好，點著你玉帶腰身把玉手叉。（生）幾百箇桃條！（旦）拜拜拜，拜荊條63曾下馬。（扯外64介）（旦）扯扯扯，做太山倒了架。（指生介）他他他，點黃錢65聘了咱。俺俺俺，逗寒食喫了他茶66。（指末介）你你你，待求官、報信則把口皮喳。（指生介）是是是，是他開棺見槨湔除罷。（指外介）爹爹爹，你可也罵勾了咱這鬼乜邪67！

---

61 舌鍬撥：掉嘴弄舌，挑撥是非。

62 鬼三台：做了陰間的高官。三台，三公。

63 拜荊條：荊條，荊樹枝條，古時用作刑杖。相傳荊（楚）文王無道，大臣葆申束細荊五十，跪而打他的脊背。見呂氏春秋貴直。這裏指柳夢梅受桃條抽打。

64 扯外：各本均作「外扯」，此據冰絲館本改。

65 點黃錢：燒紙錢。

66 喫了他茶：受了婚約。參看第五十三齣17。

（丑扮韓子才冠帶捧詔上）聖旨已到，跪聽宣讀：「據奏奇異，敕賜團圓。平章杜寶，進階一品。妻甄氏，封淮陰郡夫人。狀元柳夢梅，除授編修院學士⑱。妻杜麗娘，封陽和縣君。就著鴻臚官⑲韓子才送歸宅院。」叩頭謝恩！（丑見介）狀元恭喜了。（生）呀，是韓子才兄，何以得此？（丑）自別了尊兄，蒙本府起送先儒⑳之後，到京考中鴻臚之職，故此得會。（生）一發奇異了。（末）原來韓老先㉑也是舊朋友。（行介）

【南雙聲子】（眾）姻緣詫，姻緣詫，陰人夢，黃泉下。福分大，福分大，周堂內是這朝門下㉒。齊見駕，齊見駕；真喜洽，真喜洽。領陽間誥敕，去陰司銷假。

【北尾】（生）從今後把牡丹亭夢影雙描畫。（旦）虧殺你南枝挨暖俺北枝花。則普天下做鬼的有情誰似咱！

杜陵寒食草青青，　　韋應物
羯鼓聲高眾樂停。　　李商隱

---

⑰ 邪：原本作「些」，此據懷德本、毛定本、同文本、暖紅本。
⑱ 編修院學士：翰林學士。宋代有史館編修。
⑲ 鴻臚官：鴻臚寺的官員，執掌祭祀、司儀、接待賓客等事。
⑳ 先儒：指韓愈。韓子才自稱是韓愈之後。見第六齣悵眺。
㉑ 老先：宋元以來官場中的稱呼。老先生或老先兒的省稱。
㉒ 周堂內是這朝門下：在朝門之下論婚嫁，指奉旨成親。陰陽家稱宜於辦理嫁娶事的吉日為周堂。

更恨香魂不相遇，　鄭瓊羅
春腸遙斷牡丹亭。　白居易
千愁萬恨過花時，　僧无則
人去人來酒一巵。　元　稹
唱盡新詞歡不見，　劉禹錫
數聲啼鳥上花枝[73]。　韋　莊

---

[73] 杜陵寒食草青青八句：這八句下場詩追懷往事、點題、抒情，與第一齣開場的蝶戀花詞遙相呼應。

附錄一　湯顯祖傳

湯顯祖，字若士，臨川人。少善屬文，有時名。張居正欲其子及第，羅海內名士以張之，聞顯祖及沈懋學名，命諸子延致。顯祖謝弗往，懋學遂與居正子嗣修偕及第。顯祖至萬曆十一年，始成進士。授南京太常博士，就遷禮部主事。十八年，帝以星變，嚴責言官欺蔽，並停俸一年。顯祖上言曰：「言官豈盡不孝？蓋陛下威福之柄，潛為輔臣所竊，故言官向背之情，亦為默移。御史丁此呂，首發科場欺蔽，申時行屬楊巍劾去之。御史萬國欽，極論封疆欺蔽，時行諷同官許國遠謫之。一言相侵，無不出之於外。於是無恥之徒，但知自結於執政，所得爵祿，直以為執政與之。縱他日不保身名，而今日固已富貴矣。給事中楊文舉，奉詔理荒政，徵賄鉅萬。抵杭，日宴西湖，鬻獄市薦以漁厚利。輔臣乃及其報命，擢首諫垣。給事中胡汝寧，攻擊饒伸，不過權門鷹犬，以其私人猥見任用。夫陛下方責言官欺蔽，而輔臣欺蔽自如。失今不治，臣謂陛下可惜者四：朝廷以爵祿植善類，今直為私門蔓桃李，是爵祿可惜也。群臣風靡，罔識廉恥，是人才可惜也。輔臣不越例，予人富貴不見為恩，是成憲可惜也。陛下御天下二十年，前十年之政，張居正剛而多欲，以群私人囂然壞之；後十年之政，時行柔而多欲，以群私人靡然壞之，此聖政可惜也。乞立斥文舉、汝寧，誡諭輔臣省愆悔過。」帝怒，謫徐聞典史。稍遷遂昌知縣。二十六年，上計京師，投劾歸。又明年大計，主者議黜之。李維禎為監司，力爭不得，竟奪官。家居二十年卒。顯祖意氣慷慨，善李化龍、李三才、梅國禎，後皆通顯，有建豎，而顯祖蹭蹬窮老。三才督漕淮上，遣書迎之，謝不往。顯祖建言之明年，福建僉事李琯奉表入都，列時行十罪，語侵王錫爵。言惟錫爵敢恣睢，故時行益貪戾，請並斥以謝天下。帝怒，削其籍。甫兩月，時行亦罷。琯，豐城人，萬曆五年進士，嘗官御史，既斥歸，家居三十年而卒。顯祖子開遠，自有傳。

（原載明史卷二三〇，暖紅室刊王思任評校本玉茗堂還魂記卷首）

附錄二　玉茗先生傳

湯顯祖，字義仍，一字若士，江西臨川人。生嘉靖二十九年庚戌，有文在手。年二十一，舉於鄉，忤陳繼儒，遂以媒蘗下第。萬曆五年，再赴會試，張居正欲其子及第，羅致海內名士以張之，延顯祖及沈懋學。顯祖謝弗往，懋學乃與居正子嗣修偕及第。顯祖歸六年，迨居正歿之明年癸未，始成進士，與時宰張四維、申時行之子為同年。二相招致之，又不往。除南京太常博士，久之，稍遷祠部。朝右慕其才，將徵為吏部郎，上書辭免。十九年閏三月，以彗星變，詔責諫官欺蔽，大開言路。顯祖抗疏，論劾政府信私人，陰扼臺諫，語伉直數千言，謫徐聞典史。至任日，立貴生書院講學，士習頓移。陞遂昌知縣，滅虎放囚，誠信及物，翕然稱循吏。二十六年戊戌，投劾歸，不復出。辛丑外計，追論議黜之。李維禎為監司，力爭曰：「此君高尚久矣，不應考法。」言計者曰：「正欲成其高耳。」竟削籍。里居二十餘年，父母喪時，顯祖已六十七齡。明年，以哀毀卒，遺命以麻衣草屨斂。顯祖志意激昂，風節遒勁，平生以天下為己任。因執政所抑，遂窮老而歿，天下惜之。所善同邑帥機及李三才、梅國禎、李化龍，後皆通顯，各有建豎。三才督漕淮上，招之，答曰：「身與公等比肩事主，老而為客，所不能也。」論文以本朝宋濂為宗，李夢陽、王世貞氣焰雖盛，皆斥之為偽體。當霧雰充塞之時，能排擊歷下者，祇顯祖與歸有光二人而已。所居玉茗堂，文史狼藉，雞塒豕圈，雜沓庭戶，蕭閒詠歌，俯仰自得。胸中魁壘，發為詞曲，所著四夢，雖流連風懷，感激物態，要於洗蕩情塵，銷歸烏有，作達觀空，亦可悲矣！子四人，士蘧五齡能背誦三都、二京，年二十三死。次大耆，才致有父風。次開遠，崇禎五年由鄉舉為河南推官，奏論時事，屢膺上怒，責令指實，開遠抗論不少屈。上命削職逮治，左良玉率將士七十餘人、士民數百人，合奏乞留。上為動容，命帶罪辦賊。十年，討平舞陽大盜，以功擢安廬三郡監軍。史可法薦其治行卓異，晉秩副使。十三年，與黃得功大破諸賊，將用為河南巡撫，竟以勞瘁卒，哭聲震郊野，贈太僕少卿。弟季雲，亦有雋才云。

（原載清蔣士銓臨川夢，暖紅室刊王思任評校本玉茗堂還魂記卷首）

蔣士銓，字心餘，一字苕生，號清容，江西鉛山人。乾隆三十二年（一七五七）進士。有忠雅堂集及藏園九種曲等。

附錄三　杜麗娘慕色還魂話本

閑向書齋覽古今，罕聞杜女再還魂。
聊將昔日風流事，編作新文厲後人。

話說南宋光宗朝間，有箇官陞授廣東南雄府尹，姓杜名寶，字光輝，進士出身。祖貫山西太原府人，年五十歲。夫人甄氏，年四十二歲。生一男一女，其女年一十六歲，小字麗娘；男年一十二歲，名喚興文，姊弟二人俱生得美貌清秀。杜府尹到任半載，請箇教讀，於府中書院內教姊弟二人讀書學禮。不過半年，這小姐聰明伶俐，無書不覽，無史不通。琴棋書畫，嘲風詠月，女工針指，靡不精曉。府中人皆稱為女秀才。

忽一日，正值季春三月中，景色融和，乍雨乍晴天氣，不寒不冷時光。這小姐帶一侍婢名喚春香，年十歲，同往本府後花園中遊賞。信步行至花園內，但見：

假山真水，翠竹奇花，普環碧沼，傍栽楊柳綠依依；森聳青峰，側畔桃花紅灼灼。雙雙粉蝶穿花，對對蜻蜓點水。梁間紫燕呢喃，柳上黃鶯睍睆。縱目臺亭池館，幾多瑞草奇葩。端的有四時不謝之花，果然是八節長春之景。

這小姐觀之不足，觸景傷情，心中不樂，急回香閣中。獨坐無聊，感春暮景，俛首沉吟而嘆曰：「春色惱人，信有之乎？常觀詩詞樂府，古之女子因春感情，遇秋成恨，誠不謬矣。吾今年已二八，未逢折桂之夫；感慕景情，怎得蟾宮之客？昔日郭華偶逢月英，張生得遇崔氏，曾有鍾情麗集、嬌紅記二書。此佳人才子，前以密約偷期，似皆一成秦晉。嗟乎，吾生於宦族，長在名門，年已及笄，不得蚤成佳配，誠為虛度青春，光陰如過隙耳。」嘆息久之，曰：「可惜妾身顏色如花，豈料命如一葉耶！」遂凭几晝眠。纔方合眼，忽見一書生年方弱冠，丰姿俊秀，於園內折楊柳一枝，笑謂小姐曰：「姐姐既能通書史，可作詩以賞之乎？」小姐欲答，又驚又喜，不敢輕言。心中自忖：素昧平生，不知姓名，何敢輒入於此？正如此思間，只見那書生向前將小姐摟抱去牡丹亭畔，芍藥欄邊，共成雲雨之歡娛，兩情和合。忽值母親至房中喚醒，一身冷汗，乃是南柯一夢。

忙起身參母，禮畢。夫人問曰：「我兒何不做些針指，或觀翫書史消遣亦可，因何晝寢於此？」小姐答曰：「兒適花園中閑玩，忽值春暄鬧人，故此回房，無可消遣，不覺困倦少息。有失迎接，望母親恕兒之罪。」夫人曰：「孩兒，這後花園中冷靜，少去閑行。」小姐曰：「領母親嚴命。」道罷，夫人與小姐同回至中堂，飯罷。這小姐口中雖如此答應，心內思想夢中之事，未嘗放懷，行坐不寧，自覺如有所失。飲食少思，淚眼汪汪，至晚不食而睡。

次早飯罷，獨坐後花園中，閑看夢中所遇書生之處，冷靜寂寥，杳無人跡。忽見一株大梅樹，梅子磊磊可愛，其樹矮如傘蓋。小姐走至樹下，甚喜而言曰：「我若死後得葬於此幸矣。」道罷回房，與小婢春香曰：「我死當葬於梅樹下，記之，記之！」次早小姐臨鏡梳妝，自覺容顏清減，命春香取文房四寶至鏡臺邊，自畫一小影，紅裙綠襖，環珮玎璫，翠翹金鳳，宛然如活。以鏡對容，相像無一，心甚喜之。命弟將出衙去，表背店中表成一幅小小行樂圖，將來掛在香房內，日夕觀之。一日，偶成詩一絕，自題於圖上：

近覩分明似儼然，遠觀自在若飛僊。

他年得傍蟾宮客，不在梅邊在（原作「作」）柳邊。

詩罷，思慕夢中相遇書生，曾折柳一枝，莫非所適之夫姓柳乎？故有此警報耳。自此麗娘慕色之甚，靜坐香房，轉添悽慘，心頭發熱，不疼不痛，春情難遏，朝暮思之，執迷一性，懨懨成病。時二十一歲矣。

父母見女患病，求醫罔效，問佛無靈。自春害至秋，所嫌者金風送暑，玉露生涼，秋雨瀟瀟，生寒徹骨，轉加沉重。小姐自料不久，令春香請母至牀前，含淚痛泣曰：「不孝逆女，不能奉父母養育之恩，今忽夭亡，為天之數也。如我死後，望母親埋葬於後園梅樹之下，平生願足矣。」囑罷，哽咽而卒。時八月十五也。

母大痛，命具棺槨衣衾收殮畢，乃與杜府尹曰：「女孩兒命終時，吩咐要葬於後園梅樹之下，不可逆其所願。」這杜府尹依夫人言，遂令葬之。其母哀痛，朝夕思之。光陰迅速，不覺三年任滿，使官新府尹已到。杜府尹收拾行裝，與夫人並衙內杜興文（原作「文興」）一同下船回京，聽其別選，不在話下。

且說新府尹姓柳名思恩，乃四川成都府人，年四十，夫人何氏，年三十六歲。夫妻恩愛，止生一子，年一十八歲，喚做柳夢梅。因母夢見食梅而有孕，故此為名。其子學問淵源，琴棋書畫，下筆成文，隨父來南雄府。上任之後，詞清訟簡。這柳衙內因收拾後房，於草茅雜紙之中，獲得一幅小畫。展開看時，卻是一幅美人圖，畫得十分容貌，宛如姮娥。柳衙內大喜，將去掛在書院之中，早晚看之不已。忽一（原少「一」字）日，偶讀上面四句詩，詳其備細，此是人家女子行樂圖也，何言「不在梅邊在柳邊」？此乃奇哉怪事也。拈起筆來，亦題一絕以和其韻。詩曰：

貌若嫦娥出自然，不是天仙是地仙。
若得降臨同一宿，海誓山盟在枕邊。

詩罷，嘆賞久之。卻好天晚，這柳衙內因想畫上女子，心中不樂，正是不見此情情不動，自思何時得此女會合？恰似望梅止渴，畫餅充饑。懶觀經史，明燭和衣而臥，番來覆去，永睡不著。細聽譙樓已打三更，自覺房中寒風習習，香氣襲人。衙內披衣而起，忽聞門外有人扣門，衙內問之而不答。少頃又扣，如此者三次。衙內開了書院門，燈下看時，見一女子，生得雲鬢輕梳蟬翼，柳眉顰蹙春山。其女趨入書院，衙內急掩其門。這女子斂衽向前，深深道箇萬福。衙內驚喜相半，答禮曰：「粧前誰氏？原來夤夜至此。」那女子啟一點朱唇，露兩行碎玉，答曰：「妾乃府西鄰家女也。因慕衙內之丰采，故奔至此，願與衙內成秦晉之歡，未知肯容納否？」這衙內笑而言曰：「美人見愛，小生喜出望外，何敢卻耶？」遂與女子解衣滅燭，歸於帳內，效夫婦之禮，盡魚水之歡。

少頃，雲收雨散，女子笑謂柳生曰：「妾有一言相懇，望郎勿責。」柳生笑而答曰：「賢卿有話，但說無妨。」女子含笑曰：「妾千金之軀，一旦付與郎矣，勿負奴心，每夜得共枕蓆，平生之願足矣。」柳生笑而答曰：「賢卿有心戀於小生，小生豈敢忘於賢卿乎！但不知姐姐姓甚何名？」女答曰：「妾乃府西鄰家女也。」言未絕，鷄鳴五更，曙色將分。女子整衣趨出院門，柳生急起送之，不知所往。至次夜，又至，柳生再三詢問姓名，女子以前意答應。如此十餘夜。

一夜，柳生與女子共枕而問曰：「賢卿不以實告於我，我不與汝和諧，白於父母，取責汝家。汝可實言姓氏，待小生稟於父母，使媒妁聘汝為妻，以（原作「已」）成百年夫婦，豈不美哉？」女子笑而不言，被柳生再三促逼（原作「迫」）不過，只得含淚而言曰：「衙內勿驚，妾乃前任杜知府之女杜麗娘也。年十八歲，未曾適人，因慕情色，懷恨而逝。妾在日常所愛者後園梅樹，臨終遺囑於母，令葬妾於樹下。今已一年，一靈不散，屍（原作「死」）首不壞。因與郎有宿世姻緣（原作「緣姻」）未絕，郎得妾之小影，故不避嫌疑，以遂枕蓆之歡。蒙君見憐，君若不棄幻體，可將妾之衷情告稟二位椿萱，來日可到後園梅樹下發棺視之，妾必還魂，與郎共為百年夫婦矣。」這衙內聽罷，毛髮悚然，失驚而問曰：「果是如此，來日發棺視之。」道罷，已是五更。女子整衣而起，再三叮嚀：「可急視之，請勿自悞。如若不然，妾事已露，不復再至矣。望郎留心，勿使可惜矣。妾不得復生，必痛恨於九泉之下也。」言訖，化清風而不見。

柳生至次日飯後，入中堂稟於母。母不信有此事，乃請柳府尹說知。府尹曰：「要知明白，但問府中舊吏門子人等，必知詳細。」當時柳府尹交喚舊吏人等問之，果有杜知府之女杜麗娘葬於後園梅樹之下，今已一年矣。柳知府聽罷驚異，急喚人夫同去後園梅樹下掘開，果見棺木，揭開蓋棺板，眾人視之，面顏儼然如活一般。柳知府教人燒湯，移屍於密室之中，即令養娘侍婢脫去衣服，用香湯沐浴洗之。霎時之間，身體微動，鳳眼微開，漸漸甦醒。這柳夫人交取新衣服穿了。

這女子三魂再至，七魄重生，立起身來。柳相公與夫人並衙內看時，但見身材柔軟，有如芍藥倚欄干，翠黛低垂，如似桃花含宿雨，好似浴罷的西施，宛如沉醉的楊妃。這衙內看罷，不勝之喜，叫養娘扶女子坐下。良久，取安魂湯、定魂散吃下，少頃便能言語，起身對柳衙內曰：「請爹媽二位出來拜見。」柳相公、夫人皆曰：「小姐保養，未可勞動。」即喚侍女扶小姐去臥房中睡。少時，夫人吩咐安排酒席於後堂慶喜。當晚筵席已完，教侍女請出小姐赴宴。當日杜小姐喜得再生人世，重整衣粧，出拜於堂下。柳相公與杜小姐曰：「不想我愚男與小姐有宿世緣分，今得還魂，真乃是天賜也。明日可差人往山西太原府去，尋問杜府尹家投下報喜。」夫人對相公曰：「今小姐天賜還魂，可擇日與孩兒成親。」相公允之。至次日，差人持書報喜，不在話下。

過了旬日，擇得十月十五日吉旦，正是：「屏開金孔雀，褥隱繡芙蓉。」大排筵宴，杜小姐與柳衙內合巹交盃，坐牀撒帳，一切完備。至晚席散，杜小姐與衙內同歸羅帳，並枕同衾，受盡人間之樂。

話分兩頭。且說杜府尹回至臨安府，尋公館安下。至次日，早朝見光宗皇帝，喜動天顏，御筆除授江西省參知政事，帶夫人並衙內上任，已經兩載。忽一日，有一人持書至杜相公案下，相公問：「何處來的？」答曰：

「小人是廣東南雄府柳府尹差來。」懷中取書呈上。杜相公展開書看，書上說小姐還魂與柳衙內成親一事，今特馳書報喜。這杜相公看罷大喜，賞了來人酒飯：「待我修書回覆柳親家。」這杜相公將書入後堂，與夫人說南雄府柳府尹送書來，說麗娘小姐還魂與柳知府男成親事。夫人聽之大喜，曰：「且喜昨夜燈花結蕋，今宵靈鵲聲頻。」相公曰：「我今修書回覆，交伊朝覲在臨安府相會。」寫了回書，付與來人，賞銀五兩。來人叩謝去了，不在話下。

卻說柳衙內聞知春榜動，選場開，遂拜別父母妻子，將帶僕人盤纏，前往臨安府會試應舉。在路不則一日，已到臨安府，投店安下，徑入試院。三場已畢，喜中第二甲進士，除授臨安府推官。柳生馳書遣僕報知父母妻子。這杜小姐已知丈夫得中，任臨安府推官，心中大喜。至年終，這柳府尹任滿，帶夫人並杜小姐回臨安府推官衙內投下。這柳推官拜見父母妻子，心中大喜，排筵慶賀，以待杜參政回朝相會。住不兩月，卻好杜參政帶夫人並子回至臨安府館驛安下。這柳推官迎接杜參政並夫人至府中，與妻子杜麗娘相見，喜不盡言，不在話下。這柳夢梅轉陞臨安府尹，這杜麗娘生二子，俱為顯官。夫榮妻貴，享天年而終。

（原載上海古籍出版社古本小說集成影印本明何大掄重刻增補燕居筆記卷九）

附錄四　各本題詞序跋

一、書牡丹亭還魂記

嘗讀臨川樂府，半出之夢，還魂則尤夢之幻者矣。非緣情結夢，翻緣夢生情，卒至生而死、死而生，以極其夢之變。嗚呼！夢固如是哉？非也。既已夢矣，何適而不可？鹿可矣，蝶可矣，即優游蟻穴，亦無不可矣，而況同類中人？雖然，此猶執著之論也。我輩情深，何必有，何必無哉！聊借筆花以寫若士胸中情語耳。而腐儒不解，且以為迂。嗟乎！叩盤而求日之聲，捫籥而索日之形，癡人說夢，大率類此。

萬曆丁巳季夏石林居士書於銷夏軒（原載明萬曆四十五年刊本牡丹亭還魂記）

石林居士，真實姓名不詳。

二、批點牡丹亭記序

玉茗堂樂府，臨川湯若士所著也。中有牡丹亭記，乃合李仲文、馮孝將兒，睢陽王、談生事而附會之者也。其播詞也，鏗鏘足以應節，詭麗足以應情，幻特足以應態，自可以變詞人抑揚俯仰之常局，而冥符於創源命派之手。雉城臧晉叔以其為案頭之書，而非場中之劇，乃刪其采，剉其鋒，使其合于庸工俗耳。讀其言，苦其事恠而詞平，詞恠而調平，調恠而音節平，於作者之意，漫滅殆盡，並求其如世之詞人俯仰抑揚之常局而不及。余嘗與面質之，晉叔心未下也。夫晉叔豈好平乎哉？以為不如此，則不合於世也。合于世者必信乎世，如必人之信而後可，則其事之生而死，死而生，死者無端，死而生者更無端，安能必其世之盡信也？今其事出於才士之口，似可以不必信，然極天下之恠者，皆平也。臨川有言：「第云理之所必無，安知情之所必有耶？」我以不特此也，凡意之所可至，必事之所已至也。則死生變幻，不足以言其恠，而詞人之音響慧致，反必欲求其平，無調也。家季為校其原本，評而播之，庶幾知其節，知其情，知其態者哉！然亦必知其節，知其情，知其態者，而後可與言矣。

前溪茅元儀題（原載古本戲曲叢刊初集影印明朱墨刊本牡丹亭）

茅元儀，字止生，號石民，浙江吳興人。有石民四十集。

三、題牡丹亭記

說者曰：「詩三百篇，變而為樂府，樂府變而為詞，詞又變而為曲，逮至曲而詩亡矣。不知詩之亡也，亦音不叶律，辭不該洽，情不極至，而徒為嘽緩靡曼之響耳。」余幼讀季札之觀樂，子野之䚡楚，與夫開皇大業房中清夜諸曲，識者每於此窺治忽，心竊領之；繼而進秦七，揖柳郎，而登清照，心又竊豔之。因彙金荃、蘭畹諸集，遴較諸名家合作，為詞的一刻。爰考九宮十三調，以旁及於曲，使曲不掩詞，詞不掩樂府，去三百篇又豈遠也？但南音北調，不啻充棟，而獨有取於牡丹亭一記何耶？吾以家弦而戶習，聲遏行雲，響流淇水者，往哲已具論。第曰傳奇者，事不奇幻不傳，辭不奇豔不傳。其間情之所在，自有而無，自無而有，不磈奇愕眙者亦不傳。而斯記有焉。夢而死也，能雪有情之涕；死而生也，頓破沉痛之顏。雅麗幽豔，燦如霞之披而花之旖旎矣。論者乃以其生不踏吳門，學未窺音律，局故鄉之聞見，按無節之絃歌，幾為元人所笑，不大難為作者乎？大都有音即有律。律者，法也，必合四聲、中七始而法始盡。有志則有辭。曲者，志也，必藻繪如生，顰笑悲涕而曲始工。二者固合而竝美，離則兩傷。但以其稍不諧叶而遂訾之，是以折腰齲齒者攻於音，則謂夷光、南威不足妍也，吾弗信矣。試考元以曲取士，猶分十二科，豈非兼才難而作者之精神難昧乎？余於帖括之暇，間為數則，附之唾香集後，並刻茲記。非敢謂咀宮嚼徵，以分臨川前席。酒後耳熱，聊與知者行歌拾穗，以自快適耳。

青苕茅暎遠士纂（原載古本戲曲叢刊初集影印明朱墨刊本牡丹亭）

茅暎，字遠士，浙江吳興人。有唾香集。

四、格正還魂記詞調序

湯臨川先生所著傳奇，文情兼美，其膾炙人口者，以牡丹亭為最。祇以不便於歌，遂受呂玉繩改竄，大非先生本意。蓋先生以如海才，拈生花筆，興之所發，任意所之，有浩瀚千里之勢，未嘗不知有軼於格調之外者，第惜其詞而不之顧也。茲本則金閶逸士鈕少雅勘正定本，余得之於虎邱市肆中，披閱之次，驚喜無已，買之而歸。細讀一過，心目豁然。始知古人學問精密，攷訂詳明，一開未有生面，用作後進津梁，其功誠偉矣哉！少雅負雋才，放浪詩壇酒社間，而於聲調之學，老而靡篤，終始不衰。平日所著審音辨律之書頗多，但以世無知己，且非人不傳，成後輒自焚之，故世之耳逸士之名者甚少，其書之失傳者亦多也。余之得此本也幸甚，然不敢祕為家珍，用以公諸宇內，遂加校核付刊，臨川、少雅其無憾矣。時康熙歲在甲戌花朝，自娛主人循齋胡介祉題。

（原載暖紅室刊格正還魂記詞調）

胡介祉，字循齋，號茨村，又號隨園、自娛主人，浙江山陰（今紹興）人。著有谷園詩集、隨園曲譜、廣陵仙傳奇。

鈕少雅，名格，號金閶逸士，江蘇長洲（今蘇州）人。曾編訂彙纂元譜南曲九宮正始，著有磨塵鑑傳奇。

五、跋

丙午、丁未間，與揭陽曾剛庵參議習經同官部處。剛庵見余校刻還魂記，亟以所藏格正還魂記詞調一本相貽，鈔寫極工。翻讀一過，題作「按對大元九宮詞譜格正全本牡丹亭還魂記詞調」，無作者姓氏，惟自第二折言懷起，疑有訛奪；第十折虜諜並未照進呈本刪去，卻改「虜」字為「邊」字，是在冰絲館刻還魂記之前本也。歲癸丑十一月十六日，恭值崇陵奉安，先期與剛庵同宿梁格莊，剛庵告余，近在廠肆又得一刻本。禮成返都門，過剛庵潮州館，攜歸上海楚園一校，前本果非完書。此本刻極精緻，標題亦不相同，第一行題「鈕少雅格正牡丹亭上」，第二行小字雙行題「九宮詞譜非詞隱先生之本也」，第三行題「自娛主人藏本」，白口下有「谷園」二字，前有胡介祉序，其缺之「家門」第一折具在。惜刻本尾殘半葉，而鈔本獨完，按語小注間與鈔本不同，鈔本又有勝此刻本處。鈔本鬧殤折注：冰本「鬧」作「悼」；僕貞折注：冰本「貞」作「偵」，是以冰本校鈔於原本，復稍有改易。以兩本互為勘訂，從其善者，則今所刊更有過於原書矣。按少雅，長洲人，蚤歲得聞金白嶼、梁少白緒論，於曲律有神悟，憤當時牡丹亭詞語割裂太甚，乃為之格正，於原本不增減一字，獨存廬山面目，允為後學律梁。吳門李玄玉編訂北詞廣正譜，少雅為之參酌。吳江沈伯英南宮曲譜，於不收宮調諸曲加三十腔之類，皆未敢點板，少雅斟酌斠讎，亦有南九宮正譜之輯，與張心其南曲譜並稱，世號鈕張。其後楊震英曾同莊恪親王編九宮大成譜，頗取裁焉。胡介祉序言：得之虎邱市肆中，康熙甲戌刊成。介祉字循齋，號茨村，又號自娛主人，山陰人，大興籍，官至河南按察使。其陳臬山左時，楊震英亦佐幕中，著有廣陵仙傳奇，並輯隨園曲譜十二卷，書成未刊。楊緒序南詞定律，述之甚詳。是循齋與少雅有同嗜焉，宜其精鐫此本。冰絲館刻還魂記，並據此本校律，著於眉上，而亦未全依此譜。余刻還魂記，取此譜同葉懷庭譜合校，今並以此本刊附於後，藉以作校記云。甲寅長夏，雙忽雷閣道士貴池劉世珩并識。

（原載暖紅室刊格正還魂記詞調）

劉世珩，字聚卿，號葱石，安徽貴池人。光緒二十年（一八九四）舉人。編刊有暖紅室彙刻傳劇。

六、吳吳山三婦合評本序一

昔元稹欲亂其表妹而不得，乃作會真記誣其事。金人董解元、元人王實甫先後譜曲以傳之。積此文，正當令中使批頰，而西廂所譜之曲，董則聯綴方語，王亦捃摭舊詞，原非有奇文雋味足以益人，徒使古人受誣而俗流惑志，最無當於風雅者也。小慧之人妄牽禪理，又指為文章三昧。夫宗門語錄，隨處單詞片言，皆可借轉法華，而行文闔闢通變之機，發于天地之自然，非藉巴人下里然後可悟其旨趣者也。治世之道，莫大于禮樂，禮樂之用，莫切于傳奇。愚夫愚婦每觀一劇，便謂昔人真有此事，為之快意，為之不平，于是從而效法之。彼都人士誦讀聖賢，感發之神有所不及。君子為政，誠欲移風易俗，則必自刪正傳奇始矣。若西廂者，所當首禁者也。予持此說已久，顧嘗念曹孟德欲誅一妓，以善歌留之，教他妓有能為其歌者，乃殺之。今玉茗還魂記，其禪理文訣，遠駕西廂之上，而奇文雋味，真足益人神智，風雅之儔所當耽玩，此可以擲元稹、董、王之作者也。書初出時，文人學士案頭無不置一冊，唯庸下伶人，或嫌其難歌，究之善謳者，愈增韻折也。當時玉茗主人既有以自解，而世之文人學士，反覆申之者尤多。世乃其珍此書，無復他議。然而批卻導窾，抉發蘊奧，指點禪理文訣，以為迷途之津梁，繡譜之金鍼者，未有評定之一書也。今得吳氏三夫人本讀之，妙解入神，雖起玉茗主人于九原，不能自寫至此。異人異書，使我驚絕。嗟乎！自有天地以來，不知幾千萬年，而乃有玉茗之還魂，還魂之後，又百年餘，而乃有三夫人之評本。自古才媛不世出，而三夫人以傑出之姿，間鍾之英，萃于一門，相繼成此不朽之大業，自今以往，宇宙雖遠，其為文人學士，欲參會禪理，講求文訣者，竟無以易乎閨閣之三人，何其異哉！何其異哉！予家與吳氏世戚，先後覩評本最蚤，既為驚絕，復欣然序之。蓋杜麗娘之事，憑空結撰，非有所誣，而托于不字之貞，不礙承筐之實，又得三夫人合評表彰之，名教無傷，風雅斯在。或尚有格而不能通者，是真夏蟲不可與語冰，井蛙不可與語天，癡人前安可與之喃喃說夢也哉！甲戌春日，同里女弟林以寧拜題。

（原載吳吳山三婦合評牡丹亭還魂記）

林以寧，字亞清，浙江錢塘（今杭州）人。曾與錢鳳綸、柴靜儀、顧姒、張昊、毛媞、馮嫻等七人創蕉園七子社。著有墨莊詩鈔、鳳簫樓集。

七、序二

吳人初聘黃山陳氏女同，將昏而沒。感於夢寐，凡三夕，得倡和詩十八篇；人作靈妃賦，頗泄其事，夢遂絕。有邵媼者，同之乳孃也，來述同沒時，泣謂媼必詣姑所，說同薄命，不逮事姑，嘗為姑手置鞵一雙，令獻之。人私叩同狀貌服飾，符所夢。媼又言：同病中猶好觀覽書籍，終夜不寢，母憂其茶也，悉索篋書燒之，僅遺枕函一冊，媼匿去，為小女兒夾花樣本，今尚存也。人許一金相購，媼忻然攜至，是同所評點牡丹亭還魂記上卷，密行細字，塗改略多，紙光冏冏，若有淚跡。評語亦癡亦黠，亦玄亦禪，即其神解，可自為書，不必作者之意果然也。惜下卷不存，對之便生於邑。已取清溪談氏女則，雅耽文墨，鏡奩之側，必安書簏。見同所評，愛翫不能釋，人試令背誦，都不差一字。暇日，仿同意補評下卷，其杪芒微會，若出一手，弗辨誰同誰則。嘗記人十二歲時，偕眾名士集毛文稚黃齋，客偶舉臨川「恨不得肉兒般團成片」語為搠獲，人笑應曰：「此特衍詩義耳。詩不云乎：『聊與子如一兮。』」遂解眾頤。諸子虎男載之橘苑雜記。今視二女評，人說直糟魄矣。則既評完，鈔寫成帙，不欲以閨閣名聞於外，間以示其姊之女沈歸陳者，謬言是人所評。沈方延老生徐丈野君譚經，徐丈見之，謂果人評也，作序詒人。于時遠近聞者轉相傳訪，皆云吳吳山評牡丹亭也。則又沒十餘年，人繼取古蕩錢氏女宜。初僅識毛詩字，不大曉文義。人令從崑山李氏妹學，妹教以文選、古樂苑、漢魏六朝詩乘、唐詩品彙、草堂詩餘諸書，三年而卒業。啟篋，得同、則評本，怡然解會，如則見同本時。夜分燈炧，嘗欹枕把讀。一日，忽忽不懌，請於人曰：「宜昔聞小青者，有牡丹亭評跋，後人不得見，見『冷雨幽窗』詩，淒其欲絕。今陳阿姊評已逸其半，談阿姊續之，以夫子故，揜其名久矣，苟不表而傳之，夜臺有知，得無秋水燕泥之感？宜願賣金釧為鍥板資。」意甚切也，人不能拂，因序其事。吳人舒鳧書。

（原載吳吳山三婦合評牡丹亭還魂記）

吳人，原名儀一，字瑹符，一字舒鳧，號吳山，錢塘人。著有吳山草堂詞及夢園別錄。曾為同里友人洪昇的長生殿作評點。三婦，指吳人未婚妻陳同，字次令；妻談則，字守中，著有南樓集；繼妻錢宜，字在中。

八、序三

坊刻牡丹亭還魂記，標「玉茗堂元本」者，予初見四冊，皆有譌字，及曲白互異之句，而評語率多俚陋可笑。又見刪本三冊。唯山陰王本有序，頗雋永，而無評語。又呂、臧、沈、馮改本四冊，則臨川所譏「割蕉加梅，冬則冬矣，非王摩詰冬景也」。後從嫂氏趙家得一本，無評點，而字句增損，與俗刻迴殊，斯殆玉茗定本矣。爽然對翫，不能離手，偶有意會，輒濡毫疏注數言，冬釭夏簟，聊遣餘閒，非必求合古人也。

還魂記賓白，間有集唐詩，其落場詩則無不集唐者。元本不注詩人姓氏，予記憶所及，輒為注之。至于詩句中多有更易字者，如「莫遣兒童觸瓊粉」作「紅粉」，「武陵何處訪仙鄉」作「仙郎」，雖于本詩意刺謬，既義取斷章，茲亦不復批摘也。

右二段，陳阿姊細書臨川序後空格七行內，自述評注之意，共二百四十字。碎金斷玉，對之黯然。談則書。

向見牡丹亭諸刻本，詰病一折無落場詩，獨陳阿姊評本有之，而他折字句亦多異同，靡不工者，洵屬善本。每以下卷闕佚，無從購求為怏怏。適夫子遊苕霅間，攜歸一本，與阿姊評本出一板所摹。予素不能飲酒，是日喜極，連傾八九瓷杯，不覺大醉。自哺時睡至次日，日射帳鉤，猶未醒。鬥花賭茗，夫子嘗舉此為笑噱。於時南樓多暇，仿阿姊意評注一二，悉綴貼小箋，弗敢自信矣。積之累月，紙墨遂多。夫子過泥予，廷許可與姊評等埒，因合鈔入苕溪所得本內，重加裝潢，循環展覽，笑與抃會，率而題此。談則又書。

同語二段，則手鈔之，復自題二段于後。後以評本示女甥，去此二頁，摺疊他書中，予弗知也。沒後點檢不得，思之輒增悵惘。今七夕曬書，忽從庚子山集第三本翻出，楮墨猶新，呋然獨笑。又念同孤冢蘼香，奄冉十三寒暑，而則戢身女手之卷，亦已三度秋期矣。悵望星河，臨風重讀，不禁淚潸潸下也。吳山人記。

此夫子丁巳七月所題，計予是時才七齡耳。今相距十五稔，二姊墓樹成圍，不審泉路相思，光陰何似？若夫青草春悲，白楊秋恨，人間離別，無古無今。玆辰風雨淒然，牆角綠蕚梅一株，昨日始花，不禁憐惜。因向花前酹酒，呼陳姊、談姊魂魄，亦能識梅邊錢某同是斷腸人否也？細雨積花蕋上，點滴如淚，既落復生，盈盈照眼，感而書此。壬申晦日，錢宜記。

夫子嘗以牡丹亭引證風雅，人多傳誦。談姊鈔本采入，不復標明，今加「吳曰」別之。予偶有質疑，問注數語，亦稱「錢曰」，不欲以蕭艾云云，亂二姊之蕙心蘭語也。若序首所注，則無庸識別焉。宜又書。

（原載吳吳山三婦合評牡丹亭還魂記）

九、還魂記或問

或問吳山曰：禮：女未廟見而死，歸葬於女氏之黨，示未成婦也。子於陳未取也，而評牡丹亭概稱「三婦」，何居？曰：廟見而成婦，謂子婦也，非夫婦之謂也。女之稱婦，自納采時已定之，而納徵則竟其名。故納采辭曰：「吾子有惠貺室某。」室者，婦人之稱。納徵則曰：「徵者，成也。」至是，而夫婦可以成也。禮：取女有吉日，而女死壻齊衰而弔，既葬而除之。夫死亦如之。女之可夫，猶壻之可婦矣，夫何傷於禮與？

或曰：曲有格，字之多寡，聲之陰陽去上限之，或文義弗暢，衍為襯字。限字大書，襯字細書，俾觀者了然，而歌者有所循，坊刻牡丹亭記往往如此。今於襯字何概用大書也？曰：元人北曲多襯字，概用大書，南曲何獨不然？襯字細書，自吳江沈伯英輩始卯卯焉，古人不爾也。予嘗聞歌牡丹亭者，「裊晴絲吹來閒庭院」，格本七字，而歌者以「吹來」二字作襯，僅唱六字，具足情致。神明之道，在乎其人。況玉茗原本，本皆大書，無細書襯字也。

或謂：牡丹亭多落調出韻，才人何乃許邪？曰：古曲如西廂：「人值殘春蒲郡東，才高難入俗人譏。」「值」字、「俗」字作平則拗。琵琶支、虞、歌、麻諸韻互押，正不失為才人。若齗齗韻調，而乏斐然之致，與歌工之乙尺四合無異，曷足貴乎？曰：子嘗論評曲家，以兩河大可氏西廂為最。今觀毛評，亟稱詞例。牡丹亭韻調之失，何不明注之也？吳山曰：然。不嘗論說書者乎？意義訛舛，大家宜辨。若一方名，一字畫偶有互異，必旁搜群籍，證析無已。此博物者事，非閨閣務矣。聲律之學，韻譜具在。故陳未嘗注，談亦傷之。予將取所用音調、故實、方語、詩、詞、曲并語有費說者，學西河「論釋」例，別為書云。

或問曰：有明一代之曲，有工於牡丹亭者乎？曰：明之工南曲，猶元之工北曲也。元曲傳者無不工，而獨推西廂記為第一。明曲有工有不工，牡丹亭自在無雙之目矣。

或曰：子論牡丹亭之工，可得聞乎？吳山曰：為曲者有四類：深入情思，文質互見，琵琶、拜月其尚也；審音協律，雅尚本色，荊釵、牧羊其次也；吞剝方言讕語，白兔、殺狗之流也；專事雕章逸辭，曇花、玉合之亞也。案頭場上，交相為譏，下此無足觀矣。牡丹亭之工，不可以是四者名之，其妙在神情之際。試觀記中佳句，非唐詩即宋詞，非宋詞即元曲，然皆若若士之自造，不得指之為唐、為宋、為元也。宋人作詞，以運化唐詩為難，元人作曲亦然。「商女後庭」出自牧之，「曉風殘月」本於柳七。故凡為文者，有佳句可指，皆非工於文者也。

或曰：賓白何如？曰：嬉笑怒罵，皆有雅致。宛轉關生，在一二字間。明戲本中故無此白。其冗處亦似元人，佳處雖元人弗逮也。

或問：坊刻牡丹亭本，婚走折，舟子又有「秋菊春花」一歌，淮警、禦淮二折，有「箭坊」、「鎖城」二諢，何此本獨無也？曰：舟子歌，乃用唐李昌符婢僕詩。其一章云：「春娘愛上酒家樓，不怕歸遲總不憂。推道那家娘子臥，且留教住要梳頭。」言外有春日載花，停船相待之意。二章云：「不論秋菊與春花，箇箇能噇空腹茶。無事莫教頻入庫，一名閒物要些些。」則與舟子全無關合，當是臨川初連用之，後於定本削去。至以「賤房」為「箭坊」，及「外面鎖住李全」，「下面鎖住下官」諸語，皆了無意致，宜其并從芟柞也。

或問：記中雜用哎喲、哎也、哎呀、咳呀、咳也、咳咽諸字，同乎異乎？曰：字異，而義略同。字同，而呼之有輕重疾徐，則義各異：凡重呼之，為厭辭，為惡辭，為不然之辭；輕呼之，為幸辭，為嬌羞之辭；疾呼之，為惜辭，為驚訝辭；徐呼之，為怯辭，為悲痛辭，為不能自支之辭。以此類推，神理畢見矣。

或曰：牡丹亭集唐詩，往往點竄一二字以就己意，非其至也。曰：何傷也？孔孟之引詩，有更易字者矣。至左傳所引，皆非詩人之旨，引詩者之旨也。曰：落場詩皆集唐，何但注而不標也？曰：既已無不集唐，故玉茗原本，不復標集唐字也。落場詩不注爨色，亦從元本。

或云：若士集詩，腹笥乎？獺祭乎？曰：不知也。雖然，難矣。陳於上卷未注三句，談補之；談於下卷亦未注一句，錢疏之。予涉獵於文，既厭翻檢，而錢益覩記寡陋，唐人詩集及類苑、紀事、萬首絕句諸本，篇章重出，名氏互異，不一而足。錢偶有所注，詿漏實多，它如「來鵠」或云「來鵬」，「崔魯」一作「崔櫓」；「誰能譚笑解重圍」，皇甫冉句也，譌刻劉長卿；「微香冉冉淚涓涓」，李商隱詩也，謬為孫逖。不勝枚舉，皆不復置辨，覽者無深摭掎也。

或問：若士復羅念菴云：「師言性，弟子言情。」而還魂記用顧況「世間只有情難說」之句，其說可得聞乎？曰：人受天地之中以生，所謂性也。性發為情而或過焉，則為欲，書曰：「生民有欲」是也。流連放蕩，人所易溺。宛丘之詩，以歌舞為有情，情也而欲矣。故傳曰：「男女飲食，人之大欲存焉。」至浮屠氏以知識愛戀為有情，晉人所云「未免有情」，類乎斯旨。而後之言情者，大率以男女愛戀當之矣。夫孔聖嘗以好色比德，詩道性情，國風好色，兒女情長之說，未可非也。若士言情，以為情見於人倫，倫始於夫婦。麗娘一夢所感，而矢以為夫，之死靡忒，則亦情之正也。若其所謂因緣死生之故，則從乎浮屠者也。王季重論玉茗「四夢」：「紫釵，俠也；邯鄲，仙也；南柯，佛也；牡丹亭，情也。」其知若士言情之旨矣。

或者曰：死者果可復生乎？曰：可。死生一理也。聖賢之形，百年而萎，同乎凡民。而神常生於天地，其與民同生死者，不欲為怪以惑世也。佛、老之徒，則有不死其形者矣。夫強死者尚能厲，況自我死之，自我生之。復生亦焉足異乎？予最愛陳女評牡丹亭題辭云：「死可以生，易；生可與死，難。引而不發，其義無極。」夫恒人之情，鮮不謂疾疹所感，溝瀆自經，死則甚易。明冥永隔，夜臺莫旦，生則甚難。不知聖賢之行法俟命，全而生之，全而歸之，舍生取義，殺身成仁，一也。孔子曰：『朝聞道，夕死可矣。』又曰：『原始反終。』故知死生之說，死不聞道，則與百物同澌蕰耳。古來殉道之人，皆能廟享百世，匹夫匹婦凜乎如在。死邪生邪？

實自主之。」陳女茲評，黯與道合。不徒佛語涅槃，老言谷神也。

或又曰：臨川言「理之所必無，情之所必有。」理與情二乎？曰：非也，若士言之而不欲盡也。情本乎性，性即理也；理貫天壤，彌六合者也。言理者莫如六經，理不可通者，六經實多。無論玄鳥降生，牛羊腓字，其跡甚怪。即以夢言，如商賚良弼，周與九齡，孔子奠兩楹，均非情感。周禮掌夢獻夢，理解傅會。左氏所記，益荒忽不倫已。然則世有通人，雖謂情所必無，理所必有，其可哉！

或問：若士言：「夢中之情，何必非真？」何謂也？曰：夢即真也。人所謂真者，非真也，形骸也。雖然，夢與形骸，未嘗貳也。不觀夢搆而精遺，夢擊躍而手足動搖乎？形骸者，真與夢同，而所受則異。不聲而言，不動而為，不衣而衣，不食而食，不境而無所不之焉。夢之中又有夢，故曰：「天下豈少夢中之人」也。

或稱：評論傳奇者，類作鄙俚之語，以諧俗目。今牡丹亭評本，文辭雅雋，恐觀者不皆雅人，如臥聽古樂也。曰：是何輕量天下也！天下不皆雅人，亦不絕雅人，正使萬俗人譏不足恨，恨萬俗人賞一雅人譏耳。

或曰：子所謂鈔人苕溪本者，嘗見之矣。陳評上卷，可得見乎？吳山悄然而悲，喟然而應之曰：癸丑之秋，予館黃氏，鄰火不戒，盡燔其書。陳之所評，久為二塵；且所謂苕溪本者，今亦亡矣。曰：何為其亡也？曰：癸酉冬日，錢女將謀剞劂，錄副本成。日暮微霰，燒燭焫酒，促予檢校。漏下四十刻，寒氣薄膚，微聞抑竹聲，錢謂此時必大雪矣，因共出推牕，見庭樹枝條積玉堆粉，予手把副本臨風狂叫，竟忘室中燭花爆落紙上，烟達簾外，回視熞熞然，不可嚮邇。急挈酒甕傾潑之，始熄。復簇鑪火，然燈，酒縱橫流地上，漆几焦爛，燭臺融錫，與殘紙煨燼團結不能解。因歎陳本既災，而談本復罹此厄，豈二女手澤，不欲留於人世，精靈自為之邪？抑有鬼物妒之邪？殘釭欲灺，雪光易曉，相對淒然久之，命奴子坎牆陰梅樹旁，以生絹包燼團瘞之。至今留焦几，志予過焉。

或曰：女三為粲，美故難兼。徐淑、蘇蕙，不聞繼媺，韋叢、裴柔，亦止雙絕。子聘三室，而祕思妍辭，後先輝映，樂乎？何遇之奇也！抑世皆傳子評牡丹亭矣，一旦謂出三婦手，將無疑子為捉刀人乎？吳山曰：疑者自疑，信者自信，予序已費辭，無為複也。且詩云：「人知其一，莫知其他。」其斯之謂矣。予初聘陳，曾未結褵，夭閼不遂；談也三歲為婦，炊臼遽徵；錢復清瘦善病，時時臥牀，殆不起。予又好遊，一年三百六十日，無幾日在家相對。子以為樂乎否也？

右或問十七條，夫子每與坐客譚論所及，記以示予，因次諸卷末。是日晚飯時，予偶言言情之書都不及經濟，夫子曰：「不然。觀牡丹亭記中，騷擾淮陽地方一語，即是深論天下形勢。蓋守江者必先守淮。自淮而東，以楚泗、廣陵為之表，則京口、秣陵得以遮蔽；自淮而西，以壽廬、歷陽為之表，則建康、姑熟得襟帶，長江以限南北，而長淮又所以蔽長江。自古天下裂為南北，其得失皆在于此。故金人南牧，必先騷擾其間；宋家策應，亦以淮陽為重鎮。授杜公安撫也，非經濟而何？」因顧謂兒子向榮曰：「凡讀書一字一句，當深繹其意，類如此。」甲戌秋分日，錢宜述。

甲戌長夏曬書，檢得舊竹紙半幅，乃陳姊彌留時所作斷句，口授妹書者。夫子云：「陳歿九年後，得諸其妹壻。妹亦亡二年矣。」竹紙斜裂，止存後半，猶有殘缺，逸者蓋多也。因鍥夫子還魂記或問上方空白，感其「昔時閒論牡丹亭」之句，附錄於此，俾零膏賸馥，集香奩者猶得采摭焉。第一行「北風吹夢」四字，二行「卻如殘醉欲醒時」七字，是末句也。以後皆一行二十一字，一行七字相間，凡九首。三行下闕二字，其文云：「也曾枯坐閱金經，不斷無明為有形。及到懸崖須□□，如何煩惱轉嬰寧？」按闕文疑是「撒手」二字。次云：「屧子裁羅二寸餘，帶兒折半裹猶疎。情知難向黃泉走，好借天風得步虛。」次云：「家近西湖性愛山，欲遊孃卻罵癡頑。湖光山色常如此，人到幽扃更不還。」次云：「簇蝶臨花繡作衣，年年不著待于歸。那知著向泉臺去，花不生香蝶不飛。」次云：「盡檢香奩付妹收，獨看明鏡意遲留。算來此物須為殉，恐伺人間復照愁。」次云：「耶孃莫為女傷情，姊嫁仍悲墓草生。何似女身猶未嫁，一棺寒雨伴先塋。」次云：「看儂神欲與形離，小婢情多亦淚垂。金珥一雙留作念，五年無日不相隨。」次云：「口角渦斜痰滿咽，涓涓情淚滴紅緜。傷心趙嫂牽衾語，多半啼痕是隔年。」次云：「昔時閒論牡丹亭，殘夢今知未易醒。自在一靈花月下，不須留影費丹青。」又按，陳姊南樓集載補陳姊遺詩闕文一首云：「北風吹夢欲何之？簾幕重重只自垂。一縷病魂銷未得，卻如殘醉欲醒時。」予亦有補句云：「北風吹夢斷還吹，一枕餘寒心自疑。添得五更消渴甚，卻如殘醉欲醒時。」自顧形穢，難免續貂之誚矣。

（本篇為錢宜所述，原刊還魂記或問上方，今錄附或問之後）

（原載吳吳山三婦合評牡丹亭還魂記）

十、還魂記紀事

甲戌冬暮，刻牡丹亭還魂記成，兒子校讎譌字，獻歲畢業。元夜月上，置淨几于庭，裝褫一冊，供之上方，設杜小姐位，折紅梅一枝，貯膽瓶中，然燈，陳酒果為奠。夫子听然笑曰：「無乃大癡！觀若士自題，則麗娘其假託之名也，且無其人，奚以奠為？」予曰：「雖然，大塊之氣寄于靈者，一石也，物或憑之；一木也，神或依之。屈歌湘君，宋賦巫女，其初未必非假託也，後成叢祠。麗娘之有無，吾與子又安能定乎？」夫子曰：「汝言是也，吾過矣。」夜分就寢。未幾，夫子聞予嘆息聲，披衣起，肘予曰：「醒，醒！適夢與爾同至一園，彷彿如所謂紅梅觀者，亭前牡丹盛開，五色間錯，無非異種。俄而一美人從亭後出，豔色眩人，花光盡為之奪，意中私揣，是得非杜麗娘乎？汝叩其名氏居處，皆不應，迴身摘青梅一丸撚之。爾又問：若果杜麗娘乎？亦不應，銜笑而已。須臾大風起，吹牡丹花滿空飛攪，餘無所見。汝浩嘆不已，予遂驚寤。」所述夢，蓋與予夢同，因共詫為奇異。夫子曰：「昔阮瞻論無鬼而鬼見，然則麗娘之果有其人也，應汝言矣。」聽麗譙紞如打五鼓，向壁停燈未滅。予亦起，呼小婢簇火瀹茗，梳掃訖，亟索楮筆紀其事。時燈影微紅，朝暾已射東牖。夫子曰：「與汝同夢，是非無因。麗娘故見此貌，得無欲流傳人世邪？汝從李小姑學，尤求白描法，盍想像圖之？」予謂：「恐不神似，奈何？」夫子乃強促握管，寫成，並次記中韻繫以詩。詩云：「蹔遇天姿豈偶然？濡毫摹寫當留仙。從今解識春風面，腸斷羅浮曉夢邊。」以示夫子，夫子曰：「似矣。」遂和詩云：「白描真色亦天然，欲問飛來何處仙？閒弄青梅無一語，惱人殘夢落花邊。」將屬同志者咸和焉。錢宜識。

（原載吳吳山三婦合評牡丹亭還魂記）

十一、跋麗娘小照

或謂水墨人物，昉自李伯時，非也。晉衛協為列女圖，吳道子嘗摹之以勒石，則已是白描法矣。龍眠墨筆仕女，仿也，非昉也。予與吳氏三夫人為表妯娌，嘗見其藏有韓冬郎偶見圖四幅，不設丹青，而自然逸麗，比世所傳宋畫院陳居中摹崔麗人圖，殆于過之。惜其不署姓氏，或云是吳中尤求所臨。今觀錢夫人為杜麗娘寫照，其姿神得之夢遇，而側身斂態，運筆同居中法，手搓梅子，則取之偶見圖第一幅也。昔人論管仲姬墨竹梅蘭，無一筆無所本，蓋如此。乙亥春日，馮嫻跋。

（原載吳吳山三婦合評牡丹亭還魂記）

馮嫻，字又令，錢塘人。蕉園七子之一。跋前有錢宜所繪圖，題曰麗娘小照。

十二、吳吳山三婦合評本跋一

吳山四哥聘陳嫂，取談嫂，皆蚤夭。予每讀其所評還魂記，未嘗不泫然流涕，以為斯人既沒，文采足傳，而談嫂故隱之，私心欲為表章，以垂諸後。四哥故好游，談嫂沒十三年，朱弦未續，有勸之者，輒吟微之「取次花叢懶回顧，半緣修道半緣君」之句。母氏迫之，始復取錢嫂，嘗與予共事筆硯。詶花歠月之餘，取二嫂評本參注之。又請於四哥，賣金釧，雕板行世。予偶憶吳郡張元長氏梅花草堂二談載：「俞娘，行二，麗人也。年十七夭。當其病也，好觀文史。一日見還魂傳，黯然曰：『書以達意，古來作者多不盡意而出，若生不可死，死不可生，皆非情之至，真達意之作矣。』研丹砂旁注，往往自寫所見，出人意表。如感夢折注云：『吾每喜睡，睡必有夢，夢則耳目未經涉，皆能及之。杜女故先吾著鞭耶？』如斯俊語，絡繹連篇，其手蹟遒媚可喜。某嘗受冊其母，請祕為草堂珍玩，母不許。急倩錄一副本，將上湯先生，謝耳伯願為郵，不果上。虞山錢受之近取西廂公案，參倒洞聞、漢月諸老宿，請俞娘本戲作傳燈錄甚急，某無以應也。」由此觀之，俞娘之注牡丹亭也，當時多知之者，其本竟涸沒不傳。夫自有臨川此記，閨人評跋，不知凡幾，大都如風花波月，飄泊無存。今三嫂之合評獨流布不朽，斯殆有幸有不幸耶？然二談所舉俞娘俊語，以視三嫂評注，不翅瞠乎！則不存又何非幸耶？合評中詮疏文義，解脫名理，足使幽客啟疑，枯禪生悟，恨古人不及見之，洵古人之不幸耳。錢嫂夢覩麗娘，紀事寫像詠詩，又增一則公案。予亦樂為論而和之，并識其後，自幸青雲之附云。玉山小姑李淑謹跋。

（原載吳吳山三婦合評牡丹亭還魂記）

李淑，字玉山，江蘇崑山人。錢宜曾從其學。

十三、跋二

牡丹亭一書，經諸家改竄以就聲律，遂致元文剝落，一不幸也；又經陋人批點，全失作者情致，二不幸也。百餘年來，誦此書者如俞娘、小青，閨閣中多有解人。又有賦害殺婁東俞二娘者，惜其評論皆不傳于世。今得吳氏三夫人合評，使書中文情畢出，無纖毫遺憾。引而伸之，轉在行墨之外，豈非是書之大幸耶？文章有神，其足以垂後者，自有後人與之神會。設或陳夫人評本殘缺，無談夫人續之；續矣，而祕之篋笥，無錢夫人參評，又廢手飾以梓行之，則世之人能誦而不能解，雖再閱百餘年，此書猶在塵霧中也。今觀刻成，而麗娘見形于夢，我故疑是作者化身矣。同里女弟顧姒題。

（原載吳吳山三婦合評牡丹亭還魂記）

顧姒，字啟姬，錢塘人。蕉園七子之一。

十四、跋三

吳與予家為通門，吳山四叔，又父之執也。予故少小以叔視之，未嘗避匿。憶六齡時，僑寄京華，四叔假舍焉。一日論牡丹亭劇，以陳、談兩夫人評語，引證禪理，舉似大人，大人歎異不已。予時蒙稚無所解，惟以生晚不獲見兩夫人為恨。大人與四叔持論，每不能相下。予又聞論牡丹亭時，大人云：「肯綮在死生之際，記中驚夢、尋夢、診祟、寫真、悼殤五折，自生而之死；魂遊、幽媾、歡撓、冥誓、回生五折，自死而之生。其中搜抉靈根，掀翻情窟，能使赫蹏為大塊，隃麋為造化，不律為真宰，撰精魂而通變之。」語未畢，四叔大叫歎絕。忽忽二十年，予已作未亡人。今大人歸里，將於孤嶼築稗畦草堂，為吟嘯之地。四叔故好西方止觀經，亦將歸吳山草堂，同錢夫人作龐老行逕。他時予或過夫人習靜，重聞緒論，即許拈此劇參悟前因否也？因讀三夫人合評，感而書其後。同里女侄洪之則謹識。

（原載吳吳山三婦合評牡丹亭還魂記）

洪之則，字止安，錢塘人。長生殿作者洪昇之女。

十五、玉茗堂還魂記序

火可畫，風不可描；冰可鏤，空不可斡。蓋神君氣母，別有追似之手，庸工不與耳。古今高才，莫高於易。「易者，象也；象也者，像也。」其次則五經遞廣之，此外能言其所像人亦不多。左丘明、宋玉、蒙莊、司馬子長、陶淵明、老杜、大蘇、羅貫中、王實甫，我明王元美、徐文長、湯若士而已。若士時文既絕，古文詞詩歌尺牘，元貴浩鮮，妙處夥頤。然稟胎江右，開乳六朝，禎糟粉肉，饗屧板袍之意，時或有之。至其傳奇靈洞，散活尖酸，史因子用，元以古行，筆筆風來，層層空到。即若士自謂一生四夢，得意處惟在牡丹。情深一序，讀未三行，人已魂銷肌粟；而安頓齣字，亦自確妙不易。其款置數人，笑者真笑，笑即有聲；啼者真啼，啼即有淚；嘆者真嘆，嘆即有氣。杜麗娘之妖也，柳夢梅之癡也，老夫人之輭也，杜安撫之古執也，陳最良之霧也，春香之賊牢也，無不從筋節竅髓，以探其七情生動之微也。杜麗娘雋過言鳥，觸似羚羊，月可沉，天可瘦，泉臺可瞑，獠牙判髮可狎而處，而「梅」、「柳」二字，一靈咬住，必不肯使劫灰燒失。柳生見鬼見神，痛叫頑紙，滿心滿意，祇要插花。老夫人習是血描，腸鄰斷草，拾得珠還，蔗不陪檗。杜安撫搖頭山屹，強笑河清，一味做官，半言難入。陳教授滿口塾書，一身襶氣，小要便益，大經險怪。春香眨眼即知，錐心必盡，亦文亦史，亦敗亦成。如此等人，皆若士元空中增減朽塑，而以毫風吹氣生活之者也。然此猶若士之形似也。而其立言神指：邯鄲，仙也；南柯，佛也；紫釵，俠也；牡丹亭，情也。若士以為情不可以論理，死不足以盡情，百千情事，一死而止，則情莫有深於阿麗者矣。況其感應相與，得易之咸；從一而終，得易之恒。則不第情之深，而又為情之至正者。今有形一接，而即殉夫以死，骨香名永，用表千秋，安在其無知之性不本於一時之情也？則杜麗娘之情，正所同也，而深所獨也，宜乎若士有取爾也。至其文治丹融，詞珠露合，古今雅俗，泚筆皆佳。沛公殆天授，非人力乎！若夫綽影布橋，食肉帶刺，冷哨打世，邊鼓撾人，不疼不癢處，皆文人空四海，墳五嶽，習氣所在，不足為若士病也。往見吾鄉文長，批其卷首曰：「此牛有萬夫之稟。」雖為妬語，大覺頫心。而若士曾語盧氏李恒嶠云：「四聲猿乃詞場飛將，輒為之唱演數通。安得生致文長，自拔其舌！」其相引重如此。余不知音律，第麤以文義測之，雖不能為周公瑾，而猶不至如馬子侯。僭加評校，以復兩張新陽之請，便即交付一語。若士見改竄牡丹詞者，失笑一絕：「醉漢瓊筵風味殊，通仙鐵篴海雲孤。總饒割就時人景，卻愧王維舊雪圖。」持此作偈，乞韋馱尊者永鎮此亭。天下之寶，當為天下護之也。天啟癸亥陽生前六日，山陰謔庵居士王思任題於清暉閣中。

（原載暖紅室刊王思任評校本玉茗堂還魂記）

王思任，字季重，號遂東，別號謔菴，浙江山陰（今紹興）人。萬曆二十三年（一五九五）進士。有王季重十種。

十六、跋

臨川四夢，精心結撰，膾炙人口，推牡丹亭還魂記。呂棘津曲品謂：「還魂傳杜麗娘事甚奇，而著意發揮懷春慕色之情，驚心動魄，且巧妙疊出，無境不新，真堪千古矣。」靜志居詩話：「牡丹亭曲本，尤真摯動人。或傳云刺曇陽子而作，然太倉相君實先令家樂演之，且曰：『吾老年人，近頗為此曲惆悵。』假令人言可信，相君雖盛德有容，必不反演之於家也。」其時傳說不一，而遭後人塗抹，亦以此記為最甚。觀臨川答凌初成書云：「牡丹一記，大受呂玉繩改削，云便吳歌；猶見王摩詰冬景芭蕉，而割蕉加梅焉。」臨川在日，已有刪改者，臧晉叔所刻四夢，尤多改竄。沈伯英、馮子猶則並其名亦改之，曰合夢記，曰風流夢。蓋至是而臨川本色雖存焉者屢矣。快雨堂冰絲館刻一本，題重刻清暉閣批點牡丹亭，乃王謔菴比部所評校，快雨冰絲為之增補繡像，加以批評圈點，標明清暉閣原本，世稱此本最佳。前有竹林堂刻四夢本，其還魂記即據王比部清暉閣本刻者。又有吳吳山之三婦陳同、談則、錢宜評本，於集唐詩注出作者姓名，益見苦心孤詣矣。余正合數本校訂，適得十行二十二字本，白口單邊，介白提行低一格，雙行小字，字體古雅，一無圈點批評，其中插附圖畫，雕鏤精工，詞曲介白，與通行本頗有異同。或疑是臨川原本，惜無序跋可證。冰本增補繡像，全從此本橅出，於詞曲介白，又未依據。快雨堂序言：「取清暉閣原本編校重刊，務存舊觀。」凡例言：「是編悉依原刻，或有一二字句似乎失檢之處，則謹遵乾隆四十六年進呈訂本，此外不敢妄有增刪」云云。以之相較，多所未合。謔菴序且遺其名王思任三字，序後陳仲醇、米仲詔兩家評語，又復失載。眉批並云：「從三婦本改訂」，亦未依據。今刻悉從十行本，扮色間用臧本，圈點合取清暉、三婦、快雨冰絲三本；至如繡像畫圖，山荊則謂：四夢全橅臧圖，當歸一律。十行本之原圖，另橅刻於卷首，使兩存之，得以見冰本所橅之所自焉。評語仍以王比部本為主，並列其序，書題山陰王思任謔菴評校。此外各家批評，擇其精者採列於眉，著明某某，行邊批注，皆照錄入。凡與各本不同處，均加按語，標出簡端。復取鈕少雅格正詞調附刻於後，藉作校記。其曲牌、曲律，恐讀者未必案頭盡人置譜一編，以之比勘。有據鈕譜、葉譜改正，都為標注，集曲並詳載牌名，悉心讎校。校過付寫，寫後復校；校過付刻，刻後復校；校非一次，時逾三年，始克成此完本，自信可免「割蕉加梅」之譏，一無拗嗓聱牙之弊。臨川有知，九京下當亦深許直駕乎快雨冰絲而上，其毋繙刻笑人以賈人俗子事，為清暉大足痛恨者也。然余之傳四夢，首列臨川二傳，傳其史冊彈文，使咸知是孝子，是忠臣，是堅貞名節之士，能僅以曲仙稱之耶？從來傳奇家多傳生旦，臨川獨於傳外有己在焉。前人祇知四夢本酒、色、財、氣四犯：南柯，酒也；還魂，色也；邯鄲，財也；紫釵，氣也。不知南柯之契玄，還魂之老判，邯鄲之純陽子，紫釵之黃衣豪客，是皆臨川自謂也。現身說法，固已別具一格，而其醒世苦心，則亦見道之文，豈可以癡人說夢，等閒觀之乎哉！

光緒三十四年戊申長至，夢鳳主人貴池劉世珩識於京師東安門外，西堂子衚衕天祿西堂。

（原載暖紅室刊王思任評校本玉茗堂還魂記）

中國古典名著

專家校注考訂　古典小說戲曲大觀

世俗人情類

紅樓夢
脂評本紅樓夢
金瓶梅
老殘遊記
平山冷燕
品花寶鑑
野叟曝言
綠野仙踪
禪真逸史
海上花列傳
九尾龜
醒世姻緣傳
三門街
花月痕
孽海花
魯男子
遊仙窟　玉梨魂（合刊）
浮生六記
玉嬌梨
好逑傳
啼笑因緣
歧路燈

公案俠義類

水滸傳
兒女英雄傳
三俠五義
七俠五義
小五義
續小五義
蕩寇志
綠牡丹
羅通掃北
楊家將演義
萬花樓演義
粉妝樓全傳
七劍十三俠
海公大紅袍全傳
施公案
乾隆下江南

歷史演義類

三國演義
東周列國志
東西漢演義
隋唐演義
說岳全傳
大明英烈傳

神魔志怪類

西遊記
封神演義
濟公傳
三遂平妖傳
南海觀音全傳　達磨出身傳燈傳（合刊）

諷刺譴責類

儒林外史
官場現形記
文明小史
鏡花緣
二十年目睹之怪現狀
何典　斬鬼傳　唐鍾馗平鬼傳（合刊）

擬話本類

拍案驚奇
二刻拍案驚奇
喻世明言
警世通言
醒世恒言
今古奇觀
豆棚閒話　照世盃
石點頭
十二樓
西湖佳話
西湖二集
型世言

著名戲曲選

竇娥冤
漢宮秋
梧桐雨
琵琶記
第六才子書西廂記
牡丹亭
荊釵記
荔鏡記
長生殿
桃花扇
雷峰塔
倩女離魂

竇娥冤

關漢卿／撰　王星琦／校注

《竇娥冤》是元代戲曲家關漢卿的代表作，也是中國古代經典悲劇。內容敘述一善良女子竇娥的坎坷遭遇，全劇曲詞渾樸自然，生動凝鍊，情節則跌宕起伏，反映了當時社會、吏制的腐敗黑暗。本書校勘以王季思《全元戲曲》為本，同時比對各家校注，審慎斟酌擇善而從。注釋則顧及語詞出處以及時代用語，務求簡明扼要，以利讀者閱讀。

國家圖書館出版品預行編目資料

牡丹亭／湯顯祖著;邵海清校注.——三版一刷.——
臺北市：三民，2022
面；　公分.——(中國古典名著)

ISBN 978-957-14-7428-1（平裝）

853.6　　111003712

中國古典名著

牡丹亭

作者	湯顯祖
校注者	邵海清
封面繪圖	王平
發行人	劉振強
出版者	三民書局股份有限公司
地址	臺北市復興北路 386 號 (復北門市) 臺北市重慶南路一段 61 號 (重南門市)
電話	(02)25006600
網址	三民網路書店 https://www.sanmin.com.tw
出版日期	初版一刷 2000 年 2 月 二版五刷 2017 年 10 月 三版一刷 2022 年 5 月
書籍編號	S854730
ISBN	978-957-14-7428-1

三民書局